홍일식의 대한민국 이야기

도의·문화대국 건설의 길

홍일식의 대한민국 이야기

청파랑

이 책을 읽는 이에게

시간이 없어 공부 못한다는 사람은 시간이 있어도 못할 사람이다!

이 말은 지난날 내가 후배·제자들에게 늘 닦달하던 말이었습니다. 그런데 이제 와서 돌이켜보니 이는 진작 내가 먼저 새기고 깨우쳤어야 할 말이었습니다. 평생을 '시간이 없다'는 핑계로 정작 내 자식들에게조차 꼭 들려줬어야 할 말도 거의 못해 줬기 때문입니다. 이 책은 이러한 나의 회한과 자책에서 쓴 것입니다.

오늘의 80대 이상 세대들은 일제식민지 시대에 태어나 나라 없는 설움과 천대에다 모진 가난 속에서 유소년시절을 보낸 사람들입니다. 그 뒤 광복의 환희와 건국의 감격도 잠시, 6·25동란의 참화와 굶주림, 게다가 집집마다 거의 안 겪은 사람이 없을 만큼 육친의 이산과 생주검 앞에 통한의 눈물을 삼키며 청소년기를 살아야 했습니다.

그런데 바로 이 비운의 세대가 오늘날 세계가 놀라고 부러워하는 현대 국가 '대한민국'을, 당당하고 풍요로운 조국을 만들어 낸 것입니다. 정말 기적이라고 하지 않을 수 없습니다. 그래서 이들 기성세대는 역사와 민족 앞에 떳떳한 조국과 풍요로운 유산을 물려주었다고 자랑을 합니다.

2차대전 후 독립한 나라 중에서, 더구나 남북분단의 악조건 속에서 유일하게 산업화와 민주화를 차례로 이루어 냈고, 원조를 받던 나라에서 원조를 해주는 나라로 우뚝 섰으니 그럴 만도 합니다.

하지만 과연 후계 세대들의 생각도 그럴까요? 바로 그렇지 못하다는 데에 문제의 심각성이 있습니다. 오늘날 상당수의 젊은이들은 기성세대에 대한 불신과 욕구불만에 가득 차 있습니다. 심지어는 자기가 왜 이 나라에 태어났는지 원망스럽다고까지 말합니다. 그도 그럴 것이 대학을 나왔어도 걸맞는 직장을 구하지 못해 서른이 넘도록 취업도 결혼도 못하고 방황하고 있는 것이 현실이니 그들 탓만 할 수도 없는 노릇입니다.

이런 가운데, 한편에서는 오히려 사람을 못 구해서 외국으로부터 엄청난 노동인력을 수입해 와도 그 수요를 충족시키지 못하는 중소기업이 부지기수입니다. 대학을 나온 사람에게 어떻게 육체노동을 하라는 말이냐고 항변하겠지만, 지난날 갖은 악조건들을 무릅쓰고 독일까지 가서 험한 일을 했던 우리 세대의 광부들, 간호사들, 또 멀리 중동 열사의 땅도 마다하지 않고 달려갔던 근로자들 중 상당수가 대학 출신들이었습니다. 그때는 대학이 지금처럼 많지도 않았을 뿐 아니라 대학 출신들의 선민의식은 지금보다 훨씬 더 강했었습니다. 그런데도 그들은 자기 가족에 대한 책임과 국가 사회에 대한 사명감으로 자진해서 그 엄청난 고난을 극복해냈습니다.

그러면 지금의 젊은이들과 어째서 이런 생각의 차이가 생겼을까요? 세상이 변한 탓이라고 하지만 문제의 본질은 역시 의식에 있다고 생각합니다. 오늘의 우리 사회는 나날이 혼탁해지고 다음 세대를 이어갈 청소년들까지 심신 양면에서 나약해져 가고 있습니다. 체격은 엄청 커진 데 비해 체력은 오히려 약해졌는가 하면 스스로 목숨을 끊는 자살률이 세계에서 가장 높고, 신생아 출생률은 제일 낮아진 이 기막힌 현실도 따지고 보면 우리들 기성세대가 빚어 놓은 결과가 아니겠습니까?

우리는 천형天刑과도 같았던 가난의 굴레에서 벗어나려는 일념으로 오직 물질적 가치만을 추구해 오는 동안, 정작 더 크고 귀중한 것을 잃었습니다. 어떻게 하면 더 많은 먹을거리(財貨)를 생산해 낼까만을 생각했지, 어떻게 해야 싸우지 않고 이것을 잘 나누어 먹을 것인가는 생각하지 않았습니다. 자식들에게는 어떻게 해서든 남보다 앞서라고, 1등만 하라고 다그쳤지 어떻게 하는 것이 남을 도우며 함께 잘 살아가는 길인가를 가르치지 않았습니다.

인생 만년晩年에 와서야 나 스스로도 "시간이 있어도 못할 사람"이었음을 솔직히 인정하면서 늦게나마 내 자식들을 비롯한 젊은 세대에게 최소한 이것만은 꼭 전해주고 가야겠다는 생각에서 엮은 것이 이 책입니다만 또 보는 이의 입장에서는 어떨는지 모르겠습니다.

인문학적 지혜를 소홀히 함으로써 닥친 무서운 결과에 지금 많은 국민이 전율하고 있습니다. 그래도 나는 우리에게는 분명 희망이 있다고 믿습니다. 그것은 한계 상황에 닥치면 언제나 놀라운 순발력을 발휘하여 극적으로 난국을 타개해 나가는 것이 바로 우리 겨레의 주특기임을 알기 때문입니다. 이것만은 분명히 내 눈으로 보았고 마음으로 확인한 것입니다.

1948년 정부수립 직후 단행한 토지개혁 때 오히려 땅을 내놓게 되는 지주들이 자진 협조한 사실을 비롯해서, 6·25동란을 극복해 낸 그 놀라운 인내심과 단결력, 가까이는 88서울올림픽의 성공적 개최, 2002년 월드컵에서의 기적 같은 4강 진출, 그리고 IMF사태 때 보여준 우리 국민의 자발적 금金 모으기 운동 등이 그 단적인 예라고 하겠습니다.

또 다른 징표는 문화대국으로서 가능성입니다. 근자에 전 세계적으로 회자되고 있는 BTS, 미나리, 오징어게임 등을 통한 한류 열풍은 단순한 한 때의 문화현상을 넘어 21세기 전 인류 문화의 주류主流로 자리잡아 가고 있습니다. 이는 오랜 동안 가려져 있던 한민족의 문화적 저력이 때를 만나 비로소 폭발하는 것입니다. 따라서 지금은 분단 이후 북핵 위협으로 최고조의 안보위기 속에 살고 있지만 머지않아 국론을 모아 한반도 평화 실현과 통일조국 건설로 반드시 이어질 것입니다. 가장 중요한 과제는 통일한국의 비전과 사상을 찾는 것입니다. 이를 토대로 우리가 미국, 일본, 중국, 러시아가 자국의 이익을 놓고 첨예하게 대치하는 동북아시아에서 화합 공존의 모델을 만들어 평화세계에 크게 기여해야 할 것입니다.

따라서 이미 우리의 민족사와 국가사가 유사이래 처음으로 인류역사 창조과정에 지류支流가 아니라 주류로, 더 이상 수동적 객체가 아니라 능동적 주체主體로, 따라만 가는 주변부가 아니라 앞장서서 이끌어 가는 중심부로 크게 떨치고 있는 현실을 온 세계인이 함께 인정하면서 따르고 있지 않습니까?

이 책이 젊은 독자들에게 물질적 이해와 득실보다도 정신적 문화적 가치가 얼마나 소중한가를 깨닫게 하는데 조금이나마 도움이 된다면 더없는 보람이겠습니다.

끝으로 오늘의 내가 있기까지 앞서가신 은사님들, 특히 육당 최남선 선생, 운정 김춘동 선생, 현민 유진오 선생, 일오 구자균 선생, 남재 김상협 선생, 지훈 조동탁 선생, 그리고 내 선친先親 해운공海雲公께 늦게나마 고마운 정을 표하고자 합니다. 또한 변변치 않은 이 책이 햇빛을 보게 되기까지에는 실로 많은 분들의 도움이 있었습니다.

방대한 원고를 맡아서 정리해준 목정균 교수를 비롯하여 최동호 교수, 손대오 교수, 박종렬 교수, 김정우 교수, 전용호 교수님께 깊은 감사를 드립니다. 특히 마지막 교열·감수 작업에 노구를 무릅쓰고 나와 함께 근 3개월간을 헌신적으로 애써주신 석악 박찬세 형의 뜨거운 우정에 감동하지 않을 수 없습니다. 2014년 출간된 본서를 증보 재출간하는 데 힘써 준 손대오 교수와 청파랑 이경현 대표에게 각별한 사의를 표하고자 합니다.

2022년 壬寅 5월 1일
城北洞 太華精舍에서
洪一植

| 차 례 |

제4장 선구자의 영예와 비애

第5장 역사를 보는 눈

第6장 남북분단은 어디서 왔는가

제9장 문화대국은 적을 만들지 않는다

제10장 제3의 사상적 대안을 찾아서

第11장 한국인의 생활철학

第12장 문화영토시대 : 맺음하기

제1장

나의 조국 대한민국

1. 대한민국의 탄생
1) 유구한 역사와 전통에 빛나는 대한국민…
2) 21세기—인류문명의 주역으로

2. 우리 민족의 뿌리

1. 대한민국의 탄생

1) 유구한 역사와 전통에 빛나는 대한국민…

1948년 8월 15일. 이날 우리의 조국 대한민국이 탄생하여 자기의 존재를 온 세상에 알렸습니다. 우리 민족이 '광복의 새날'을 맞은 지 꼭 3년 만의 일입니다. 우리는 새 나라의 이름을 줄여서 '한국'이라고 부릅니다. 우리나라 '한국'은 이미 있었던 것이 거듭난 것일 수도 있고, 다른 모습-다른 성격을 띠고 민주적으로 다시 태어난 새로운 존재일 수도 있습니다.

이로부터 우리는 대한大韓의 '새 하늘'을 열고 대한민족—곧 한韓민족이 되었습니다. 국호國號를 굳이 '대한'이라 이름한 것은 일제항쟁기 대한민국 임시정부의 법통을 잇고, 옛 대한제국大韓帝國의 역사까지도 결코 가벼이 여기지 않겠다는 뜻을 밝힌 것이라고 봅니다. 그래서 우리들은 자기가 누구인가를 말할 때, 스스로 '한국인'이라 약 칭하며, 때로는 대한국인大韓國人이라 뽐내기도 합니다.

대한국인이라는 명칭은 대한제국이 낳은 영원한 청년영웅이요 전 인류의 성자聖者라 할 안중근安重根 의사가 일제 관동군의 점령지 만주 뤼

순旅順감옥에서 단지장인斷指掌印과 함께 그의 유묵遺墨에 남긴 자기정체성의 표상어表象語이기도 합니다. 우리들이 한국인이라는 말을 주로 쓰면서도, 때로는 '대한국인'이라 자처하는 것도 이러한 안중근 의사의 뜨거운 애국의 기상氣像과 애족의 단심丹心, 그 불요불굴不撓不屈의 정신을 따라 힘써 배우고자 하기 때문입니다.

대한민국 〈제헌헌법制憲憲法·建國憲法〉이 그 전문前文 첫 머리에서 '유구한 역사와 전통에 빛나는 우리들 대한국민…'으로 자기의 존재연원을 압축 규정한 것도 이와 같은 맥락에 기초한 것이라고 생각합니다.[1]

그렇다면, 역사와 전통이 유구悠久하고 '빛난다'는 것은 무슨 뜻이겠습니까? 이는 새로운 민주독립국가로 첫발을 내딛는 대한민국과 우리 국민이 반만 년 오랜 역사를 가진 고도의 문명국가요, 문화민족임을 스스로 재확인하고 세계 만방에 이를 널리 알리고자 하는 의지의 표현입니다.

아득히 먼 옛날 '동이東夷'의 한 갈래였던 고조선古朝鮮의 위대한 조상으로부터 면면히 이어져 내려온 그 찬란한 문화를 자랑스럽게 계승하고 이를 다시 창조적으로 발전시켜 나가려는 확고한 뜻을 이렇듯 헌법 전문 첫 구절에 담아 엄숙히 다짐하고 있는 것입니다.

물론 우리 민족이 걸어온 반만 년의 역사는 참으로 험난한 가시밭길이었습니다. 끊임없는 외침外侵과 외압外壓으로 얼룩진 그 처절한 시련과 수모, 고난의 도정道程만을 떠올린다면, 우리 민족사에 대한 회의와 자기비하가 일 때도 없지 않습니다.

---

1 대한민국 제헌헌법 전문은 '유구한 역사와 전통에 빛나는 우리들 대한국민은 기미 3·1 운동으로 대한민국을 건립하여 세계에 선포한 위대한 독립정신을 계승하여 이제 민주독립국가를 재건함에 있어서…'라고 그 첫 머리를 열고 있다. 그 후 헌법개정 과정에서 '우리들 대한국민'은 '대한국민'으로 수정되었다

대한민국 정부수립 국민축하식(1948.8.15)

그러나 뒤집어 보면, 이 형극荊棘의 험로險路야말로 우리의 선조들이 외적의 그 어떤 침략이나 부당한 압력에도 결코 좌절하거나 굴하지 않고 끝내 자기를 지켜 낸 자랑스러운 저항의 역사요, 위대한 고난극복의 역사요, 영광스러운 광복의 역사·승리의 역사였음을 반증하는 것이기도 합니다.

다시 말해, 우리 민족사는 일면 수난사受難史이면서도 눈부신 항쟁사抗爭史였습니다. 헌법 전문의 '유구한 역사와 전통에 빛나는…'이란 구절에는 바로 불사조와도 같은 우리 민족의 강인한 생명력이 매우 함축적으로 담겨져 있다고 하겠습니다.

제헌헌법을 기초한 현민 유진오(玄民 兪鎭午 1906~1987. 高麗大總長 역임) 선생은 건국의 연혁과 이념-지도원리 그리고 바야흐로 탄생할 새 나라 국민의 역사적 사명과 책무 등을 단일문장으로 압축-서술하는 전문을 초抄하면서 그 첫마디를 여는데 무척이나 고심한 흔적이 선생의 육필초고에 뚜렷이 나타나 있습니다.

선생은 애초에 '반만 년의 광휘 있는 문화적 전통에 빛나는 우리들 조선인민은…'이라고 썼다가, 수식이 다소 장황하다고 느꼈음인지 '반만 년의 광휘 있는 문화적 전통…' 대신에→ '장구長久한 역사와 전통'으로 줄였다가, 다시 '장구한'을→ '유구悠久한…'으로 고쳐 써, 마침내 '유구한 역사와 전통에 빛나는 우리들 조선인민은…'이라고 확정짓기까지 그 어휘와 자구字句 하나하나에 참으로 세심한 주의를 기울였던 것입니다.

그 뒤 1948년 5·10 총선거로 5월 31일 제헌국회가 개원되고 7월 17일 헌법이 공포됨에 따라 새 나라의 국명國名이 '대한민국'으로 정해진 이상, 헌법 제정의 주체 또한 '조선인민'이 아니라 마땅히 정식 국호에 따라 대한민국 국민—곧 '대한국민'으로 대체하게 된 것입니다.

다시 강조하건대, 대한민국헌법 전문의 도입 첫머리—'유구한 역사와 전통에 빛나는 우리 대한국민은…'이란 이 일절은 건국 이래, 아홉 차례의 개정을 거쳐 1987년 10월 27일 공포된 현행헌법에 이르기까지 단 한 번도 고쳐지지 않았습니다. 마치 영구불변의 항성恒星처럼 언제나 민족의 자존과 자긍심을 일깨우며 모든 국민의 각성과 분발을 촉구하는 아포리즘(aphorism)으로서, 그리고 국가와 민족의 진로를 제시하는 향도嚮導로서 한결같이 그 빛을 발하고 있습니다.

2) 21세기—인류문명의 주역으로

우리 조국 대한민국은 반만 년의 오랜 역사와 전통에 그 뿌리를 두고 우뚝 선 나라입니다. 유구한 역사 속에 살아 숨쉬는 민족의 개성과 독창적인 전통문화야말로 우리 한韓민족의 과거 현재 그리고 미래를 관통[一以貫之]하며 '한국인'의 한국인다움, 또는 '대한국인'을 '대한국민'으로 길러내는 자기정체성의 원천이요 토양이자, 민족적 이상 실현과 자아완성의 소중한 원동력입니다.

요컨대 우리 대한민국은 돌출적으로 창건된 것이 아니라, 단절없는 역사 속에서 공화정체共和政體로 재건된 '민주독립국가'라는 것입니다.

지난 1996년에 나는 지면을 통해 강의를 한다는 마음가짐으로, 평생대학강단에서 학생들과 나눈 지적교환의 편린片鱗들을 가려내어 《한국인에게 무엇이 있는가—21세기 인류문명의 주역이 되기 위한 한국인의 자기 점검》이라는 책을 펴낸 바 있습니다.

여기에서 나는 다가오는 21세기에는 우리 민족이 분명 인류문명을 이끌어 나아갈 당당한 주역이요 견인차로 떠오를 것이라는 소망과 기대를 밝히면서, 그 방법론적 목표로 도의·문화대국건설이라는 명제를 제시하였습니다.[2]

우리 민족이 지닌 그 특유의 저력과 자질을 전통문화의 창조적 계승을 통해 발휘한다면, 우리는 기필코 그 명제를 실현 가능한 미래, 반드시 오고야 말 내일로 꽃피울 수 있다는 믿음에서였습니다.

이 소망과 기대는 무엇보다 먼저 '내가 누구인가'를 아는 일에서 출발하여 우리의 역사와 전통의 유구성에 대한 투철한 이해에 도달할 때 비로소 성취가 가능할 것으로 확신합니다.

---

2 우리의 '孝사상'과 '新인본주의'의 한국적 가치를 잘 다듬어서 인류의 보편적 가치로 승화시켜 나가는 문화운동을 국내외적으로 전개해야 한다는 것을 제시하였다.

2. 우리 민족의 뿌리

군자·불사의 나라 : 진국震國 단상

국가성립의 절대 요소는 국민-영토-주권입니다. 이 세 요소 중 어느 하나라도 빠지면 국가는 존립할 수 없습니다. 우리는 지난 35년간 일본인들에게 주권과 영토, 심지어 자기의 성씨와 이름마저 빼앗긴 채, 혹독한 착취에 시달리며 살았습니다. 유사有史 이래 처음 있는 일이었습니다. 그럼에도 우리에게는 반드시 되찾아야 할 고국산천이 있기에 모든 분노를 안으로 삭이며 내일을 기약할 수 있었습니다.

〈삼천리 금수강산〉입니다.

아름답기가 비단 위에 색실로 수繡놓은 그림 같은 풍광, 뚜렷한 사계절의 온화하고 쾌적한 기후, 풍부한 강수량, 가을이면 오곡백과 무르익는 황금들판…, 태양이 눈부시게 빛나는, 그리하여 순박한 민초들이 착하고 어진 본성을 고이 간직하며 살아 온 세상 그 무엇에도 비할 수 없고 그 무엇과도 바꿀 수 없는 이 아름다운 조국강토—.

한국을 소재로 장편 《살아 있는 갈대 Living Reed》(1963)를 쓴 미국의 노벨문학상 수상작가 펄 벅(Pearl. S. Buck, 1892~1973) 여사가 '고상한 사람들이 사는 보석 같은 나라'라고 극찬하여 마지않던 아시아의 동쪽 옛 군자君子의 나라—이곳이 바로 중국인들이 말하던 진국震國입니다.

나는 우리나라 반만 년의 역사와 이 아름다운 금수강산에 생각이 미칠 때면 언제나 마음속 깊은 곳으로부터 뜨거운 격정이 솟아오릅니다.

'진국'이란 국호를 언급한 데는 나름대로 까닭이 있습니다. '震'이라고 할 때의 '진震'은 방위로는 《주역周易》〈설괘說卦〉의 '동東'—곧 중국의 동쪽을 뜻하는 말로 우리나라 조선을 예스럽게 부르던 명칭이요, 꼴로는 팔상八象의 천둥(雷)—즉 새봄에 멀리 동북방에서 은은하게 울려오는 '춘뢰春雷'의 상서로움을 암시하는 글자입니다.

그리하여 육당 최남선(六堂 崔南善 1890~1957) 선생은 '진震'의 글자 뜻[字意]을 '광명과 생명'의 표상이라 하고 《조선상식문답朝鮮常識問答》(1946.6) 〈제1 : 국호國號〉 편에서 풀이하기를, '동방에 있는 모든 나라를 통틀어 이야기할 때에 진역震域이란 말을 씀은 의미가 깊다'고 강조한 바 있습니다. 아울러 육당은 거룩한 혁명가가 나타나 새 세상을 열 때 신령님이 震의 방향에 나타났다고 빗대어 쓰던 고사故事를 상기시키면서, 고구려의 계승-재건을 표방하고 震이란 국명을 빌려 썼던 대조영大祚榮과 궁예弓裔를 그 예로 들고 있습니다. 대조영이 세운 발해渤海의 원명이 '震國'이었고, 후고구려를 세운 궁예의 태봉泰封도 그 첫 이름은 '마진摩震'이었습니다.

이로 보면, 동방을 뜻하는 '진'이라는 이름이 우리 민족에게 던지는 함의含意는 실로 심장深長하다고 하겠습니다.

예부터 우리나라를 이르는 국호는 무수히 많았습니다. 물론 우리 선조들 스스로 붙인 것도 있었지만 주류는 중국에서 나온 이름들입니다. 중국 남조시대 송宋나라의 범엽(范曄 398~445 AD)이 찬술한 《후한서後漢書》〈동이열전東夷列傳〉은 그 첫 단, 첫 문장에서 《예기禮記》의 〈왕제王制〉 편에 기술된 '동방을 이夷라 한다(王制云 東方曰夷)'라는 일절을 제시하고,

夷라는 것은 근본(뿌리)이다. 夷는 어질어서 생명을 사랑하나니 이는 만물이 뿌리에서 나오는 이치와 같음을 말하는 것이다. 까닭에 夷는 천성이 유순하여 도道로써 다스리기가 용이하므로 군자君子-불사不死의 나라까지 있을 정도이다. 夷에는 아홉 종류(九夷)가 있다.

고 했습니다. 공자가 '구이에 살고 싶어했다'는 이야기는 《논어論語》 〈자한子罕〉 편에도 나옵니다.

夷에 대한 《설문해자說文解字》의 풀이를 정리하면, 夷로 포괄되는 동방의 '震人'(우리 韓민족)들은 어질고 유순하며 대의大義를 숭상하는 대인大人-군자들로서 장수를 누려 그들이 사는 '진역震域'에는 군자-불사의 나라까지 있다는 요지입니다.[3] 특히 夷와 '군자'는 같은 것이므로 동이족東夷族처럼 살면 복 받는다고 격찬하며 이들을 모범으로 삼으라는 암시까지 곁들이고 있습니다.

이밖에 조선 광해조 때 실학의 선구자 지봉芝峯 이수광(李睟光, 1563~1628)도 그의 저서 《지봉유설芝峯類說》에서, 중국 《고금기古今記》에 나오는 '군자의 나라는 지역이 사방 천리인데 무궁화가 많다'는 내용과 관련하여 의미 있는 논평을 남기고 있습니다. 그는 이 기록의 출처를 고증하여 보니, 군자의 나라는 당唐나라 현종玄宗이 신라新羅를 두고 한 말이고, '무궁화가 많다'는 것도 고려시대의 '표사表詞'[4]에 우리나라를 일컬어 근화

3 〈說文解字註〉(臺北 : 黎明文化事業股份有限公司, 1975년판의 '夷'條 참조.)

4 표사表詞란 임금이나 관官에 올리는 '표문表文'의 왕조시대별 명칭 또는 그 문체를 일컫는 말인 듯하다. 예컨대 중국 한漢대 이래 수隋-당唐조에서는 〈표〉 자에 문文 또는 부賦를, 송宋 대에는 사詞를, 원元 대에서는 곡曲자를 붙여 표문의 명칭으로 쓴 관례가 고려에 이식된 것이 아닌가 유추해 본다.

향槿花鄕이라 지칭한 바 있다고 했습니다.

나는 중국의 고문헌과 우리 선인들의 기록을 상고詳考하면서, 한민족의 본성과 그 원형의 복원은 군자, 즉 도덕적 인간상에 초점을 맞출 때 비로소 그 답을 찾을 수 있다고 결론 내렸습니다. 나는 지금도 큰 활을 메고, 대의를 좇는 낙천적이고 진취적인 기상에다 군자의 풍모를 지닌 우리 조상들을 떠올리며, 새삼 감회에 잠기곤 합니다.

제2장

오늘의 대한민국, 기적인가

1. 우리는 큰일을 해냈다
2. 대한민국의 위상 변화
3. 코리아 판타지—온 세계를 놀라게 하다

1. 우리는 큰일을 해냈다

단재 신채호(丹齋 申采浩, 1880~1936) 선생은 일제 침략의 마수 앞에 대한제국의 잔명殘命이 풍전등화風前燈火와 같던 절망기에 '우리 민족이 당하는 고통이 남보다 모질고 독하니 오히려 더 큰 희망을 가질 수 있다'면서 다음과 같이 〈대한의 희망〉을 노래한 바 있습니다.

> 크구나, 대한의 오늘의 희망이여. 아름답구나, 대한의 오늘의 희망이여. 머지않아 조물주가 세계 민족마다의 시험성적을 발표할 것이니 우리 국민이 제1등의 자격을 가질 것이다….
>
> 〈대한의 희망〉《大韓協會月報》1908.4

'크고 아름다운 대한의 희망'을 노래하던 그 무렵 단재 선생의 심경은 더없이 비통하고 참담했겠지만, 고난의 민족이기에 우리는 오히려 더 큰 일을 할 수 있고 또 해야 할 사명을 띠고 있음을 역설했던 것입니다.

> 큰일을 할 위치에 있으면서 큰일을 할 시기에 큰일을 할 수 있는 국민이 아니면 큰 사업을 능히 하지 못하거니와 내가 우리 동포를 보건대

큰일을 할 자격을 구비하고 있구나. 변란이 없을 때는 평화롭게 살다가 도 일단 임진란壬辰亂과 같은 시기가 도래하면 적을 방어할 대책을 강구하며 일에 당하여 갑자기 준비하더라도 문제를 제때에 해결하여 철포鐵砲를 창안한 박진朴晋과 철갑선을 만든 이순신(李舜臣)도 있어서 명예의 기념비를 역사상에 길이 세웠으니 저 구라파에서 강대하다고 평가를 받고 있는 나라 사람들이라도…… 우리를 따르지 못할 점이 많도다. 오! 우리 국민이여, 큰일을 할 국민이 아닌가…….

〈대한의 희망〉

이처럼 단재 선생은 앞으로 할 일이 많은 우리 민족의 큰 사명을 강조하였습니다. 단재 선생의 이 같은 일깨움은 일찍이 맹자孟子가 가르쳤던 '하늘이 내리는 시련'과도 일맥상통하는 것입니다. 맹자는 다음과 같이 말했습니다.

하늘은 장차 큰 일[大任]을 맡기려는 대상에 대해서는 반드시 먼저 그들의 마음을 괴롭게 만들고 그들의 근육과 뼈마디를 지치게 만들고 그들의 몸통과 살갗을 주리고 마르게 하고 그 육신으로 하여금 곤핍케 하여, 하는 일마다 그들이 꼭 하고자 하는 일과는 어긋나게 만드는데 이것은 그들의 마음을 움직여 참고 성미를 참아내게 함으로써 할 수 없었던 일을 더 많이 하게 하기 위함이다.

故天將降大任於是人也 必先苦其心志 勞其筋骨 餓其體膚 空乏其身 行拂亂 其所爲 所以動心忍性 曾益其所不能

《孟子》〈告子章句 下〉

또한 맹자는 순舜임금이 논밭에서 발탁되고, 부열傅說이 성 쌓는 공사판에서 천거되고, 교격膠鬲이 생선-소금 파는 어시장에서 기용되고, 관이오管夷吾는 옥리에 의해 구류 중에, 또 손숙오孫叔敖는 바닷가에서, 그리고 백리해百里奚는 시장바닥에서 발굴되어 등용되는 등 큰일을 하여 후세에 길이 그 이름을 남긴 위대한 인물일수록 미천하고 고달픈 삶의 현장에서 몸을 일으켜 하늘이 내리는 시련을 감당해냈음을 그 실증을 들어 설명하고 있습니다.

孟子曰 舜發於畎畝之中 傅說擧於版築之間 膠鬲擧於魚鹽之中 管夷吾擧於士 孫叔敖擧於海 百里奚擧於市

《孟子》〈告子章句 下〉

단재 선생은 그 무렵 민족이 당하고 있던 어렵고 고통스럽고 쓰라린 곤고困苦를 바로 맹자가 말한 '하늘에 의한 시련'으로 보았던 것입니다. 우리 민족이 '큰일을 해낼 민족'으로 점지點指된 선민選民이 아니고서야 이토록 큰 시련을 겪게 할 수는 없다는 확고한 의식의 표현입니다. 그것은 하느님의 유일한 적자嫡子임을 자임하는 저 유태인들의 신앙적 '선민사상'과는 차원이 다른 '선민의식'입니다. 선구자들의 이 같은 자아의식과 신념이 오늘의 우리를 만든 원동력이 되지 않았는가 생각해 봅니다. 우리는 오늘에 이르러 맹자가 가르치고 단재가 설파한 그 '큰 일'을 마침내 해내고야 말았기 때문입니다.

그렇다면 우리가 해낸 '큰 일'이란 과연 어떤 것이겠습니까?

말할 것도 없이 그것은 거의 동시-병행적으로 이룩하고 도달한 우리의 산업화와 민주화의 대업입니다. 우리가 광복한 지 불과 한 갑자(甲子: 60년) 만에 정치·경제·문화적으로 세계 선진대열에 들어섰다는 사실은 하늘이 내린 시련을 훌륭하게 극복했다는 증표이자 축복이 아닐 수 없습니다.

우리의 성취는 이뿐이 아닙니다. 스포츠에서, 두뇌 싸움에서, 또 과학-기술을 포함한 세계로의 진출에서도 우리 민족은 타고난 우수한 자질과 무한한 저력을 종횡무진 발휘하고 있습니다. 특히 오랜 수련을 통한 공력功力과 고도의 집중력이 요구되는 영역에서 다른 나라는 도저히 따를 수 없는 실력을 떨치고 있음은 새삼 말할 것도 없습니다.

단적인 예를 하나 들어보겠습니다.

미국의 저명한 인권단체 프리덤 하우스(Freedom House)는 세계 각국의 정치적 민주주의(political democracy)와 문명(civilization)의 정도를 합쳐 종합지수를 7등급으로 나누어 1973년부터 해마다 발표합니다. 첫 발표 무렵 한국은 6등급, 북한과 중국은 7등급, 제3세계 국가들은 대부분 6등급 이하였습니다. 그때 제3세계 가운데 싱가포르와 인도가 4등급으로 가장 높은 평가를 받았으나 그 뒤에 등락을 거듭하다가 지금도 4등급에 머물러 있습니다.

그런데 놀랍게도 2005년에 1등급이 된 나라는 우리 대한민국뿐입니다. 몇 나라 가운데 하나가 아니라 유일한 국가입니다. 그러니까 세계적인 관점에서 보면, 한국은 지난 40년 동안 군사정권을 겪기도 했지만 계속 발전하여 왔고 경제뿐 아니라 교육, 문맹률, 의료혜택, 산림녹화 등 문명화 지수도 줄곧 상승궤도를 달려왔다고 보아야 합니다.

또한 언론자유에 관해서도 〈국경 없는 기자회〉 등이 발표한 지수를 보면, 1945년 이후 독립한 나라 중에서 우리 한국이 가장 앞서고 있습니다.

체육분야에서도 오늘날 각종 경기에서 두각을 나타내어 남녀 모두 세계적인 주목을 받고 있는 사실 또한 예사롭지 않습니다. 그중에서도 온 인류의 축제인 올림픽에서 가장 큰 꽃은 옛날이나 지금이나 마라톤 경기입니다. 그래서 지금도 올림픽 축제 마지막 날, 맨 끝 순서로 마라톤 경기를 치르고 곧 폐회로 들어갑니다. 그런데 근대 올림픽이 시작된 이래 동양 사람으로 마라톤 경기에서 우승한 사람은 단 두 사람뿐입니다. 그것이 바로 우리 한국의 손기정 선수와 황영조 선수입니다. 하지만 막상 우리 자신은 그것을 크게 의식하지도, 온 국민이 자랑으로 여기는 것 같지 않습니다. 오히려 동양에서 올림픽을 치른 적이 있는 중국과 일본 사람들은 자기네들이 국토나 인구가 월등한데도 아직 마라톤에 우승자를 내지 못한 것을 못내 아쉬워하며 부러워하는 것을 보면 우리는 아직도 자기 자신에 대한 긍지가 부족하지 않나 생각합니다.

2. 대한민국의 위상 변화

오늘날 세계 어디를 가나 우리는 한국 사람을 만날 수 있고, 한국제품을 볼 수 있으며 살 수 있고 이용할 수 있습니다. 또한 이 지구상에 어느 정도 상식 있는 사람치고 우리나라 대한민국을 모르는 사람은 이제 없을 것입니다.

6·25동란 '휴전' 직후인 1953년 그때의 국민소득이 고작 67달러……. 국민소득 100달러에도 못 미치던 절대빈곤의 이 나라가 지금은 그 500배에 달하는 3만 달러를 넘어섰습니다. 전 세계 200여 국가 가운데 국민소득 2만 달러 이상이면 보통 선진국으로 봅니다. 이 기준으로 보면 현재 우리나라는 세계 10대 경제대국으로 평가됩니다. 무역 수출입 총계로는 일곱 번째라고 합니다.

특히 2008년에는 글로벌 금융 위기의 후폭풍을 잠재우고, 선·후진국이 협력하여 미래 번영의 새로운 항로를 마련하기 위한 〈G20정상회의〉가 서울에서 열렸습니다. 그런데 우리 대한민국이 바로 이 국제회의의 의장국이 되어 '서울컨센서스'를 이끌어 냄으로써 세계의 중심국으로 우뚝 서게 된 것입니다.

어디 이뿐입니까? 우리 대한민국이 2012년 이른바 〈20-50클럽〉에 진입한 사실은 우리에게 더없이 흐뭇한 일이 아닐 수 없습니다. 이 〈20-50 클럽〉은 인구 5,000만 이상의 국가로서 국민소득 2만 달러 이상을 기록한 나라들의 모임을 뜻하는 일종의 조어造語입니다. 우리 대한민국이 지구상 200여 나라들 가운데 일곱 번째로 이 클럽의 일원으로 진입한 국가라는 데 그 의미가 큽니다. 그 순위를 보면, 1987년 일본 다음으로 1988년에는 미국이, 그 뒤로 프랑스(1990), 이탈리아(1990), 독일(1991), 영국(1996) 순이며, 그 뒤를 이어 우리 대한민국이 진입한 것이니 우리로서는 큰 자부심을 느낄 만도 합니다.

경제력이나 인구 국토 중 어느 하나로만 따진다면야 OECD국가들 안에서도 우리보다 월등한 나라가 많습니다. 하지만 국가경쟁력으로서의 국민소득과 인구수를 동시에 갖춘 나라로 꼽을 때, 우리가 일곱 번째라는 것입니다. 그러니 아무리 겸양을 하더라도 중강국中强國임을 온 세계에 알린 것으로 이제 누가 감히 우리를 약소국이라고 하겠습니까?

또 한때 미국의 '오만한 금융제국'이라고 불리던 〈골드만 삭스〉(Goldman Sachs)라는 세계 제일의 투자전문은행을 겸한 증권회사가 2025년쯤에는 대한민국이 세계 7대 강국이 될 것으로 내다보았다고 해서 화제가 된 일이 있습니다. 더구나 그 다음 25년 후인 2050년에는 대한민국이 국민총생산(GDP) 기준으로 미국에 다음가는 세계 2위의 경제대국에 이를 것이라는 참으로 놀랄 만한 평가를 덧붙이기도 했습니다. 앞으로 이 같은 전망이 들어맞든 그렇지 않든 간에 이 또한 오늘날 대한민국의 국제적 위상을 말해주고 우리의 무한한 저력과 가능성을 높이 평가한 것이니 참으로 흐뭇한 일이 아닐 수 없습니다.

1950년대에 '한국에서 민주주의를 바라는 것은 쓰레기통에서 장미꽃

이 피기를 기대하는 것과 같다'고 한 어느 외국 언론의 논평이 아직도 기억이 납니다. 그 시절 서양사람들의 눈에 전쟁의 참화 속에 극도의 빈곤과 혼란에 허덕이는 동양의 조그마한 나라에서 민주주의의 꽃이 핀다는 것이 거의 불가능한 일로 보인 것도 무리는 아닐 것입니다. 그러나 한국의 민주주의는 《6·10 민주항쟁》(1987)을 거쳐 마침내 민주화를 이루었고 1998년 이래 네 차례에 걸쳐 평화적으로 여-야 간에 정권이 교체됨으로써 이제 대한민국을 비민주국가라고 할 사람은 세상에 아무도 없습니다.

최근에 문명사학자 폴 케네디(Paul M. Kennedy)는 '망했던 국가나 민족이 다시 일어선 경우를 보면 반드시 뿌리 깊은 문화적 전통이 있었다'고 지적하면서 그 대표적인 예로 스페인과 우리 한국을 들고 있습니다. 대한민국은 겨우 1948년에야 새로 출범한 나라입니다. 더군다나 나라를 세우자마자 6·25라는 대규모 동란을 겪어, 온 국토가 폐허가 되었습니다. 그 나라가 지금 세계 10대 경제대국이요, 당당한 민주주의 국가로 발돋움한 것입니다. 우리에게 무엇이 있어 이렇게 되었을까요? 그것은 곧 자랑스러운 역사와 전통문화가 있었기 때문입니다.

그런데도 지난날 우리는 우리의 역사와 전통문화를 부끄러운 것, 버려야 할 것으로 외면하기 일쑤였습니다. 그리고 아직도 이런 의식은 곳곳에 남아 있습니다. 자기나라의 역사와 문화를 부끄럽게 생각하는 사람에게 어떻게 애국심을 기대할 수 있으며 번영을 기약할 수 있겠습니까? 우리가 우리 자신을 부정적으로 보아오는 동안 외국과 외국인의 시선은 어떠했는지 한번 살펴보겠습니다.

일본의 정치학자 기무라 간(木村 幹 고베대학 대학원 교수)이 지적한 내용은

2010 G20 서울 정상회의 © Casa Rosada (Argentina Presidency of the Nation)

우리에게 큰 충격을 줍니다.

지금 한국에서 넘쳐나는 것은 자신이 살고 있는 사회에 대한 불만이고, 해방 이후 역사에 대한 부정적인 논의뿐이라는 인상을 준다. TV나 영화에서 그려지는 한국현대사는 문제투성이이고, 거기에는 강한 비판적 메시지가 담겨 있다.

한국 사람들이 왜 자기 역사에 대해 이렇게까지 부정적인 사고방식을 갖게 되었을까라는 점은 도저히 이해가 안 간다. 미·소에 의한 분할 점령, 6·25동란, 군사쿠데타와 유신정권, 광주사건, IMF위기 등 해방 후 한국이 걸어온 길은 고난의 역사였다. 그렇다고 해서 해방 이후 한국의 역사가 모조리 부정적인 측면만 갖는 것은 아닐 것이다.

1950년대 이승만 대통령은 필리핀의 막사이사이 대통령에게 필리핀 경제를 따라잡는 것이 목표라고 말한 적이 있다. 6·25동란 직후 일본은 물론 동남아시아 여러 나라들에 비해서도 낮은 생활수준에 허덕이던 한국은 훌륭하게 경제발전을 이루어냈고, 풍요한 사회를 실현했다. 민주화도 마찬가지다. 1980년대 새로운 민주화의 '파도' 속에서 한국은 민주화를 실현했다. 필리핀을 비롯한 많은 나라들이 민주화 실현 이후에도 정치적 혼란이 계속된데 비해 한국에선 민주주의가 훌륭하게 정착하고 있다……

그런데도 외국인이 바라보는 한국은 기이하게 비친다. 개혁을 한다면서 과거의 문제점을 따지기 이전에 한국인들은 스스로 왜 성공했는지를 한 번 더 돌이켜 살펴볼 필요가 있는 게 아닐까?…….

2005년 9월 23일 《조선일보》

나는 그동안 우리가 부정해 온 우리 것의 가치, 그리고 오늘의 대한민국을 있게 한 그 원동력에 대해 다시 한 번 곰곰이 생각해 보고자 합니다.

3. 코리아 판타지
—온 세계를 놀라게 하다

1945년 8월, 마침내 제2차 세계대전이 끝이 났습니다. 그렇다고 곧바로 평화의 시대가 찾아온 것은 아닙니다. 종전과 더불어 지구상에는 일찍이 없었던 새로운 현상들이 한꺼번에 폭발하였습니다. 모처럼 닥친 평화의 기운이 국내외를 막론하고 이제까지 움츠리고 있던 묵은 불만과 새로운 욕구들을 한꺼번에 쏟아내면서 세상을 온통 분쟁과 충돌로 몰고 갔습니다. 전쟁의 종식이 또 다른 혼란과 분쟁의 시작이었고, 새로운 예속과 희생의 서막이었으니 실로 아이러니가 아닐 수 없습니다.

미국과 소련을 두 축으로 하는 동서냉전은 온 세계에 지역분쟁, 폭동, 테러, 기아, 질병 등 크고 작은 화란禍亂과 고통을 불러일으켰습니다. 전쟁 못지않게 평화 속에도 복잡한 문제가 잠복해 있는 법입니다. 다시 말해서 평화에는 얌전한 비둘기들만이 깃드는 곳이 아니라 온갖 잡새들과 사나운 짐승들이 아귀다툼을 벌이는 어지럽고 어수선한 곳이라는 이야기입니다.[1]

이처럼 어지럽고 어수선한 현상 가운데 가장 두드러진 것이 국제무대

---

1 김상협, 《지성과 야성》 〈혼돈의 시대—그 상수와 변수〉, (1985, 일조각) pp. 105-109.

타고르의 시비 〈동방의 등불〉, 타고르(1861~1941)

에 우후죽순雨後竹筍처럼 나타난 신생국들, 즉 제3세계의 등장이라 하겠습니다. 이들은 저마다 민족해방-자주독립을 외치며 민족주의 열풍을 불러일으켰습니다. 이것이 구미歐美의 기성세계 눈에는 신생국 출현러시-독립선언 인플레이션처럼 비쳤을 것입니다. 우리 대한민국의 건국도 그런 시각으로 보면 후진지역의 신생국 '출현 붐'의 하나로 그 의미가 묻혀버릴 수도 있는 일이었습니다.

한편, 이와 같은 '신생자新生者' 백출百出의 감격시대에도 모든 약소민족에게 다 같이 해방의 기쁨과 자주-독립의 찬가만이 울려 퍼진 것은 아니었습니다. 불가항력의 반동적 역풍도 거세게 몰아쳤습니다. 전승戰勝강대국들의 분할지배 야욕과 억압 속에서 주권상실은 고사하고 종족의 명맥마저 끊기는 약소민족들의 슬프고 아린 역사도 동시에 펼쳐졌습니다.

특히 옛 소련 세력권의 유라시아대륙과 신흥 패권국가로 등장한 중공

(中華人民共和國)의 변강邊疆지대에서 이 같은 사태가 무자비하게 연출-자행되었던 것입니다. 소련의 위성국으로 전락한 동구제국과 카자흐-우즈베키 등 이른바 ~스탄 제국으로 통칭되는 중앙아시아 이슬람문화권, 그리고 신장과 티베트를 비롯한 중국의 자치구 일대의 수많은 소수민족들의 기구한 운명이 바로 그런 것이었습니다.

우리 민족도 물론 예외는 아니었습니다. 이른바 '카레이스키'(혹은 카레이츠)로 불리는 지난날(1937) 연해주 50만 고려인의 그 가혹한 '디아스포라(離散)'의 비극도, 광복과 더불어 허리가 잘린 남북분단의 통한과 6·25동족상잔의 참화慘禍도 거슬러 올라가면, 그 기원이 강대국들의 탐욕과 어김없이 맞닿아 있음을 보게 됩니다.

그런데 이제 와 돌이켜보면, 1948년 8월 15일의 대한민국 탄생, 그 '고고呱呱의 일성一聲'이야말로 식민지 착취에서 신음하던 약소민족의 하나가 오로지 자조자립의 일념으로 인류사상 유례 없는 대성공을 거두고 바야흐로 선진국 대열에 합류하는 출발의 팡파르였던 것입니다.

이때만 해도 '파천성破天聲'[2]과도 같은 이 '코리아 판타지'가 던지는 심중한 의미를 알아차리고 코리아의 오늘과 같은 성장-발전을 예견한 사람은 우리 자신을 포함해서 온 세계 어디에도 없었을 것입니다.

굳이 꼽자면 시대적 상황은 다르지만 인도의 시성詩聖 타고르(Rabindranath Tagore 1861~1941)가 일제강점기에 모진 박해와 고통 속에 신음하는 우리 민족에게 격려와 위안을 보내고자—코리아의 부활을 예언

2 '파천성破天聲'은, '일찍이 이전에 아무도 해내지 못한 일을 처음으로 해냄을 이르는 말'로 쓰이는 '파천황破天荒'의 파생어로서 우리 대한민국의 탄생을 두고 지어본 나의 조어 造語이다

한 코리아 송가頌歌 〈동방의 등불〉이 그 비슷한 범주에 속할는지 모르겠습니다.

> 일찍이 아시아의 황금 시기에/빛나는 등불이던 코리아/그 등불 다시 한 번 켜지는 날/너는 동방의 밝은 빛이 되리라…(이하 생략)

라는 시구입니다.

어쨌거나 오늘과 같은 우리의 대성취는 제2차 세계대전 이후 그 누구도 예견하지 못한, 지구상 단 하나의 성공 스토리가 아닐 수 없습니다.

'크고 아름다운 대한의 희망'을 노래했던 단재丹齋 선생께서 살아계셨다면 혹 몰라도……!!

이런 성공 스토리를 쓸 수 있는 저력은 어디에서 나온 것일까요? 보통 자주국가가 국권을 상실하게 되면 나라를 되찾기 위해서 독립운동을 전개합니다. 그 방법은 크게 두 가지입니다. 첫째는 무력항쟁입니다. 팔레스타인이 좋은 사례입니다. 그 나라에서는 자식을 낳아서 다섯, 여섯 살만 돼도 군사훈련을 시킨다는 말이 있습니다. 둘째는 교육과 과학기술 진흥입니다. 우리는 나라를 빼앗겼을 때 서로 약속한 것도 아닌데, 나라를 되찾기 위해 두 가지 방법을 병행했습니다. 국권을 빼앗긴 원인은 근대국가 건설에 실패했기 때문입니다. 근대국가가 되려면 교육기반을 닦고 과학기술을 진흥시켜야 합니다.

많은 국내 학자들은 일본제국주의로부터의 온갖 수모를 참고 억울하고 분해도 참으면서 자식들을 가르치자고 했습니다. 그래서 학교를 세워 교육한 것입니다. 또한 산업기반을 닦자고 주장했습니다. 이런 온건파가 생긴 한편, "그게 무슨 소리냐? 이에는 이로, 당한 대로 갚아야지." 하는 강경파가 생겨서 무장투쟁을 전개한 것입니다.

일본의 지식인들과 얘기하면서 안 내용입니다. 식민지시대 일본 사람들이 놀란 것이 무엇이냐? 옛날 일본에서는 영주들끼리 싸우다가 어느 한쪽의 영주가 항복하면 나머지는 자동적으로 다 따라온다는 것입니다. 그런데 조선 사람들은 항복하고 합병을 했는데도 계속 투쟁하니, 이상하다는 것입니다. 강경파는 해외로 망명해서 군사적으로, 외교적으로 끝까지 항쟁했습니다. 온건파와 강경파로 나눠져서 근 반세기 동안 축적된 경험을 통해서 오늘의 대한민국을 만든 것입니다. 2차대전 종결과 동시에 이 양대 세력이 합쳐져서 이룩한 것이 오늘의 대한민국입니다.

세계에서 우리처럼 문민통치를 한 나라가 드뭅니다. 그러니 조선의 500년 문민통치를 부정적으로만 보지 말아야 합니다. 문약했기 때문에 망한 것이 아닙니다. 붓이 칼보다 강합니다. 문민통치가 있었기 때문에 그것이 가능했습니다. 대한민국의 존재 의의에 그런 역사 문화적인 배경이 있습니다. 다른 나라들은 그런 것이 없었습니다. 국권을 되찾는데 오로지 항쟁으로 매진했습니다. 그러니까 정치적으로는 독립했는데, 아직도 근대국가가 못 됐습니다. 산업화를 못 하고 있습니다. 2차대전 이후에 독립한 나라들 대부분이 그렇습니다. 독립한 이후 발전이 미미한데, 우리는 한 발 더 나아가서 근대화를 이루고 산업화가 된 것입니다. 그것은 문민통치의 역사와 전통이 있었기 때문에 가능한 것입니다. 결과적으로 이 과정에서 온건파와 강경파가 절묘하게 역할분담을 했습니다.

남들은 우리가 해낸 일들을 가지고 기적이라고 합니다. 논리적으로는 설명할 수 없는 일이 일어났다는 뜻이겠지요.

하지만 이러한 찬사를 듣는 우리의 마음이 마냥 유쾌하고 편할 수만은 없습니다. 왜냐하면 오늘의 이 성취는 기적 같은 일임이 분명하나 우리에게는 이것이 작은 성취에 지나지 않기 때문입니다. 우리의 앞길에는 더 큰 성취를 향해 매진해야 할 막중한 과업이 가로놓여 있고 지금 우리에게는 이 엄청난 과업을 감당해낼 의지와 정열이 불타고 있습니다.

그렇다면 우리의 그 의지와 정열은 대체 어디에서 나오는 것이겠습니까? 그리고 우리에게 무엇이 있어 이처럼 놀라운 '압축 성장'을 이루어낼 수 있었겠습니까? 그 연원淵源과 거기에 숨겨진 힘, 그리고 그 동기를 더 들어 밝히는 일이 곧 우리가 앞으로 이룩해야 할 '더 큰 보람'의 길이자 인류가 다 같이 지향해야 할 정경대도正經大道라고 나는 믿습니다.

제3장
자랑스러운 저항의 발자취

1. 문명사의 大쓰나미
    1) 서세동점의 실상
    2) 일본의 상황논리—분열에서 통일로

2. 독립운동에 얽힌 사연들
    1) 3·1운동의 세계사적 의미
    2) 〈식민지 시혜론〉의 기만성
    3) 유림儒林을 위한 변명

3. 투쟁 속에도 살아 있는 선비정신
    1) 구원久遠의 성자聖者 안중근 의사
    2) 도산 안창호 선생의 도덕성

1. 문명사의 大쓰나미

1) 서세동점의 실상

지난 2004년 12월, 인도네시아 근해에서 일어난 '쓰나미(津波 Tsunami)'를 기억하실 겁니다. 이 거대한 지진-해일이 동남아시아로부터 동아프리카에 이르는 광대한 지역을 순식간에 휩쓸어 수십만의 인명을 앗아가고 수백만 명의 이재민을 낸 대참사가 발생했습니다. 현대의 과학기술이 제아무리 발달했다고 하더라도 자연의 위력 앞에 인간이 얼마나 무력한 존재인가를 참으로 절감케 한 천재지변이었습니다.

비유하자면, 우리 민족이 일제 식민지의 나락으로 떨어지던 20세기 초가 바로 인류문명사의 '大쓰나미 시대'였습니다. 서양사의 한 장章을 차지하는 소위 '지리상의 발견'이라는 '대약탈의 시대' 이래 서양 제국주의의 약소국 침탈과 식민지 경영이 절정에 이르던 이 시대를 역사는 흔히 '서세동점의 시대'로 기록하고 있습니다. 후진국 피압박민족에게는 그야말로 악몽과도 같은 '大재앙의 시대'였습니다.

그 인류문명사의 '大쓰나미' 앞에 가장 먼저 인도라는 거대한 나라가 속절없이 영국의 식민지로 넘어갔습니다. 인도가 어떤 나라입니까? 역사와 종교와 철학, 문화, 국토, 인구 자원…… 뭘로 보나 참으로 거대하고도 뿌리 깊은 나라입니다. 그런 인도가 맥없이 영국의 식민지로 전락하고 말았습니다.

또 프랑스령 인도차이나란 말이 나올 만큼 프랑스는 베트남-라오스-캄보디아-버마(미얀마) 등 동남아의 여러 나라들을 독차지했습니다. 네덜란드도 이에 질세라 필리핀-말레이시아-인도네시아 등 자원의 보고라 할 남양군도의 여러 유서 깊은 나라들을 모조리 식민지로 만들었습니다.

이뿐이 아닙니다. 이집트를 비롯한 아프리카와 아라비아반도의 이슬람제국, 그리고 이란-이라크-아프간 등 중동의 여러 나라와 우즈베키스탄-투르크메니스탄-카자흐스탄-키르기스스탄 등 중앙아시아 소수민족들도 연방형태로 꼼짝없이 소련에 편입되고 말았습니다. 심지어는 천하의 중심지국中心之國이라고 자처하던 중국[淸]까지도 서구열강의 식민지 내지는 반(伴)식민지 상태로 이리저리 찢겨져 온통 만신창이가 되었습니다.

이렇게 보면 중국의 황하-양자강 유역, 이집트의 나일강 유역, 메소포타미아(이라크)의 유프라테스-티그리스강 유역, 인도의 인더스-갠지스강 유역 등 인류문명의 발상지라는 곳 치고 어느 하나 서양의 식민지가 되지 않은 곳이 없을 정도였습니다.

따라서 이것은 어느 한 개인이나 집단, 또는 일개 국가나 민족이 잘하고 못하고의 문제가 아니라 그야말로 천재지변과 같은 불가항력의 시대적 상황이었습니다.

이처럼 온통 세상천지가 서양의 수중에 함몰되어가는 판인데 동북아의 조그만 조선왕조가 식민지가 되었다고 해서, 유독 우리 할아버지들만이 못나서 나라를 빼앗겼다고 볼 수는 없지 않느냐라는 생각도 듭니다.

물론 그때 나라를 온전히 지킬 수 있었다면야 그보다 더 큰 다행이 어디 있겠습니까? 하지만 그럴 수 없었던 것이 인류문 명사의 큰 흐름이었으니 이제 와서 선조들만 탓할 일도 아니라는 이야기입니다.

일제강점 기간을 흔히들 36년이라고 말하지만, 정확히 계산해 보면 35년에서 오히려 두 주[二週]가 빠지는 정도입니다. 반만 년의 유구한 역사로 볼 때 그것은 아주 짧은 기간으로 여길 수도 있는 것입니다.

어느 나라 역사에나 기복과 명암은 있기 마련입니다. 하나의 민족이 살아남기까지는 영광과 승리만 있는 것이 아니라 때로는 치욕도 있고 패배도 있습니다. 또 한 나라가 뻗어나가는 과정에도 긍정과 환희만이 있는 것이 아닙니다. 부정도 있고 비애도 있는 것입니다. 따라서 일제하에서의 잠시 불행했던 사실만을 가지고 치욕의 역사니, 암흑의 역사니 하며 조상들을 매도하는 것은 우리 민족의 정체성과 자존마저 부정하는 자학에 다름 아닙니다.

2) 일본의 상황논리—분열에서 통일로

인류문명사적 '쓰나미 현상'의 예외로서 흔히 일본을 거론하기도 합니다. 일본은 우리와 똑같이 서양 문명의 변방인 극동에 위치하면서도 메이지明治維新를 통해 근대국가로 탈바꿈하지 않았느냐……. 즉 근대화로 부국강병을 이루고, 열강의 대열에 끼어 대한제국과 만주滿洲를 삼키고, 중국대륙을 석권하면서 한때 동남아 일대까지 장악하고, 끝내는 태평양 전쟁을 일으킬 정도로 맹위를 떨치지 않았느냐고 반문합니다. 그러나 나는 견해를 달리합니다. 일본사람들이 뭐 유달리 잘나서가 아니라 그들의 근대화가 상황논리의 소산이라는 생각입니다. 몇 가지 예화를 들어보겠습니다.

본디 중국과 조선, 인도와 동남아제국은 일찍부터 강력한 중앙집권적 통일국가를 확립했지만 일본은 도쿠가와 막부德川幕府 정권 끝무렵 19세기 중엽까지만 해도 여전히 262개의 세습 영주-다이묘(大名)들이 할거割據-쟁패하던 봉건적 부족집단의 조합 형태였습니다.[1]

그런데 '서세동점'의 거센 파도가 몰려오자 중앙집권의 통일국가였던 동양의 여러 나라들은 그 충격에 거의 모두 해체과정으로 빠져들었는데, 그때까지 분할상태로 남아 있던 일본은 역설적으로 하나로 통일이 되는 계기를 맞게 됩니다.

그 좁은 땅에서 봉건영주들이 지배하는 260여 개의 번藩들로 갈라져 있어서 모두가 다 죽게 생겼기 때문입니다. 그래서 미약한 다이묘들의 개별적 힘만으로는 도저히 대항할 길이 없으니 합쳐서 하나의 통일국가를 만들어야 살아남을 수 있다는 절박감이 막부 끝무렵幕末에 절대적 상황논리로 작용했던 것입니다.

다시 말해서, '서세동점시대'에 일본이 근대국가로 재빨리 발돋움 할 수 있었던 것은 일본인의 정치적 역량이 뛰어나서가 아니라 상황이 그렇

---

1 일본의 막부幕府체제는 도쿠가와 종가德川 宗家의 일원적 지배 하에서 262명의 세습 봉건영주 다이묘大名들이 통치하는 같은 수의 번藩으로 구성되어 있었다. 다이묘들은 도쿠가와 막부 직계의 후다이 다이묘譜代大名 176가家와 복속 다이묘들인 도자마 다이묘外樣大名 86가로 양분되었고, 이 중 자치권을 행사할 수 있었던 도자마 다이묘계의 여러 번 가운데 조슈長州의 모리毛利가, 사쓰마薩摩의 시마즈島津가, 센다이仙臺의 이다테伊達가, 가가加賀의 마에타前田가 등은 막부 말기에 이르면서 경제력을 바탕으로 독자성을 주장할 수 있는 대웅번大雄藩의 藩主들로서 막부체제의 위협 요인으로 성장, 일본식 가족국가의 분열상을 촉진시켰다. 韓培浩, 「日本近代化研究」 高大亞細亞問題研究所, 1975, pp. 17~18 참조.

게 만든 것입니다. 이 같은 견해는 비단 나만의 생각이 아니라 일본인들 자신의 생각이기도 합니다. 정치사상사 연구의 세계적 석학으로 알려진 마루야마 마사오(丸山眞男)가 그의 저서 《일본의 사상》에서 개국開國이 갖는 의미와 상황논리를 개진하면서 나와 비슷한 견해를 피력한 바 있습니다.[2]

2 마루야마 마사오丸山眞男, 《日本の 思想》 岩波書店, 1975 p.9. 마루야마는 오노쓰카小野塚喜平次에서 난바라南原繁로 내려오는 東京大 정치학과 학맥의 제3세대에 속하는 세계적 정치학자로서 하버드대와 옥스퍼드대 객원교수를 지냈고, 외국인으로는 드물게 미국역사학회와 영국왕립아카데미 역사학회 회원으로 피선된 바 있다. 그의 이《日本の 思想》등은 구미에서 출판되어 일본연구의 고전으로 평가되고 있다.

2. 독립운동에 얽힌 사연들

1) 3·1운동의 세계사적 의미

일제는 1910년 경술庚戌년의 조선 병탄倂呑을 계기로 통감부(統監府 1905 설치) 때부터 도입한 〈헌병경찰제〉 군사통치를 더욱 강화했습니다. 행정경찰력만으로는 우리 민족의 끈질긴 저항의지에 맞서 치안유지를 할 수가 없었기 때문입니다. 그래서 남쪽 동래東萊에서 저 북쪽의 회령會寧 끝까지 방방곡곡에 헌병파견대를 설치하고 그 밑에 헌병분견소를 두어 조금이라도 반항의 기미가 보이면 가차 없이 잡아다 모진 고문을 가하는 등 철저한 무단통치를 했습니다.

그런데도 10년이 채 못 가서 거족적인 3·1독립운동이 일어난 것입니다. 국내는 말할 것도 없고 국외에서까지 조선 사람이 사는 곳이면 어디서나 '대한독립 만세'의 함성이 울려 퍼졌습니다. 눌러도 눌러도 눌리지 않고, 꺾어도 꺾어도 꺾이지 않는—우리 겨레 특유의 '민족혼'이 되살아난 것입니다.

이를 보고 온 세계가 놀랐습니다. 여기에 참가한 인원이 몇 백만이냐의 문제보다 더욱 중요한 것은 이 운동에 대한 평가가 우리의 민족사적

차원을 넘어 세계사적 의미로까지 확대되었다는 사실입니다.[3]

3·1운동의 민족사적 의미에 대해서는 흔히 다음 세 가지 점이 지적됩니다.

첫째 - 민족내부의 항일투쟁 역량이 강화되어, 장기적으로 독립을 쟁취할 수 있는 확고한 동력이 형성되었고

둘째 - 국민주권운동으로 질적인 전환을 이루어, 우리 역사상 최초의 공화정체인 상해임시정부가 수립되었으며

셋째 - 제한적이나마 언론-출판-집회-결사의 자유를 쟁취하여, 민족실력양성의 기반을 다지는 계기가 마련되었다는 것입니다.

그런데 3·1운동에서 또 하나 중요한 것은 그 세계사적 의의입니다. 즉, 중국-인도 등 식민지-반半식민지 지역의 반反제국주의운동을 자극-촉진시킴으로써 세계사의 정의로운 진전에 크게 공헌한 것입니다.

특히 중국의 〈5·4운동〉은 우리나라 3·1운동의 직접적이고도 절대적인 영향을 받아 일어난 반제反帝-반反봉건운동이었습니다.[4]

그즈음 중국은 서구 열강의 무력을 앞세운 경쟁적인 경제침탈에 속수무책이었습니다. 게다가 베이징의 군벌정부는 뒤늦게 뛰어든 일제의 무

3 백암 박은식 白巖 朴殷植 선생의 《독립운동지혈사獨立運動之血史》에 따르면, '3·1만세시위운동'에는 참가 인원 2백여만 명, 집회수 1,542건, 피살자만도 공식집계 7,509명, 부상자 15,961명, 수감자 4만 6,948명에 이른다. 위책, pp. 534~555.

4 제1차 세계대전(1914~8)으로 유럽의 열강이 중국침략의 고삐를 늦추자 일본이 이 틈을 이용, 중국에 무력으로 압박을 가해 21개 조항을 요구하였다. 영-미-프-이 등 전승국들은 파리 평화회의에서 패전 독일로 하여금 산동성에 확보하고 있는 이권을 일본에 양도토록 하였고, 무능한 베이징의 군벌정부가 이를 수락하자 베이징대학을 중심으로 한 지식인들이 반제-반봉건 혁명운동을 일으켰다. 이것이 우리의 〈3·1운동〉에 자극을 받아 1919년 5월에 일어난 중국의 〈5·4운동〉이다.

금邪路로서出하야東洋支持者인重責을全케하는것이며支那로하야금夢寐에도免하지못하는不安恐怖로서脫出케하는것이며또東洋平和로重要한一部를삼난世界平和人類幸福에必要한階段이되게하난것이라이엇지區區한感情上問題ㅣ리오

아아新天地가眼前에展開되도다威力의時代가去하고道義의時代가來하도다過去全世紀에鍊磨長養된人道的精神이바야흐로新文明의曙光을人類의歷史에投射하기始하도다新春이世界에來하야萬物의回穌를催促하난도다凍氷寒雪에呼吸을閉蟄한것이彼一時의勢ㅣ라하면和風暖陽에氣脈을振舒함은此一時의勢ㅣ니天地의復運에際하고世界의變潮를乘한吾人은아모躕躇할것업스며아모忌憚할것업도다我의固有한自由權을護全하야生旺의樂을飽享할것이며我의自足한獨創力을發揮하야春滿한大界에民族的精華를結紐할지로다

吾等이玆에奮起하도다良心이我와同存하며眞理가我와幷進하는도다男女老少업시陰鬱한古巢로서活潑히起來하야萬彙羣象으로더부러欣快한復活을成遂하게되도다千百世祖靈이吾等을陰佑하며全世界氣運이吾等을外護하나니着手가곳成功이라다만前頭의光明으로驀進할따름인뎌

公約三章

一、今日吾人의此擧난正義、人道、生存、尊榮을爲하난民族的要求ㅣ니오즉自由的精神을發揮할것이오決코排他的感情으로逸走하지말라

一、最後의一人까지最後의一刻까지民族의正當한意思를快히發表하라

一、一切의行動은가장秩序를尊重하야吾人의主張과態度로하야금어대까지던지光明正大하게하라

朝鮮建國四千二百五十二年三月 日

朝鮮民族代表

孫秉熙 吉善宙 李弼柱 白龍城 金完圭
金秉祚 金昌俊 權東鎭 權秉悳 羅龍煥
羅仁協 梁甸伯 梁漢默 劉如大 李甲成
李明龍 李昇薰 李鍾勳 李鍾一 林禮煥
朴準承 朴熙道 朴東完 申洪植 申錫九
吳世昌 吳華英 鄭春洙 崔聖模 崔麟
韓龍雲 洪秉箕 洪基兆

독립선언서 1919년 천도교의 보성인쇄소에서 최초 인쇄된 2만1천 장 중의 하나

력시위에 굴복, 제1차 세계대전 후 패전국 독일이 그전부터 갖고 있던 산동성山東省의 이권을 고스란히 일본에 내주고 말았습니다. 그러자 3·1운동에 자극을 받은 베이징대학 학생-교수 등 지식인들이 중심이 되어 봉기한 것이 바로 중국의 현대사를 바꾸어 놓은 〈5·4 운동〉입니다. 나는 1990년대 초 초빙교수로 베이징대학에 머물던 때 그곳 교수들이 우리의

宣言書

吾等은玆에我朝鮮의獨立國임과朝鮮人의自主民임을宣言하노라此로써世界萬邦에告하야人類平等의大義를克明하며此로써子孫萬代에誥하야民族自存의正權을永有케하노라半萬年歷史의權威를仗하야此를宣言함이며二千萬民衆의誠忠을合하야此를佈明함이며民族의恒久如一한自由發展을爲하야此를主張함이며人類的良心의發露에基因한世界改造의大機運에順應幷進하기爲하야此를提起함이니是ㅣ天의明命이며時代의大勢ㅣ며全人類共存同生權의正當한發動이라天下何物이던지此를沮止抑制치못할지니라

舊時代의遺物인侵略主義强權主義의犧牲을作하야有史以來累千年에처음으로異民族箝制의痛苦를嘗한지今에十年을過한지라我生存權의剝喪됨이무릇幾何ㅣ며心靈上發展의障礙됨이무릇幾何ㅣ며民族的尊榮의毁損됨이무릇幾何ㅣ며新銳와獨創으로써世界文化의大潮流에寄與補裨할機緣을遺失함이무릇幾何ㅣ뇨

噫라舊來의抑鬱을宣暢하려하면時下의苦痛을擺脫하려하면將來의脅威를芟除하려하면民族的良心과國家的廉義의壓縮銷殘을興奮伸張하려하면各個人格의正當한發達을遂하려하면可憐한子弟에게苦恥的財産을遺與치아니하려하면子子孫孫의永久完全한慶福을導迎하려하면最大急務가民族的獨立을確實케함이니二千萬各個가人마다方寸의刃을懷하고人類通性과時代良心이正義의軍과人道의干戈로써護援하는今日吾人은進하야取하매何强을挫치못하랴退하야作하매何志를展치못하랴

丙子修好條規以來時時種種의金石盟約을食하얏다하야日本의無信을罪하려아니하노라學者는講壇에서政治家는實際에서我祖宗世業을植民地視하고我文化民族을土昧人遇하야한갓征服者의快를貪할뿐이오我의久遠한社會基礎와卓犖한民族心理를無視한다하야日本의少義함을責하려아니하노라自己를策勵하기에急한吾人은他의怨尤를暇치못하노라現在를綢繆하기에急한吾人은宿昔의懲辨을暇치못하노라今日吾人의所任은다만自己의建設이有할뿐이오決코他의破壞에在치안이하도다嚴肅한良心의命令으로써自家의新運命을開拓함이오決코舊怨과一時的感情으로써他를嫉逐排斥함이안이로다舊思想舊勢力에羈縻된日本爲政家의功名的犧牲이된不自然又不合理한錯誤狀態를改善匡正하야自然又合理한正經大原으로歸還케함이로다當初에民族的要求로서出치안이한兩國倂合의結果가畢竟姑息的威壓과差別的不平과統計數字上虛飾의下에서利害相反한兩民族間에永遠히和同할수업는怨溝를去益深造하는今來實績을觀하라勇明果敢으로써舊誤를廓正하고眞正한理解와同情에基本한友好的新局面을打開함이彼此間遠禍召福하는捷徑임을

3·1운동을 망설임 없이 세계사적 반제국주의운동으로 높이 평가하고 있음을 직접 확인한 바 있습니다.

이렇게 볼 때, 우리의 선인들이 나라는 비록 잃었지만, 국권회복을 위해 얼마나 자랑스럽고 영웅적으로 투쟁했는가를 알고도 남습니다.

2) 〈식민지 시혜론〉의 기만성

일본 지식인사회 일각에서도 한반도 식민통치가 한국의 근대화에 크게 기여했다는 궤변이 정설처럼 된 지 오래입니다. 또 이들 '식민지 근대화론자'들의 한결같은 주장은 그때 조선의 대다수 지식인과 국민들이 일본과의 병합을 원했다는 것입니다.

그들의 이러한 터무니없는 주장이 사실이라면 계엄이나 다름없는 철저한 강압통치를 해야 할 하등의 이유가 없었을 것입니다. 그들이 이 땅에서 강력한 〈헌병경찰제도〉를 실시했다는 사실 하나만으로도 저들의 주장이 거짓이라는 것이 여실히 증명됩니다. 우리 선인들의 맹렬한 저항이 없었다면, 또 그들의 주장처럼 그때 지식인 대다수가 협력했다면 왜 헌병통치를 했겠습니까?

사리가 이처럼 분명한데도 얼마 전에 만난 일본인 교수조차도 일제의 초기(3·1운동 때까지) 한반도 지배가 〈헌병경찰제도〉로 겨우 지탱되었다는 사실을 전혀 모르고 있어 깜짝 놀란 일이 있습니다.

일인들이 내세우는 〈시혜론〉의 예를 하나 들어보겠습니다.

저들이 가장 생색을 내는 것 중의 하나가 경부京釜 철도 같은 사회간접자본의 건설입니다.

우선 지금도 부산역에 가보면 선로가 부두까지 직접 닿아 있는 것을 한눈에 볼 수 있습니다. 쌀을 비롯한 최상의 각종 산물을 일본으로 실어가고 다량의 군수물자와 병력을 한반도와 만주로 운송하기에 아주 편리하게 되어 있습니다. 이 한 가지만 보아도 그것이 식민지 수탈과 대륙침략을 목적으로 한 것이지 결코 이 땅의 근대화를 위한 것이 아님을 금방 알 수 있습니다.

저들은 또 식민지 조선에 근대적 고등교육기관인 대학을 설립해 주었다는 것을 꼽습니다. 이 또한 실상은 전혀 다릅니다. 3·1운동 직후, 월남 이상재(月南 李商在 1850~1927) 선생을 비롯한 우리의 선각자들은 우리도 근대화의 원동력이 될 대학을 설립하자는 데 뜻을 모았습니다. 그래서 곧 〈민립民立대학 기성회〉를 결성하고 기금 마련을 위한 모금에 나섰습니다. 그러자 일인들은 처음에 그것이 전혀 불가능할 것으로 예단하여 해볼 테면 해보라는 듯 냉소적으로 나왔습니다. 그러나 놀랍게도 삽시간에 전국 곳곳에서 엄청난 성금이 모여들었습니다.

이에 크게 당황한 일제가 궁리 끝에 생각해 낸 것이 '채찍'과 '당근' 양면작전을 써서 우리의 민립대학 설립을 원천적으로 가로막자는 것이었습니다. '채찍'으로는 민립대학 기금을 이미 낸 사람, 그리고 앞으로 낼 뜻을 밝혔거나, 낼만 한 여유가 있는 사람들을 가려내어 〈삼림법〉과 〈양조법〉 위반으로 몰아 마구 잡아다가 고문을 했습니다. 그 무렵에는 누구나 산에서 땔감을 해다 땠고, 집집마다 제주祭酒를 담갔던 것을 노린 것입니다.

이처럼 일제는 우리의 생활 구조상 이 법에 누구나 걸리게 되어 있다는 데 착안하여 우리 민립대학설립을 방해했습니다. 그리고 당근으로 내놓은 것이 서둘러 1924년에 그들이 설립한 경성제국대학(京城帝國大學-예과豫科)입니다.

역사적 진실의 예를 하나만 더 들어 보겠습니다. 지금도 대부분의 우리 한국 사람은 서울에 전차(電車, 지상으로 달리는 지하철 같은 것)가 일본의 수도인 도쿄(東京)보다 3년이나 앞서 개통-운행되었다는 사실을 잘 모르

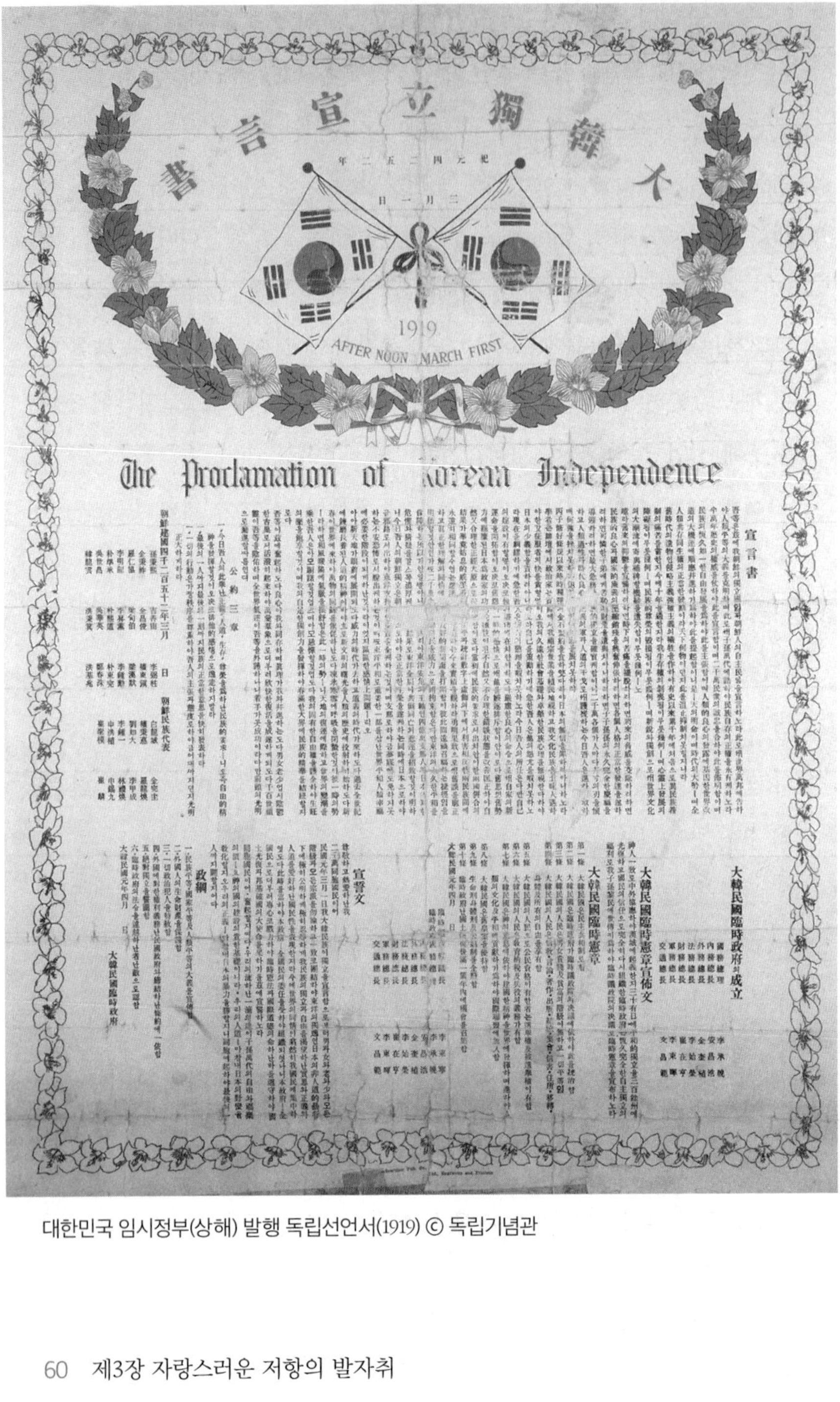

대한민국 임시정부(상해) 발행 독립선언서(1919) © 독립기념관

고 있습니다. 고종황제의 적극적인 근대화 의지로 서울 서대문에서 청량리 사이에 근대문명의 상징인 전차가 착공 1년 만인 1899년(대한제국 광무 3년) 5월 17일 개통식을 갖습니다. 이어서 미국계 회사와 제휴, 평양과 부산에도 전차부설을 추진하였으나 일본의 철저한 방해로 무산됩니다. 일본 도쿄에는 1902년에 가서야 전차가 개통됩니다. 이 또한 일제가 우리의 독자적인 근대화 의지와 역량을 무력으로 차단한 단적인 예라고 하겠습니다.

3) 유림儒林을 위한 변명

1919년 3·1운동은 이 나라 조선이 유구한 역사를 지닌 독립국으로 지금도 지구상에서 사라지지 않았고, 한민족 또한 전통에 빛나는 자주민으로 이 땅에 엄존하고 있음을 만천하에 알린 피 맺힌 절규요 항쟁이었습니다.

그런데 이 장엄한 〈독립선언서〉의 민족대표 33인 연서連書에 유림의 대표가 빠져 있습니다. 이는 예사로운 일이 아닙니다. 어쨌거나 공식적으로는 유림이 3·1운동에 참여하지 않았다는 것을 뜻하는 것이기 때문입니다. 그렇다면 유림이 빠진 까닭이 무엇일까요?

이유야 많겠지만, 아마도 각계의 민족역량을 하나로 모아 나가는 제휴단계에서 유림이

- 처음부터 배제되어 참여의 기회를 전혀 얻지 못했거나
- 참여제의를 받고도 지나치게 신중하게 대응하다 그만 시기를 놓쳤든가

• 동참권유에 시종 소극적 반응으로 일관함으로써 처음부터 전혀 뜻이 없는 것으로 비쳐졌기 때문일 것입니다. 물론 이는 나의 가설적 추단推斷입니다.

허나 사정이 어찌되었건, 결과는 민족의 숭고한 독립선언 대열에서 유림이 이탈한 혐의를 받게 되었으니 주변의 준엄한 질책과 따가운 눈총은 말할 것도 없고, 유림의 본성과 체질상 그들 스스로도 도저히 납득할 수 없는 일입니다.

유림이 어떤 존재입니까? 한마디로 조선조 500여 년의 종사宗社를 지탱해 온 이 나라 정치-사회의 중추세력이요, 유교문화를 견인해 온 이념집단입니다. 따라서 대한제국의 황실-관부官府와 더불어 〈옥사〉(屋社 : 나라 사직단 터에 여염집이 들어선다는 뜻으로 자기 나라가 망한 것을 차마 망국亡國이라 하기 어려워 이르는 말)에 대한 도의적 무한책임도 있지만, 사회적으로도 상당한 영향력을 갖고 있었습니다.

실제로, 유림은 명성황후明成皇后가 일본공사 미우라 고로(三浦梧樓)가 이끄는 무리배들에게 무참하게 시해弑害당한 〈을미사변〉(乙未事變·고종32년, 1895.10.8) 이래, '반일토왜反日討倭'의 기치를 높이 들고 '경술국치'에 이르기까지 장장 15년에 걸쳐 참으로 끈질기게 의병 투쟁을 전개합니다.[5]

뿐만 아니라 대한제국이 일제에 병합되자 수많은 유생 열사들이 비분강개, 통한의 유서를 남기고 자결로써 처절하게 항거합니다.

이처럼 이 땅의 수많은 유자儒者들은 자신에게 맡겨진 시대적 사명과

5 1차 의병 : 을미사변 명성황후 시해에 항거, 1895. 2차 의병 : 을사늑약 외교권 박탈에 항거, 1905. 3차 의병 : 군대 해산과 합병에 항거, 1907~1910.

책무, 자주독립과 국권회복을 위해 가열차게 투쟁을 해 왔습니다.

거듭 말하지만 3·1독립운동은 우리 민족의 결연한 독립의지와 자주역량이 하나로 응결되어 폭발한 거족적인 봉기였습니다. 그리고 이 3·1운동의 처음 조직화 단계에서 천도교-기독교-불교 등 종교계 지도자들의 역할이 컸음에도 유림만이 그 모습을 드러내지 않았습니다.

그러나 겉으로 드러난 사실과 그 뒤에 숨겨진 진실 간에는 간극이 있음을 가끔 보게 되는데, 유림의 3·1운동 불참 결과도 그런 경우라 하겠습니다. 거기에는 그럴 수밖에 없었던 속사정이 있었던 것입니다.

그간에 밝혀진 여러 자료와 연구결과를 종합-검토한 끝에 얻은 나의 결론은, 앞에서 가설적으로 제시한 유림의 불참이유 중 어느 하나가 아니라 세 가지 모두 개연성을 갖는다는 것입니다.

첫째, 3·1운동을 위해 각계와의 제휴를 모색했던 주역들이, 최초로 접촉한 구한말 일부 고위관료들의 미온적 반응에 실망한 나머지 아예 유림과의 접촉을 포기한 경우가 그렇고,

둘째, 개인적으로 참여의 뜻을 밝히고도 사사로운 사정으로 지체하다 서명 기회를 놓쳐버린 경우가 또한 그러하며,

셋째, 성공 가능성이 희박한 정황은 도외시한 채, 대의만을 앞세운 무모한 거사가 빚어낼 엄청난 희생에 대한 우려가 일부이긴 하지만 유림 내의 소극적-부정적 반응을 부른 것이 또한 그렇습니다.

더구나 유림은 그 조직체계가 모호하여 전국적으로 일원적 통솔력

을 갖는 수직적 기구가 아니라 각 지역 종장宗匠을 중심으로 하는 수평적 체계라는 점도 〈3·1거사〉에 불참한 요인의 하나가 되었다고 볼 수 있습니다.

그즈음 유림을 대표할 만한 인물로 운양 김윤식(雲養 金允植 1835~1920)이 있었습니다. 김윤식은 일찍이 〈민족 자강론〉을 펼친 개화 사상가로 대한제국 김홍집金弘集의 각료(외무대신)였습니다. 운양은 오랜 고심 끝에 3·1운동을 이끄는 다른 종단과 제휴하지 않기로 결론을 내립니다.

이 불참 결정은 단순히 당시 민족감정의 흐름으로 보면 얼핏 이해가 가지 않는, 생각하기에 따라서는 무책임하고 반민족적인 행위로 보이기 쉽습니다. 조선조 오백년의 종사宗社를 지키고 이끌어온 주체가 유림인데 하물며 독립항쟁 거사에서 발을 빼는 것은 생각조차 할 수 없기 때문입니다.

유림이 앞장을 서지 못한 것은 기나긴 의병투쟁과정에서 기력을 소진한 탓도 있겠지만, 기왕에 천도교와 기독교 중심으로 추진되어 온 〈3·1거사〉에 생색이나 내려고 뒤늦게 참여하기보다는 차라리 공식적-조직적 참여는 않되, 개인적 판단에 맡기는 것이 최선의 도리라는 논리였습니다.

실제로 3·1운동이 단시일 내에 전국 방방곡곡으로 확산될 수 있었던 것은 각 지역 유생들이 주도적으로 참여하였기에 가능했던 것입니다. 따라서 〈3·1독립선언〉의 민족대표에 이름을 올리지 않았을 뿐이지 전국 유생들이 적극적으로 항쟁에 나선 것을 부인하거나 그 역할을 폄하해서는 안 될 것입니다. 그 후 1926년 순종황제 인산因山을 계기로 봉기한 〈6·10만세운동〉을 유림이 독자적으로 주도했다는 사실이 이를 뒷받침하고 있습니다.

3. 투쟁 속에도 살아 있는 선비정신

1) 구원久遠의 성자聖者 안중근 의사

안중근安重根 의사께서 이 나라 한국을 '대한국大韓國'이라 자부하고 스스로 '大韓國人'임을 아주 자랑스러워한 나머지 '대한국인 안중근'이라고 자처하여 오신 것에 대해 나는 항상 감격해 마지않았습니다. 침략의 원흉 이토 히로부미(伊藤博文) 포살 의거 당시 안 의사는 그 어떤 노성老成한 지성도 따를 수 없는 위대한 사상과 철학을 지닌 만 30세의 새파란 청년이었기 때문입니다.

약육강식이 정당화되던 20세기 초, 정글과도 같은 제국주의 시대에 안중근 의사는 결코 자국自國제일주의에 빠진 국수주의자가 아니었다는 점에 인류사는 주목해야 합니다.

우리가 안 의사를 겨레의 영원한 표상이요, 스승이며 위인으로 추앙하는 까닭은 보통 사람이 해낼 수 없는 일을 해낸 그 진용眞勇에 감동하기 때문만이 아닙니다. 그렇다고 그 뜨거운 애국의 열정에 감복해서만도 아닙니다. 거기에는 그 누구도 감히 흉내낼 수 없는 숭고한 도덕적 이상이 내재해 있기 때문입니다.

안중근 의사의 장인(掌印)이 찍힌 유묵

안 의사에 의해 처단된 이토(伊藤)도 제 나라 기준으로 보면 다시없는 애국자요 위인일 수 있습니다. 요즘 세계 도처에서 횡행-빈발하는 각양각종의 테러에도 분명 제 나름대로 애국-애족의 논리와 명분이 있을 것입니다.

하지만 '대한국인 안중근' 의사는 이미 1백 년 전에 인류가 마땅히 지향하고 따라야 할 영원한 대의大義를 지표로 제시하였습니다. 공公은 그때 이미 자신의 조국만이 아니라 동양의 평화, 세계의 평화, 그리고 나아가 전체 인류 공통의 자유-평등-복지-행복을 제시한 위대한 사상가요, 철인哲人이며 성인聖人이었습니다.

본디 안 의사는 일찍이 고향에서 민족교육과 국민계몽운동에 헌신해 오던 교육자였습니다. 그러나 나라가 결정적으로 위기에 처하자 '군자의 표변豹變'—그대로 재빨리 의병창의義兵倡義로 돌아섰으니 이것은 대인의 풍모와 금도襟度, 바로 그것이었습니다. 의거 후, 옥중에서 쓴 〈동양평화론〉이 그러하였고, 삼엄한 공판과정에서 의연히 개진한 공의 정론正論으

안중근(1879~1910)
1909년 10월 26일, 하얼빈 역에서 이토 히로부미를 사살한 안중근 의사.

로 재판관들까지 놀라고 두렵게 했던 그 당당함이 또 그러합니다. 게다가 뤼순 감옥의 일본인 간수는 물론이고 높고 낮은 관헌들 모두가 그 고매한 인격과 절도 있는 언행에 매료-감화되어 공公 앞에서는 반드시 두 손 모아 공경의 예를 표했으며, 다투어 공公의 휘호揮毫 하나 받는 것을 다시없는 광영으로 알았으니 이러한 안 의사를 어찌 한 나라 한 겨레만을 사랑한 좁은 의미의 애국자라고만 하겠습니까?

따라서 이제 우리가 할 일은 안 의사께서 지난날 무엇을 했는가보다도 무엇을 생각하셨는지를 궁구窮究하고 그 실천 방도를 찾는 것이라고 하겠습니다.

공公의 위대한 사상과 철학의 요체는 유사有史 이래 그렇게도 인류가 갈망해 오던 세계평화와 인류공영人類共榮의 구현입니다.

바로 이 위대한 이상을 인류의 보편적 가치와 이념으로 정립-승화시켜 우리의 '대한국인 안중근'을 온 세상 사람들이 다 함께 흠모하고 그 정신을 따라 배우도록 우리의 모든 지혜와 역량을 모아야 할 것입니다. 이것은 결코 남을 향해, 또 세계를 향해 우리가 으스대고 자랑하자는 것이 아닙니다.

당장의 물질적 풍요와 소유만을 늘려 가면 마냥 행복할 줄만 알았던 인류는, 지금 극심한 가치관의 혼돈으로 어찌 할 바를 몰라 헤매고 있습니다. 그 어떤 종교도, 사상도, 철학도, 그리고 또 그 어떤 이념도 인간이 앓고 있는 이 정신적 질환을 치유할 힘을 잃고 말았습니다. 공公의 위대한 사해四海동포-세계평화사상이 새롭게 정립된다면 그것은 비단 오늘의 시대를 살아가는 우리 겨레만이 아닌 전 인류에게 하늘이 내리는 구원과 희망의 등불이 될 것으로 나는 확신합니다.

그러므로 모든 제국주의자들의 심장을 향해 정의의 일탄으로 일대 경고를 울린 대한국인 안중근 의사를 어찌 감히 테러리스트라고 폄훼할 수 있단 말입니까?

여기서 나는 미완성으로 남은 안중근 의사의 〈동양평화론〉을 관통하는 한민족 독립운동의 도덕적 정당성을 재발견하고는 거듭 깊은 감회에 잠기게 됩니다. 공公과 같은 성자를 이 땅에 내려 주신 하늘에 깊은 감사를 드립니다.

2) 도산 안창호 선생의 도덕성

우리 민족의 독립운동사상 그 도덕적 정당성과 관련하여, 일반에게는 널리 알려지지 않은 열혈투사 두 분의 의거를 나는 잊지 못합니다. 1922

년 김익상(金益相·1895~1925)-오성윤(吳成崙·1900년~?) 두 분 의사의 〈상해 황푸탄黃埔灘 의거〉가 바로 그것입니다.

경기도 고양에서 태어나 평양의 숭실崇實학교를 졸업하고 기독교계 학교 교사를 지낸 김익상 의사는 3·1운동 이듬해인 1920년, 항일운동을 결심하고 베이징으로 떠나 의열단義烈團에 가입했습니다. 〈의열단〉은 무력투쟁노선을 지향하는 〈신흥무관학교〉 출신 약산 김원봉(若山 金元鳳·1898~1958)이 이끄는 강경-의혈 독립운동단체입니다.

한편 함경북도 온성穩城 출신의 오성윤 의사 또한, 1906년 아버지를 따라 만주로 이주하여 그곳에서 뒤늦게 중학교를 다니다가 3·1운동이 일어나자 군자금 모금활동에 헌신하였고, 1920년 가을, 의열단에 가입한 후 압록강대교 폭파 등 여러 대일투쟁 계획을 수립한 의기남아였습니다.

두 사람은 1922년 3월 일본의 전前 육군대신 다나카 기이치(田中義一 뒷날 총리대신 역임) 육군대장이 필리핀을 거쳐 상해에 도착한다는 정보를 입수한 〈의열단〉 본부로부터 처단의 밀명을 받고 상해에서 만나, 거사 준비에 들어갔습니다.

거사 당일인 3월 28일, 적장 다나카 일행이 상해 황푸탄에 도착하여 하선하자, 대기하고 있던 오성윤이 적을 향하여 권총을 발사했습니다.

그러나 때마침 동승한 영국인 승객 스네트 부인이 앞서 나오다 그 총탄에 맞는 바람에 거사는 실패로 돌아가고 말았습니다.

그런데 이 시기는 도산 안창호 선생이 3·1운동 직후 미주에서 상해로 건너가 대한민국 임시정부 내무총장 겸 국무총리 대리직을 맡아 독립운동 방략을 수립하고, 연통제聯通制를 제정-실행하는 등 행정력 강화에 전력을 기울이고 있던 시절이었습니다.

도산 선생은 임정 요인의 자격으로 불의에 횡액을 당한 스네트 부인의 남편을 찾아가서 심심한 사과와 위로의 말과 함께 보상금까지 전했다는 것이 내가 주목하고자 하는 사실입니다.

자고로 세계민족운동사상 과연 이런 의로운 전례가 있었는지 나로서는 아는 바가 없습니다.

더구나 오늘의 세계는 이유조차 불명한 충동적 인명살상이 아무런 죄의식 없이 자행되고, 목적을 달성하기 위해서는 처음부터 불특정 다수를 공격 대상으로 삼는 이른바 반인륜적 기획테러를 오히려 당연시하는 시대로 빠져든 지 오래입니다. 오사마 빈 라덴의 소행으로 알려진 2001년 미국의 〈9·11 테러사태〉가 바로 그 전형입니다.

그러나 우리 선인들의 투쟁 방법은 처단해야 할 원흉만을 저격할 뿐 그 밖의 인물은 절대로 해치지 않는 것을 대원칙으로 삼았다는 데에 그 특징이 있습니다. 그래서 권총으로만 저격할 뿐 폭탄은 사용하지 않았던 것입니다. 다만 1932년 윤봉길 의사께서 상해거사 때 폭탄을 사용한 것은 단상에 있는 무리들 전부가 침략의 원흉들이었기 때문이었습니다.

여기에 비추어 볼 때 우리 민족이 독립운동사에서 보여준 높은 도덕성은 온 인류에게 불멸의 귀감이자 영원한 교훈이라 하지 않을 수 없습니다.

제4장
선구자의 영예와 비애

1. 우당友堂 일가의 노블레스 오블리주
   1) 여섯 형제가 함께 망명길에 오르다
   2) 항일무장투쟁의 본산 〈신흥무관학교〉

2. 六堂의 '조선주의·조선정신'
   1) 선각자들의 지적知的 네트워크 : 〈조선광문회朝鮮光文會〉
   2) 연작燕雀이 큰 뜻을 어찌…
   3) 만년소묘晩年素描 : '망하기는 홍하기보다 더 어렵다'
   4) 〈여록餘錄〉

3. 인촌仁村과 수당秀堂의 우국애족
   1) 인촌의 경세가적經世家的 민족사업
   2) 수당이 지향한 '과학입국'의 꿈

4. 일본군 육군중장 홍사익洪思翊
   1) 홍사익, 그는 누구인가?
   2) 죽음의 길—남방행
   3) '여기에 참사람이 있다'
   4) 홍사익의 〈忠〉

1. 우당友堂 일가의 노블레스 오블리주

1) 여섯 형제가 함께 망명길에 오르다

조국의 독립을 위해 우당 이회영(友堂 李會榮·1867~1932) 선생 일가가 결행한 대가족 집단망명은 세계사에서 그 유례가 없는 일이 아닌가 합니다. 그 많던 재산을 오로지 독립운동 자금으로 다 내놓고 풍찬노숙-간난신고의 항일투쟁으로 일관하다 일경日警에 피체되어 모진 고문 끝에 옥사하신 우당 선생의 그 비통한 최후야말로 모든 이로 하여금 뜨거운 감동에 눈물짓지 않을 수 없게 합니다.

선생의 본관은 경주 이씨李氏로 조선조 선조宣祖 때 명신名臣인 백사 이항복白沙 李恒福 선생의 직계 후손입니다. 형제가 여섯 분인데 맏이가 건영建榮, 둘째가 석영石榮, 셋째가 철영哲榮, 넷째가 회영會榮, 다섯째가 시영始榮, 그리고 막내가 호영護榮입니다. 이 여섯 형제분 가운데 광복 후 조국에 살아서 돌아오신 분은 다섯째 성재 이시영(省齋 李始榮 1868~1953) 선생 한 분뿐이었습니다. 이 어른이 바로 대한민국 초대 부통령이십니다.

대한제국이 국권을 잃자, 곧 이 형제분 모두가 망명길에 오릅니다. 형제분들을 설득하는 데 앞장을 선 분이 바로 우당 선생이십니다. 선생은

'……오랜 세월 우리 집안은 대대로 나라의 큰 은혜를 입고 잘 살아온 명문가이다. 허나 이제 나라가 망했으니 가문이 무엇이며, 재산이 다 무슨 소용이냐! 명색이 이 나라의 사대부로서 마땅히 책임을 질 줄 알아야 하지 않겠는가!……' 이러시면서 재산을 모두 정리하자고 했습니다. 그야말로 노블레스 오블리주(Noblesse Oblige)의 실천을 역설한 것입니다.

다 팔아 보니 그때 금액으로 40만 원에 이르렀다고 합니다. 몇 해 전 한국은행에 이 돈이 오늘(2014년)의 화폐가치로 대략 얼마나 되느냐고 문의했더니 약 600억 원 정도라고 하더군요. 실로 어마어마한 재산입니다. 급매물로 처분한 액수가 이 정도였다니 제값을 다 받았다면 아마도 1,000억 원은 족히 넘었을 것입니다. 경제규모가 천문학적 단위로 커진 오늘날에도 엄청난 금액인데 그 시대의 효용가치로 따진다면 더 큰 거금이었을 것입니다. 우당 집안이 정리한 것은 재산만이 아닙니다. 노비들도 전부 풀어 주었습니다. 그리고 가솔 40여 명에다가 해방시킨 노비들 중 기어이 따라가겠다고 나서는 이들까지 모두 60여 명을 이끌고 그 해 1910년 12월 엄동설한에 압록강을 건너 서간도 땅으로 망명을 떠났습니다.

1946년 7월, 광복된 조국을 처음 찾아오신 서재필(徐載弼 1866~1951) 박사가 보성전문학교에서 하신 특별강연을 통해 그동안 국내에서 펼친 인촌의 애국애족운동을 극구 치하하고는 이어서 '앞으로 정식 독립정부가 수립되면 최소한 우당 이회영 선생댁과 육당 최남선 씨댁, 이 두 집 재산만은 반드시 국가에서 보상을 해주어야 할 것'이라고 말씀하셨다고 합니다. 나는 이 말을 당시 보성전문의 교수로 이 강연회를 직접 주선했던 유진오 선생, 그리고 강연을 직접 들으셨다는 김두종(金斗鐘 1896~1988) 박사로부터 평소 여러 번 들었습니다.

2) 항일무장투쟁의 본산 〈신흥무관학교〉[1]

고난의 개교

앞에서 언급한 바와 같이 우당 이회영 선생 일행은 1910년 12월, 리우허시엔(柳河縣) 산위안바오(三源堡) 조우쟈지에(鄒家街)에 기착寄着하였습니다. 이듬해 4월, 선생은 〈경학사耕學社〉라는 이주민단民團을 조직하고, 이를 토대로 〈신흥강습소新興講習所〉를 열면서 독립운동의 첫발을 내딛게 됩니다.

강습소의 이름을 '신흥'이라 한 것은 신민회新民會의 '新신'자를 따고, 여기에 '나라를 일으킨다'는 뜻의 '興흥'자를 덧붙여 기필코 조국의 땅에서 일제를 몰아내고 새 나라를 건설하겠다는 의지의 표현이었습니다.

명칭만 강습소일 뿐 실질은 무관학교였습니다. 처음부터 무관학교라는 이름을 내세우지 않고 '강습소'라고 한 것은 우리 이주민들을 일제의 앞잡이로 의심하는 토착 원주민들의 냉대-비협조와 만주 군벌軍閥의 탄압을 피하기 위한 고육책苦肉策이었습니다. 건물 얻기가 어려워 원주민의 옥수수 창고를 겨우 빌려 강습소를 열었다고 합니다.

〈신민회〉는 알려진 바와 같이 구한말舊韓末 1907년 4월, 안창호-이동녕-양기탁(梁起鐸·1871~1938)-이동휘(李東輝·1873~1935)-이갑(李甲·1877~1917)-유동열(柳東說·1877~?)-전덕기(全德基·1875~1914) 등 7인 창립위원의 주도로 결성되고,

---

1 본항의 서술은 〈신흥무관학교〉 출신으로 동교의 생도대장과 교관을 역임한 바 있는 독립유공자 원의상元義常/元秉常 선생의 회고수기 〈신흥무관학교〉《신동아》 1969년 1월호, pp. 236~245를 바탕으로 하고, 신용하愼鏞廈의 저서《한민족 독립운동사 연구》(을유문화사, 1986) 중, '신민회의 독립군기지 창건운동' (pp. 100~124) 및 우당 이회영선생 기념사업회 제공자료 등을 참조하여 정리한 것임.

우당을 위시하여 이승훈-이상재-신채호-김구-조성환(曺成煥·1875~1948)-임치정(林蚩正·1880~1932)-주진수(朱鎭洙·1878~1936)-이종호(李鍾浩·?/普專 창설자 李容翊 선생 令孫)-여준(呂準/일명 呂祖鉉·1862~1932)-윤기섭(尹琦燮·1887~1959) 등 한국독립운동사의 큰 별들 100여 명이 그 핵심 멤버로 참여하여 활동한 비밀 구국결사救國結社입니다.

신민회는 결성된 그 해(1907년) 8월, 무력투쟁을 독립운동의 기본노선으로 채택하고, 독립군기지 건설운동에 들어갑니다. 신흥무관학교의 출범은 바로 신민회 결사이념의 구현체로서 최초로 항일무장투쟁에 돌입하였음을 말하는 것입니다. 그러나 신흥무관학교와 신민회가 불가분의 관계라 할지라도, 그 설립과 경영주체가 우당일가라는 본질이 달라지는 것은 아닙니다. 개교 초기부터 소요되는 재정 일체를 선생의 둘째형 이석영 선생의 사재私財에 전적으로 의존했기 때문입니다.

한편 〈경학사〉의 인적 구성을 보면, 초대 대표에는 선생의 바로 위 형(셋째) 이철영(2대 대표 이상룡) 선생이 추대되었습니다. 이 조직의 목표는 황무지개간 등 영농營農 을 통한 이주민의 생활 자립에 있었습니다. 예하 각 실무 부서에는 내무에 이회영, 농무에 장유순(張裕淳·1877~1952), 재무에 이동녕, 그리고 교무에 류인식(柳寅植·1865~1928) 등이 선출되었습니다.

또한 신흥무관학교의 초대 교장에는 이동녕 선생(2대 교장 이석영)을 추대하였고, 교육과정은 4년제 중등과정 수준의 본과와 무관양성을 목표로 하는 단기 속성과(1개월 혹은 3~6개월 과정)로 나누어 개설하였습니다.

그리하여 1911년 6월부터는 정식으로 문을 열고, 이주민 자제들과 고국에서 찾아오는 항일애국청년들을 대상으로 강고한 민족독립정신의 배양과 엄격한 군사교육을 실시하여 개교 1차 연도에는 첫 졸업생으로 특

이회영(1867~1932) © Pak Jae-sun

기생特期生 40여 명을 배출했습니다. 이 중에는 변영태(卞榮泰·1892~1969 대한민국 외무부장관, 국무총리 서리) 선생도 포함되어 있습니다. 우리 민족의 독립운동사상 길이 빛나는 신흥무관학교의 역사적인 개교와 독립군 배출은 이렇게 시작되었습니다.

그래서 오늘날 우리의 〈국군의 날〉을 지금의 10월 1일보다 이 신흥무관학교의 개교일로 정해서 기념하는 것이 더욱 역사적 의미가 있지 않을까 생각합니다.

하니허(哈泥河)에 새 교사

신흥무관학교는 고국으로부터 몰려오는 이주민과 젊은 인재들이 크게 늘어나 시설 확충이 시급히 요구될 정도로 일대 성황을 이룹니다. 하지만 이주동포들은 현지 토착민과의 갈등-불화가 끊이지 않았고, 1911년에는 지독한 흉년이 든 데다, 유례없는 혹한이 풀리자 풍토병이 돌면서, 굶주림과 추위에 시달려 자포자기 상태에 빠지게 되었습니다. 결국 〈경학사〉는 해체되고 신흥무관학교 또한 위기에 맞닥뜨리게 됩니다.

이에 우당 이회영 선생은 결연히 베이징(北京)으로 대총통 위안스카이(袁世凱)를 찾아가 도움을 요청하게 되었고 마침내 그의 호의로 하니허에 새로운 기지촌 건설 부지를 얻어내는 데 성공하였습니다.[2]

〈신흥무관학교〉의 새로운 기지촌 건설부지 확보에 이어서 다음 과제는 번듯한 새 교사의 건축이었습니다. 이듬해(1912년) 봄부터 새 교사 건설에 일심전력, 1년 후인 1913년 5월에는 드디어 신축교사의 준공을 보는 일대 감격의 순간을 맞이합니다. 이 신축교사의 낙성이야말로 우리 겨레의 항일 독립운동사에 있어 거보를 내디딘 것으로, 이로부터 하니허는 우리 독립군 양성의 본거지로서 그 면모를 갖추게 되었습니다.

한편 이 신축교사가 갖는 더 큰 의미는 지금처럼 불도저나 크레인, 차량과 같은 중장비가 없던 시절, 톱과 망치-삽과 곡괭이 같은 연장만으로 1년이라는 짧은 기간 내에 全 교관과 생도들의 피와 땀과 지성至誠으로 일궈낸 것이라는 바로 그 점에 있다고 하겠습니다.

교육내용과 훈련

신흥무관학교를 배경으로 혁명가 김산(본명 장지락張志樂·1905~1938)의 불

2 우당 이회영 선생이 베이징의 대총통 위안스카이袁世凱를 만났다는 사실은 〈우당기념사업회〉 내부 정리자료 참조.

꽃같은 삶의 일대기를 그린 님 웨일즈(Nym Wales)의 소설 〈아리랑〉(1941)은 18개 교실로 이루어진 이 학교가 산허리를 따라 눈에 띄지 않도록 은밀하게 자리잡고 있는 것으로 묘사하고 있습니다. 일과는 아침 6시 기상나팔로부터 저녁 9시 취침나팔까지 총기 다루기와 사격훈련에 역점을 두고, 군사이동훈련은 고된 산악훈련에 치중하였습니다. 게릴라전술 구사에 요구되는 민첩하고도 강철 같은 체력과 정신력을 기르기 위해서입니다.

더구나 주린 배를 움켜쥐고 혹독한 추위와 싸우면서도 불평 하나 없이 훈련에 열중하였고, 교관들은 단의(單衣·홑옷)에 초모(草帽, 밀짚모 같은 것)를 쓰고 조국의 독립을 기필코 쟁취할 사관양성에 혼신의 정열을 불태우는 것으로 표현하고 있습니다. 외양은 궁색하고 초라하나 사기士氣만은 하늘을 찌를 듯이 높았다는 이야기입니다.[3]

특히 생도들은 그 고된 훈련 중에도 또 한편 재정궁핍과도 싸워야 했습니다. 1914년 봄, 거듭되는 자연 재변災變으로 동포들의 지원이 끊기자, 원주민의 산야를 임차 개간하여 콩과 옥수수를 경작하는 등 농사에도 힘을 기울여 학교운영에 충당하였습니다. 뿐만 아니라 월동에 대비하여 땔감을 마련해야 했고, 여름방학 중에는 全 교직원, 생도들이 이곳저곳으로 흩어져 날품팔이로 돈벌이에 나서서 학교재정을 도왔습니다. 그들은 '조국을 위해서는 항일투쟁, 모교를 위해서는 경제투쟁'을 구호로 내걸고 그야말로 각고분투刻苦奮鬪의 나날을 보냈습니다.

이러한 고난 속에서도 학교 주위에는 끊임없이 망명 동포들이 몰려들

3 원의상, 전게지, p.240.

어 저절로 신한민촌新韓民村이 형성되면서 신흥무관학교를 거점으로 하는 강력한 독립군기지가 자연스럽게 만들어졌습니다.

10년간 3,500여명의 독립군 간부 양성

1911년에 신흥강습소로 출발한 신흥무관학교는 설립 이후 항일독립운동의 무력양성 본거지로 10년간이나 존속하는 대기록과 함께 무려 3,500여 명 독립군 간부를 양성해냈습니다. 특히 3·1운동 직후에는 한반도와 중국 각지에서 수많은 젊은 인재들이 몰려들어 본교의 시설을 크게 늘려야 할 정도로 양적 팽창을 거듭하였습니다. 이러한 과정 속에서 축적한 잠재력이 세계적 강군을 자랑하는 일본군을 여지없이 무찌른 1920년 6월 〈봉오동전투〉와 10월 〈청산리전투〉의 대첩으로 나타난 것입니다.

신흥무관학교가 그토록 수많은 항일운동 지도자들을 배출하고 무장투쟁 역량을 길러낼 수 있었던 데에는 여러 가지 요인을 생각할 수 있습니다. 그 중 우당 선생을 비롯한 여섯 형제의 나라를 되찾겠다는 확호불발確乎不拔의 신념과 그 의지를 실천할 수 있는 재정적 뒷받침이 절대적 요인이었음은 두말할 것도 없습니다.

이렇게 보면, 신흥무관학교가 10년간이나 지탱할 수 있었던 결정적 요인은 우당형제 일가의 조국광복을 향한 원력願力과 전 재산 쾌척, 그리고 그의 무장투쟁사업을 적극 밀어준 신민회, 그리고 그들과 일심동체가 되어 독립투쟁역량을 배양하는 데 협력을 아끼지 않은 현지 이주 동포들의 뒷받침이라고 하겠습니다.

나는 앞으로 우리 독립운동사 연구영역이 좀 더 넓어져야 한다고 생각합니다. 지금까지 상해 임시정부 중심에서 북경지역, 하와이를 포함한 미주 전 지역, 그리고 운동유형으로는 아나키즘운동과 의열단의 투쟁, 조선의용군의 조직 정보활동 등으로 확대하여 깊이 있는 연구가 이루어져야 할 것으로 기대합니다.

말년에 우당 선생은 상부상조하며 공생·공영하는 철학이자 이타주의로 인간의 참된 해방을 추구하는 아나키즘 운동을 제창하면서 그 사상을 몸소 실천하는 데 앞장섰습니다. 우당은 아나키즘을 수용한 것에 대해 훗날 스스로 "각금시이작비覺今是而作非 즉, 지금 생각해 보니 그 전前이 잘 못되어서가 아니라, 내가 생각하고 있는 사상, 바로 그것이었기 때문에 받아들인 것"이라고 설파하고 있습니다. 이것은 아나키즘이 새롭고 특이해서가 아니라 평소 당신이 생각해오던 사상과 같기 때문이라는 것이니 이로써 우당 사상의 본질이 더욱 분명하게 조명된다고 하겠습니다.

우당은 약관弱冠에 벌써 적서嫡庶와 반상班常과 남녀의 차별을 타파하고 스스로 언행을 크게 바꿨으며, 당신 누이동생을 개가改嫁 재혼再婚시켰습니다. 그 당시 귀족집안에서는 상상 못 할 파격적인 일인데도 그는 서슴없이 결행·실천하였습니다. 이를 보면 우당은 정열만으로 뭉쳐진 혁명가가 아니라 이理와 지智를 겸비했다는 점에서 다른 혁명가들과 구별된다고 하겠습니다.

우당 선생은 정말 위대한 거인巨人으로서 열정적이면서도 냉철한 이지를 갖춘 고독한 혁명가요 애국자였습니다. 전 생애를 오로지 애국애족의 일념으로 일관한 행동주의자로서 그의 최후는 너무도 비참했지만 참으로 거룩했습니다. 그의 일생은 그야말로 하늘을 우러러 한 점 부끄러움 없는 떳떳하고 자랑스러운 생애였습니다. 평생에 그렇게 많은 일들을 직접 조직하고 추진하면서도 당신이 대표나 장長이 되신 적이 한 번도 없었으니 이런 분이 우당 선생 말고는 또 있다는 사실을 나는 알지 못합니다.

신흥무관학교를 빛낸 사람들

이회영(1867~1932) : 호는 우당友堂/6형제 중 넷째/비밀구국결사 신민회운동 주도회원/헤이그 밀사사건의 막후인물/3·1거사 이전 고종황제의 베이징망명 기획/간도지역 독립군기지 창건운동의 선구자/1918년 12월(음력) 만주지역(東三省) 구국선열 이상룡-유동열-여준-김동삼-이동녕-박은식-신채호 등 39인 명의로 발표된 〈무오戊午 독립선언〉 민족대표의 한 사람으로서 치열한 무력항일투쟁과 함께 반상의 구별 등 계급적 신분타파, 적서차별 철폐, 노비해방 등 인간의 자유와 존엄의 실현에 매진한 아나키스트운동의 선구자.

이시영(1868~1953) : 우당의 바로 아래 동생으로 호는 성재省齋/22세에 증광시增廣試 문과급제, 구한말 혼돈기에 관직에 나아가 홍문관교리-승정원부승지-궁내부수석참의 평안도 관찰사 등 역임/신민회 주도회원/신흥무관학교 경영에 헌신/ 〈무오독립선언〉 39인 민족대표의 한 사람/대한민국임시정부 법무총장, 재무총장 등 국무위원 역임/광복 후 우당의 6형제 중 유일하게 국내 생환/대한민국 초대 부통령으로 자유당 독재정권 비판, 1953년 사임.

이시영(1868~1953)

이석영(1855~1934) : 우당의 둘째 형/신흥강습소 2대 교장으로 동교의 설립과 경영의 재정적 후원자로 일관.

이철영(1863~1925) : 우당의 셋째 형, 호는 성암醒菴/성리에 조예가 깊은 학자/신민회 주도회원/신흥무관학교의 존립기반인 〈경학사〉 초대 사장

이규룡(1887~1955) : 우당의 조카/《신민회》 회원/농업개발과 이주 교민들의 정착을 위하여 조직된 민단 경학사의 서무와 신흥강습소에 이어 신흥무관학교 교사로 독립군기지 건설운동과 무관양성에 헌신/1924년 귀국 후 농업에 종사하면서 독립운동 군자금모집에 힘씀/1990년 건국훈장 애국장 추서.

이상룡(1858~1932) : 경북 안동安東 출신의 정통 유학자/호는 석주石洲/유인식·김동삼 등 혁신적 유림 인사들과 근대교육기관을 설립하고 계몽활동 전개/〈신민회〉 주도회원/50이 넘은 나이에 서간도로 망명, 경학사 2대 사장에 추대되어 신흥강습소를 열고 독립군 양성에 헌신/1919년 〈서로군정서〉 독판督辦 취임/1921년부터 남북만주 서간도 일대의 항일단체와 독립군단 통합에 앞장서고, 상해 임정 초대 국무령(1925)에 취임하여 좌우대립 등 복잡·다단하게 갈려 있는 정치세력들의 갈등 극복·통합에 끝까지 노력하다 사임하고 만주로 돌아가 1932년 지린성 수란舒蘭 샤오청즈(小城子)에서 과로로 서거.

이동녕(1869~1940) : 충남 천원天原 출신, 호는 석오石吾. 정통 한학자/1896년 독립협회에 가담. 만민공동회萬民共同會 시위에 참가/1903년 이상재·전덕기 목사 등과 YMCA운동/1905년 을사늑약 철폐요구 연좌시위 중 일경에 체포되어 2개월 옥고/신민회 주도회원/경학사 설립을 통해 교포들의 신분보장과 독립정신을 고취, 신흥강습소 초대교장으로 무관양성에 주력/1921년 대한민국임시정부 국무총리 대리, 국무총리(1924), 대통령대리, 임시의정원의장(1925년 11대, 1929년 13대)/국무령, 국무위원회주석(1927, 1930~32, 35, 39~40)/엄항섭嚴恒燮·이시영·조성환 등과 한국국민당韓國國民黨 조직, 당수 추대/1940년 김구와 전시내각 구성. 이 해에 급성폐렴으로 쓰촨성四川省 치장綦江에서 서거.

이상설(1870~1917) : 충북 진천 출신, 호는 보재溥齋/1894년 문과급제. 성균관 교수. 이범세李範世·여규형呂圭亨·이회영-시영 형제, 대한제국 황실자

문역 헐버트(H.B. Hulbert) 등과 교유하며 외국어를 익히고 신학문 논구함/1906년 이동녕李東寧 등과 북간도 용정龍井으로 망명, 항일민족교육의 요람인 서전서숙瑞甸書塾을 설립하고 숙장塾長으로 헌신/1907년 네덜란드 헤이그 만국평화회의에 이준李儁·이위종李瑋鍾과 참석/대한협동회 회장, 권업회 회장, 신한혁명단 본부장/우당의 독립군 기지건설 동지로서 정신적 후원/1917년 3월 니콜리스크에서 서거.

김동삼(1878~1937) : 경북 안동 출신. 본명은 긍식肯植, 호는 일송一松/만주망명 후 동삼東三으로 개명. 이는 만주의 별칭 동삼성東三省에서 따온 이름으로, 만주 일대를 독립운동의 본거지로 삼겠다는 의지의 표현이라 함/신민회 주도회원/산위안바오 독립군기지 건설참여. 신흥강습소 초대 교장과 〈경학사〉 재무사장으로 독립군 양성에 힘씀/1917년에는 퉁화시엔 샤오베이다이小北岱 밀림지대에 신흥무관학교 백서농장 분교를 건설하고 장주莊主로서 무관양성에 진력/부민단의 후신 한족회 출범에 서무사장, 서로군성서 참모장으로 활약/〈무오독립선언〉 39인 민족대표의 한 사람/1923년 1월 개막된 상하이 국민대표대회 의장(부의장 安昌浩·尹海)에 피선되어 계파 간 무한 대립으로 분열하고 있는 임정臨政 존립을 위해 분투/통의부 중앙집행위원장, 정의부 참모장. 만주 지역 독립운동체 간의 계파 갈등 해소, 유일당 창당에 진력하던 중 1931년 일경에 체포되어 복역 중 1937년 옥사 순국.

여준(1862~1932) : 경기 용인龍仁 출신. 호는 시당時堂/1906년 만주 용정龍井에서 이동녕·이상설과 서전서숙瑞甸書塾을 세워 후진교육/신민회 주도회원.

이때 남강南崗 이승훈李昇薰과 접촉, 정주 오산五山학교 교사가 되어 신교육에 헌신/1912년 경영난에 빠진 신흥무관학교의 존립을 위해 이탁李鐸 등과 〈유지회〉 결성, 교민 상대로 모금활동/1913년 신흥무관학교 교장으로 교세 확충과 민족의 독립역량 배양에 진력/〈무오독립선언〉 39인 민족대표의 한 사람/상하이 임정소속 서로군정서 부독판/1930년 1월 김구·이동녕·이청천李青天 등과 한독당 재건에 참여/1931년 일제의 만주침략시기 난적(亂賊 : 중국군 패잔병)에게 피습, 요양 중 서거/1968년 건국훈장 독립장 추서.

윤기섭(1887~1959) : 경기 장단長湍 출신으로 보성전문에서 수학 후 오산학교 교사 재직/1911년 만주 독립군기지 건설참여. 신흥강습소 학감, 신흥무관학교 교감 및 교관-교사 등 10여 년간 교무에서 항일 독립운동교육과 무관양성에 공헌/1923년 이후 상해임정참여, 대한민국임시의정원 의장, 개헌안 기초 위원(1927), 군사위원장(1930), 군무차장(1933) 등 역임/좌익계 정당 활동에도 관심을 보여 조선민족혁명당 중앙집행위원(1935, 1946)으로 활동/광복 후 국학대학 학장(1948) 재임 중 6·25동란으로 피랍/북한 억류 중 1959년 안재홍安在鴻·엄항섭嚴恒燮 등 납북인사들과 재북평화통일촉진협의회 집행위원으로 활동하다 반혁명분자로 몰려 숙청/1989년 건국훈장 대통령장 추서.

이세영(李世永(榮)·1869~1938) : 이천민李天民은 그의 다른 이름/충남 청양青陽 출신으로, 호는 고광古狂/대한제국 육군 정위正尉/〈을사늑약〉을 계기로 고종황제의 밀지密旨를 받고 洪州에서 의병항쟁/大倧教 입교/1917년 신흥무관학교 교장/무오독립선언 민족대표 39인의 한 사람/1919년 환련

시안(桓仁縣)에서 한교공회韓僑公會를 조직, 일제의 주요기관 습격, 친일파 처단 등 격렬한 항일투쟁/1921년 주만통군부駐滿統軍府 사령관에 이어 임시정부 참모부 차장 등을 지낸 후 중칭重慶으로 가서 〈신사회新社會〉 부위원장으로 활동 중 쓰촨성四川省에서 병사/1963년 건국훈장 독립장 추서.

류인식(1870~1917) : 경북 안동 출신, 호는 동산東山/석주石洲 이상룡李相龍 등과 의병항쟁/〈신민회〉 주도회원/서간도로 망명, 독립군기지 창건운동 참여, 무관학교 신흥강습소의 존립기반인 경학사 교무부장으로 활동/귀국 후 신간회新幹會가 창립되자 안동지회를 창립하고 회장으로 활약/1982년 건국훈장 독립장 추서.

김창환(1872~1937) : 서울 출신으로 호는 추당秋堂/대한제국 육군 부위/〈신민회〉 주도회원/신흥무관학교 교관-훈련감, 대한독립군단 대대장/상하이 국민대표대회에 통의부 대표로 참가/1930년 독립운동 유일당인 한국독립당이 조직되고 예하 한국독립군이 편성되자 부사령으로 활약/1937년 한국민족혁명당(뒤에 조선혁명당으로 개칭) 요인으로서 적색분자 숙청에 나서며 대일항전에 진력하다 과로로 순국/1963년 독립장 추서.

주진수(1878~1936) : 경북 울진蔚珍 출신으로 호는 백운白雲/독립협회와 관동학회關東學會 회원으로 활동/신민회 강원대표로 만주 독립운동기지건설 모금운동/서간도 망명 후 신흥무관학교와 경학사 설립-운영에 노력/상해 임정수립 참여/1968년 대통령표창 추서.

이광(1879~1966) : 충북 청주 출신으로 호는 성암星巖/와세다대학(早稻田

大學) 정치경제학과 중퇴/신민회 회원으로 주권수호운동 전개/독립군기지 건설운동 참여, 신흥무관학교 교장 역임/1921년 상해임정 북경주재 외무위원으로 활약/광복 후 충북 도지사·체신부장관 등 역임/1963년 건국훈장 독립장.

이관직(1883~1972) : 충청남도 공주公州 출신/1903년 대한제국 육군무관학교 졸업 후 참위參尉로 임관, 부위副尉로 복무/신민회 주도회원/독립군기지 건설 참여. 김창환·이광李光·윤기섭尹琦燮 등과 신흥강습소 교관으로 독립군무관양성에 진력/1919년 3·1운동이 일어나자 배재학당 학생동원 책임자로 활동하다 투옥/1990년 건국훈장 독립장 추서.

이청천(1888~1957·본명은 지대형池大亨) : 서울 출생으로 호는 백산白山/배재학당을 거쳐 대한제국 무관학교 2학년 때 황실유학생으로 일본 육군중앙유년학교에 입학/이후 1913년 일본육사 제26기생으로 졸업, 중위가 되면서 1916년 제1차 세계대전 청도靑島 전투에 참전하여 실전경험을 쌓음/이어 3·1독립운동을 계기로 일본군을 탈출, 만주로 망명하면서 이름도 이청천이라 개명/신흥무관학교에서 교관으로 독립군 무관양성/1920년 대한민국 임시정부 산하 〈서로군정서〉 사령관, 1921년 〈자유시참변〉 후에 고려혁명군 소속에 이어 〈대한통군부大韓統軍部〉 영도 후에 이를 정의부로 개편, 군사위원장 겸 사령관/1925년에는 남-북만주의 독립운동 단체를 통합하여 국민부를 만들었음. 1930년 〈한국독립당〉 창당에 참여, 군사위원장이 되었고, 한국독립군을 설립하여 총사령관이 되었음/1957년 서거, 1962년 건국훈장 대통령장 추서.

이탁(1898~1930) : 평남 평원平原 출신으로 호는 동우東愚/평양 대성학교大成學校 재학 중 신민회 가입/신흥강습소 설립에 참여, 동 강습소가 경영난에 빠지자 유지회를 조직, 운영기금 모금. 이 무렵 가산을 정리, 독립군자금으로 헌납/1919년 27결사대 조직, 매국 7적 주살을 기도하다 불의의 상황으로 포기, 7적 성토문과 격문만 배포하고 귀환/한족회 중앙총장 재임/1920년 대한민국임시정부 동삼성東三省 외교위원장/22년 임정 〈국민대표대회주비위원회〉에 평남 대표로 참석, 재정위원장 피선/1929년 상하이 임정 임시의정원 만주-간도지역 대표로 선임/1963년 건국훈장 독립장 추서.

김산(1905~1938) : 평북 용천龍川 출신으로 사회주의운동가/본명은 장지락張志樂, 별명 장명張明 등 다수/님 웨일즈(Nym Wales)의 전기傳記 소설로 세상에 널리 알려짐/1920년경 신흥무관학교에서 6개월간 군사학을 배우고 상하이 임시정부 기관지 《독립신문》의 교정원 및 인쇄공으로 근무/이때 많은 독립운동가들을 접하고 사상가들의 글들을 읽으면서 공산주의자로 전향/1925년 광저우(廣州)에서 중국공산당에 입당/1938년 산간닝(陜甘寧) 소비에트 지구에서 조선혁명가 대표로 활동/당의 요청으로 옌안(延安)의 항일군정대학抗日軍政大學에서 교편생활 중, 미국 언론인 웨일즈를 만나 자신의 생애를 구술, 웨일즈는 이를 토대로 《아리랑》(1941) 출판/1938년 당 반역자, 일본스파이, 트로츠키주의자로 낙인찍혀 비밀리에 처형됨/덩샤오핑(鄧小平)의 개혁-개방 후 중국공산당에 의해 1983년 복권.

이밖에도 많은 분들이 계시지만 다 수록하지 못함을 죄송스럽게 생각합니다.

2. 六堂의 '조선주의·조선정신'

최남선은 연설·논문·산문·창가·신체시·시조·역사 글을 통해 '조선주의'와 '조선정신'을 부르짖었습니다.

'쇠망衰亡의 민民'이라는 이름 아래 가련한 것은 조선 사람이라 한다. 그러나 조선 사람보다도 이 세상에 가장 가련한, 누구보다도 측은하고 가련한 것은 '조선朝鮮'이다, '조선의 산하'이다, '산하의 정령精靈'이다. 우리는, 우리의 조상들은 이 산하의 우로雨露로서 자라났고, 이 산하에 묻히었고, 이 산하의 정령에 사무치었다.

그러나 이 '조선', 이 '조선의 산하'는, 이 '산하의 정령'은 뉘라 사랑하고 뉘라 돌보려는가.

사랑하고 돌보아야 할 그 사람이 싫어하고 물리치며 돌아선다는 것처럼 비참하고 가련한 일이 또 어디 있으리요. 조선 사람아! 조선 민족아! 그대가 만일 조선을 사랑하고, 그 산천을 돌보며, 그 정령의 거룩함을 깨달았을진대, 우선 자중하고 자애할지며, 일치하고 합치함으로써 이 산천의 무궁한 생명을 만회하여 그 정령에 가납嘉納되기를 힘쓸 것이다.

《동명東明》 제2권 23호. 1923.6.3 마지막호에서 백두산白頭山은 읽고 읽어도 다할 날이 없고, 알고 알아도 끝날 날이 없는 신神에게서의 대계시大啓示 그것이요, 동방東方 사람의 산 경전經典입니다. 실상實相 그대로 전현全現해 있는 우리의 윤리학倫理學이며, 과거란 문자로 기록된 예언서입니다. 푸고 퍼도 마르지 않는 생명의 원천이란 우리의 백두산을 두고 부르는 이름일까 합니다. (중략) 생生을 그의 밑에 품稟하고 정신을 그 아래에서 쉬려淬礪할 수 있음은 과연 얼마나 큰 우리의 은총이며 특권이며 행복이라 하겠습니까.

'백두산근참기' 서문에서

이와 같이 최남선은 학문과 출판을 통하여 절절한 조선주의 조선정신과 애국정신을 고취해 나아갔습니다.

1) 선각자들의 지적知的 네트워크 : 〈조선광문회朝鮮光文會〉

서울 광교 아래 청계천변 삼각동 22의 1번지는 우리가 오래도록 기억해야 할 역사적 장소입니다. '경술국치'로 온 겨레가 슬픔과 분노에 잠겨 있던 1910년 9월, 바로 이곳의 한옥 2층 건물에서 백암 박은식(白巖 朴殷植)과 도산 안창호(島山 安昌浩), 육당 최남선(六堂 崔南善 1890~1957)을 비롯한 조선의 선각자들이 〈조선광문회〉를 결성합니다. 이 광문회는 우리 고전의 수집-보존과 출판-반포를 역점사업으로 내세웠습니다. 그러나 진실은 일제강점기 아래에서도 멈출 수 없는, 깨어 있어야 하는, 언젠가 맞을 독립을 위해 민족의 혼魂을 지켜 가려는 일대一大 문화운동이었습니다.

광문회에 모여드는 조선팔도 지식인들은 주시경周時經, 장지연張志淵, 정인보鄭寅普, 홍명희洪命憙, 한용운韓龍雲, 김성수金性洙, 송진우宋鎭禹, 이광수李光洙, 김두봉金枓奉 등 당대 대표적 지성들이었습니다. 말하자면 그 시기 우리 사회 최고 지적 네트워크가 광문회라는 조직체로 나타난 것입니다.

조선광문회는 그때 육당이 이끄는 출판사 '신문관新文館'과 한 건물에 있었습니다. 신문관이 잡지 《소년》의 발행을 비롯하여 신문화운동의 산실이었다면, 조선광문회는 유실되어 가는 조선의 고전과 서지를 수집-복간하여 널리 보급하는 민족문화연구-발굴의 중심이었습니다.

조선광문회가 펴낸 책들 중에는 충무공의 《난중일기亂中日記》와 같은 귀중본과 실학의 고전인 박지원의 《열하일기熱河日記》 등이 포함되어 있습니다. 일본에 나라를 빼앗긴 상황에서 지난날 왜적을 물리친 성웅 이순신 장군의 《난중일기》를 발굴-출간했다면 벌써 거기에서 광문회 인사들의 민족정신과 애국심이 얼마나 드높고 뜨거웠는가를 감지感知할 수 있을 것입니다. 《열하일기》 또한 '18세기 실학사상'이 녹아 있는 고전에 최초로 주목한 것도 육당의 큰 업적 가운데 하나입니다. 아울러 우리의 언어-문학-역사-철학-민속학 등 수많은 고전들이 광문회를 통해 수집되고 발간됩니다.

한편 광문회는 최초로 《우리말사전》 편찬에 착수하여 상당한 단계에까지 이릅니다. 비록 이런저런 내외상황의 악화로 완성을 보지는 못했으나 주시경 선생과 그의 제자 김두봉, 현채玄采 등이 중심이 되어 수정-정리한 말모이는 뒷날 《우리말큰사전》의 모태가 되었습니다.

광문회가 탄생한 이 시기는 나라를 빼앗긴 울분으로 스스로 목숨을 끊는 의사-열사들이 속출하던 때입니다. 그런데 국맥이 끊어지는 통한 속에서도 우리 민족의 얼과 정신이 담긴 문헌을 수집-보존하여 미래를

조선광문회 건물 © 조선광문회 복원위원회

준비한 선인들의 그 심모원려深一謀遠慮에 어찌 경의를 표하지 않을 수 있겠습니까?

나는 이것이 바로 우리 겨레의 혈맥 속에 생동하는 민족의 힘이라고 생각합니다.

조선광문회는 3·1운동의 실질적 발상지요 온상이었습니다. 이곳 광문회에서 구독하는 외국의 신문-잡지 등을 통해 국제정세의 변화 추이를 알게 된 광문회 회원들이 주축이 되어 세계를 놀라게 한 3·1운동을 계획했던 것입니다. 뿐만 아니라 바로 이곳에서 천도교, 불교, 기독교계의 요청으로 육당이 〈독립선언서〉를 기초했고, 또 그곳에 서 육당이 손수 문선-조판까지 했다는 사실이 이를 입증해 줍니다. 이로써 육당은 2년 7개월 옥고를 치르게 됩니다.

육당은 1907년 18세의 나이로 신문관을 창설하고 민중을 계몽, 교도하는 내용의 책을 출판하기 시작하였습니다. 1908년 11월 근대화의 역군이 될 소년들을 계몽하여 민족사에 새 국면을 타개하려는 큰 뜻을 품고 잡지 《소년少年》을 창간합니다. 이것이 우리나라 최초의 근대적 종합교양지이며 청년잡지의 효시입니다. 육당은 이 창간호에 권두 시 〈해에게서 소년에게〉를 실어 한국 근대시사에서 최초의 신체시를 선보입니다.

또한 그는 그때까지 쓰여온 문주언종文主言從의 한문투 중심이었던 문장들을 새 시대에 맞도록 구어체로 고치고, 그와 함께 우리말 위주가 되게 하여 여러 간행물과 잡지 매체를 통해서 자라나는 우리 젊은이들에게 그것을 선전하고 보급하였습니다. 이런 활동 덕분에 그 이전까지 우리 주변의 지배적 경향인 문어체 문장이 지양되고, 아울러 낡고 고루한 말투가 없어지는 등 문장개혁이 이루어졌습니다.

문학과 문화·언론 등 여러 부문에 걸쳐 활약한 육당은 신문관을 통해 청년잡지 《소년》 말고도 《붉은 저고리》 《아이들 보이》 《새별》 《청춘》 등의 수많은 잡지들을 발간하여 특히 청소년 계몽과 교도를 꾀합니다.

연약한 붓 한 자루로 거칠고 사나운 무신들을 500여 년 동안 다스려온 조선조 문민통치의 역사와 혼이 바로 육당의 정신과 광문회에 깃들어 있다고 하겠습니다. 따라서 이 조선광문회 운동은 도덕적 정당성과 논리적 합리성이 근간을 이룬 오랜 문치文治의 전통으로 국권회복을 도모하려는 지성의 길이었으며 그 중심에 청년 육당이 있었습니다.

2) 연작燕雀이 큰 뜻을 어찌…

미래 건국을 위한 학병권유

영국은 인도를 지배하면서 인도 청년들로 조직된 '인도군'을 편성해서 세계대전 중 이집트-아프리카-이탈리아-그리스 등 여러 전선에 투입하여 영국군과 협동작전을 펼쳤습니다. 식민지 청년들을 자국군의 전투병력으로 주저 없이 활용한 것입니다.

그런데 일본은 만주사변(1931)→상해사변(1차 1932-2차 1937)→지나사변(중·일전쟁 1937)→태평양전쟁(1941)으로 확대되는 그 가열 일로의 전쟁기간 중 그토록 병력 증원이 절실했지만 조선청년을 징집하지 않았습니다. 그러다가 태평양전쟁 막판에 가서야 어쩔 수 없어 징집령(1943)을 내려 조선청년들을 싸움터로 내몰기 시작했습니다. 그것도 일본인 부대에 분산-배속시켰지 별도로 조선군을 편성하지는 못했습니다.

이것은 조선 사람에게 군사교육에다 무장까지 시켜 현대식 전투능력을 갖추게 했다가는 언제 총구를 거꾸로 돌릴지 모른다는 공포감 때문이었습니다. 육당이 학병을 적극 권유한 까닭이 바로 여기에 있었습니다.

> 조선의 청년학도들아 입대하라! 그것도 지체 없이 나가라! 이런 기회가 아니면 저들은 절대로 우리에게 군사기술-군사지식을 가르쳐 주지 않는다. 기왕에 입대하려면 될 수 있는 대로 장교로 나가라! 장교라야 고급군사학을 습득하고 지휘능력-작전능력을 기를 수 있다…….
>
> 강영훈 전 총리 증언

이것이 육당의 학병권유 논리였습니다.

그러나 이 같은 논리가 당시로서는 그의 진심과는 달리 오해의 소지가 컸던 것이 사실입니다. 더구나 〈3·1독립선언서〉의 작성자요, 신문화운동의 선구자이며, 조선민중의 '지적우상知的偶像'이었던 육당이었기에 더욱 그러했습니다.

육당은 그의 〈자열서自列書〉에서 이렇게 밝히고 있습니다.

> (전략)……처음 학병문제가 일어났을 때 나는 독자獨自의 관점에서 조선청년이 다수히 나가기를 기대하는 의意를 가지고 이를 언약한 일이 있었더니 ……(중략)……우리는 이 기회를 가지고 이상과 정열과 역량을 가진 학생 청년층이 조직-전투-사회 중핵체 결성에 대한 취위성取爲性 능력을 양성하여 임박해 오는 신운명에 대비하고자 함에 있었다……(후략)[4]

〈자열서〉란 1949년 2월, 이른바 반민법反民法 혐의로 수감 중 조사위원장 앞으로 제출한 일종의 자술서를 말하는 것입니다.

따라서 육당의 학병권유를 비현실적이라고 반대-비판할 수는 있어도 반민족적인 친일-변절로 모는 것은 생각이 모자라거나 정치-사회적 특정 세력의 불순한 의도가 깔린 비방으로 의심하지 않을 수 없습니다.

진실을 밝히기 위해 그때 일본 유학생으로 육당의 학병권유 연설을 직접 들은 김붕구(金鵬九 서울대학교 문리과대학, 불문학) 교수가 훗날 회고한

4 졸저, 《21세기와 한국전통문화》 〈육당 자열서 六堂自列書〉, 현대문학, 1993 p.63 재인용.

바를 인용해 보겠습니다.

육당의 경우, ……일제관헌과 입회 교수들을 뒤에 앉히고, 그는 거침없이 토로하는 것이었다. 온 세계의 청년들이 전쟁터에서 싸우고 있다. 오직 조선청년만 편히 앉아 있으라고 뒤둘성 싶지도 않고, 또 그렇게 된다면 전쟁 뒤에 어떤 발언권을 얻을 수 있겠는가? 비단 일본에 충성을 하기 위해서 나가라는 것이 아니다. 어쨌든 총 쏘는 법을 배워두란 말이다……고.

관점에 따라서는 무책임한 말, 혹은 하나의 궤변(詭辯)이 될지도 모른다. 그러나 간단명료한 말이며, 그의 진의를 충분히 전달하여 의문의 여지가 없다. 그 자리에 입회했던 관리와 일인교수도 탄복했지만, 그때의 최후 발악적인 무시무시한 분위기 속에서는 놀라울 만큼 대담하고 솔직한 표현이었다…….

《신동아(新東亞)》. 1967년 3월호 통권 31호 pp. 70~85.

육당에게는 이 학병권유 행적 말고도 변절 의심을 받은 몇 가지 시빗거리가 더 있습니다. 하나는 그때 조선총독부가 주관하는 〈조선사편수회〉의 위원직을 맡은 일이요, 또 하나는 이른바 만주국의 건국대학 교수로 부임한 일입니다.

〈조선사편수회〉 위원

조선사편수회란 일제가 우리의 역사를 편찬하겠다고 설치한 기관입니다. 쉽게 말해서 우리의 역사를 저희들 멋대로 구성-편찬하겠다는 것이니 민족 감정이 이를 용납치 않는 것은 마땅한 일입니다. 식자들은 물론 일반 민중까지도 거부감을 가지고 이 짓거리를 의심에 찬 눈으로 바라보고 있었습니다. 그러면 육당은 비난받을 짓인 줄 뻔히 알면서 무슨 생각으로 이 직을 맡았을까요?

앞에서 언급한 〈자열서〉를 보면 정작 그때 육당에게 가장 절실한 것은 '절체절명絶體絶命의 위기에 빠진 학연學硏사업'을 계속하는 일이었습니다. 학문연구는 필생의 업이니 이를 중단함은 그에게는 애석한 정도가 아니라 죽기보다도 더 괴로운 일이었을 것입니다. 게다가 위원이 됨으로써 얻게 될 '학구상의 편익' 또한 육당으로서는 놓칠 수 없는 유혹이 아닐 수 없었을 것입니다.

그때 조선총독부는 행정조직을 총동원하여 전국적으로 편수자료를 수집했기 때문에 귀중한 사료들을 발굴하는데 대단한 성과를 거두고 있었습니다. 따라서 명색이 학자라면 그 접근과 이용이 자유로운 위원직을 탐낼 만도 했을 것입니다.

이미 일제는 조선에 대한 식민통치를 정당하하기 위해 '식민사관'의 기조 위에서 우리의 역사를 왜곡-날조해 온 지 오래였습니다. 그 때문에 일제가 마음대로 편찬하도록 내버려 두느니 차라리 뛰어들어 적극적으로 대처함만 못하다는 것이 육당의 기본 인식이었습니다.

실제로 육당은 위원에 참여함으로써 해박한 지식으로 당당하게 일본

학자들의 독주를 견제하는 등 큰일들을 해냈는데 그 중 다음 두 가지를 들어보겠습니다.

첫째는 〈단군기사檀君記事〉의 수록을 집요하게 주장하여 끝내 제1편의 〈별편〉으로 수록토록 한 사실입니다.

일본인들은 우선 편찬체계를 편년체編年體로 한다는 명분하에 고대사에서 연대가 불분명한 기사記事는 빼 버리고, 특히 단군기사의 경우는 편수의 기본사료로 채택한 《삼국사기三國史記》에 보이지 않는다는 이유로 아예 묵살했던 것입니다.

일제 어용학자들의 이 같은 주장은 우리 민족의 원류源流를 처음부터 부정하려는 교활한 작태임은 더 말할 것도 없습니다. 이를 모를 리 없는 육당은 단군의 의미를 그 사실성 여부에서만 찾지 말고 '사상적-신앙적으로 발전된 것을 종합-정리해야 한다'고 끈질기게 역설했습니다. 요컨대 단군은 우리 민족의 가슴속에 영원히 살아 있는 역사적-사상적 실체라는 것이 결코 물러설 수 없는 육당의 기본 입장이었던 것입니다.

물론 이를 관철시키기까지는 숱한 격론이 벌어졌지만, 육당의 그 거침없는 박학과 다식은 일제 어용학자들의 완강한 기세를 꺾기에 충분했습니다.

둘째는 우리 고대사 분야의 대가大家라는 이마니시 류(今西龍)란 자가 교토대학(京都大學)에서 《삼국유사》 정독본의 영인본을 제작 간행할 때 〈단군고기檀君古記〉의 원문에 '昔有桓國석유환국'의 '國국'자를 '因인'자로 바꾸어, '昔有桓因석유환인'으로 개작한 사실을 발견, 이를 준엄하게 질타하며 바로잡은 일입니다. 이것은 단지 글자 한 자의 바꿈에 불과하지만 그 뜻은 고조선의 국가 성립 사실을 한낱 신화의 수준으로 떨어뜨려 그 존

최남선(1890~1957)

재 자체를 부정하려는 악의에 찬 날조였던 것입니다. 육당은 대담하게도 이를 편수회 공개석상에서 물증까지 들어가며 폭로하고 그 치졸한 소행을 '천인賤人의 망필妄筆'이라고 꾸짖음으로써 일본인들의 간담을 서늘케 했습니다.

이상은 그즈음 일인들이 발간한 〈조선사편수회 회의록〉에 수록된 사실입니다.

건국대학 교수

1931년에 만주사변을 촉발한 일제는 괴뢰 만주국滿洲國을 세워 대륙침략의 병참기지로 삼고, 군국주의 파쇼체제를 구축, 1937년 중일전쟁-1941년 태평양전쟁을 일으키는 등 확전일로로 치달았습니다. 1938년에 일제가 지린성吉林省 창춘長春에 건국대학을 설립한 것은 만주는 물론 동아시아 전역을 효과적으로 지배하기 위한 제국주의 야욕의 발로였습니다. 육당은 이 대학이 설립된 이듬해에 교수로 초빙되어 〈동방문화론〉〈만몽문화사滿蒙文化史〉 등을 강의하였습니다.

그런데 육당의 이 대학교수 부임을 두고 그때 우리 지식인들이 많은 비난을 하였으나 육당 나름의 생각과 논리에 수긍할 바가 없었던 것은 아닙니다.

일제는 건국대학을 설립하면서 이른바 〈오족협화五族協和〉란 명분을 내세웠습니다. 오족이란 한-중-만주-몽골-일을 말하는 것으로 아시아 전역에서 대표적인 학자를 교수로 초빙하겠다고 공언하였습니다. 예컨대 인도에서는 간디, 러시아에서는 트로츠키, 중국에서는 후쓰胡適를 그 대상으로 거명하는 등 계획만은 자못 거창했습니다. 조선의 초빙대상은 물론 육당이었습니다.

육당이 여기에 선뜻 응한 데에는 스스로 회심의 역작이라고 자부하는 〈불함문화론不咸文化論〉을 펼쳐 세계의 석학들과 한번 겨루어 보고 싶은 욕망이 크게 작용했다고 보아야 할 것입니다. 아울러 내친김에 우리 민족의 요람이요, 그 융성의 본거지인 고조선-고구려-발해의 옛 강토를 답사하며 우리 선인들의 얼과 맥박과 기상을 직접 감지하고 싶은 마음 또한 간절했을 것입니다.

물론 육당의 이 같은 포부와 소망이 뜻대로 이루어진 것은 아닙니다. 그렇다고 항간의 비난처럼 일제에 이용만 당하고 무위無爲로 끝난 것도 아닙니다. 육당은 이곳에 유학하고 있는 조선학생들에게 민족문화의 진수를 강의함으로써 그들의 조국애를 일깨우는 데 한몫을 했던 것입니다. 그때 건국대학 학생이었던 강영훈(前 국무총리) 장군의 증언이 있습니다.

《기러기》 1979년 6월호. 홍사단興士團 발행

이밖에 육당이 1920년대 후반에 창간한 《시대일보》에 대한 총독부의 자금 지원설, 1930년대 끝무렵 일제 중추원참의中樞院參議를 지낸 일 등이 시비의 대상이 된 바 있습니다.

이 중 총독부의 《시대일보》 자금 지원설은 육당이 창간 석 달 만에 자금난으로 보천교普天敎 교단과 제휴했다가 결국 두 달 뒤 보천교 측에 신문사를 빼앗기다시피 넘겨주고 빚더미에 앉은 정황으로 보아 음해임이 분명합니다.

또한 일제가 억지로 들씌운 '중추원 참의'라는 이름뿐인 허직虛職을 거부 못 하고 친일의 오명을 뒤집어쓰게 된 말년의 '훼절시비'에 대해서는 극한상황에서의 생존논리라는 것 말고는 나로서는 더 아는 바가 없습니다.

이렇게 보면, 육당도 일제침략의 최대 피해자였고, 그 지조志操와 관련, 진실이 크게 왜곡된 경우라고 하지 않을 수 없습니다. 다만 한 가지, 육당에게 아쉬움이 있다면 '군자고궁君子固窮'이라는 선비적 삶의 최고덕목을 실천하지 못했다는 점입니다. 그것이 비록 학술연구와 계몽·보급사업을 최우선시한 선구자의 신념과 고뇌에 찬 선택이었을지라도 단순히 학자로서만이 아니라 민족지도자로서의 처신까지 바라던 민중들을 실망시킬 소지는 있었다고 하겠습니다.

3) 만년소묘晩年素描 : '망하기는 흥하기보다 더 어렵다'

육당은 한국근대사 신문화 운동기의 위대한 선각자였음에도 그의 말년은 참으로 스산했습니다. 일제 끝무렵에 있었던 몇 가지 행적에 드리운 친일혐의 때문에 대표적 '훼절毁節지식인'의 오명을 쓰고 사회적으로 매도당하는 아픔을 겪던 시절이었습니다. 지난날 학부생에 불과했던 나를 늘 기다리며 환한 웃음으로 반기시던 선생의 모습이 지금도 눈에 선합니다.

한번은 이렇게 말씀드린 적이 있습니다. 그때 춘원 이광수는 〈나의 고백〉 〈그의 자서전自敍傳〉 등을 발간하여 친일 시비에 대한 자기 나름의 해명과 변명을 한 것을 예로 들어 "선생님께서도 해명하시는 책을 하나 내주시는 것이 어떻겠습니까?" 했더니 이에 대한 대답은 아주 간결하고도 명확했습니다.

"……시간이 지나면 모든 게 다 밝혀질 텐데…… 뭘" 하시며 크게 괘념掛念치 않으시는 보습이었습니다.

육당은 대단한 장서가였습니다.

육당의 지적 호기심은 참으로 놀라웠습니다. 병환 중임에도 쉼 없이 시대의 새로운 흐름을 주시하며 그것을 이해하려고 궁구窮究하는 진지하고도 엄숙한 모습은 그야말로 사표師表의 진면목 바로 그것이었습니다. 심지어는 화장실에까지 받침대를 설치하고 독서에 촌음을 아끼는 선생의 생활 습벽을 목격하면서 나는 크나큰 감동을 받았습니다.

선생은 어느 날 제임스 조이스를 언제 읽으셨는지, 느닷없이 《율리시즈》 독후감을 피력하시고는, '소설을 쓰려면 이 정도는 돼야지……' 하시면서 자신도 이 수준에 이를 수만 있다면 이제라도 소설 한번 써보고 싶다는 소회를 들려준 적도 있었습니다.

또 병환 중에 선생은 틈나는 대로 라디오를 즐겨 들으셨습니다. 라디오에서 흘러나오는 노래를 들으시다 〈베사메 무쵸(Besame Mucho)〉가 무슨 뜻이냐고 내게 물으셨습니다. 그땐 나도 그 뜻을 모르던 터라 다음에 알아보고 말씀드리겠노라고 둘러대었는데 미처 답을 드리기 전에 돌아가시어 못내 아쉽고 죄송했습니다.

선생은 기회 있을 때마다 내게 우리 민족의 우수성을 되풀이 말씀하셨습니다. 이에 내가 '우리 민족은 역사상 한 번도 천하를 호령해 본 적이 없지 않습니까?' 하고 여쭈었더니 선생은 빙긋이 웃으시면서 이렇게 말씀하셨습니다.

> 그래…… 우리 민족사가 한 번도 크게 떨쳐 본 일은 없었지…… 하지만 그렇다고 아주 쫄딱 망한 적도 없었네. 그러니 앞으로도 망하기는 흥하기보다 더 어려울 거야. 나는 우리 민족사를 그렇게 보네. 우리 역사는 아주 끈질긴 면이 있거든…….

그 뒤 우리 민족이 '……망하기는 흥하기보다 더 어렵다'는 선생의 이 한 마디는 이상하게 지금도 나의 뇌리에 맴돌며 떠나지 않고 있습니다.

식민지 시대의 치욕과 수모를 겪고, 분단과 동란의 폐허 위에서 동족상잔의 비극을 이겨내고 산업화와 민주화의 동시달성은 물론, 한류로 표현되는 문화적 세계화를 자랑하게 된 오늘날 나는 선생의 '민족적 낙관주의'를 새삼 되새겨 보게 됩니다.

그 누구를 막론하고 인간의 한 생애에는 공功과 과過의 명암이 수없이 엇갈리기 마련이기에 하는 말입니다.

4) 〈여록餘錄〉

《思想界》의 육당 조문弔文

육당 최남선 선생은 1957년 10월 10일 향년 68세로 별세하시었습니다. 선생의 타계에 즈음하여 당시 이 나라 지성계를 대변했던 월간 교양잡지 《사상계》는 서둘러 선생의 하세下世기념특집을 내면서 발행인 장준하張俊河 선생의 다음과 같은 헌정사를 권두언으로 실었습니다.

> 육당 선생은 이 민족이 가장 암담한 절망의 골짜기에 처해 있을 적에도 항상 우리와 더불어 있었고 우리의 가장 친밀한 벗이요 경애하는 스승이었다. 그로 인하여 민족의 생명은 싹을 부지했고, 겨레는 위안을 받고 희망을 갖추어 광복에 이른 것은 만인이 다 아는 사실이다. 한때 선생의 지조에 대한 세간의 오해도 없지 않았다. 그러나 선생의 본의가 어디까지나 이 민족의 운명과 이 나라 문화의 소장消長에 있었음은 오늘날 이미 사실로써 밝혀진 바요 항간에 떠도는 요동부녀妖童浮女의 억설과는 전혀 그 궤軌를 달리 하는 것이다. 사람을 사赦하는 법이 없고 인재를 자기 눈동자같이 아낄 줄 모르고, 사물을 널리 생각하지 못하는 옳지 못한 풍조 때문에 우리는 해방된 후에도 선생에게 영광을 돌린 일이 없고, 그 노고를 치하한 일도 없을 뿐 아니라, 도리어 욕된 일이

적지 않았다. 이것은 실로 온 민족의 이름으로 부끄러워해야 할 일이다.

(이하 생략)

《思想界》 1957년 12월호

육당 선생은 우리보다 너무 멀리 앞서갔기에 날을 같이하여 그를 이해하지 못하였음은 어찌 보면 당연한 일인지도 모릅니다. 그러나 선생이 우리 곁을 떠난 것이 올해(2022년)로 만 65주년이 됩니다. 두 세대에 걸친 기나긴 세월이 흘렀습니다. 늦었지만 지금쯤은 우리 모두 그의 진실을 바로 알고 이해할 때가 되지 않았나 생각해 봅니다.

육당이 3·1독립선언서를 기초하던 기미년 그즈음에도 이미 일본의 고급정보기관(조선총독부 촉탁 고위 정보분석가 아이바 기요시(相場 淸) 등)에서는 우리 선구자들의 진면목을 속속들이 파악하고 있었음을 상기할 때 지금까지도 그 시비와 곡직과 정사正邪를 올바로 가리지 못하여 논란만을 거듭하고 있는 작금 우리의 작태에 부끄러움을 금할 길이 없음은 비단 나만의 생각이 아닐 것입니다. 이제 와서 한껏 '선구자의 비애'라는 말로 그분들을 위로하기에는 오늘의 우리가 너무도 왜소해 보이는 것도 이 때문이 아닌가 합니다.

제1회 학·예술원상

내가 직접 죄송해 할 일은 아니지만, 조국광복을 위해 평생을 바친 선생께서 특히 이 나라 근대 학문뿐 아니라 문학·예술 전 분야에 걸쳐 초석을 놓은 공로는 누구나 다 인정합니다. 그러나 대한민국 정부수립 후

학술원상과 예술원상이 제정되어 제1회 시상을 할 때에 양쪽에 모두 수상자로 육당 선생이 추천되었습니다. 그래서 누구나 수상은 당연히 육당 선생일 거라고 여겼으나 막상 발표에는 양쪽 모두에서 선생이 빠져 있었습니다. 표면적인 이유인즉 학술원에서는 예술원상을 드려야 한다고 했고, 예술원에서는 당연히 학술원상을 드려야 한다고 서로 미루었다는 것입니다. 장준하 선생의 말씀처럼 '실로 온 민족의 이름으로 부끄러워해야 할 일'이 아닐 수 없습니다.

《금강예찬》

금강산에 대한 고금의 기록 중 가장 명편으로 꼽힐 만한 저술로 육당의 《금강예찬》이 있습니다. 이것이 쓰인 것은 1920년대 중반이었습니다. 당시 3·1독립선언서를 직접 기초했던 육당으로서는 좌절된 국권회복운동에 대한 남다른 감회에 사로잡히지 않을 수 없었을 것입니다. 그는 2년 7개월 만에 출감한 뒤 이 겨레를 다시 하나로 귀일시키는 민족의 구심사상求心思想으로 백두산과 금강산을 주목했습니다. 육당 선생의 《백두산근참기謹參記》와 《금강예찬》이 이 무렵 때를 같이하여 나온 것이 결코 우연이 아닙니다.

육당은 《금강예찬》 序詞에서 이렇게 썼습니다.

> 금강산은 조선인에게 있어 단지 하나의 산수풍경이 아닙니다. 우리의 모든 마음의 물적 표상으로 구원한 빛과 힘으로써 우리를 인도하여 일깨우는 최고의 정신적 전당인 것입니다. 중간에 와서 잠시 침체하였

습니다만, 조선인은 예로부터 이 신비한 뜻과 정취를 가장 현명하게 깨달아 진작부터 금강산을 신앙의 목표로 삼아 가장 경건한 귀의歸依를 바쳤습니다.

우리 금강산의 빼어난 자태와 아름다운 경승景勝은 일찍부터 남에게까지 알려져 왔습니다. 중국 송나라의 대문호大文豪 소동파蘇東坡는 내세에라도 고려국에 태어나 금강산을 한 번 보는 것이 소원이라고 했는가 하면, 우리나라를 오갔던 많은 사신과 일본의 승려들까지 금강산 한 번 보기를 하도 간청하여 우리 조정을 난처하게 했다는 기록이 지금도 남아 있습니다.

서양 사람으로는 근대 영국의 왕립지리학회 회원이며 저명한 지리학자인 이사벨라 버드 비숍(Isabella Bird Bishop : 1831~1904) 여사가 구한말에 금강산을 찾은 것이 처음이 아닌가 합니다. 이분은 전 세계의 오지와 명승지 가운데 안 가본 곳이 없는 사람인데, 우리 금강산을 한 번 보고는 그 아름다움에 반해서 '진정 여기가 약속의 땅'이라며 탄복했습니다.[5]

이렇듯 우리의 금강산은 참으로 아름답고 수려한 세계 으뜸의 명산입니다. 그러니 이 땅에 생을 받아 태어난 우리에게 있어서 금강산은 결코 눈으로 보는 아름다운 산, 그것만일 수는 없습니다. 거기에는 우리가 마음으로 깊이 느끼고 그리워해야 할 무엇이 있기 때문입니다.

그것은 마치 기독교인들에게 '골고다의 언덕'이 단순한 관광지일 수 없

---

5 금강산에 대한 비숍 여사의 감상은 《한국기행록 Korea and her neighbours》 중 〈금강으로의 여정〉에 잘 묘사되어 있다. 근래 출간서로는 도서출판 〈살림〉이 1994년 출간한 《한국과 그 이웃나라들—백년 전 한국의 모든 것》, 《금강으로 가는 길》이 있다.

는 것처럼, 네팔 사람들에게 '히말라야'가 한낱 구경거리가 아닌 것처럼 우리에게 있어서 '금강산', 그것은 단순한 관광의 대상일 수는 없으며 그렇게 되어서도 안 됩니다.

금강산은 실로 백두산과 더불어 우리 겨레의 영원한 성산聖山이요, 우리 한민족의 혼과 정신의 원형이 고스란히 간직되어 있는 우리의 태반胎盤입니다. 백두산이 겨레의 아버지라면 금강산은 어머니입니다.

그럼에도 광복이 되고 나서 우리는 이에 대한 국민적 교양과 이해를 전혀 꾀하지 못했습니다. 아니 그럴 생각조차 하지 않았습니다. 그래서 지금도 일반 국민들은 '금강산' 하면 그저 남들과 똑같이 빼어난 경관을 지닌 명산으로만 알고 있을 뿐입니다. 하지만 이런 상태에서 지금 우리가 한가한 관광객(?)이 되어 금강산을 향한다는 것은 금강산에 대한 불경不敬이요 한국인으로서 자기모멸이 아닐 수 없습니다.

오늘의 우리가 다시 금강산을 이처럼 그리워하는 참뜻이 어디에 있겠습니까? 단순히 그 아름다움에 취해 보려는 것이 아니요, 이 시대 우리의 절대명제인 통일을 기원하는 경건한 순례의 발걸음 바로 그것이 아니겠습니까? 그렇다면 이제 금강산을 찾는 이 누구나 최소한 육당 선생의 《금강예찬》, 이 한 권의 책만은 반드시 읽어보고 가야만 하겠습니다.[6]

육당 선생께 2년 반 동안 직접 사사師事하면서 많은 말씀을 들은 것 가운데 이것만은 꼭 뒷사람에게 전해 주어야 할 것 같습니다. 어느 날 여쭙기를 '왜 우리에게는 오랜 역사와 문화가 있음에도 대서사시大敍事詩가

6 2000년 5월, 〈금강예찬〉. 역주자 황형주 동명사.

없습니까?' 했더니 갑자기 엄숙한 표정이 되시면서 몹시 안타까워하셨습니다.

있었지! 운양 김윤식雲養 金允植 선생이 강화도 유배시절 (10년간) 그곳에서 단군을 비롯한 우리 역사문화 5천 년에 걸친 온갖 신화·전설·설화와 사건 등을 운율에 맞추어 낱낱이 노래한 기막힌 장편 서사시가 있었네. 《동사운기東史韻記》라고. 그 친필본을 내게 주셨는데 6·25동란 중 우이동 서재(소원-素園)가 불탈 때 없어졌어! 그때 소실된 17만 장서가 모두 귀중한 것이지만 제일 가슴 아픈 것이 그 《동사운기》일세. 혹시 그 초고나 다른 필사본이 있을지도 모르니 자네도 앞으로 눈여겨 살펴보게. 발견만 되면 국보로 지정하고도 남을 만한 걸세…….

나는 그 뒤 고서점에 들를 때마다 눈여겨 찾아봤으나 아직껏 《동사운기》는 눈에 띄지 않았습니다.

끝으로 육당이 백암 박은식 선생을 모시고 '조선광문회'를 발기할 때 동지들에게 고告한 글 가운데 광개토대왕비에 관련한 부분을 소개하고자 합니다. 이를 통해 우리 역사·문화에 대한 육당의 열정을 어느만큼 가늠해 볼 수 있으리라고 생각합니다.

내가 일찍이 에도(江戶)박물관에서 광개토대왕 기적비의 탁본을 보고, 후에 양수경楊守敬의 쌍구간본雙句刊本을 열람하니…….

이를 세상에 알린 이는 누구인가? 외국이며, 이를 판독하고 이를 엮은이는 누구인가? 외국이며, 이 가운데 사서史書에서 빠진 것을 모으고 역사기록의 의심스럽고 어려운 구절을 탐구하여 바로잡은 이는 누구인가? 외국이니, 그러한 소위 그 후예들은 무엇을 하였는가? 처음에는 하나같이 방치했고 뒤에는 냉대했고, 그것이 매몰되었을 적에는 찾으려 하지 않았고, 이미 발견된 뒤에는 거두어 간직하여 연구할 일을 생각지 않았다. 이것이 우리의 그 비석에 대한 행위의 전부이다. 그 자획을 손으로 만지고 그 글 뜻을 속으로 읊조리니 눈물이 흘러내리고 오장이 찢어지는 듯하더라. 이에 광문회를 발기코자 하였노라.

《근대서지》 3호, pp. 207~211 〈조선광문회 광고〉 최철한, 소명출판 2011

3. 인촌仁村과 수당秀堂의 우국애족

《신당서新唐書》에 이런 말이 있습니다.

> 위태로워진 까닭을 살피면 다시 안정을 찾을 수 있고, 思所以危則安矣
> 어지러워진 이유를 살피면 다시 다스릴 수가 있고, 思所以亂則治矣
> 망한 원인을 살피면 다시 살아날 수가 있는 법이다. 思所以亡則存矣

우리의 선각자들은 국권상실의 원인이 바로 근대국가 건설의 실패에 있음을 정확히 파악하고 서둘러 민족의 역량을 다음과 같은 두 방향으로 나누어 매진하였습니다.

그 하나는, 해외로 망명하여 격렬한 무력항쟁을 전개하는 한편 국제정치외교에 주력하자는 적극적 '강경투쟁노선'이요, 다른 하나는 국내에서 온갖 굴욕과 수모를 참아가면서 오로지 근대 교육을 통해 국민의 역량을 키우고 산업기술을 일으켜 근대국가건설의 토대를 구축하자는 '온건준비노선'입니다. 사전事前에 서로 약속을 하고 행동에 옮긴 것은 아니지만 이처럼 절묘하게 역할분담이 이루어진 것입니다.

이때 인촌 김성수(金性洙·1891~1955) 선생과 수당 김연수(金秊洙·1896~1979)

선생 형제분은 후자의 노선, 즉 민족의 역량을 배양하여 미래를 준비하자는 온건준비노선으로 그 진로를 잡았습니다. 일찍이 일본 유학을 마치고 돌아온 인촌(대한민국 건국초기 이시영 선생에 이어 부통령 역임)은 막대한 개인재산을 쾌척하여 근대산업과 교육·언론(문화) 등 민족의 경제-문화 역량을 배양해서 미래를 준비하는 데 온 힘을 다 바쳤습니다. 오늘의 경성방직, 동아일보, 중앙중-고교, 고려대학교 등이 바로 그가 일으킨 국권회복과 독립국가 건설사업의 대표적인 징표들이라 하겠습니다.

여기서 결론부터 말하자면 오늘의 자랑스러운 우리 대한민국은 바로 선인들의 이 절묘한 역할분담을 통해 저마다 축적한 두 역량이 광복 후에 합쳐져서 이룩한 참으로 값진 보람이라고 나는 확신합니다.

1) 인촌의 경세가적經世家的 민족사업

1955년 2월 18일, 인촌 김성수 선생이 계동 자택에서 영면永眠했을 때, 빈소를 찾은 이승만李承晩 대통령이 던진 첫 마디는 '애국자가 돌아갔어!' 였습니다. 지극히 평범한 듯한 이 일성一聲이 상징하는 바, 인촌은 가장 범상凡常했기 때문에 오히려 가장 특출한 애국자였다고, 그의 평생 조력자였던 현민 유진오 선생은 그의 회고록 《양호기養虎記》에서 밝힌 바 있습니다.

또한 지난날 일경의 모진 고문으로 두 다리가 모두 부러지면서도 때리는 자를 향해 '네놈 몸만 지칠뿐'이라고 추상같이 호통을 치시던 심산 김창숙(心山 金昌淑 1879~1962) 선생께서도 친히 이런 만장輓章을 지어 보내셨습니다.

가시어야 알았던가, 가신 뒤에야 느꼈도다.

선생의 높으신 뜻 인제서야 알단 말이……

대한민국 제헌헌법을 기초하고 고려대학교 총장을 지낸 현민은, 광복이 된 1946년 7월, 근 반세기(49년) 만에 돌아온 서재필徐載弼 박사가 보성전문학교(현재의 고려대학교 전신)에 와서 행한 다음과 같은 연설을 생전 잊지 못한다고 했습니다.

여담餘談 같지만, 나는 해방 이듬해[7] 미국에서 돌아온 서재필 박사가 보성전문학교에 와서 연설하던 때 한 말을 지금도 생생하게 기억한다. 서 박사는 "해외에서 독립운동하고 국내에서 감옥살이를 한 사람들도 애국자지만, 인촌같이 묵묵히 민족의 실력을 양성하는 데 일생을 바쳐 온 사람도 애국자다. 아니 그런 사람이야말로 진짜 애국자다."라는 의미의 말을 했다. 국내 우익의 최고영도자의 위치에 있는 인촌을 가지고 좌익 사람들이 투쟁 실적이 있네 없네 하고 시비하던 때에, 해외 독립투사의 대표격인 서재필 박사의 입에서 그런 말이 나온 것이기에 그 말은 나에게 한층 감명 깊게 들렸다.

유진오 《養虎記》 고대출판부, 1977

이어 현민은 같은 회고록에서 이렇게 평가했습니다.

---

7 《서재필박사 자서전徐載弼博士 自敍傳》을 저술한 김도태金道泰 씨는 서재필 선생의 두 번째 환국일자를 1947년 7월 1일로 밝히고 있으나 착오인 것 같다.

애국에도 여러 가지가 있다. 자기의 생명을 바치는 순교적 애국, 적의 생명을 뺏는 영웅적 애국, 혁명을 승리로 이끌어 나가는 투쟁적 애국,—인촌은 그러한 애국의 어떤 타입에도 속하지 않지만, 있는 힘과 정성을 모두 기울여 민중과 더불어 한평생을 건설에 힘써 온 인촌의 경세가經世家적 애국은 그 뿌리가 깊고 영향이 길게 미치는 점에 있어서 실은 그 어떤 애국보다도 실속이 더 있는 것으로 생각한다.

이를 이어받아 고려대학교 《교우회 80년사校友會八十年史》도 이렇게 재평가한 바 있습니다.

……인촌의 애국은 순교적·영웅적·투쟁적인 것은 아니었다. 그의 사업은 기나긴 도정을 인내와 고독으로 주파走破해 나아가야 하는 숨이 긴 승부여서 지리할 만큼 평범하게 느껴지는 것이었다. 그러나 그 뜻은 항상 구원한 곳에 있었기에 '경세적'이었다. 이 점이 인촌 김성수 선생의 애국적 생애가 갖는 특출함이다.

《교우회 80년사》 고려대학교교우회 고대출판부, 1991

인촌의 경세가적 애국사업에 대한 이와 같은 회고와 평가에 대해서 나는 다음 두 가지 예화를 곁들여 그 의미를 좀 더 보태보고자 합니다.

첫째는 3·1운동의 모의단계에서 기독교단의 운동자금 분담문제로 난항을 겪던 시점의 이야기입니다. 이때 인촌은 5,000원에 달하는 기독교

측 분담금을 대납하여 이 난제를 단숨에 해결합니다.[8] 인촌의 사업방식은 표 나지 않게 일을 물 흐르듯이 해결해 나가는데 그 묘체妙諦가 있다고 할 것입니다. 내가 육당 선생으로부터 직접 들은 바로는 이 분담금을 육당이 인촌의 부탁을 받고 당시 종로 YMCA회관 뒤 황금여관에 머물고 있던 남강 이승훈(南崗 李昇薰·1864~1930) 선생에게 직접 전달했다고 합니다. 금액은 5,000원이었는데 그즈음 쌀 한 가마 값이 5원이던 시절이었으니 이 얼마나 큰 거금입니까?

그때 남강은 최남선의 연락을 받고 급거 상경했습니다. 천도교 측과의 합작을 모색하기 위한 발걸음이었고, 회동 즉석에서 그는 쾌히 동의하였습니다. 그 막후의 핵심 가교架橋 역은 인촌을 비롯하여 고하 송진우(古下 宋鎭禹·1890~1945), 기당 현상윤(幾堂 玄相允·1893~?) 등 중앙학교의 젊은 경영자들과 천도교 측의 최린(崔麟·1878~1958), 그리고 육당이 맡고 나섰던 것입니다.

남강은 널리 알려진 바와 같이 장로교회의 장로로서 경술국치庚戌國恥 이전 1907년에 이 나라 애국지사와 항일독립운동의 본산이었던 평북 정주定州 오산학교五山學校를 설립한 큰 교육자로서 관서關西지방 기독교계에서 가장 영향력이 큰 인물이었습니다. 그때 세상에서는 남쪽에 월남月南이 있고, 북에는 남강이 있다고 할 만큼 두 사람은 기독교계의 쌍벽을 이루고 있었습니다. 월남은 후일 신간회 회장으로서 좌우합작운동을 주도했던 이상재(李商在·1850~1927) 선생 바로 그분입니다.

남강은 3·1운동 후 《동아일보》 제4대 사장(1924.5)에 취임합니다. 인촌

8 천도교-기독교 양측 간의 회담결과, 3·1거사자금을 천도교단이 전담하기로 타결했다고 하는 자료도 있다고 함.

과 남강 이 두 사람 간에는 27세라는 연령차가 있지만, 3·1거사 전야에 있었던 인촌의 자금지원 인연이 이처럼 세대를 초월하여 민족계몽과 언론창달을 향한 동지적 결합으로 나타난 것입니다.

둘째는 인촌의 교육-언론-산업이라는 3대사업 성격이 의암 손병희(義菴 孫秉熙·1861~1922) 선생의 〈삼전론三戰論〉, 그리고 도산 안창호 선생의 사업방향과도 일치한다는 점입니다. 의암 선생은 〈을사늑약〉 3년 전(1902년)에 발표한 글에서 '병전兵戰보다 더 무서운 것이 세 가지가 있으니 첫째는 도전道戰이요 둘째는 재전財戰이요 셋째는 언전言戰이라, 이 세 가지를 능히 안 뒤라야 가히 문명의 지경에 나아가게 되고 가히 보국輔國·안민安民·평천하平天下의 계책을 얻게 될 것'이라는 논지를 폈습니다. 의암이 말하는 도전-재전-언전이란 곧 '교육·사상'-'경제'-'언론' 세 가지를 뜻하는 것으로 인촌이 일으킨 3대사업이 바로 그것입니다.

이에 대해서 민족시인 조지훈趙芝薰 선생은 그의 《한국민족운동사》 〈제3편 : 민족사회운동사〉[9]에서 '민족의식 고취와 실력양성의 삼대 기간三大基幹인 언론-교육-산업의 세 방면에 걸쳐 큰 업적을 남긴 이는 김성수'라고 하여 의암과 인촌이 같은 애국운동노선에 있음을 지적한 바 있습니다.

그러나 인촌의 사업방향은 의암의 삼전론과 일치하는 것만이 아닙니다. 평양에 대성학교大成學校를 설립한 데 이어 신민회의 사업으로 자기회사磁器會社를 세우고, 태극서관太極書館을 열어 교육-산업-출판을 통해 민족운동을 전개한 도산 선생의 사업노선과도 궤軌를 같이하는 것입니

9 조지훈, 《한국문화사대계 I 민족·국가사》, 고대민족문화연구소, 1964, p. 737.

다. 이는 인촌의 애국사업이 그만큼 '경세적'이어서 장기간의 승부를 요하는 독립운동의 가장 적확한 방향과 노선을 잡은 것으로 평가된다는 뜻입니다.

또한 나라 밖에서의 무장 항일투쟁이 점차 가열되자 임정臨政의 독립군 요원이 국내에 잠입하여 인촌에게 군자금 지원을 요청하면 금고문을 열어놓고 슬그머니 자리를 비웠다는 전설적 일화는 이미 널리 알려진 사실입니다. 이때 빈 방에 열려 있는 금고에서 군자금을 가지고 간 분이 현 고려대학교 장하성 교수의 종조부從祖父 장홍염張洪琰 선생이셨다고 합니다. 이러한 인촌을 두고 현민 선생의 말마따나 '투쟁실적이 있네 없네' 시비를 걸고, 심지어 친일로 매도하는 좌파적 행태야말로 우리 민족사 전체를 욕보이는 짓이 아니고 무엇이겠습니까?

2) 수당이 지향한 '과학입국'의 꿈

일제하 우리 한반도는 모든 식민지 시장이 다 그러했듯 일본기업의 소비시장에 불과했습니다. 더구나 근대 산업기술 분야에 있어서 거의 황무지였던 식민지에서, 게다가 상대적 우위에 있는 일본인-일본자본과 싸운다는 것이 얼마나 어렵고 힘든 일인가는 설명이 필요치 않을 것입니다. 그러나 이처럼 불리한 여건 속에서 오늘날 세계를 향해 뻗어가는 우리 근대산업 전반의 기초를 닦고 싹을 틔어준 기업인이 바로 〈삼양사三養社〉를 일으킨 수당 김연수 선생입니다.

하지만 내가 수당 선생을 남달리 존경하는 것은 그가 기업경영을 하면서 보여준 인문학적 감성 때문입니다. 그는 평생을 도덕적 정당성과 함께 논리적 합리성을 균형 있게 추구해 온 양식 있는 기업인이었습니다. 암울했던 식민지 시대에도 기업의 윤리경영을 강조하고 사회에서 얻은 부富를 다시 사회에 환원하는 데 앞장섰습니다.

1939년, 이 땅에서 최초로 민간육영재단인 양영養英장학재단을 설립하여 지금까지 2만여 명의 젊은 인재들에게 향학의 길을 열어 주었습니다. 또 식민지 치하에서 차별과 모멸 속에 자연과학을 연구하는 외로운 우리 한국인 과학자들에게 막대한 연구비를 지원하여 그들로 하여금 오로지 실력과 실적으로 일본학자들과 당당히 겨루도록 재정적 뒷받침을 다했습니다.

그 수혜자들은 광복 이후 남과 북에서 각기 탁월한 연구업적과 지도력을 발휘하였습니다. 그중에서도 최고로 추앙을 받은 과학자로는 남쪽의 이태규(李泰圭·화학, 1902~1992) 박사와 북쪽의 리승기(李升基·화공학, 1905~1996) 박사를 비롯하여, 박철재(朴哲在·물리학, 1905~1970)/조규찬(曺圭瓚·의학, 1909~1997)/김양하(金良瑕·농 화학,1909~1997)/강정택(姜鋌澤·농업경제,1907~?)/송민구(宋旼求·건축학, 1920~2010)/조용달(趙容達·원자력, 생몰미상)/최규원(崔圭源·화학, 1921~1993) 박사 등이 있으며, 인문학자로는 전해종(全海宗·동양사, 1919~2018) 박사를 꼽을 수 있겠습니다.

이분들은 모두 국내에서 중등교육을 마친 발군의 수재들로, 일본에 유학하여 주로 교토京都의 제3고교나 그 밖의 지역고등학교(대학 예과과정에 해당. 오늘의 대학 교양과정과 비슷함)를 마치고 교토제대京都帝大-도쿄東京제대-도후쿠(東北)제대, 또는 제3, 제4 고교高校 등에서 수학합니다. 물론 대학 재학 중에는 양영장학생으로 선발되어 입학에서부터 졸업 때까지 짧게는 2년에서 길게는 4년간, 다달이 적게는 30원에서 많게는 60원의 혜

택을 받았고, 졸업 후에도 대학에 남아 연구에 전념하는 동안은 수백 원에서 수천-수만 원에 이르는 엄청난 연구비와 장학금을 지원받았습니다.

그 가장 두드러진 예로서 분자점성학, 액체이론, 반응동력학, 표면화학 등의 분야에서 큰 업적을 낸 이태규 박사의 경우를 들 수 있습니다. 널리 알려진 바와 같이 그는 한국인 최초로 교토제대에서 화학박사 학위를 취득하고 정正교수로 재직하다 광복이 되자 서울대 문리대 초대학장으로 부임하여 신생 대한민국의 과학기술교육과 연구개발의 기틀을 세우는데 선구자로서 그 역할을 다한 바 있습니다.

또한 그는 유타대학 등에서 교수로 활약하며 〈리-아이링 이론(Ree-Eyring Theory)〉으로 알려진, 〈비뉴턴 유도이론〉을 확립하여 노벨상 후보로까지 추천되는 등 세계적인 학자로서의 위상을 굳히고, 1973년에 카이스트(KAIST) 석좌교수로 초빙되어 우리나라 과학기술 진흥에 크게 이바지한 바 있습니다.

특히 1939년 이태규 박사가 프린스턴 대학으로 유학을 떠날 때 일본 당국이 전시戰時를 이유로 국비지원을 거부하자 실의에 차 있던 그를 불러 쌀 200가마에 해당하는 거금 1천 원을 선뜻 내주면서 하셨다는 말씀에 나는 너무도 큰 감명을 받았습니다.

이 돈은 나 개인 김연수가 주는 것이 아니고 조국이 그대에게 주는 돈이라고 생각하고 받으시오. 우리 민족이 갱생하려면 실력이 있어야 하고 그러려면 당신 같은 인재를 길러야 할 것이오. 적은 돈이긴 하지만 연구에 도움이 되었으면 하오.

이 돈은 그냥 주는 것이 아니오. 반드시 갚아야 할 것이로되 뒷날 성공하여 조국에게 갚으면 될 것이오.

《이태규 박사 전기 李泰圭博士傳記記》, pp. 90~91 〈圖書出版 東亞〉

또 북한이 대내외적으로 자랑하여 마지않는 리승기 박사는 비날론 섬유개발로 이태규 박사 못잖게 세계적인 명성을 얻은 과학자입니다. 그는 인촌 선생이 경영한 서울의 중앙학교를 졸업하고 일본 마쓰야마(松山) 고교를 거쳐 교토제대에서 화공학을 전공한 뒤, 1939년에 공학박사 학위를 취득하여 교토대학 조교수로 취임하면서 석탄으로부터 화학섬유 1호를 추출해내는 데 성공합니다.

그의 획기적 연구성과를 주목한 수당 김연수는 그 해 3월, 화학섬유 신소재 연구개발비 500원을 지원한데 이어 다음 달인 4월에는 다시 연구자재비 지원금으로 거금 1만 원을 그가 소속하고 있는 동 대학 화학연구소에 쾌척했습니다. 또한 그 해 12월부터 1943년 12월까지 4년 동안 장학재단 명의로 다달이 50원씩 총 1,800원 규모의 별도 생활비까지 지원한 바 있습니다.

광복이 되자, 1945년 11월에 귀국한 그는 이태규-박철재 박사 등과 구 경성제국대학을 국립대학(현 서울대학교)으로 개편하는 역사적인 과업에 참여합니다. 그러나 서울대학교 초대 공대학장으로 재직 중 6·25동란이 발발하자 안타깝게도 월북함으로써 대한민국에 등을 돌리게 됩니다.

북한에서의 행적을 보면, 그는 비날론의 발명으로 1961년 공산권의 노벨상으로 불리는 레닌상을 수상하였고, 과학원 화학연구소장(1952년)과 영변원자력연구소 초대소장(1967년) 등도 역임하였습니다. 또 정치적으로는 최고인민회의 대의원에 오르면서 '노력영웅', '인민과학자'의 칭호를 받

경성방직회사의 〈태극성〉 광목 광고

는 등 과학자로서 최고의 영예와 권위를 누림으로써 많은 사람들에게 그 명성이 회자膾炙되기도 했습니다.

우리가 특히 주목할 것은 수당의 이러한 장학 및 연구지원 사업이 1939년부터 1944년까지 대전大戰기간 중에 집중적으로 이루어졌다는 사실입니다. 이는 수당이 머지않아 광복과 더불어 탄생할 신생조국에 가장 중요한 과제가 과학입국임을 내다보고 과학인재의 지원-육성에 이처럼 거만대금巨萬大金을 주저 없이 쾌척했다는 것을 말해줍니다. 참으로 수당의 선견 선각적 안목과 결단이 크게 돋보이는 일면이라 하겠습니다.

수당의 이러한 애국·애족의 정신은 그의 젊은 시절부터 일관된 사상이었습니다. 그가 일본 유학을 마치고 귀국한 것이 1921년, 26세 때였는데 그해 가을에 〈만주시찰단〉에 참여하여 장차 대륙진출의 꿈을 키웁니다. 이듬해 1922년 4월, 형님 인촌이 중심이 되어 설립한 경성방직회사의 전무 취체역 겸 지배인으로 경영일선에 나섭니다. 그때 경성방직은 아직 공장 건물도 지어지기 전의 초창기여서 온갖 어려움이 쌓여 있었습니다. 하지만 수당은 오직 신념과 의욕 하나로 그해 첫 제품으로 〈삼성三星〉과 〈삼각산三角山〉이라는 상표의 국산 광목을 생산하여 일본산 일색이던 시장에 도전합니다. 그러나 아직 우리의 기술과 품질의 미숙으로 큰 성과를 거두지 못했습니다.

1924년, 다시 기술과 시설을 보완하여 대담한 도전을 시도합니다. 이때 새로운 제품에 〈태극성太極星〉이라는 상표를 붙여 시장에 내놓으면서 "조선인은 조선인의 광목으로!"라는 슬로건을 내걸고 민족기업 육성을 호소합니다. '태극'은 우리 국기에 들어 있는 나라의 상징이자 민족혼의 표상이 아닙니까? 그 당시 일제가 '태극'이라는 말이나 문양을 절대 금기시 하던 때라 이것은 그야말로 위험천만한 모험이 아닐 수 없었는데 수당은 기어이 이를 관철시키고 맙니다. 태극마크를 영어의 S자, 즉 방적紡績을 뜻하는 Spinning에다 원圓을 두른 것이라는 설명으로 설득했다고 합니다. 그 원둘레에는 다시 8개의 별을 넣어 상표 등록을 했는데 이것은 지난날 우리 조선의 8개 도道를 상징하는 것이라고 합니다. 식민지 치하에서 점점 잊혀져 가는 조국의 실체를 일깨우기 위한 일종의 상징적 암시였다고 하니 그때 그분의 심정이 어떠했겠습니까?

이렇게 해서 탄생한 〈태극성〉표 광목은 그때까지 시장을 독점하고 있던 일본제품을 물리치고 직물 분야를 완전 석권함으로써 우리 국민들과 일본기업인들을 다함께 놀라게 했습니다. 뿐만 아니라, 경성방직을 굳건한 토대 위에 올려놓았습니다. 혹독한 식민지 치하, 황무지에서 이처럼 처절하리 만큼 고군분투해가며 민족기업을 일으키고 육성해온 분들을 기업경영을 위해 한때 어쩔 수 없이 현실에 적응하고 타협했다는 이유로 이제 와서 친일파니 반민족 행위자니 해가며 몰아붙이는 것을 어떻게 봐야 하겠습니까? 차마 민망하고 죄송스럽기 그지없습니다.

수당 선생은 형님 인촌 선생과의 우애가 남달리 각별해서 인촌 선생이 평생 국권회복을 위해 교육과 언론-정치-문화-사회 전반에 걸쳐 엄청난 돈을 쓰는 동안 온갖 재정적 뒷받침을 다하였다는 일화는 너무도 잘 알려진 사실입니다.

수당 선생은 종종 인촌 선생에게 이렇게 말하곤 했다 합니다.

> 돈은 내가 벌어댈 테니 형님은 좋은 일에 쓰기만 하십시오. 누가 못당하나 해봅시다.

이 얼마나 아름답고 멋진 이야기입니까?

그러고 보면, 오늘날 자랑스러운 우리의 조국 대한민국이 이처럼 세계 속에 우뚝 서게 된 것이 결코 현재를 살아가는 우리만의 능력이라고 할 수는 없습니다. 지난날 국권상실기 선각들의 판단과 지혜 그리고 피눈물 나는 분투야말로 그 힘의 원천이었다는 사실을 결코 잊어서는 안 되겠습니다.

그 '망국의 시대'에 목숨을 걸고 무장투쟁을 전개한 독립운동의 영웅들을 높이 선양해야 한다는 것은 너무나 당연한 우리의 의무가 아닐 수 없습니다. 동시에 그에 못지않게 국내에서 갖은 수모를 참아 가며 마치 어미 닭이 병아리를 품듯이 겨레의 아픔을 보듬고 미래 도약의 발판을 준비했던 선각자들의 간난신고艱難辛苦 또한 길이 기억하고 숭모해야 마땅합니다.

그럼에도 과연 이 시대를 암흑시대라 하고 치욕의 역사, 부끄러운 과거로만 타기唾棄해야 할 것인지, 자기 역사를 부정적으로 보는 뒤틀린 그 생각이야말로 일제가 심어놓은 식민지 노예근성의 부끄러운 잔재가 아닌지, 잠시 숙연한 마음으로 지난날을 되돌아봅니다.

나는, 이제 일본인들이 주장하는 〈시혜론〉도, 그리고 우리 내부에서 제기하는 〈청산론〉도 함께 뛰어넘어야 할 단계에 이르렀다고 믿습니다. 나라 밖에서는 무장독립투쟁과 함께 외교활동으로 독립운동을 전개하고, 나라 안에서는 갖은 고난과 굴욕을 참아가면서 조국의 미래를 차근차근 준비해 왔던 이 두 역량이 광복을 맞아 합쳐져서 창조해낸 보람이 바로 오늘의 우리 대한민국이라고 확신합니다.

4. 일본군 육군 중장 홍사익洪思翊

1) 홍사익, 그는 누구인가?

일제 때 조선 사람으로 일본군 육군 중장에까지 올라 남방총군 병참총감 겸 포로수용소 소장을 지낸 홍사익洪思翊이란 분이 있습니다. 헌병 오장伍長만 되어도 기세가 등등했는데 오죽 친일을 잘했으면 그 어마어마한 자리에까지 올랐겠는가—하고 여길 것입니다.

종전終戰 후 장군 홍사익은 전범재판을 받고 필리핀 현지에서 교수형에 처해졌는데 그의 품에서 하나의 유품이 나왔습니다. 군인의 길을 명감銘感케 하기 위해 발행된 〈군인칙유軍人勅諭〉였습니다. 그런데 이 〈칙유〉가 놀랍게도 일본천황이 준 것이 아니라 대한제국 광무제光武帝-고종황제에게서 받은 것이었습니다. 일본군 현역 고위 장성이 오래전에 멸망한 조국의 황제명의 〈칙유〉를 평생 가슴에 품고 있었다니…… 이를 어떻게 이해해야 할지 참으로 놀라운 일이 아닐 수 없습니다.

그는 도대체 누구인가? 홍사익 장군은 1889년(3월 4일) 경기도 안성安城—남양南陽 홍씨洪氏(土洪) 집안에서 태어났습니다. 어려서부터 한학을 수학하여 사서오경에 통달하였고, 17세 되던 1906년 대한제국 무관학교에 입학했습니다. 그가 무관학교를 지망하게 된 사연은 선대로부터 무관집안인데다 영민하고 책임감이 강한 자질로 보아 기울어가는 국운을 바로잡겠다는 일념 때문이 아니었나 싶습니다.

1909년, 그는 고종황제의 명을 받아 일본으로 건너가 육군사관학교에 입학했습니다. 이때 함께 유학한 생도 중에는 지대형池大亨-이응준李應俊-김석원金錫源 등이 있었습니다. 그런데 이듬해 8월 경술국치庚戌國恥를 당하자 이들은 대한제국의 황실 유학생이 아닌 일반 육사생도로 남게 되었습니다.

홍사익은 1920년 중위시절 황족이 아닌 조선인으로는 최초이자 마지막으로 육군대학에 입학하여 수석으로 졸업하고, 보병대대장→보병학교교관→여단장→관동군 참모본부를 거쳐 1940년 소장에 올랐습니다. '황족이 아니면 조선 사람은 장군이 될 수 없다'는 통념을 깬 것입니다. 그의 한문 지식은 즉석에서 한시를 지어낼 정도이니 더 말할 것도 없었고, 일본말은 썩 잘하는 편이 못 되었다는데, 영어만은 군인의 실력이라고 믿기 어려울 만큼 능숙하여 재판과정에서 미국인들조차 놀랐다고 합니다.

2) 죽음의 길–남방행

홍사익은 항일무장투쟁에 나선 독립지사들에게도 신망이 매우 두터웠습니다. 특히 지대형 장군과는 일본 육사 26기 동기로서 절친한 사이였습니다. 홍사익 장군이 육군대학에 들어갈 무렵인 1919년, 3·1운동이 일어난 그 해 지대형 장군은 일본군에서 탈주하여 우리 독립군에 가담합니다. 훗날 광복군 사령관으로서 명성을 떨친 이청천(李青天·池青天) 장군이 바로 그분입니다.

홍사익 장군은 일본군 현역장교임에도 지대형 장군-이갑 선생(일본 육사 15기로서 대선배임) 등 항일독립투사들의 가족이 겪는 어려운 생활을 돌보기 위해 모금운동을 펼 정도로 많은 애를 썼다고 합니다.

지대형 장군은 홍사익 장군을 진심으로 존경했습니다. 인격과 지성, 신념과 행동에서 단연 우러를 만한 인물이었기 때문입니다. 일본군 장교와 광복군 사령관이라는 극과 극의 입장 차이도 두 사람을 갈라놓을 수 없었던 것입니다.

홍사익 장군에게는 광복군에 가담할 두 번의 결정적인 계기가 있었습니다. 한 번은 북중국에서의 여단장시절인데 그가 마음만 먹는다면 그리 어려운 일이 아니었습니다. 또 한 번은 전쟁 끝무렵의 남방 부임이 그것인데 그는 남방행을 끝내 고수했습니다.

왜 그랬을까? 무엇이 홍사익 장군으로 하여금 조국광복을 위한 영광의 길이 아니라 뻔히 보이는 죽음의 길로 들어서게 만들었을까! 여기에 바로 인간 홍사익의 진면목이 숨겨져 있는 것이 아닌가 합니다.

3) '여기에 참사람이 있다'

홍사익 장군이 남방전선으로 떠날 때 《매일신보每日申報》 동경 특파원 김을한金乙漢 기자가 이 유일한 조선인 장군을 만났습니다. 그는 평소 홍 장군의 깊은 속을 짐작하고 있었던 터라 농담 비슷하게 이렇게 물었다고 합니다.

비율빈(필리핀) 임지로 가느니 차라리 임시정부가 있는 중경重慶으로 탈출하여 광복군에 가담하는 것이 어떻겠습니까?

장군 홍사익의 답변은 참으로 단순명료했습니다.

이번에 가는 길이 죽는 길이라고 하더라도 그렇게 해서는 안 됩니다. 내가 중경으로 탈출해서 독립군에 가담하지 않는 것은 일본군에 대한 의리 때문만도 아닙니다. 지금 조선 사람이 수십만이나 전쟁에 동원되어 있는데 명색이 최고 지위에 있다는 내가 배신을 한다면 병사들은 물론 징용된 수많은 노무자들까지 보복을 받을 것이니 오로지 나 혼자만을 생각해서 그런 경솔한 짓을 할 수가 없습니다.[10]

김을한의 저서 《여기 참사람이 있다》(pp. 124~5)에 나오는 이 인터뷰 기사의 한 대목은 인간 홍사익의 고뇌와 뜨거운 동족애를 보여주는 단적인 예화라 하겠습니다. 또 이것은 홍사익 장군이 엄격한 내적계율內的戒律에 따라 행동하는 인간임을 잘 말해 주는 것이기도 합니다.

---

10 일제는 태평양전쟁 패전 3년 전부터 징용이란 명목으로 우리 민간인을 군속으로 강제 또는 감언이설로 끌어다 동남아전선에 많이 투입하였다. 그 중 영어가 가능한 고학력자는 포로수용소가 많은 인도네시아 자바섬 스마란 지역에 주로 배치되었는데, 전세에 패색이 짙어져 징용 특채 당시의 약속조건이 이행되지 않자 이에 대한 불만이 우리 동포들의 군심群心을 타고 격발하여 기관총을 탈취, 위병을 사살하고 수용소를 점거하는 등 일대 폭동 사태로 발전하였다. 이에 일제는 포로업무 최고사령관직 병참총감으로 조선인 홍사익 중장을 앉혀 이를 무마-진압하였다. 예상되는 반발을 막기 위한 조치였다.

4) 홍사익의 〈忠〉

육사생도 시절, 일제의 조국 병탄 소식이 전해지자 대한제국 유학생들은 일요친목 회합장소 근처인 아오야마묘지에 모여 앞으로의 대책을 논의한 끝에 다음과 같은 결론을 얻고 이를 굳게 맹약한 바 있습니다.[11]

> 지금은 배울 수 있는 데까지 배우고 흡수할 수 있을 만큼 흡수하고, 그 위에 실무를—될 수 있으면 실전까지도 경험해서—충분히 자신이 붙을 때까지 은인자중하여 기회를 보아 일을 성사시키자……

여기서 말하는 '기회를 보아 일을 성사시키자'의 정확한 의미는 밝히지 않았으나 그 뒤 지대형의 망명 결행으로 미루어 항일무장투쟁을 뜻하는 것으로 이해해도 틀림이 없을 것입니다.

홍사익 장군은 그 곧은 성품으로 보아 이 〈맹약〉을 실천에 옮길 수 있을 때까지, 그야말로 참고 또 참고, 기다리고 또 기다리는 은인자중의 길을 걸어갔을 것입니다. 그의 품에서 나왔다는 대한제국 광무제의 6개조로 된 〈군인칙유〉는 바로 홍사익의 비원悲願이 서린 눈물겨운 충절의 징표라 하지 않을 수 없습니다.

제1조 충절忠節, 제2조 예의禮儀, 제3조 무용武勇, 제4조 신의信義, 제5조 검소儉素로 이어지는 칙유의 〈제6조〉는 '군인은 말을 삼가한다'는 신언愼言

---

11 《아오야마 묘지의 맹약》 내용은 당시 직접 참석했던 지대형, 이응준, 김석원 장군 등의 증언을 채록한 야마모토 시치헤이의 저서와 홍사익 장군의 아들 홍국선의 증언에 따른 것인데 이는 그가 부친으로부터 여러 차례에 걸쳐 직접 들은 것이라 사실로 평가된다.

입니다. 이 제6조는 5개조로 된 일본천황의 〈칙유〉에는 없는 조항입니다. 홍사익 장군이 이 마지막 신언 조항을 얼마나 집요하게 실천했는가는 다음 두 가지 사실로써 여실히 증명됩니다.

하나는, 김을한 기자와의 인터뷰 내용이 생애 최초로 남에게 속마음을 드러낸 단 한 번의 자기고백이라는 사실입니다. 이는 그가 제6조 '신언'의 수칙을 지키기 위해 얼마나 말을 아껴 온 '신념의 인간인가'를 확인시켜주는 동시에, 또 얼마나 민족적 책임의식이 강한 진짜 한국인인가를 말하여 주는 것으로 자못 숙연해지지 않을 수 없습니다.

그러면 홍사익 장군이 일본군에 끝까지 남아서 다하고자 했던 그 충忠의 내용은 무엇이며 그 충의 대상은 누구이겠습니까? 그것은 바로 민족적 자존심이요, 민족이라는 데 의심의 여지가 없습니다. 그는 모든 일본군에게 한국인의 기개와 실력과 참된 인간상을 행동으로 보여주었습니다. 그리고 이것이야말로 우리 한민족의 존재와 자존심을 드높이는 길이라고 굳게 믿었던 것입니다.

이상은 일본의 저명한 평론가 야마모토 시치헤이(山本七平)가 12년에 걸친 각고의 노력 끝에 1985년에 펴낸 《홍사익 중장의 처형(洪思翊中將の處刑)》이란 책(정성호譯, 《洪思翊 中將》. 1985.7.10, 銀行閣 발행)에서 내 나름대로 요약해 본 '인간 홍사익'의 진실입니다.

우리가 한 사람의 친일파라도 더 만들어내어 매도하고 저주하고 있을 때 일본의 한 양심적인 지성은 정반대의 일을 하고 있었던 것입니다. 저자는 허구에 찬 종전 처리과정을 높은 차원에서 관조하며 무언無言으로 대응했던 한 '초월적 인간상'을, 그들이 그토록 멸시하여 마지않던 열등민족 조센징(朝鮮人) 속에서 찾아내었고, 사실적 자료를 근거로 하여 이 '참

인간'을 감동적으로 그려낸 것입니다.

저자의 문제의식은 시종일관 일제가 일으킨 침략전쟁의 책임이 처음부터 그 책임 당사자가 될 수 없는 식민지 출신 장군에게 돌아가고, 처형까지 당하는 이 허구적 종전 처리과정과 그 이면에 숨겨진 진실을 규명하려는 데 있었던 것입니다. 아울러 어찌하여 A급 전범으로 몰린 이 한국인 장군이 그 씻을 수 없는 불명예와 함께 비참한 최후를 맞기까지 단 한마디의 자구적 변명조차 하지 않았는가에 초점을 맞추었던 것입니다.

특히 저자 야마모토 시치헤이는 장군 홍사익이 광무제의 군인칙유를 평생 동안 품속에 간직해 온 참 뜻이 무엇이며, 그가 다하고자 했던 '충忠'의 실체는 무엇인가……. 그 해답을 얻기 위해 참으로 끈질기게 한 인간의 삶을 추적한 것입니다.

전범재판기록을 중심으로 그의 일생을 전기 형태로 구성-서술하기 위해 저자 시치헤이는 그가 할 수 있는 모든 노력을 다 기울였습니다. 미국 국립자료보관소에 가서 1,500여 쪽에 달하는 방대한 재판 기록과 사진 등을 입수하였고, 유족들을 비롯해서 한-미-일 세 나라의 수많은 관계자들을 만나는 등 관련 자료와 증언을 총동원하여 진실을 규명하는 데 열과 성을 다 바쳤습니다.

우리는 친일문제라면 그 언저리의 냄새만 풍겨도 흥분부터 하여 매도하기에만 열을 올렸지 사실과 진실 간의 괴리를 진지하게 생각하려는 노력은 너무도 소홀해 왔습니다. 우리가 아직도 친일과 관련하여 옥석玉石을 가리지 못하고 있는 대표적인 또 하나의 예라고 하겠습니다.

나는 이 '인간탐구'의 역작을 읽으면서 마땅히 우리가 해야 할 일을 일본인이 해냈다는 데 낯이 뜨거워짐을 금할 길이 없었습니다.

제5장
역사를 보는 눈

1. 단재丹齋의 역사관과 소동파의 현실인식
1) 단재의 자주사관
2) 소동파의 적벽부赤壁賦

2. '과거사' 문제—친일청산, 어떻게 할 것인가?
1) '죄 없는 자 돌로 쳐라'
2) 항일과 친일

3. 역사는 엄숙한 것
1) 삼전도비三田渡碑가 세 번 세워진 내막
2) 6·25는 '전쟁'이 아니다.

1. 단재丹齋의 역사관과 소동파의 현실인식

1) 단재의 자주사관

인류구원久遠의 이상사회, 저 유토피아의 동양적 원조라 할 수 있는 요순堯舜 시절에도 소인배는 있었고 그들의 행악은 존재했습니다. 좀도둑은 물론 강도-살인 패륜과 같은 흉악범까지도 있었을 것입니다.

인간이 만드는 사회는 고도로 정제된 증류수나 진공상태가 아닙니다. 온갖 불순물들이 뒤섞여 악취를 뿜어대는 시끄러운 곳입니다. 역사가 온통 어둡고 슬프고 가슴 아픈 상흔傷痕들로 점철된 것처럼 보이는 것도 이 때문입니다.

그러나 역사란 이 모든 부정적 현상을 정화하며 발전과 정의를 향해 나아가는 숭고한 투쟁의 기록인 동시에, 그 투쟁을 통해서 만들어지는 건강하고 아름다운 삶의 기록인 것입니다. 이것이 역사 발전의 방향입니다. 숱한 우여곡절을 겪으면서도 인류사는 인간의 자유와 역사주체의 확대, 만인의 복지증진의 길로 도도히 흘러왔습니다.

단재 신채호丹齋 申采浩 선생은 일찍이 그의 기념비적인 저서 《조선상고사朝鮮上古史》(1948) 〈총설〉에서 우리 역사를 부정적으로 보는 사안史眼을 호되게 비판한 바 있습니다.

안정복(安鼎福 1712-1791 조선조 영·정조 때 학자)이 《동사강목東史綱目》(기자箕子조선으로부터 고려까지의 국사를 교과용으로 편찬한 책)을 짓다가 개연히 내란의 빈번과 외구外寇의 출몰이 동국東國의 고사古史를 탕잔蕩殘케 함을 비탄하였으나, 나로서 보건대 조선사는 내란이나 외구의 병화에서보다, 곧 조선사를 저작하던 그 사람들(원문은 其人)의 손에서 더 탕잔케 되었다 하노라.

단재 선생의 이 같은 지적은 요컨대 역사가 온통 굴절-왜곡된 그 원인이 역사적 사실 자체에 있다기보다 사실史實을 비뚤어지고 어둡게만 바라보고 그렇게밖에 그려낼 줄 모르는 역사 서술자의 허물이 더 크다는 것이니 역사의 오류를 이보다 더 적확하게 짚어낸 명언도 없다고 할 것입니다.

사실 우리의 과거사는 위로 올라갈수록 사료가 빈약하여 참고할 바가 그리 많지 않다는 것은 누구나 공감하는 사실입니다. 특히 고대사 부분은 우리 자신의 시각이 아니라 남의 눈 중국에 비친 몇 줄 안 되는 기록이 전부인 데다 전문傳聞에 불과한 것에 대한 자의적인 해석이 대부분입니다. 중국의 옛 사서史書들이 바로 그 표본이라고 할 것입니다. 또 일본의 소위 기키(記紀 : 일본의 양대 역사서로 일컫는 《고사기古事記》와 《일본서기日本書紀》)라는 것도 한반도 부분은 원사료原史料에 대한 조작-가공이 버무려진 위작僞作에 지나지 않은 것이라고 합니다.

어떤 역사 서술이 실제 사실일지라도 그것을 선택-인용-해석하는 과

신채호(1880~1936)

정에는 서술자의 주관적 세계관이 작용하기 마련입니다. 특히 남[他者]이 자기의 입장과 필요에 따라 멋대로 추단하고 개작까지 한 우리 고대사의 경우 그것이 상당 부분 일그러지고 비뚤어지지 않았다면 오히려 이상한 일이라 아니할 수 없습니다.

그러나 본질적인 문제는 남이 기록한 우리 역사의 왜곡-굴절상이 아니라 우리 스스로가 우리 역사를 어떻게 보느냐 하는 것입니다. 다시 말해 우리 자신 속에 굳게 자리 잡고 있는 자기 역사에 대한 '굴절사안屈折史眼'이 더 큰 문제라는 것입니다.

우리가 과거를 부끄러워하고 저주하며 부정 일변도로 우리 역사를 바라보는 한, 밝은 내일이 깃들 여지는 없습니다. 비록 고난의 과거사일지라도 오늘의 우리가 엄연히 존재하는 것만으로도 거기에는 반드시 긍정적인 면이 있을 것입니다. 바로 이것을 찾아내어 이를 자존自尊-자강自强의 바탕으로 삼을 때, 비로소 밝고 보람찬 미래가 펼쳐질 수 있는 것입니다.

우리 민족사는 끊임없는 외침의 반복 속에서 진퇴가 무수히 교차하는 피어린 고난의 역정이었습니다. 하지만 단재는 그럴수록, 여기에 대항하는 우리 선인들의 굳센 정기를 더 높이 평가하고 여기에서 미래의 새로운 민족사의 희망을 강조하였습니다.

2) 소동파의 적벽부赤壁賦

21세기, 새천년을 맞으면서 부쩍 '과거사過去史' 진상규명 문제가 갑자기 국론의 날카로운 쟁점으로 떠올랐습니다. 일제 강점기의 반민족 행위자를 찾아내어 다시 조사하고 평가해서 '치욕의 과거사를 정리-청산한다'는 것입니다. 조사대상이 무려 4만여 명에 이른다고 하는데 과연 역사청산이 제대로 이루어질지 자못 궁금하기도 하고, 걱정스럽기 그지없습니다. 근간에 이르러서는 또 역사교육문제가 최대의 화두가 되면서 좌-우 두 세력 간의 역사논쟁이 바야흐로 '냉전'에서 '열전'으로 넘어가는 느낌입니다.

과거사 이야기가 나오니 문득 소동파蘇東坡의 〈적벽부赤壁賦〉가 생각납니다. 중국의 이른바 '당송 8대가唐宋八大家'의 한 사람—곧 송나라 때 대표적 시인 소식(蘇軾 : 1036~1101)이 바로 그 사람입니다.

〈적벽부〉는 1082년 7월과 10월에 지은 전편과 후편이 있습니다. 두 편 모두 서정성이 넘치는 소동파의 걸작으로 평가되고 있음은 새삼 말할 것도 없습니다. 〈후 적벽부〉 중간쯤에 이런 구절이 나옵니다.

강물은 소리 내어 흐르는데 연안의 깎아지른 절벽은 천 척이요, 산 높아 달은 작게 걸려 있네. 강물 줄어들어 바닥의 바위 드러나니, 해와 달이 바뀐 지 그 얼마이던고. 강산의 변함을 알아볼 수 없구나.

江流有聲 斷岸千尺 山高月小 水落石出 曾日月之幾何 而江山不可復識矣

획연히 지른 긴 소리에 초목이 진동하고, 산 울려 골짜기에 퍼지면서 홀연히 바람이 일어나니 물결이 춤춘다. 나 또한 초연히 비감에 잠겨 숙연해지며 두려워진다. 맑고 깨끗함이 시리도록 차가워 그대로 머물 수가 없네.

劃然長嘯 草木震動 山鳴谷應 風起水涌 予亦悄然而悲 肅然而恐 凜乎其不可留也

한 폭의 투명한 수채화를 보는 듯한 사실적인 묘사에 읽는 이 절로 숙연해집니다.

그런데 이 글과 역사가 도대체 무슨 상관일까요?

우리 다 같이 눈을 감고 머릿속으로 이 풍정風情을 다시 한 번 그려 봅시다. 청명한 밤하늘 밝은 달빛에 고요한 강물에 비친 산 그림자를…… 그런데 나 홀연히 큰소리 질러 적막강산의 고요를 깨뜨립니다. 이 소리 산천초목을 뒤흔들고 그 메아리 굽돌아 바람을 일으키니 거울같이 맑은 물 갑자기 일렁이고 물에 비친 산 그림자 흔들려 어지럽게 흩어집니다.

이 글이 우리에게 시사하는 바는 무엇이겠습니까?

공교롭게도 〈전 적벽부〉 끝 부분에 이어지는 다음과 같은 대화가 그 해답을 제시하고 있는 것이 아닌가 합니다.

소자 말하되 손께서도 저 물과 달을 아십니까? 가는 것이 이와 같되 일찍이 가지 않았고, 차고 비움이 저와 같되 마침내 줄고 늚이 없으니, 변하는 것으로 써 보면 천지도 한순간일 수밖에 없고, 변하지 않는 것으로써 보면 사물과 내가 모두 다함이 없으니 더 무엇을 바라리오!

蘇子曰 客亦知夫水與月乎 逝者如斯 而未嘗往也 盈虛者如彼 而卒莫消長也 蓋將自其變者而觀之 則天地曾不能以一瞬 自其不變者而觀之 則物與我皆無盡也 而又何羨乎.

이것을 더 풀이하면, '흘러가는 강물의 영원함과 차고 기우는 그 소장성쇠를 끊임없이 거듭하는 달의 영원함이 이러할진대 우주의 만상萬象을 변한다는 관점에서 보면 한순간도 달라지지 않는 것이 없고, 변하지 않는다는 기준으로 보면 사물이든 나 자신이든 늘 똑같은데 무엇을 더 부러워하겠습니까……'라는 뜻이 되겠습니다.

한마디로 달관의 경지에서 유한과 무한의 경지를 무상無常으로 넘나드는 작자 소동파의 우주관을 잘 드러낸 대목입니다. 무릇 대상으로서의 객체란 결국 그것을 어떤 눈으로 바라보느냐에 따라 달라진다는 인식론적 일깨움을 문학적으로 표현한 것입니다.

나는 역사라는 것이 바로 이런 것이 아닌가 생각해 봅니다. 물에 비춰진 산 그림자처럼 수면이 잔잔할 때는 분명 있는 그대로이나 바람이 일어 수면이 출렁이면 그 위에 비쳐지는 일그러진 현상과 같이, 역사도 현재의 상황과 보는 각도에 따라 달라지는 것이 아닌가 합니다.

이와 같은 이치를 역사가들은 흔히 '사관史觀'이라고도 하고 '사안史眼'이라고도 합니다. 또한 '역사의 현재성', 또는 '역사의 현재적 의미'라는 어려운 말로 설명하는 것 같습니다.

그렇다면 지금 우리가 알고 있는 우리의 과거사는 어떤 모습입니까? 달빛 아래 잔잔한 수면에 비친 산그림자처럼 아름답고 선명한 모습입니까? 아니면 바람에 춤추는 물결을 따라 왜곡되고 굴절되어 변해버린 모습입니까?

대체로 우리는 부정적인 눈으로 우리의 과거사를 바라보는 데 익숙해 있습니다. 우리의 과거사가 수난으로 점철된, 일면 어두운 역사인 것도 사실입니다.

그러나 좀 더 냉정하게 바라보면, 이것은 우리 역사를 어디까지나 겉으로 드러난 것만 보는 단견일 뿐 아니라, 남의 눈(일제日帝)으로 본 것을 그대로 따른 면이 없지 않습니다. 역사를 눈으로만 보는 것이 아니라 열린 마음으로 바라볼 때 거기에는 이제까지 보이지 않던 새로운 상像이 떠오르는 법입니다. 이를 나는 심안心眼, 곧 마음의 눈으로 읽는 역사라고 말하고 싶습니다.

우리는 일제강점기, 이 비극의 식민지시대를 두고 흔히 암흑시대로 치부하고 치욕의 역사, 못난 역사, 그래서 절치부심해야 할 역사라고 말합니다. 과연 그것이 다일까요?

물론 역사는 바르게 기록되어야 합니다. 사실事實을 왜곡-은폐하거나 오도한 기록이 있다면 이를 바로잡는 것은 마땅합니다. 역사의 진실 규명을 감히 반대할 사람이 어디 있겠습니까?

2. '과거사' 문제—친일청산, 어떻게 할 것인가?

1) '죄 없는 자 돌로 쳐라'

나 개인적으로는 역사 용어로서 '과거사過去史'라는 말의 적합성 여부에 의문을 갖습니다. 즉 과거 아닌 역사가 있을 수 있는가에 생각이 미칠 때 나는 이 말이 '의미의 중복'에 불과하다고 보기 때문입니다. 다만 대립어로서 '미래사未來史'란 말이 있으니 성립 안 될 바 없다는 주장도 있을 수 있으나, 그것은 어디까지나 진행형이나 완료형이 아니라는 점에서 하나의 의지의 표현이요, 관념일 뿐입니다.

그럼에도 여기서 굳이 이 말을 물리치지 않고 그대로 사용함은 정치권을 비롯, 대중매체들에 의해 상용화된 하나의 시대적 언어, 곧 '시사용어'가 되어버렸기 때문임을 밝혀둡니다.

일제강점기는 민족 최악의 수난기였습니다. 이 시기에 민족반역자들이 겨레의 고통을 더욱 가중시켰다는 사실을 우리는 한시도 잊어서는 안 될 것입니다. 민족정기 회복의 차원에서도 반민족행위에 대한 시한時限 없는 규명과 단죄는 반드시 이루어져야 합니다.

그러나 문제는 그들 대부분이 이미 어떤 형태로든 벌을 받았거나 이 세상 사람이 아니라는 사실입니다. 또 그들의 행악을 고발하거나 증언해 줄 사람들마저 거의 타계함으로써 그 '문죄와 가벌可罰'의 객관성을 확보하는 데 한계가 있다는 것입니다. 불행하게도 우리는 그들에 대한 응징의 최적기를 놓쳐버렸고, 안타깝게도 그 이성적-합리적인 처리 수단과 방법을 잃고 말았다는 뜻입니다.

게다가 더 큰 문제는 그 시대 국내에 남아 있던 사람치고 '친일단죄'의 돌을 던질 수 있는 사람이 과연 몇이나 되겠는가 하는 것입니다. 일제치하에서 일상적으로 생활했다는 사실만으로도, 넓은 의미에서 '친일'의 범주에 든다 할 것이기 때문입니다.

그 시대 이 땅에서 목숨을 부지한 사람 치고 어느 누가 일제가 만든 법에 따르지 않고, 일제가 제공하는 근대적 문물에 빠져들지 않고, 일제가 정해놓은 생존조건을 거부하며 살았다고 장담할 수 있겠습니까? 이유야 어찌 되었건 그 시대의 생존은 정도에 차이는 있겠지만 최소한의 친일親日이요, 부일附日이며 굴신屈身이었음을 부인할 수 없을 것입니다.

도대체, 민족정기가 요구하는 일제강점 아래 올바른 삶은 어떤 것입니까? 온 겨레가 결사적으로 전면 항거하다 다 같이 옥쇄玉碎라도 해야 하는 것입니까? 또 나라가 망했으니 아예 국토를, 강토를 송두리째 넘겨주고 모두가 국외로 망명의 길을 택했어야 옳았을까요? 해답은 자명합니다.

나는 그 절망적인 시기에 해외에서 불굴의 민족정신과 항일투쟁으로 일관한 단재나, 우당이나, 우남 이승만이나 백범白凡 선생 같은 분들의 치열한 삶이 높이 추앙되어야 하듯이, 국내에 살아남아 그 모진 압박과 고통을 감내하며 조국광복의 희망을 잃지 않고 저마다 자기 분야에서 겨레의 역량을 배양-비축하는 데 앞장선 분들의 고달팠던 삶도 같은 무게로 평가받아야 한다고 믿습니다.

2) 항일과 친일

'친일시비'는 결국 친일파의 정의를 어떻게 내릴 것인가로 요약되고 귀결될 문제라고 하겠습니다. 그렇다면 무엇이 친일이고, 친일파란 어떤 사람들입니까?

그들은 한마디로 민족을 배반하고, 일제에 빌붙어서 겨레에게 해악을 끼치고 일신의 영화를 누린 자들을 말하는 것입니다. 요컨대 친일의 기본 요건은 민족에게 피해를 준 것이요, 그 대가로 개인의 영달을 누렸다는 두 가지입니다.

예컨대 육당 같은 사람이 우리 민족에게 도대체 무슨 괴로움을 주었습니까? 오히려 그는 고달픈 동족에게 정신적으로 위안을 주고 겨레의 긍지를 높여 주었습니다.

진실로 친일파는 일본에 나라를 팔아먹은 을사오적을 비롯하여 일제로부터 매국의 대가로 작위와 돈을 받았거나 개인의 부귀와 영화를 위해 동족을 괴롭혔던 사람들인데 그들은 이미 철저하게 매장되었습니다. 그 나머지 사람들, 35년에 걸친 기나긴 식민지시대에 살아남기 위해서 일제에 순응했던 사람들까지 친일분자라고 한다면 그 시대에 이 땅에서 목숨을 부지했던 사람치고 친일하지 않은 사람이 과연 몇이나 있겠습니까?

일제강점 아래에서 단지 살아남기 위해 어쩔 수 없이 식민지 지배체제에 순응했던 사람까지도 친일로 몰아가는 식의 과거사 청산은 사리에도 맞지 않을 뿐더러 역사 바로 세우기 정신에도 어긋나는 것입니다.

하나의 예로 창씨개명創氏改名 문제를 생각해봅니다. 그즈음 국내에 살던 일반 서민치고 창씨개명 안 하고 버틴 사람은 거의 없었습니다. 그 서슬 퍼런 강요가 두려워서도 그랬겠지만, 예컨대 조상 뵐 낯이 없어 '성姓을 가는 짓은 죽어도 못 하겠다'고 필사적으로 버틸 경우 취직은 말할 것도 없고, 식량 배급을 안 주는 것은 물론이요, 아이들 학교도 못 다닐 판이고, 징용이니 노력동원이니 온갖 잡역에 시달려 꼼짝없이 굶어죽을 수밖에 없을 지경이었습니다. 그런데 이완용李完用과 같은 친일의 원흉들은 오히려 창씨를 하지 않았습니다. 그렇다고 창씨를 안 한 이완용이 애국자라도 된다는 말입니까?

인도에서는 마하트마 간디(Mohandas Karamchand Gandhi, 1869~1948)를 결코 친영파親英派로 보지 않습니다. 간디는 인도에서만이 아니라 온 인류가 다 아는 비폭력운동의 세계적 지도자였습니다. 그런데 그는 영국유학을 했고 영국식으로 교양된 가장 영국인에 가까운 인도인이었습니다. 더구나 그 스스로도 실토한 바 있듯이, 인도 청년들의 영국군 입대를 장려했습니다. 어째서이겠습니까? 그는 근시안적으로 인도인의 민족감정에 사로잡히기보다는 인도의 장래를 거시적으로 멀리 내다보았던 것입니다. 당장은 인도 청년의 영국군 입대가 영국의 세계경영 도구가 되는 이적행위일지 몰라도 길게 보면 앞으로 영국의 식민굴레에서 벗어나 독립을 쟁취하는 데 가장 크게 도움과 힘이 되는 일로 인식했던 것입니다.

마찬가지로 형식논리에 치우친 친일매도는 '그때(日帝强占期) 왜 죽지 않고 살았느냐'고 몰아세우는 것과 무엇이 다르다 하겠습니까?

더욱 걱정스러운 것은 지금에 와서 우리 스스로가 합병 그때와 일제시기 적극적으로 반민족행위를 한 소수자 외에, 어쩔 수 없어서 체제에 순응했던 수많은 인사들까지 친일파로 규정하여 매도한다면 이것이 곧 일본인들의 억지주장을 입증하고 정당화시켜 주는 결과가 되지 않을까 하는 점입니다.

왜냐하면 많은 일본 지식인들은 지금도 지난날의 한·일 병합은 자기네의 강압에 의한 것이 아니라 한국 측, 특히 한국지식인 대다수가 합병을 지지-찬성했기 때문에 자연스럽게 이루어진 것이라는 억지 주장을 펴고 있기 때문입니다.

3. 역사는 엄숙한 것

1) 삼전도비三田渡碑가 세 번 세워진 내막

서울 송파구 광나루에 가면 〈삼전도비〉가 서 있습니다. 본디 비명碑名이 〈대청황제공덕비大淸皇帝功德碑〉인 이 비는 탁본을 하려면 사다리를 놓고 올라가야 할 만큼 규모가 큽니다. 비의 이름에서 짐작할 수 있듯이 병자호란 때 인조대왕이 항복한 자리인 삼전도에 청나라의 전승비를 세운 것입니다.

인조반정仁祖反正은 중종반정中宗反正과 달리 반드시 잘한 것이라고 볼 수만은 없는 '노론老論 쿠데타'였습니다. 중국의 명-청 대립·교체기에 광해군은 일종의 등거리 외교를 통해 실리를 얻으려 했는데 오랑캐 나라와 통교通交하고 임진왜란 때 입은 명나라의 은혜를 저버렸다는 이유 등으로 광해군을 몰아낸 것이 인조반정입니다.

명분만을 내세워 실리를 저버린 인조의 외교정책으로 정묘년(丁卯年 1627 AD)과 병자년(丙子年 1636 AD)의 전란을 당하고 맙니다. 청태종太宗이 직접 15만 대군을 이끌고 질풍노도처럼 밀려온 병자년의 전란에서 인조는 남한산성에서 40여 일간을 항전하다가 마침내 항복하고 맙니다. 항복의 예禮로 인조는 청태종 앞에 나아가 세 번 절하고 아홉 번 머리를 땅에 조아립니다. 우리 역사상 치욕의 극치라고 하겠습니다.

청나라는 자신들의 승리를 기념하는 비를 세울 것을 요구합니다. 이에 비문을 지어 보내기 위해 어전회의를 열지만 양식 있는 선비로서는 차마 쓸 수 없는 글을 써야 할 상황이었습니다. 모두들 사양하지만 조정에서는 몇 사람에게 강제로 글을 짓게 하였고 그 글 가운데서 청이 비문을 선택하도록 했습니다. 결국 예문관 대제학 이경석李景奭이 지은 것이 제일 잘 되었다고 채택되었지만, 그에겐 결코 영광일 수 없는 일이었지요.

청은 이경석이 쓴 글 중에서 '황상께서 친히 백만 대군을 거느리고 조선정벌……' 운운하는 부분에서 처음에는 '백만'을 '기천幾千'으로 바꾸라고 했답니다. 조그만 나라 조선을 치는데 무슨 백만 대군이냐? 그러나 조선도 나라로서 후손에게 체면이 있을 테니 일백백(百)자를 열십(十)자로 고치라고 했답니다. 비문은 같은 내용을 앞면에는 한자로, 뒷면에는 만주어로, 양측 면에는 몽고어로 새겨져 있습니다.

이것은 먼 훗날 이곳 동아시아를 어느 민족이 지배하게 될지 몰라서였을 것입니다. 또한 비석이 워낙 커서 운반 도중 실수로 강에 빠뜨린 것을 건져 올리지 못해서 두 번 제작했다고 전해집니다.

그런데 1895년 청일전쟁이 일본의 승리로 끝난 뒤 고종은 청의 간섭으로부터 벗어나는 정책을 펼칩니다. 국호를 〈대한제국〉으로 바꾸고 광무光武 연호를 사용하게 되는 것도 청·일로부터 자립하려는 의도에서 나온 것입니다. 고종은 치욕의 상징인 〈삼전도비〉를 땅에 묻으라는 명령을 내립니다. 그런데 경술국치 얼마 뒤에 일본인들에 의해 이 치욕의 상징물이 다시 세워집니다. 중국에 예속되었던 역사를 들춤으로써 조선 사람의 자존심을 짓밟으려는 일제의 술책이었습니다.

이렇게 다시 세워진 〈삼전도비〉는 1950년대에 또다시 땅에 묻히게 됩니다. 이승만 대통령은 가끔 한강으로 낚시를 다니곤 했습니다. 하루는 광나루 쪽으로 낚시를 나왔다가 고종이 쓰러뜨려 땅에 묻은 '비碑'를 일제가 다시 세운 것이라는 말에 곧 그 비를 다시 끌어 묻게 했습니다. 그런데 이 비석은 4·19 얼마 뒤 있었던 대홍수로 흙이 씻겨 나가자 그 모습의 일부가 다시 땅 위로 드러났습니다. 이 비에 대한 처리문제가 논란이 되자 국사편찬위원회는 치욕의 역사도 감계鑑戒의 의미가 있다며 존치를 건의하였고, 이에 따라 이 〈삼전도비〉는 현재의 위치에 세 번째로 다시 세워지게 된 것입니다.

〈삼전도비〉가 세 번 세워진 사연을 여기서 소개하는 이유는 역사적 사실을 대하는 우리의 태도에 대해 말하고 싶어서입니다. 역사는 부정되거나 청산되는 것이 아니라 다만 역사를 바라보는 그 사람의 관점에 따라 달리 보일 뿐입니다. 나라 잃은 시대 35년의 우리 과거사도 마찬가지라고 생각합니다.

2) 6·25는 '전쟁'이 아니다.

동양적 정명론正名論에 입각해서 보면 '말(언어)'은 단순한 의사소통의 수단만이 아닙니다. 그것이 곧 도덕적 정당성과 논리적 합리성 위에서 심오한 역사의식까지 내포하는 고도의 문화행위이기 때문입니다. 예를 들면 1592년 선조 25년 임진년에 우리는 일본과 7년에 걸쳐 큰 전란을 치렀습니다.

그런데 우리는 그것을 '조·일전'이나 '임진전쟁'이라고 부르지 않았습니다. 지금까지도 우리는 '임진왜란'이라 부르고 그렇게 기록하고 있습니다. 1627년 인조 5년 정묘년에 후금後金의 침입, 1636년 병자년에 청나라의 침입도 모두 '정묘호란' '병자호란'이라 했지 '조·후금 전'이나 '조·청 전쟁'이라 부르지 않습니다.

왜 그랬을까요? 그리고 그것이 오늘날까지도 정당성을 갖는 이유는 무엇일까요? '전戰'이나 '전쟁戰爭'이라는 것은 피차 정통성 있는 대등한 나라끼리 무력으로 다투는 행위를 말합니다. 요즘 말로 하면 서로가 당당히 선전포고를 하고 전투행위를 하는 것입니다. 선전포고도 없이, 더구나 정통성도 없는 임의집단이 정통성 있는 국가체제에 도전하는 행위는 '전쟁'이라는 이름에 해당하지 않습니다. 그런 것을 일러 '난亂'이라고 하는 것입니다.

반대로 정통성 있는 국가권력이 정통성 없는 임의집단을 응징하고 징벌하는 행위를 우리는 '벌伐'이라고 합니다. 그래서 공비를 '토벌討伐'한다, 오랑캐를 '정벌征伐'한다고 하지 공비나 오랑캐와 전쟁을 한다고 하지는 않습니다. 오늘날 영어에서는 이런 사리의 분별이 별로 없는 탓인지 범죄와도 '전쟁'한다 하고, 심지어 마약하고도 '전쟁'한다고 하지만 우리말로는 이런 것은 '벌伐'에도 해당하지 않는다고 보아, 쓸어낸다는 뜻으로 '소탕掃蕩'한다고 하는 것입니다.

남의 말에서도 좋은 것, 나은 것은 배우고 받아들여야 하지만 우리보다 못한 것, 사리에도 맞지 않는 것까지 마구 모방하는 것은 역사와 문화에 죄를 짓는 것입니다.

삼전도비
© Kang Byeong Kee

6·25 발발 당시 우리는 이를 '사변事變'이라 불렀습니다. 졸지에 불법 남침의 변고를 당했으니 일단 이렇게 불렀던 것입니다. 그 뒤 1953년 휴전이 되자 그동안의 여러 정황들을 종합 고려한 끝에 '6·25동란動亂'으로 명명하는 것이 가장 합당하다고 해서 정부나 민간에서나 모두 그렇게 명기해 왔었습니다. 그러던 것이 언제부터인가 '한국전쟁', '6·25전쟁'으로 둔갑해 버렸습니다.

그러면 남침을 도발한 북에서는 6·25를 어떻게 부르고 있을까요? 그들은 언필칭 '조국통일 성전聖戰'이라 하고, 김일성에 의한 남조선 '해방전쟁'이라고 공식화하고 있습니다.

우리가 6·25를 '전쟁'으로 공식화한다면 이는 영어의 'war'를 맹목적으로 번역 추종하는 비주체적 망동이거나, 아니면 북측의 주장과 논리에 동조·영합하는 것이 되지 않겠습니까? 더구나 저들은 지금도 6·25를 '조국통일의 성스러운 전쟁'이라 하고, 이를 남측이 외국군까지 끌어들여 방해했다고 우겨대고 있는데, 우리 쪽에서 이를 '전쟁'으로 인정한다면 그 결과가 가져올 무서운 역사성을 오늘의 학자나 위정자들은 생각이나 하고 있는지 모르겠습니다.

제6장
남북분단은 어디서 왔는가

1. 민족사의 정통성
1) '김일성 민족', '김일성 조선'
2) 건국대통령 이승만
3) 자립경제를 이룬 박정희 대통령

2. '분단'의 원인과 책임
1) 우리 민족 자책론
2) 일본 원죄론
3) 소련 야욕론
4) 북한의 '우리식 사회주의'

3. 우리에게 미국은 무엇인가?
1) 한·미관계 140년
2) 은恩과 원怨의 두 얼굴
3) 역사상 한반도 분할획책
4) 소홀했던 '역사교육'

1. 민족사의 정통성

1) '김일성 민족', '김일성 조선'

한마디 자문自問으로 말문을 열겠습니다. 외세에 의한 한반도 분단이 우리 민족사에 있어 연속성-일관성의 단절斷絶을 의미하는 것인가? 그리고 분단의 결과 우리 앞에 무엇이 나타났는가 하는 것입니다.

말할 것도 없이, 이른바 조선민주주의인민공화국—오늘의 북한정권은 우리가 동유럽에서 보았듯이 소련의 시나리오에 따라 계획-조작된 극동판 소비에트 위성국입니다.

그렇다면, 북한은 현실적으로 우리에게 어떤 존재입니까?

먼저 우리 대법원은 상반되는 두 개의 성격이 혼재混在하는 이중적 존재로 북한의 법적 지위를 규정하고 있습니다. 하나는 '조국의 평화적 통일을 위한 대화와 협력의 동반자'라는 것이요, 또 하나는 '남한의 자유민주주의 체제를 전복하고자 적화통일노선을 고수하는 반국가단체'라는 것입니다.[1]

---

1 대법원, 「2004년도 3212 판결」(2004.8.30) 선고. 선고 당시는 이미 남북정상회담이 성사되어 화해를 바탕으로 남북 간에 교류와 협력이 진행되고 있었다고 하더라도 북한의

다음으로 헌법재판소도 대법원이 판단한 이중성을 그대로 공유하면서 동반자로 보는 경우, 헌법 제4조의 '통일을 지향하며 자유민주주의적 기본질서에 입각한 평화적 통일정책을 수립-추진'하기 위하여 〈남북교류협력에 관한 법률〉로써 이에 대처하고, 반국가단체로 보는 경우는 국가보안법의 대상이라고 그 성격을 분명하게 한정하고 있습니다.[2]

요컨대 이 두 최고사법기관의 법리적 견해를 종합하면, 결국 북한은 통일해서 함께 살아야 할 동족이면서도 다른 한편으로는 어쩔 수 없이 대립하는 적대집단이 됩니다.

그러나 이와 같은 법리적 견해에 구애받지 않고 순수하게 동족이라는 정서로 다가간다면 북한은 우리의 정신세계와 의식 전반에 걸쳐 구석구석까지 침투해 들어와 있는 우리의 반쪽입니다. 또한 정치-경제-문화-예술-교육-사상, 그리고 군사에 이르기까지 북한을 떼어놓고는 생각조차 할 수 없는 불가분의 관계입니다.

한마디로 우리에게 북한은 숙명입니다. 우리가 통일을 해야 하는 이유는 이 한 가지 사실만으로도 충분합니다.

그런데 오늘의 북한은 어떻습니까?

사회주의 종주국인 소련과 그 위성국이었던 동구 공산권이 자멸한 지도 어느덧 30년이 다 되어가고 있습니다. 이들 국가는 지금 낡아빠진 공산수의 외투를 벗어던지고 시장경제와 민주화의 행보를 이어 가기에 여

반反국가단체적 성격이 소멸되었다고 볼 수는 없다는 것이 대법원의 확고한 입장이다. 더구나 천안함 폭침사태(2010.3)와 연평도 포격침공(2010.11) 그리고 개성공단 폐쇄사태(2013.4)까지 당한 시점에서 북한의 반국가단체적 성격은 더욱 선명히 부각되었다고 하겠다.

2 헌법재판소 전원재판부, 「92헌바48」 1993.7.29

념이 없습니다. 하지만 북한정권은 소위 '주체사상'으로 자력갱생하겠다는 구호를 외친 지가 소련과 동구권의 두 배 이상이나 되었지만 아직껏 굶주림에서조차 헤어나지 못하고 있습니다.

그뿐이 아닙니다. 북한에서는 북한인민들을 '김일성 민족'이라 부르는가 하면, 북한헌법 서문에는 '김일성 조선'이라고 버젓이 못을 박아 놓고 있습니다. 게다가 김정은을 '최고 존엄'이라며 떠받들고 북한의 최고 권력기관인 조선노동당 규약에 버젓이 '김일성-김정일당'으로 명시하여 3대 세습을 정당화하고 있으니 참으로 21세기 IT문명시대란 말이 무색할 지경입니다.

일찍이 1985년 9월, 대한적십자사 총재로서 평양을 방문한 고故 김상협 전 국무총리가 '……혈육이면서도 혈육이 아닌 듯, 동족이면서도 동족이 아닌 듯, 동질同質이면서 이질異質, 이질이면서 동질인 듯, 이상야릇한 북한 사람들을 만났다'고 밝힌 착잡한 소감이 새삼 떠오릅니다.[3]

이제 남북 간의 정통성 시비는 의미가 없어졌습니다.

한 나라의 정통성이란 처음부터 갖추고 출발하는 것보다도, 역사발전 과정에서 차곡차곡 축적·확립해 나가는 것이 더욱 중요한 것입니다. 그러한 의미에서 우리 대한민국이 걸어온 발자취는 민족-국가사의 정통성을 더욱 굳건히 확립해 온 빛나는 역사라고 하겠습니다.

이렇게 보면 결론적으로 유구한 역사와 전통을 물려받아 단절 없는 연속-부절의 민족정신과 큰 법통의 줄기를 잇고 우뚝 선 우리 대한민국에 민족사적 정통성이 있다는 것은 추호도 의문의 여지가 없습니다.

---

3 睦貞均,《南齋 金相浹—그 생애·사상·학문》, 한울, 2004

2) 건국대통령 이승만

흔히 역사에 가정假定은 의미가 없다고 합니다. 그럼에도 나는 우리 현대사를 접할 때마다 이른바 '해방공간'의 혼미와 격동 속에서 우남 이승만(雩南 李承晩 1875~1965) 박사의 그 정치적 혜안과 리더십이 아니었다면 우리 대한민국이 과연 탄생할 수 있었을까? 라는 생각을 지울 수가 없습니다.

이승만 대통령이 어떤 분입니까?

일찍이 구한말에는 국정개혁을 위한 독립협회·만민공동회 등 사회 운동에, 일제강점기에는 해외로 망명하여 국권회복을 위한 항일독립운동에, 그리고 1941년 《Japan Inside Out》이라는 책을 저술하여 미·일 전쟁을 정확히 예언·경고해서 미국 조야朝野를 크게 놀라게 했는가 하면, 광복 후에는 반공투쟁과 건국운동에 전 생애를 바친 우리 근-현대사의 압도적 중심인물입니다.

대한민국의 초대 대통령으로서 신생조국의 진로를 자유민주주의와 시장경제체제로 설정한 그 선견지명이야말로 오늘날 세습독재하에서 온갖 고초를 겪고 있는 북한동포를 생각할 때 얼마나 위대하고도 현명한 선택이었나를 새삼 깨닫게 합니다. 또한 건국과 동시에 서둘러 토지개혁을 단행하여 농민이 전 국민의 80%가 넘던 시대에, 그 가운데서도 절대다수이던 소작인들을 모두 지주地主이자 자작농으로 만들어주었습니다.

나는 이승만 대통령의 이 영단이 우리 농민들의 애향심과 근로의욕을 크게 북돋아주었을 뿐만 아니라, 이듬해 북한이 6·25남침을 해 왔을 때 온 국민의 결사항전을 이끌어 내는 데에도 큰 몫을 했다고 생각합니다.

한편, 토지개혁 당시 유상몰수有償沒收 유상분배有償分配의 원칙에 따라서 모든 지주들에게는 정부가 땅값을 지가증권地價證券을 발행해서 교부해주고, 농민들에게는 앞으로 생산되는 작물로 현물세 25% 임대료 5%씩을 평균 15년간 정부에 분할 상환토록 했습니다. 여기서 토지를 분배받아 소유하게 된 농민들이야 당연히 쌍수雙手를 들어 환영했지만, 땅임자인 지주들은 그야말로 날벼락 같은 조치가 아닐 수 없었습니다. 금쪽같은 자기 재산을, 대개는 조상적부터 대대로 물려 내려온 전답을 거의 헐값에, 그것도 현금이 아닌 증권으로 받고 빼앗기다시피 내놓았으니 얼마나 가슴 아팠겠습니까? 하지만 그 당시 지주들은 아무런 조직적인 반발도 저항도 하지 않고 고스란히 땅을 내놓았습니다. 이것은 지금 생각해 봐도 특이하기 그지없는 일로서 여기에도 한국인 특유의 정서가, 특히 가진 자의 감성이 어떻게 작용한 것인지 앞으로 구체적인 연구가 이루어져야 할 것으로 봅니다.

또한 결과적인 이야기입니다만 지주들이 정부로부터 받은 지가증권은 바로 그 이듬해 일어난 6·25동란으로 인해 가히 천문학적인 인플레이션으로 인해 모두 휴지 조각이 되고 만 사실도 아울러 고려해서 말입니다.

이승만 대통령의 놀라운 영단은 이뿐이 아닙니다. 휴전회담이 막바지에 이른 1953년 6월에는 과감하게도 2만 7천여 명의 반공포로를 일방적으로 석방하여 온 세계를 깜짝 놀라게 했습니다. 당시 영국의 처칠 수상이 '배반자 이승만을 구속하거나 대통령직에서 쫓아내자'고 미국정부에 비밀리에 건의한 것만 보아도 미국을 비롯한 참전국들의 충격이 얼마나 컸는가를 짐작하게 합니다.

또한 휴전협정에 동의하는 전제조건으로 〈한미상호방위조약〉의 체결을 미국 측에 강력하고도 끈질기게 요구하여 끝내 관철시켰으니 이것이 이후 튼튼한 안보 아래에서 우리가 경제개발에 매진할 수 있는 토대가 되었습니다. 이렇게 볼 때 이와 같은 일들은 당시 이승만 대통령 특유의 결단력과 탁월한 외교 역량이 아니고는 도저히 어려웠던 일들입니다.

한마디로 이승만 대통령은 국가철학과 역사의식이 너무도 뚜렷한 지도자였습니다. 그리고 이러한 지도자상像은 4·19혁명 당시 "젊은 학생들이 불의를 보고 항거하는 것은 당연하다. 나더러 대통령직에서 물러나라고 하는 것이라면 기꺼이 그리하겠다"며 조금의 망설임도 없이 그 자리를 떠난 마지막 모습에서도 여실히 드러납니다.

한편, 그렇다고 해도 이른바 '사사오입四捨五入' 개헌과 3·15부정선거 등 종신집권을 위한 비정秕政의 책임에서 벗어날 수는 없습니다. 또 그리 되어서도 안 됩니다. 단지 내가 안타깝게 생각하는 것은 이 같은 정치적 과오 때문에 전공前功이 모두 부정당하고 있다는 사실입니다. 사람은 누구에게나 장점과 단점이 있는 법이고 너나없이 잘못을 저지르기 마련입니다. 따라서 특히 공인公人의 경우 공과功過를 분명히 가려서 공정한 평가를 내려 후세에 전하는 것이 국가발전과 역사의 교훈을 위해서도 바람직한 일이 아니겠습니까?

나는 중국에 갈 때마다 베이징北京 톈안먼天安門에 걸려 있는 마오쩌둥毛澤東의 대형 초상화를 보면서 중국인들의 지혜와 금도襟度에 새삼 부러움을 느끼곤 합니다. 알다시피 중국의 이승만 대통령격인 마오쩌둥이 사망하자 〈문화대혁명〉과 〈대약진운동〉 등의 실책을 들어 마오에 대한 비판과 격하운동이 고개를 들기 시작했습니다.

이때 바로 그 문화대혁명의 최대 피해자인 덩샤오핑鄧小平이 '공칠과삼功七過三'—공이 과보다 많다는 논리를 내세워서 '마오의 과오에는 일부 내 과오도 있다. 그 과오는 내가 앞장서서 바로잡아 나가겠다'며 마오를 감싸줌으로써 자칫 흔들리려는 중국공산당의 정체성과 중화인민공화국의 정통성을 바로세워 지켜냈던 것입니다.

나는 이승만 대통령의 경우도 이와 다르지 않다고 생각합니다. 다시 말해 이승만 대통령의 공功과 과過를 함께 인정하고 총체적인 평가를 하는 것이 결코 4·19정신을 훼손하거나 4·19혁명을 평가절하하는 것이 아니라는 것을 우리 국민 모두가 깨닫고 인정하게 되기를 바랍니다.

3) 자립경제를 이룬 박정희 대통령

벌써 반백년을 넘긴 오랜 세월이 흘렀는데도 5·16에 대한 우리 사회의 평가는 아직도 긍정과 부정으로 양극화되어 있습니다. 혁명이냐 쿠데타냐 하는 것인데, 인문학도인 나로서는 이들 용어의 정확한 개념이나 차이점이 무엇인지 깊이 아는 바가 없습니다. 쿠데타로 시작했다가도 혁명으로 이끌어 갈 수는 없는 것인지, 또 혁명으로 출발했다가도 쿠데타로 전락되는 경우는 없는 것인지……. 하지만 5·16 당시의 정치-경제-사회상을 직접 목격하고 체험한 나로서는 그 후 전개된 국가전반의 변화와 발전 등 상황논리의 관점에서 내 나름의 소견을 말할 수는 있을 것 같습니다.

우리 세대 모두가 직접 경험했듯이 4·19 직후의 나라 사정은 극도의 정치-사회적 혼란 속에 가중되는 경제난과 민생고, 게다가 진보와 혁신을 표방한 용공세력의 발호로 무정부 상태를 방불케 하는 그야말로 난

세亂世였습니다. 오죽하면 집권 민주당 구파에 의해 발족한 신민당조차도 창당선언문(1961.2.20)에서 "민주당정권은 구정권의 부패독소를 고스란히 물려받아 한갓 정권유지에만 급급한 판이니 민족역사의 명맥을 위하여 이에 더 통한스러울 데가 어디 있으랴. 정부와 국민대중과의 사이가 이렇듯 불신이라는 무서운 장벽으로 가로막혀 있는 한, 민족과 국가의 운명은 암담하기 실로 저 국토양단의 비극으로도 비할 바 못 된다"며 장면 정부의 무능과 실정을 이처럼 비판했겠습니까?

당시 우리나라는 1인당 국민소득이 고작 90달러에도 못 미치던 때였고, 북한은 오히려 350여 달러를 상회하여 우리의 거의 4배에 이르던 시절이었습니다. 우리는 그때 저 아프리카의 가나만도 못한, 세계에서 가장 가난한 나라여서 미국의 잉여농산물의 지원 없이는 정부 예산조차 세울 수 없을 만큼 대미 의존도가 높았던 암담한 시대였습니다.

이러한 절체절명의 상황에서 1960~70년대에 5·16이 일어나지 않고 박정희(朴正熙 1917~1979) 시대가 없었더라도 과연 한강의 기적이 일어날 수 있었을까요?

더구나 그때 경제개발의 밑천은 어디서 구했습니까? 알다시피 굴욕외교라는 수많은 학생 식자층의 반대와 저항을 무릅쓰고 끝내 한일회담을 성사시켜 겨우 마련한 청구권 자금 5억 달러(무상 3억, 유상 2억)와 민간차관 3억 달러, 합계 8억 달러가 전부였습니다. 이 또한 박정희 대통령의 조국근대화에 대한 집념과 강력한 리더십이 아니었으면 불가능한 일이었습니다.

이른바 민주화세력은 5·16이 민주주의를 후퇴시킨 한낱 쿠데타에 불과하고 박정희 대통령이 경제개발을 내세워 국민의 자유와 인권을 억압하고 독재정치를 했다고 비난합니다. 물론 민주주의, 자유, 인권 모두 우리가 지켜야 할 소중한 가치임에 틀림없습니다. 그러나 나는 인간 생활에 있어 가장 기본적인 선결문제는 경제라고 생각합니다. 예로부터 '이식위천以食爲天'이라고 했습니다. 사람은 먹는 것으로 하늘을 삼는다는 것입니다. 서구민주주의 발전과정을 보아도 오랜 동안 경제발전단계를 거친 후에야 비로소 민주주의 제도가 도입 정착될 수 있었다는 사실이 이를 뒷받침하고 있습니다.

따라서 당시의 먹고 사는 게 절실했던 시대적 상황이나 오늘의 국민적 입장에서 볼 때 비록 박정희 대통령에게 그 같은 정치적 일부 제약이 있었다 해도 그것이 비약적인 경제발전과 산업화를 이루어낸 공업功業을 덮을 수는 없다고 봅니다.

지난 1989년 5월초 구 소련이 붕괴되기 직전 모스크바에서 만난 그곳 사회과학원의 중견연구원의 말이 생각납니다. 바로 그 1년 전에 88서울올림픽을 치른 직후라 우리나라에 대한 관심과 인기가 대단했나 봅니다. 그가 박정희 대통령에 대해 칭송이 대단하기에 내가 "당신 생각에도 일리는 있으나 우리나라에서는 그가 독재를 한 것 때문에 평가가 그다지 좋지 않다"고 하니까 정색을 하면서 그는 다음과 같이 말하는 것이었습니다.

독재로 말하면 우리 소련은 70년이나 해왔고, 북조선 김일성은 45년이나 계속하고 있지만 아직껏 먹는 것조차 해결하지 못하고 지금도 계속되고 있지 않습니까? 박정희는 무슨 비법으로 18년 집권에 한국을 그처럼 풍요로운 나라로 만들었는지……, 앞으로 국교가 수립되면 나는 그것을 연구하러 꼭 한국에 가려고 합니다.

나는 오늘도 그 소련학자의 이 말을 잊을 수가 없습니다. 우리 속담에 '고향에 영웅 없고, 이웃 공자 몰라본다'는 말이 있듯이 우리가 우리 자신의 가치를 너무 비하하고 있는 것이나 아닌지 모르겠습니다.

러시아의 푸틴 대통령은 박정희 대통령을 우리보다 더 잘 압니다. 그는 박정희 대통령의 일대기를 읽고 인간 박정희에 매료되어, 새마을운동을 범국민적으로 추진하고 있는 몽골의 한 장관에게 선물할 정도였습니다.

특히 박대통령은 남북 체제경쟁에서 북한을 압도함으로써 우리 대한민국의 민족사적 정통성을 확립할 수 있는 기초를 닦아 놓았다는 것을 우리는 높이 평가해야 하겠습니다. 이렇게 볼 때 일찍이 리콴유李光耀 전 싱가포르 수상이 20세기 아시아의 위대한 지도자로 일본의 요시다 시게루吉田茂, 중국의 덩샤오핑과 함께 박정희 대통령을 꼽은 것은 당연하다고 하겠습니다.

전 고려합섬 장치혁張致赫 회장의 한·중 수교 배경에 대한 증언에 의하면 지난날 옌안延安시절 마오쩌둥의 비서였고, 당시 덩사오핑의 오른팔 심복이었던 진리金黎—장 회장은 '수수께끼의 사나이'라고 표현—중국국제우호연락회 부회장이 덩에게 올린 보고서의 골자는 다음과 같은 것이었다고 합니다.

> 첫째 : 남한은 성공한 나라다.
>
> 둘째 : 박정희 대통령은 통제정치와 자유시장 경제를 접목해 성공을 거두었다. 이는 지금까지의 사회주의 이론으로는 이해할 수 없는, 역사상 처음 있는 일이다.

셋째 : 남한은 이제 학생들의 데모나 지하 정치공작 같은 것으로 무너뜨릴 수 있는 나라가 아니다. 따라서 중국도 마땅히 남한과 수교하고, 남한으로부터 배워야 할 것은 배워야 한다.

1988년 봄에 진리 부회장이 비공식으로 방한합니다. 명분은 서울올림픽 준비 실태를 살펴본다는 것이었지만 실제로는 한·중 수교에 대한 특수임무를 띠고 온 것이었다고 합니다. 그래서 주로 각지의 공업단지와 동대문·남대문시장, 지하철 등을 주의 깊게 살펴보고 갔습니다.

뒷날 진리 부회장의 숨은 증언대로 우리의 경제성장·발전은 사회주의 이론만으로 이해되지 않을 뿐 아니라, 자본주의 이론으로도, 그밖에 어떤 이론으로도 설명될 수 없는 그야말로 특수하고도 독창적인 발전의 실체가 아닐 수 없습니다. 굳이 표현을 한다면 "한국적 박정희식 발전 모델"이라고나 할까요……. 또 한 가지 지적할 것은 우리의 이 발전 모델로 인해서 이른바 남미형 '종속이론'은 완전히 그 존재 자체가 증발해 버렸다는 사실입니다.

실제로 그 후 중국의 덩사오핑은 "한국적 모델이 중국현실에 적합하니 그를 따라 배우라"고 당에 지시를 했다고 합니다. 이상은 '《월간 조선》 2014년 9월호 p. 160'에 수록된 장치혁 회장이 밝힌 비화秘話를 참조한 것입니다.

내가 알기로는 지금까지 사회과학의 모든 이론은 서구西歐 말고는 다른 지역에서 나온 예가 없습니다. 나는 이제부터 우리 한국의 발전모델을 심도 있게 연구하여 체계화·이론화한다면 세계사의 새로운 이정표가 될 수 있으리라고 확신합니다. 뒷사람들의 분발을 기대해 봅니다.

여기서 한 가지 더 높이 평가해야 할 것이 있습니다. 이승만-박정희 대통령은 장기집권을 했음에도 매우 검소하고 청빈한 생활을 했을 뿐만 아니라 친족들까지도 축재나 부정부패에 연루된 일이 없다는 사실입니다. 나는 이러한 사실이 역대 대통령들, 곧 국가 지도자로서의 자질과 치적을 평가하는 데 중요한 요소가 되어야 한다고 믿습니다. 세계역사에 어떤 위대한 인물도 완전무결하게 평가받는 인물은 없다고 생각합니다.

나는 이승만-박정희 대통령의 업적을 내세워 두 분의 일부 정치적 과오를 변명하려는 것이 아닙니다. 하루빨리 국민적 합의로 두 분의 공·과에 대한 재평가가 이루어져서 우리 대한민국의 정체성과 민족사적 정통성이 더욱 굳건해지기를 바라는 마음 간절합니다.

2. '분단'의 원인과 책임

국토의 양단은 제2차 세계대전 종전이 우리 민족에게 가져다 준 광복의 어두운 반면反面이자 한반도가 지닌 지정학적 숙명성을 극명하게 드러낸 지각변동, 바로 그것이었습니다. 그러므로 남북분단은 대한민국 탄생, 즉 새 나라 출발에서부터 짊어진 큰 멍에이자 건국 이후 우리 민족이 겪는 만난萬難-만병萬病의 근원이 된다는 점에서 한국현대사의 첫 화두가 되어야 합니다.

다만 여기에 함축된 한국 현대사적 또는 세계사적 성격과 국내-국제정치학적 포괄성만으로도 한반도 분단문제는 이미 독자적 학문영역으로 자리매김되었기 때문에 인문학도인 내가 접근하기에는 저어되는 바가 없지 않습니다. 그럼에도 우리의 지상명제인 국토분단극복과 통일대업의 길을 모색해 나감에 있어서, 감히 평소 내 생각의 일 단을 밝혀보고자 합니다.

먼저 남북분단이 대한민국 탄생에 던지는 기본 질문은 다음 세 가지라고 생각합니다.

- 남북분단은 대한민국의 진로에 어떤 의미를 갖는가? (국토분단의 의미규정)
- 남북분단은 왜 일어났는가? (원인규명)
- 남북분단의 책임은 누구에게 돌아가야 하는가? (귀책歸責 문제)

얄타회담 3국 수뇌 1945년 2월 4일 미국의 루스벨트 대통령, 영국의 처칠 총리, 소련의 스탈린 당서기장이 얄타에서 모여 소련의 대일전 참전을 합의하고 한반도 분할 점령의 비밀협정을 체결하였다. 우리나라 분단의 계기를 만든 회담이었다.

먼저, 국토분단의 의미규정에 대해서는 이미 짚어 본 바와 같이 분단 상태는 대한민국 탄생의 큰 멍에이자 그 앞길을 결정적으로 가로막는 장애물이므로 반드시 극복하고 해결해야 할 지상과업입니다.

다음으로 분단의 원인에 대해서는 '군사편의주의설', '정치편의주의설' 등 보수주의적 관점을 비롯해서, 이에 대한 수정주의적 시각, 그리고 이 수정주의적 시각을 또다시 수정한 '신新수정주의'적 관점 등 여러 가지 설이 분분하여 여기서 일일이 비교-설명하지는 않겠습니다.

그리고 남북분단의 책임문제에 대해서는 앞서 분단원인에서 언급한 바와 같이 그 책임의 소재所在는 원인으로부터 따져 올라가는 것이 가장 쉽고 빠른 방법이라고 생각합니다. 책임이란 원인에 따른 결과이기 때문입니다.

우리의 '국토분단'은 이처럼 원인과 책임이 맞물려 돌아가는 인과론의 인식대상입니다. 이 같은 논리를 전제로 나는 우리 민족 자책론, 일본 원죄原罪론, 소련 야욕론, 미국 오판론 등 네 가지를 '귀책대상'으로 분류해 보았습니다. 다만 미국관련 내용은 "우리에게 미국은 무엇인가"에서 종합적으로 다루고자 합니다.

1) 우리 민족 자책론

남북분단을 가져온 책임이 우리 민족 자신에게도 있다는 견해입니다. 다시 말하면, 국토분단이라는 비극을 막아내지 못한 우리가 무슨 면목으로 남을 탓하겠는가. 결국 궁극적인 책임은 우리 자신의 부족함에 있다는 자기성찰의 논리입니다.

그렇다면 우리 민족의 그 무엇이 국토분단을 막지 못한 원인이겠습니까? 자책론자들은 가장 큰 원인으로 일제하 독립운동 과정에서 나타난 분파주의적 갈등-분열과 좌우대립을 지적합니다. 여기에서 비롯되어 심화된 상호불신이 광복을 맞아 외세를 설득하기 위한 명분과 동력을 잃게 하였다는 것입니다.

나는 이와 같은 자책론에 전적으로 공감-동의하지는 않습니다. 과도한 자책론이 자칫 강대국들의 책임을 희석시키고 자기부정과 열등의식에 빠지게 함으로써 우리의 자존을 스스로 무너뜨리지 않을까 하는 우려 때문입니다.

일본의 항복 1945년 9월 2일 미주리 함상에서 맥아더 장군이 지켜보는 가운데 항복문서에 서명하는 일본 대표.

2) 일본 원죄론

국토분단을 가져온 또 다른 하나의 책임이 궁극적으로 일본에 있다는 것입니다.

일본은 패전국이었기에 한반도 분단에 직접 관여하지는 않았습니다. 그렇다 해도 대한제국 강탈-지배→중일전쟁 도발, 그리고 연이은 태평양 전쟁에 이르기까지 일본의 침략행위가 결과적으로 미-소 간의 '진영陣營 대결'을 동아시아로 끌어들였습니다.

대륙세력의 남하와 해양세력의 북상이 교차하는 전략적 요충지로만 인식되어 오던 한반도를 지구상에서 가장 복잡-미묘하고 가장 불행한 동서냉전의 현장으로 바꿔 놓은 장본인이 바로 일본이라는 것입니다. 따라서 일제의 한반도 강점-지배라는 원인이 없었다면 한반도의 분단이라는 결과도 있을 수 없다는 것입니다.

다시 말해 일본이 공산주의 대 자유민주주의, 사회주의 계획경제 대 자본주의 시장경제라는 상극적인 두 세계관, 두 이념간의 무한경쟁-무한 각축을 이 땅에 끌어들였고 나아가서 이것이 6·25동란의 원인으로까지 이어졌다는 것입니다.

더구나 패전국 일본은 이 전란 특수特需로 경제부흥의 전기를 맞았으니 참으로 역사의 아이러니가 아닐 수 없습니다. 물론 '일본 원죄론'에 대해서 반론이 없는 것은 아닙니다. 일제의 한국 병탄행위를 한반도 분단의 원인으로까지 결부시키는 것은 논리의 비약인 동시에 지나친 감정적 접근이라는 지적이 그것입니다.

그러나 내 관점은 다릅니다. 오늘날 우리 한국인이 겪는 모든 불행의 원천적 책임까지도 일본에 있다고 생각합니다. 일본은 태평양전쟁의 당사자로서 그 일차적 책임이 있을 뿐만 아니라 한반도 식민지정책은 단순한 지배-피지배의 문제가 아니었습니다. 본질적으로 그것은 〈한민족 멸살滅殺정책〉이었기 때문입니다.

한국 사람에게서 한국말을 빼앗고, 일본어만을 쓰도록 강제한 그 자체부터가 문화민족으로서의 자존심과 정체성을 짓밟아 그 미래마저 영원히 빼앗아 버리겠다는 것이니—이 끔찍한 언어정책 하나만으로도, 일본의 죄업이 얼마나 컸던가를 알 수 있습니다.

그러므로 일본이 한반도 분단의 책임에서뿐만 아니라 오늘날 분단 현실에서 겪는 우리 민족의 고통에서도 절대로 자유로울 수 없다는 것은 결코 감정적 차원이 아닌 준엄한 역사의 추궁입니다.

3) 소련 야욕론

국토분단의 직접적인 책임이 한반도 소비에트화를 노린 소련에게 있다는 견해입니다.

1945년 8월 26일 밤, 평양에 입성한 소련군은 이튿날부터 민정사령관 로마넨코 소장의 지휘 아래 즉시 평안남도 〈건준建準〉을 해체하고, 곧바로 〈조선인민정치위원회〉를 구성했습니다. 곧이어 도道 이하 북한전역의 행정-치안-경제기관 등 모든 조직과 시설을 접수하였는데 이는 다음해 2월 28일에 출범하는 북조선 임시인민위원회(위원장 : 조선노동당 북조선분국 위원장 김일성) 구성을 위한 사전조치였습니다.

김일성은 스탈린(Iosif V. Stalin, 1879~1953)이 직접 '간택揀擇'했다는 점에서 소련과 함께 분단의 책임을 공유해야 할 당사자이기도 합니다.

'식자우환識者憂患의 비극' : 광복을 맞아, 북한에는 남로당의 박헌영朴憲永을 비롯하여 중국에서 돌아온 김두봉金枓奉, 허헌許憲, 김원봉金元鳳 등 기라성 같은 공산주의자들이 많이 있었습니다. 이때 북한에는 소련군 고위 장성들조차 두려워하는 소련의 정보기관 KGB가 점령군과 함께 들어왔습니다.

정치공작에 나선 KGB는 이들 조선인 공산주의자들이 모두가 탁월한 사회주의-공산주의 이론가들이라는 것을 알고는 크게 놀랐다고 합니다. 그래서 이처럼 실력 있는 자들에게 정권을 맡겼다가는 자기들 마음대로 조정하기가 어렵겠다고 판단하여 고분고분 말 잘 들을 젊은 김일성을 적임자로 택했다는 것입니다.

풍설로만 나돌던 이 같은 사실은 소련 붕괴 후 여러 자료를 통해서,

특히 당시 북한에 공작임무를 띠고 들어왔던 한국계 소련 KGB 요원들의 증언으로 확인된 바 있습니다.—왕산旺山 허위許蔿 선생의 손자 허진許眞 씨의 1989년 모스크바 증언—박헌영이나 허헌, 김두봉이 KGB의 이런 속셈을 미리 알아차렸더라면 김일성에게 정권이 넘어가지 않았을지도 모를 텐데……, 이런 생각을 해봅니다.

그때 소련에게 있어 한반도는 절대로 놓칠 수 없는, 소비에트 공산화의 가장 좋은 먹잇감이 아닐 수 없었습니다. 특히 제정러시아 이래, 부동항不凍港에 대한 집념을 불태우며 일찍부터 한반도에 눈독을 들여온 저들로서는 부산항이야말로 태평양과 인도양을 향한 연결루트로서 남진정책과 세계 공산화전략의 날개를 펴는 데 최적의 발진發進기지라고 보았기 때문입니다. 그래서 소련은 이 같은 야욕을 즉시 행동으로 옮길 수 있는 완벽한 시나리오를 가지고 미군보다 한 발 먼저 한반도에 들어왔던 것입니다.

한편 미 군부는 소련의 이와 같은 야욕을 뒤늦게 알아차리고 한반도의 지정학적 중요성에 눈을 돌리게 됩니다. 이는 미국의 대소對蘇봉쇄와 일본방위에서 차지하는 한반도의 완충적 역할과 비중이 매우 크다는 인식에 따른 것이기도 합니다.

따라서 한반도 문제를 둘러싼 미국과 소련이 정치적 편의주의(대소對蘇봉쇄정책)에 입각했건, 군사적 편의주의(점령-주둔-작전)를 따랐건, 그 방향과 초점이 결국 한반도의 분할점령으로 귀결되었고 이는 결과적으로 남북분단으로 이어졌던 것입니다.

처음에 38°선은 한반도의 남과 북을 정치적으로 가르는 분단선이 아니었습니다. 연합군 최고사령부지시 〈제1호〉에 따라 일본군의 무장해제와 투항업무 처리를 위해 1945년 9월 2일부터 '38°선' 이북은 소련군이, 이남은 미군이 진주하도록 한 일시적인 계선界線이었을 뿐입니다.

그런데도 소련군이 이 합의를 일방적으로 어기고 업무개시일로부터 무려 10여 일이나 앞선 8월 23일—일본의 항복일로부터 불과 8일 뒤 38°선 일대에 선견대先遣隊를 보내 이 계선을 점령선으로 관리하는 등 의도적으로 협정을 위반했습니다. 그러면서 한편 스탈린은 미국에 대해 대일 참전 대가로 홋카이도(北海道)의 분할까지 요구하였습니다. 미국은 물론 이를 단호히 거부합니다.

어쨌거나 소련은 극동에서의 대일전對日戰에 겨우 일주일 참전한 대가로 한반도의 절반을 차지하는 엄청난 실익을 챙겼습니다.

여기에는 제정러시아로부터 물려받은 '대한경략對韓經略'의 풍부한 경험을 밑천삼아 어떤 형태로든 소련군이 미군보다 먼저 한반도에 발을 들이면, 주도권을 잡고 소비에트 임시정권을 세울 수 있다는 확신이 있었기 때문입니다.

따라서 누가 뭐라 해도 소련은 북한의 김일성과 더불어 우리의 분단을 가져온 책임자의 으뜸이라는 것이 나의 생각입니다.

4) 북한의 '우리식 사회주의'

2001년 7월 나는 고당 조만식(古堂 曺晩植 1883~1950) 선생 탄신 118주년을 기념하는 자리에 초빙되어 〈남북정치시대와 도덕성〉이라는 연제演題로 강연을 한 바 있습니다. '김대중 정부' 시절입니다. 장소는 공산주의자들의 박해를 피해 월남한 동포들이 기금을 모아 건립한 〈고당기념관〉 건물 강당에서였습니다. 이날 강연장은 각 층마다 복도에 스크린을 설치해 놓고 시청을 할 만큼 대성황을 이루었는데, 노인층이 대부분이었습니다. 갑자기 《6·15 공동선언》이 나오고 남북 정권이 전례 없이 가까워지는 듯이 보이니까 바짝 긴장한 월남민들의 관심과 걱정이 반영된 것 같았습니다.

나는 우선 남북 간의 과속접근이 다소 어지럽게 느껴지겠지만 지레 겁을 먹거나 걱정할 필요가 없다는 취지로 청중을 안심시켰습니다. 섣부른 낙관도 금물이지만 지나친 비관은 더더욱 금물이라는 논지를 폈습니다. 우리가 북한을 두려워할 까닭이 없는 것은, 대한민국의 자유-민주체제가 저들 김일성 일가의 유일지배체제보다 훨씬 우월하기 때문임을 강조하면서 북한이 갖지 못한 두 가지 강점이 우리에게 있음을 지적했습니다.

첫째로, 우리의 선거제도를 꼽았습니다. 국가원수를 비롯한 국회의원 등 각급 선출직 고위 공직자들뿐만 아니라, 국민이 원한다면 자유민주주의체제 자체까지도 바꿀 수 있고, 우리의 운명을 스스로 결정할 수 있는 선거와 투표제도가 있음을 역설했습니다.

북한도 물론 선거는 합니다. 그러나 그것은 어디까지나 당의 지령과 감시하의 '선거 흉내'일 뿐입니다. 100% 투표에 100% 찬성이 이를 말해 줍니다. 이처럼 선거의 너울만 쓴 기만적 허구의 이벤트가 우리의 선거와는 질적으로 다르다는 것을 모를 사람은 없을 것이기에, 나는 굳이 그밖에 남북 간의 격차를 비교-검토할 필요를 느끼지 않았습니다. 더구나 거기에 만당滿堂한 청중들은 적어도 우상화된 김일성의 스탈린주의식 북한체제를 거부하여 목숨 걸고 남쪽을 택한 실향민失鄕民들이기에 남과 북 어느 체제가 더 인간다운 삶을 보장할 수 있는 우월한 체제인가를 이 세상 그 누구보다 잘 알고 있을 터였으므로 더 이상 긴 말이 필요 없었습니다.

둘째로, 북한의 자업자득으로 해서 우리가 크게 득을 보고 있음을 지적하였습니다. 지금 북한은 사회기강이 급속하게 해이해지고 도덕적으로 매우 타락하고 있음을 상기시켰습니다. 사실 도덕적으로는 남한도 많이 타락했지만 이제는 바닥을 치고 완만하게나마 도덕성을 회복해 가는 시점에 와 있습니다. 전임 대통령이 재임 중의 비리로 구속되는 일들이 벌어지는가 하면, 전·현직 대통령의 아들들도 위법과 비리로 구속되는 일쯤은 그다지 놀라운 일이 아닌 시대에 이른 것입니다.

그런데 북한은 어떻습니까? 남쪽에 좌파정권이 들어서고, 남북교류가 활발해지고, 외부의 원조물자가 쏟아져 들어가자 부정-부패가 급속도로 만연되었습니다. 마치 자유당 시절 미국의 원조물자를 빼돌리는 검은 거래가 성행하면서 우리 사회가 급격하게 탁란濁亂해졌듯이, 북한은 1996년에 큰 물난리를 겪은 뒤로 배급체계가 전면 붕괴되고 남한과 국제사회로부터 원조물자가 많이 들어가면서 빠르게 부패하기 시작한 것입니다.

힘 있는 자, 요직에 있는 자, 출신성분이 좋은 자들이 원조물자를 다 차지하고, 힘없는 주민들은 구경조차 못 하는 빈부의 격차와 소외 현상이 극심해졌습니다. 그리하여 총체적으로 사회기강이 무너져 내려 이제는 단지 살아남기 위해서라도 누구나 부정-부패의 유혹에 빠지지 않을 수 없게 되었다고 합니다. 타락사회의 말기 증상인 부패불감증이 온 인민의 도덕성을 마비시키고 있습니다.

한 마디로 북한은 출생에서 사망까지 뒷돈을 바치지 않고는 무엇 하나 되는 일이 없는 사회가 되고 말았습니다. 이것은 최근 탈북한 사람들에 의해 확인된 사실입니다. 이를테면 김일성대학 입학은 뒷돈 미화 1만 달러면 OK, 노동당 입당도 500달러면 OK, 군 간부가 돈 받고 부하를 시켜 채권해결사로 나서고, 심지어는 탈북하는 노인을 업어서 도강渡江시키는 데 60달러면 해결되는 군부의 부패상—이것이 오늘날 김일성주의자들이 자랑하는 이른바 '우리식 사회주의'의 서글픈 실상입니다.

요컨대 선거제도와 도덕규범, 이 두 가지만으로도 이미 체제 경쟁은 끝났으며 단연코 우리 대한민국이 보다 우월한 사회임을 설명하며 나는 북한이 그리 두려운 상대가 아님을 강조했습니다. 그리고 앞으로의 시간은 우리 편이므로 자신감을 가져도 좋을 것이라고 말하니 그제야 모두 안도하는 기색이 역력해 보였습니다.

3. 우리에게 미국은 무엇인가?

1) 한·미관계 140년

미국은 한반도에 분할선을 그은 장본인이라는 이 한 가지 사실만으로도 분단의 책임에서 결코 벗어날 수 없습니다. 미국은 태평양전쟁의 승자로서 일본 본토는 말할 것도 없고 일제 식민지였던 한반도 남쪽에서도 절대자로 군림하였습니다.

이 점에 있어서는 소련도 마찬가지입니다. 다만 양자 간에 차이가 있다면, 소련군이 미소로 속내를 감춘 음험한 해방자의 가면을 썼다면, 미군은 거만한 점령자의 얼굴로 나타났다는 것이 다를 뿐이었습니다. 대민對民접촉 현장에서 보면, 양자는 너무도 판이했습니다. 전자가 닥치는 대로 주민의 재물을 빼앗아가는 약탈자였다면, 후자는 맨땅에 먹이를 함부로 던져주는 무례한 강자의 모습, 바로 그것이었습니다. 그 시절 미군 레이션 박스의 드롭스, 추잉껌, 초콜릿, 비스킷 등 그 황홀한 맛에 넋을 잃던 이 땅의 배고픈 어린 소년 소녀들—오늘날 70대 이상의 노년층이라면 누구나 그때를 기억할 것입니다.

하기야 2차대전 직후의 이런 궁상은 일본이나 독일이라고 해서 우리

카이로회담 1943년 11월 미국의 루스벨트 대통령, 영국의 처칠 총리, 중국의 장개석 총통이 카이로에서 모여 제2차 세계대전 후 일본 문제 처리에 대해 논의했다. 우리나라 독립을 국제적으로 보장받은 회담이었다.

와 크게 다를 바가 없었습니다.

여기서 잠시 한-미 관계의 흐름을 살펴볼 필요가 있습니다. 미국이 우리와 정식으로 인연을 맺은 지도 어언 140년이 되었습니다. 그 은원恩怨이 착잡하게 엇갈리는 양국관계의 흐름을, 빛깔로 치면 엷은 옥색일까, 그늘진 잿빛일까 자문하면서 거슬러 올라가다 보니 대체로 다음 여섯 단계의 시기구분이 가능해집니다.

그 첫 시기는 대한제국이 구미歐美 제국과 처음으로 수교를 맺은 고종 19년(1882)의 〈한미수호통상조약〉 이래, 1905년 11월 17일 〈을사늑약乙巳勒約〉으로 마침내 일본의 실질적 식민지로 전락한 국권상실기에 해당합니다.

제2기는 〈태프트-가쓰라桂太郎 밀약密約〉 (W.H. Taft-Katsura Agreement

1905.7.29)으로 표현되는 일본의 한국병탄에 대한 미국의 묵시默示적 방조와 그 뒤 8·15광복까지 일제 35년간의 관계 단절 시기입니다.

제3기는 1945년 일본의 패망으로부터 1950년 6·25동란 전까지의 미군정과 대한민국 건국-초창기 5년 동안입니다. 미국은 이 기간 동안 소련과의 전후 문제를 지혜롭게 처리하지 못해 우리에게 분단이라는 천추千秋의 한 恨을 남겼을 뿐 아니라 좌-우 대립의 격화로 사회-정치적 혼란과 사상적 혼돈이 극에 이르던 격동의 시대였습니다.

제4기는 6·25동란으로부터 1980년대 들어서며, 대학가의 민주화운동 기류를 타고 이른바 NL-PD라는 종북-좌파 사회주의 운동이 대두하기 바로 전까지 약 30년에 걸친 기간입니다. 이 기간, 스탈린의 승인과 마오쩌둥의 '항미원조抗美援朝'를 등에 업은 김일성의 남침도발로 한반도 전역이 초토화되었고 민족사상 유례없는 동족상잔同族相殘을 겪게 됩니다. 하지만 미군을 비롯한 UN군의 참전으로 마침내 전세가 반전되어 휴전에 이릅니다. 그 뒤 미국의 막대한 원조를 받아가며 간난艱難의 세월 속에서 재기의 기틀을 만들어가던 소위 '한-미 밀월시대'입니다.

제5기는 1980년대 후반부터 약 10년간으로 좌파들에 의한 반미기류가 본격적으로 대두한 시기입니다. 이와 때를 같이하여 산업화를 바탕으로 민주화가 이루어집니다. 그러나 지하에 잠복해 있던 주사파 좌경-친북세력이 민주화 운동에 편승하여 주한미군철수와 국가 보안법 폐지를 노골적으로 요구하는 등 이념대립과 국론분열이 격화됩니다.

끝으로 제6기는 1990년대 후반부터 좌·우-보保·혁革 간의 정권 교체가 이루어지면서 급속한 대북접근과 함께 북핵위기가 고조되어 가는 시기입니다. 지금은 우파정부 재등장을 계기로 '한미 동맹'의 공고화가 다시 강조되고, 한-미 양국관계의 재정립-재성찰을 지향하는 전면적 조정기에 들어서고 있는 느낌입니다.

이상이 내 나름대로 개관한 한-미관계 140년의 큰 흐름입니다.

2) 은恩과 원怨의 두 얼굴

누가 뭐라 해도 나는 먼저 우리에게 미국은 '광복의 은인'이라고 규정합니다. 이 사실 하나만으로도 우리는 미국에 대해서 큰 빚을 졌다고 하겠습니다. 그렇다고 우리 스스로 광복을 위해 한 일이 없다는 이야기는 아닙니다.

여하간에, 우리에게 미국이라는 나라가 그토록 고마운 존재라면, 오늘날 이 땅에서 반미현상이 좀처럼 걷히지 않고 있는 까닭은 또 무엇이냐 하는 의문이 제기될 수 있습니다. 거기에 무슨 또 다른 본원적인 문제라도 있다는 말인지, 바로 이 질문이야말로 한국현대사 이해에 비켜갈 수 없는 관문이라고 생각합니다.

처음부터 미국이 우리 한민족에게 해방과 독립을 주겠다는 생각을 가졌다고 볼 수는 없습니다. 〈카이로 선언〉(1943.11.2~26) 그때, 미국의 루스벨트(제32대/F.D. Roosevelt·1882~1945) 대통령 자신부터가 한반도에 대한 신탁통치를 먼저 염두에 두었을 뿐, 완전 자주-독립을 생각한 일은 없었던 것으로 알려지고 있습니다. 심지어 한국인은 아직 독립정부를 수립하거나 유지할 능력이 없으므로 앞으로 40년 동안은 보호감독(Tutelage) 아래 두어야 한다는 발상마저 서슴지 않고 피력했다고 합니다. 그만큼 그는 한국을 전혀 몰랐거나 아주 미개한 나라로 이해하고 있었습니다.

이런 편견은 비단 대통령 루스벨트 한 사람만의 생각은 아닐 것입니다. 그의 주요 참모들 대부분도 그와 같은 생각을 하고 있었을 것입니다. 이 같은 그릇된 정보와 편견의 대부분은 미국 내 일본인들이나 친일 미국인들이 심어놓은 결과일 것입니다. 일본의 첩자로 고용되어 대한제국의 외교고문 노릇까지 하다가 1908년 3월 23일 귀국 중 샌프란시스코에서 기자회견을 통해 '조선의 국왕은 무능하고, 관리는 백성을 학대하며, 백성은 어리석어서 일본의 보호를 받아야 한다'는 악의에 찬 거짓 발언을 하여 재미 한인청년 전명운田明雲·장인환張仁煥 의사義士에게 사살된 스티븐스(D.W. Stevens)가 그 좋은 본보기라 하겠습니다.

따라서 카이로 회담에서 미-영-중 3국 정상들이 한국의 독립을 약속-선언하게 된 것은 '한국이 본디 독립국'이었음을 역설한 장개석 총통의 간곡한 설득의 결과로 보아야 한다는 것입니다. 나는 졸저 《한국인에게 무엇이 있는가》(1997)에서 그 배경과 경위를 소상히 피력한 바 있습니다.[4]

전승자로서 한반도의 분할-점령을 직접 기획-수행한 미국으로서는 오로지 자국의 이익을 위해서 마땅히 해야 할 일을 한 것뿐일 것입니다. 그들에게는 식민지 피압박민족의 운명까지 책임져야 할 메시아적 사명이나 도리를 추궁당해야 할 하등의 이유가 없습니다. 더구나 힘의 논리가 지배하는 국제관계에 있어서는 매사를 자기 입장에서 보고 행할 뿐이지, 남의 처지까지 헤아려주기를 기대할 수는 없기 때문입니다.

그러므로 우리 입장에서 미국과의 은원恩怨관계를 엄밀히 따질 때, 해

4 1943년 1월 카이로 회담에서 장개석 총통이 한국의 독립을 강력하게 주장한 것은 1932년 4월 윤봉길 의사의 상해 홍구공원 의거에 크게 감동했기 때문이다. 그는 '중국군 10만이 못 한 일을 조선청년 윤봉길이 혼자 해냈다'고 칭송하면서 백범 김구 선생을 직접 만나 광복군 양성을 적극 지원할 것도 약속하였다.

방의 은공恩功과 분단의 책임을 놓고 어디에 비중을 더 두느냐에 따라 사람마다 평가가 달라질 수 있습니다. 게다가 당시 우리 민족으로서는 해방자로 다가온 미국을 향해서 분할점령의 시비곡직을 따질 처지가 아니었다는 데에 약소민족의 비애가 있었던 것입니다.

'남북분단'—결국 이것이 우리에게 던지는 함의含意는 한마디로 우리 자신이 운명의 주체가 아님을 직시하라는 경고이기도 합니다.

우리의 분단을 동-서독의 분단과 견주어 보면, 그 성격이 더욱 확연하게 드러납니다. 독일은 어디까지나 전범국으로서 마땅히 패전의 대가를 치른 것이니 아무런 할 말이 없을 것입니다. 이 점은 일본도 다를 바가 없어야 했습니다. 국토가 잘리는 아픔을 겪도록 했어야 할 전범국이기 때문입니다.

그렇지만 우리의 분단은 순전히 미-소 두 전승국의 세계전략에 묻혀 한마디 항변조차 못 하고 희생만을 강요당한 경우이니, 이 얼마나 본말전도本末顚倒의 모순입니까? 한마디로 미-소는 일본에게 내렸어야 할 전쟁책임에 대한 단죄를 애꿎은 우리 민족에게, 그것도 분단이라는 최악의 징벌 형태로 내린 꼴이 되고 만 것입니다.

이 같은 인식에 기초하여 민족의 해방과 광복을 논할 때, 해방은 미국이 처음부터 의도한 바가 아니라, 대소對蘇 봉쇄정책과 일본 열도 방위라는 미국의 국익에 따른 데에 불과한 것이므로 유난스레 감사할 것까지는 없다는 반론도 있을 수는 있습니다. 그렇다고 해도 그 뒤에, 동란과 전화戰禍의 복구-재건, 그리고 북핵의 위협이 턱밑까지 와 있는 오늘날에도 여전히 우방으로서의 지원과 협력을 아끼지 않는 미국을 향해 반미의 돌팔매질을 하는 것은 옳은 태도가 아니라고 나는 생각합니다.

그럼에도 불구하고 우리가 짊어진 이 조국분단의 고통이야말로 인성人性과 천리天理를 거역한 강대국의 횡포였음을 미국의 양심이 머지않아 깨닫게 될 것으로 또한 믿습니다.

3) 역사상 한반도 분할획책

국제적으로 한반도 분할이 논의된 것은 자그마치 400여 년이 넘습니다.

그 첫 번째 기록은 1593년, 그러니까 임진왜란이 일어난 이듬해 6월, 도요토미 히데요시(豊臣秀吉)가 명나라 강화사講和使 사용재謝用梓를 통해 보낸 일본의 국서입니다. 그때 일본이 제시한 7개 강화조건 중 네 번째 항목이 조선의 8도를 북쪽의 4개도와 남쪽의 4개도로 분할해서 남쪽을 일본이 갖겠다는 것이었습니다.

두 번째는 1894년 7월, 청-일전쟁 직전에 나온 영국외상 킴벌리(Kimberley)의 제안입니다. 그때 한반도를 놓고 첨예하게 대립하고 있던 일본과 청나라를 중재한다면서 내놓은 이 제안은 구체적인 경계를 표시하지는 않았으나 대략 한수(漢水 한강)를 경계로 청-일 두 나라가 남북을 분할-점령토록 하자는 내용이었습니다.

세 번째는 1896년 6월, 당시 제정 러시아 니콜라이 2세의 대관식에 참석한 일본 외상 야마가타 아리토모(山縣有朋)와 러시아 외상 로마노프(Romanov) 간의 회담에서입니다. 이때 일본 외상은 한반도의 북위 38°선

을 경계로 러시아와 일본이 남-북을 나누어 갖자고 제의한 것입니다.[5]

네 번째는 1903년 9월, 그때 일본 주재 러시아 공사 로오젠이 일본 측에 제시한 한반도 분할안입니다. 북위 39°선을 경계로 하여 그 이남에서 일본이 특수이익을 누리도록 한다는 내용이었습니다.

물론 지난날의 이 같은 논의와 시도가 모두 좌절되기는 했지만 다음과 같은 공통점이 있어 우리에게 일깨우는 바가 아주 큽니다. 먼저 그 좌절과 불발이 우리의 뜻이나 외교적 노력에 의해서가 아니었다는 사실입니다. 어느 경우에나 우리 조정(정부)은 철저히 배제된 채 강대국끼리만의 논의요 협상이었다는 점입니다.

그렇다면 우리에게 이처럼 황당한 역사가 반복되는 이유는 무엇이겠습니까?

가장 큰 이유는 지정학적 조건입니다. 동북아시아 대륙과 태평양을 잇는 교량역할을 하는데 가장 적합한 곳이 우리 한반도입니다. 따라서 한반도 전체가 대륙세력에 포함되면 해양세력인 일본과 미국은 자기 가슴에 비수가 꽂힐 것만 같은 불안과 공포에 떨지 않을 수 없게 됩니다.

또한 그 반대로 한반도가 해양세력으로 넘어가면 중국과 러시아가 자기네 안방으로 쳐들어오는 대청마루를 스스로 내주는 꼴이 되어 잠시도 마음을 놓을 수가 없게 됩니다.

따라서 주변의 열강들은 한반도가 어느 한 쪽 세력에 완전 귀속되는

---

5 조선에서도 축하사절로 민영환閔泳煥 특명전권공사가 파견되었으나 일본과 러시아가 우리의 운명을 놓고 비밀협상을 벌이고 있는 사실조차 알지 못하였다. 러-일 양국간 외상회담은 서너 차례 계속되었지만 끝내 결렬되고 말았다. 이때는 고종황제의 아관파천俄館播遷(1896년 2월 11일부터 약 1년간 러시아공사관에 거처했던 사건)으로 러시아로서는 굳이 일본의 제안을 받아들일 이유가 없었기 때문이었다.

것을 절대 용납하려 하지 않습니다. 그것은 곧 자기네 운명과 직결되기 때문입니다.

한국동란 때 객관적 상황으로 보아 중공군이 절대 참전 못 할 것이라고 믿었던 맥아더 장군의 판단이 빗나간 것도 이러한 맥락에서 보아야 비로소 이해가 됩니다.

이처럼 한반도에서의 '외세'라는 존재는 단순히 일반적-사전적 의미로만 생각할 수 없는, 그 이상의 것일 수밖에 없습니다. 우리의 힘과 의지만으로는 물리칠 수 없는 일종의 숙명 같은 것입니다. 지난날 우리 조상들의 사대교린事大交隣 정책도 이러한 상황 논리에서 이해되어야만 합니다.

최근 젊은 세대 사이에 '외세를 배격하고 우리 민족끼리 자주적으로 통일하자!'는 북한의 주장에 동조하는 경향이 있으나 그것은 진정한 의미의 자주도 주체도 아닙니다. 그러면 지금 우리의 젊은이들이 생각하는 진정한 의미의 자주정신, 주체의식이란 어떤 것이어야 하겠습니까? 그것은 이 땅에서 외세를 배척하려고만 할 것이 아니라 오히려 그 외세를 능동적으로 포용하는 것입니다. 외세와 공존하면서 그 안에서 글로벌 리더십을 발휘해서 그들과 함께 번영해 나가는 길을 모색하는 것입니다. 지금 북한이 주장하는 '우리 민족끼리'라는 말은 듣기에는 그럴싸하지만 결국 배타적 고립주의에 빠져 남과 북이 동반자살을 하자는 것에 지나지 않습니다.

4) 소홀했던 '역사교육'

우리 아이들을 키울 때의 이야기를 예로 들어 보겠습니다. 우리 세대는 늘 절약하는 버릇이 배어 있습니다. 그도 그럴 것이 우리가 자랄 때는 잘 살고 못 산다는 것이 밥술이나 제대로 먹느냐 못 먹느냐 정도의 차이일 뿐, 거기서 거기라 할 만큼 빈부의 차가 크지 않았습니다. 어느 날 우리 집 애가 불쑥 '왜 절약을 해야 하느냐……, 난 쓰고 싶은 대로, 먹고 싶은 대로, 하고 싶은 대로 다 하면서 살고 싶다'는 볼멘소리를 하는 것이었습니다. 순간 나는 뒤통수를 얻어맞은 기분이 들면서 퍼뜩 하나의 상념이 떠올랐습니다.

그렇구나! 나는 그동안 절약이라는 것을 너무도 당연한 것으로만 생각해 온 나머지 아이들에게 우리가 왜 절약을 해야 하는지를 제때에 가르치지 않았구나 하는 자책감이 들었습니다. 그렇습니다. 요즘 아이들에게는 지천으로 널려 있는 것이 먹을 것이요, 입을 것이요, 장난감인데 그 흔해 빠진 것들을 어째서 안달을 하며 아껴 쓰고 아껴 먹고 아껴 입어야 하는지 도무지 이해가 되지를 않는 것입니다. 나의 불찰은 바로 거기에 있었습니다.

나는 내가 그렇게 생각하니까 아이들도 마땅히 나처럼 생각하리라고만 믿었지 아이들 입장에서, 아이들의 시각으로 세상을 바라보는 이해의 눈을 감고 있었던 것입니다. 그래서 말하지 않아도 다 나와 같은 생각을 할 것으로 지레짐작을 하고 있었던 것입니다.

6·25동란의 경우도 바로 이와 같은 것이 아닌가 합니다. 6·25를 호되게 겪은 우리 세대는 공산주의라는 그 이념의 실체가 무엇이고, 특히 북한 공산집단의 행태가 어떤 것인가를 직접 체험을 통해서 알았기 때문에 '공산주의로는 안 된다……, 공산주의자들은 아니다.—'라는 생각이 신념으로 굳어져 있습니다. 그런데 요즈음 일부 젊은 세대 중에는 반미-좌경-

종북을 통일의 길로 착각하는 경향이 있으니 안타깝기 그지없습니다.

우리가 아는 한, 북한정권과 그 추종자들은 이른바 혁명지상주의-수령제일주의의 노예라 해도 과언이 아닙니다. 그들은 언제나 자기정당화의 대의명분인 무산대중의 편에 서서 '분배의 정의'를 실현하여 공산주의 이상사회를 건설한다는 환상에 빠져 있습니다. 약자의 편에 선다는데 어찌 그것을 나쁘다고 할 수 있겠습니까! 누구나 능력껏 일하고 필요한 만큼 가지도록 하겠다는데 그것을 어찌 반대할 수 있겠습니까!

그러나 그것은 현실과는 너무도 거리가 먼 환상이요 신기루 같은 것입니다.

지금에 와서 보면, 70여 년에 걸친 공산주의 실험은 20세기 인류사를 피로 얼룩지게 한 엄청난 비극이었습니다. 특히 공산국가 중에서도 북한정권은 가장 반인륜적이고 포악한 집단입니다. 대한민국에 망명하여 얼마 전 세상을 떠난 황장엽黃長燁 선생의 말처럼 이른바 '주체사상'으로 대변되는 북한의 행태는 도저히 공산주의라고 할 수조차 없는 시대착오적 '봉건세습왕조체제'일 뿐입니다.

6·25를 겪으면서 우리는 그 본성과 실체를 너무도 똑똑히 보았습니다. 우리의 체험이 몸서리쳐지는 것이었기 때문에 우리 자식들도 마땅히 나와 똑같이 느끼고, 그렇게 인식하리라는 안일한 생각이 큰 잘못이었습니다. 미국에 대한 우리의 생각도 마찬가지였습니다. 결론적으로 어른들이 6·25의 체험을 젊은 세대들에게 제대로 소상하게 가르치지 못한 것이 오늘의 화근이 되었으니 그 누구를 탓하겠습니까?

결국 우리들 구세대의 착각과 태만이 가져온 자업자득이라고 할 수밖에 없게 되었습니다.

제7장
한국·한국인을 말한다

1. 한국인의 원초적인 심성
1) 죽으면 신神이 되는 한국인
2) 펄 벅이 본 한국인의 마음
3) 스웨덴 기자가 본 100년 전 '코레안'
4) 호텔이 없는 나라

2. 도덕적 정당성과 논리적 합리성
1) '문민우위文民優位'의 전통
2) 우리에게만 서책반출을 금禁한 중국

3. 쇄국과 무능이 나라를 망쳤는가?
1) 대원군 재평가
2) 고종은 무능한 임금이었나?

1. 한국인의 원초적인 심성

1) 죽으면 신神이 되는 한국인

인류문명사를 되짚어 보면 마치 시계추처럼 일정한 방향으로 내달리다가 한계에 이르면 되돌아오는 왕복 현상을 보이곤 합니다. 그래서 '물극필반物極必反'이란 말이 생겼나 봅니다.

과거 동양과 서양은 서로 다른 시계추와 같았다고 할 수 있습니다. 20세기 초, 동양이 정신적 가치에 몰입해 있을 때 서양은 막강해진 군사력과 물질문명으로 동양을 침식해 왔고, 그 앞에서 맥없이 무너져야 했던 동양은 이에 자극받아 뒤늦게 물질적 가치추구에 매진하였습니다. 이처럼 저마다 다른 진동을 보이고 있던 동양과 서양이지만 이제는 교통-정보-통신의 발달로 세계가 하나의 소통공간으로 수렴되어 가는 지구촌 시대가 되었습니다. 이렇게 동서양이 다 같이 물질문명을 추구하다 보니 이제는 동서양이 똑같이 정신적으로 황폐화되어 함께 신음하게 되었습니다.

오늘날 선진 서구인들이 물질문명의 한계를 절감하고 동양사상에서 그 활로를 찾고 있다는 것은 곧 인간상실-인간소외로부터 인간의 발견-

인간성의 회복을 갈망하고 있다는 증좌입니다. 그렇다면 이제 우리 동양인의 역할과 위상은 스스로 분명해집니다.

먼저 동아시아의 세 나라, 즉 한국-중국-일본 중에서 유교사상과 인간의 원초적 감성을 아직도 가장 강하게 지니고 있는 국민은 단연 우리 한국 사람입니다. 중국은 유교문화의 발상지이지만 오늘날 중국인의 정서는 유교보다는 오히려 도교에 더 가깝습니다. 이것은 마치 불교의 발상지인 오늘의 인도가 힌두국가인 것과 같습니다.

한편 일본은 본디부터 유학사상이 뒤처진 나라였습니다. 중세를 지나며 우리의 퇴계학退溪學이 일본에 전수되어 일부 지식인 사회에 전파되었지만 사상적으로 본다면 불교가 가장 우세했고 지금도 그러합니다.

이에 비해 우리나라의 유학과 유교사상은 조상을 신神으로 받들던 우리 본디의 토착 원시종교와 절충되면서 특색 있는 민족정서로 잘 다듬어져 계승되어 왔습니다. 이것은 한국인의 제사의식을 보아도 익히 알 수 있습니다. 부모가 돌아가신 날(忌日) 정성껏 제상을 차려놓고 제사를 지내면 조상의 영혼이 그 제수祭需를 직접 자시고 간다고 생각하는 민족은 동양에서도 아마 우리 한국인뿐일 것입니다. 명절 차례茶禮도 마찬가지입니다.

내가 중국에 머물면서 추석과 설을 지내봤지만 그들에게 명절은 그저 축제일 뿐 우리처럼 차례상을 차려놓고 돌아가신 부모-조상에게 절하는 것을 보지 못했습니다. 일본도 이와 비슷합니다. 다만 우리에게도 있는 '어버이날' 같은 것을 정해 놓고 그날 고인의 묘나 절에 모신 위패에 향 또는 꽃을 올리는 풍속이 있을 뿐입니다. 오늘날 우리나라의 기독교인들이 행하는 추도식은 그 형식이 다를 뿐 지난날의 제사의식과 별 차이가 없는 것으로 압니다.

내가 베이징대학에 초빙교수로 머물던 1990년 즈음에 북한 유학생들로부터 직접 들은 바로는 그처럼 철저하게 무신론을 강조하는 북한사회에서도 부모 돌아가신 날에는 사진과 함께 강냉이 밥상이라도 차려놓고 반드시 제사를 지낸답니다. 물론 제도적으로는 못 하게 되어 있지만 이것만은 소위 '자아비판'에서도 서로 거론하지 않는 것이 불문율로 되어 있다고 합니다.

그러니까 그동안 북한주민 모두가 이심전심으로 부모제사를 지내 왔다는 이야기가 됩니다. 특히 지난 1990년대부터는 제사지내는 것을 굳이 감추려 하지 않는 분위기가 되어 버렸답니다. 하기야 김일성 자신은 애초부터 제 부모조상의 제사를 성대하게 지내왔다니까 더 이상 할 말은 없습니다.

제사의식을 통해 나타나는 한국인의 정서에는 인간이 곧 신神이라는 엄청난 발상이 깃들어 있습니다. 이러한 의식세계에서는 인간 말고 어떠한 권위도 인간 위에 서지 못합니다. 사람은 죽음과 함께 신앙적 숭배의 대상이 됨으로써 신의 역할까지 하는 것입니다. 사람이 곧 신일 수 있다는 인식, 이것이 곧 완벽한 인간중심의 인본주의사상이 아니겠습니까? 이처럼 유교는 우리의 토속신앙과 결합하여 더욱 심화되고 오묘해졌습니다.

2) 펄 벅이 본 한국인의 마음

미국의 노벨문학상 수상작가 펄 벅 여사가 1960년 11월, 작품 취재차 우리나라를 다녀간 일이 있습니다.

여사는 펄 벅 재단을 만들어 6·25동란의 참화를 겪고 있는 가난한 이 땅의 전쟁고아를 몸소 돕는 등 좋은 일을 많이 했습니다. 특히 우리나라를 소재로 한 대표적인 장편소설 《살아 있는 갈대 Living Reed》(1963)는 세계적으로 널리 알려진 명작입니다.

여기에는 구한말로부터 8·15광복과 6·25동란에 이르기까지 4대에 걸친 한국인의 가족사가 서양인 특유의 감각과 여성의 섬세한 필치로 실감나게 펼쳐지고 있습니다. 미국에서 출판되자마자 곧바로 베스트셀러가 되었고, 《뉴욕타임스》 등 유수한 언론으로부터 《대지大地》에 이어 최고의 걸작이라는 찬사가 쏟아질 만큼 큰 반향을 불러일으켰습니다.

펄 벅 여사는 이 소설의 첫머리에서 한국을 '고상한 사람들이 사는 보석 같은 나라'라고 묘사할 만큼 한국과 우리 민족에 대해 극진한 애정을 표하면서 작품 곳곳에서 일제의 잔학성에 강한 분노를 나타내기도 했습니다.

취재차 한국에 온 그해 늦가을, 여사는 자동차(개조한 군용 지프차)로 국도를 따라 경주 여행길에 나섰습니다. 추수가 시작되어 논배미마다 볏가리가 쌓이고 어디를 가나 풍성한 느낌을 주는 계절이었습니다. 차가 경북 안강安康 근처를 지날 즈음 지게에 볏짐을 잔뜩 짊어진 농부가 역시 볏가리를 가득 실은 소달구지와 함께 타박타박 힘겹게 걸어가는 모습을 보게 되었습니다. 여사는 이 신기한 광경에 감탄을 금치 못하고 얼른 차에서 내려서 사진을 찍었습니다.

이제 한국의 나머지 다른 것은 더 보지 않아도 알겠다. 볏가리 짐을 지고 가는 저 농부의 마음이 바로 한국인의 마음이자, 오늘의 인류가 되찾아야 할 인간의 원초적인 마음이다. 내 조국, 내 고향 미국의 농부라면 저렇게 힘들게 짐을 나눠지고 가지 않고 온 가족이 달구지 위에 올라타고 채찍질하면서 노래를 부르며 갔을 것이다. 그런데 한국의 농민은 짐승과도 짐을 나누어지고 한 식구처럼 살아가지 않는가……

확실히 위대한 작가는 보는 눈이 달랐습니다. 가을 감나무에 까치밥을 남겨놓는 것처럼 넉넉한 우리의 인심을 펄 벅 여사의 예리한 눈은 놓치지 않았습니다. 사람과 짐승, 인간과 자연이 조화를 이루며 더불어 살아가는 공생공영의 넉넉한 품성을 간파했던 것이었습니다.

이처럼 한국인의 생활 속에는 우리가 일일이 의식하지 못해도 생명의 존엄을 일깨우며 '더불어 살아가는 삶'의 숨결이 고스란히 배어 있습니다.

3) 스웨덴 기자가 본 100년 전 '코레안'

큰 키에 균형 잡힌 우람한 체구

백 년 전 한국인의 모습, 특히 외국인의 눈에 비친 코레안—우리 할아버지들의 외양은 어떠했을까? 《스웨덴 기자 아손, 100년 전 한국을 걷다》(도서출판 책과 함께, 2004)는 우리가 미처 알지 못했던 선조들의 모습을 돌아보는데 귀중한 증언을 하고 있습니다.

아손 크렙스트(Ason Crebst)는 스웨덴 종군기자로서 러-일전쟁 취재차 도쿄에 머물던 중, 일제 군부가 외국인(서양인) 기자들의 한반도 취재를 의도적으로 불허하자 감시의 눈을 피해 상인으로 위장-입국하여 이 진귀한 체험기를 남겼습니다. 읽을수록 흥미진진한 아손 기자의 100년 전 한국풍물 기록 중 먼저 우리 할아버지들의 외양과 성정性情에 관한 직설적인 묘사 몇 가지를 다음에 요약해 보겠습니다.

그가 한국에 첫 발을 내디딘 곳은 말린 생선 푸대(멸치자루인 듯……필자)가 어지럽게 널려 있는 부산의 어느 지저분한 부두였습니다. 그의 첫 인상은 흰 옷으로부터 시작해서 다음은 이상한 머리 모양이었고, 또 그 다음은 몹시 억세어 보이는 얼굴 생김새였습니다. 전형적인 몽골인 같은 구릿빛 얼굴의 그 온화하고 무관심한 표정을 한마디로 '사람 좋은 얼굴'이라고 묘사하고 있습니다.

무엇보다 재미있는 것은 일본인과의 비교입니다. 우선 키에 있어서 코레안들은 일본인보다 머리 하나가 더 있을 정도로 크다고 했습니다. 일본에서는 자기가 꽤 큰 키였는데 여기서는 그렇지 않을 뿐만 아니라 이곳 사람들의 자유분방하면서도 품위 있는 태도 때문에 더더욱 돋보였다는 것입니다.

또 전반적으로 신체가 잘 발달해서 우람한데다 균형이 잡혀 있다고도 했고, 몸가짐이 자연스럽고 여유가 있으며, 똑바로 치켜든 얼굴은 거침이 없고 당당했다는 것입니다. 걸음걸이 또한 힘차고 의식적으로 점잔을 빼는 것 같았는데, 몸놀림이 벌벌 기는 비굴함과 과장된 예의 차리기가 특징인 일본인들과는 퍽 대조적이라고 했습니다. 요컨대 코레안이 일본인보다 훨씬 더 호감이 가는 사람들이라고 묘사하고 있습니다

감성에 치우친 기질

이 시절(1904년 무렵) 서울의 거리 풍경은 어디를 가나 지게꾼들과 개들

1904년, 서울 광화문 해태상 앞에 모인 어른과 아이들 © Tekniska museet

이 서성이고, 하수도가 정비되지 않아 생활 오수가 악취를 풍기며 파리가 들끓는 데다가 밥 지을 때는 골목마다 연기로 가득 찼다고 했습니다. 골목을 잘못 들어섰다가는 이내 길을 잃고 헤매기 일쑤라고도 했습니다. 겉모습이 비슷비슷한 꼬불꼬불한 길들이 미로처럼 얽혀 있어 도무지 분간할 수가 없었다는 것입니다.

또한 이방인에게 골목길 싸움풍경은 매우 이색적이고 볼만한 구경거리였던 것 같습니다. 특히 등에 짐을 지운 소나 말을 끌고 가다가 좁은 골목길에서 마주치면 금방 불통不通이 되어버립니다. 옆으로는 도저히 비켜 갈 수가 없으니 누가 먼저 뒤로 물러서느냐를 놓고 마냥 다투다가도 끝내는 어느 한 쪽의 양보로 길이 뚫리는 과정이 그에게는 신기하게 보였던 모양입니다.

푸른 눈에 비친 코레안……, 그들의 크고 우람하고 씩씩한 생김새와 자연스럽고 거칠 것이 없는 그 당당한 태도, 그리고 한계상황에까지 가서야 비로소 타협점에 이르는, 어찌 보면 무모하기도 하고 비이성적인 한국인의 성정과 기질을 일본인의 그것과 너무나 대조적으로 보았던 것입니다.

한국인의 성정을 설명하기 위해 내가 가끔 인용하는 옛날이야기가 있습니다. 〈해와 달이 된 오누이〉 이야기입니다. 외딴 산골 마을에 사는 오누이가 호랑이를 피해 나무 위로 올라갔다가 마지막 순간에 동아줄을 잡고 하늘로 올라가 해와 달이 되었고, 호랑이는 썩은 동아줄을 타고 쫓아 오르다가 그만 수수밭에 떨어져 수숫대를 피로 붉게 물들이고 죽는다는 이야기입니다. 지난날 한국인이라면 어린 시절 누구나 할머니에게 듣고 자라던 이야기이므로 여기서 새삼 이 설화의 세세한 내용까지 다 소개할 필요는 없겠습니다.

내가 이 옛날이야기에서 흥미롭게 생각하는 것은 신神에 대한 한국인의 마음입니다. 여기에서의 하늘, 즉 신은 무조건 불쌍하고 약한 자의 편입니다. 구원받은 두 남매는 어떤 착한 일을 했기 때문에 구원받은 것이 아닙니다. 오직 약하고 불쌍하다는 이유만으로 그들은 하늘로부터 구원을 받은 것입니다. 우리에겐 신이 착하고 용감한 자를 돕는다는 관념이 없습니다다. 그저 약한 자, 불쌍한 자를 돕는다는 신관神觀이 있을 뿐입니다.

나는 한국인의 사상과 문화의 원형이 이성적이기보다는 감성적인 면, 즉 샤머니즘에 접맥되어 있다고 봅니다. 그리고 이러한 한국인의 감성적인 기질과 문화에 이성적인 면을 보완해서 균형을 잡아 준 것이 유교를 비롯한 불교·기독교와 같은 외래 종교였다고 생각합니다.

4) 호텔이 없는 나라

19세기 끝무렵에 우리나라를 다녀간 외국 사람들의 기행문을 보면 우리가 무심코 넘겼던 재미있는 이야기들이 많이 나옵니다. 그 중 하나의 예가 '여관'입니다.

그때 우리나라를 찾아온 사람이면 대개는 중국과 일본 땅을 먼저 밟은 사람들입니다. 그들이 본 바로, 청나라는 어딜 가든지 여관과 같은 숙박업소가 있다고 했습니다. 일본도 물론 마찬가지입니다. 그런데 이상하게도 조선에는 그런 곳이 없더라는 것입니다. 나는 처음 이 기록을 보고는 필시 이 사람들이 뭘 잘못 본 것이 아닌가 생각했습니다.

지금은 지명地名이 되었지만 본디 조선에는 원院(퇴계원, 조치원, 이태원, 사리원 등등)이라는 제도가 있었습니다. 어떤 자료에는 전국에 1,310개의 '원'이 있었다는 기록이 있습니다. 나는 처음에 '원'도 여관의 한 종류인데 어째서 숙박업소가 없다고 했을까 하고 의아해했습니다. 나중에야 외국 사람들이 그렇게 보는 것도 무리가 아니라는 것을 알게 되었습니다. '원'이란 중앙과 지방관리들이 출장을 오갈 때 먹고 묵어 갈 수 있도록 운영되는 곳이었습니다. 감독은 관할 지방관서에서 하지만, 경영은 인근의 사찰에 맡기고 그 대신 세금을 감해 주는 위탁경영 형태였기에 일반 백성들, 특히 외국인 같은 길손이 숙식을 할 수는 없는 곳이었습니다.

서양 사람들이란 매우 합리적인 사람들이라 조선에 어째서 여관 같은 숙박시설이 없는지 궁금했던 모양입니다. 그래서 그 이유를 캐보니 이 나라는 여관이 필요 없는 사회라는 것을 알게 되었다는 것입니다.

전국 어디를 가나 마을마다 잘 사는 부잣집 사랑방이 열려 있었습니다. 날이 저물면 길가는 나그네 누구나 하룻밤 묵어가기를 청할 수 있도록 말입니다. 그곳에 가면 공짜로 재워주고 먹여주고, 일부 사정이 딱한 사람에게는 노잣돈까지 쥐여서 보내는 푸근한 인정이 넘치고 있었습니다.

서양 사람들 눈에는 모든 것을 공짜로 제공하는 바로 그것이 신기하다 못해 이상하게 보였던 것 같습니다. 어째서 공짜일까? 그 이유를 알 수 없어 집주인에게 물어봤더니 '가진 사람이 베풀어야 하는 것 아니냐'며 아주 당연하다는 듯이 말하더라는 것입니다.

그리고 '돈 없이는 살 수 있어도 인덕人德 없이는 못 사는 법이랍니다'라는 집주인의 말에 더욱 감탄했다는 것입니다. 부자라면 의당 그렇게 해야만 자기의 부富도 오래 유지할 수 있고, 계층 간의 믿음과 화평을 도모할 수 있다는 깊은 생활철학에서 나온 것이었기 때문입니다.

이 같은 인심은 얼마 전까지도 들에서 밥을 먹을 때 '고시레'를 하는 풍속이나—곤충과 벌레먹이—지금도 농가에서 감을 딸 때, 모조리 다 따지 않고 까치밥이라고 해서 몇 개는 반드시 남겨두는 관행과도 일맥상통하는 것이라 하겠습니다. 이는 인간과 인간, 인간과 자연이 서로 어우러져 함께 살아가야 한다는 우리 선인들의 순박하고 인정 어린 삶의 한 모습이기도 합니다.

2. 도덕적 정당성과 논리적 합리성

1) '문민우위文民優位'의 전통

조선왕조는 분명 임금의 나라—군주국가입니다. 그럼에도 지배계급인 양반들은 이 나라를 스스로 '사대부士大夫의 나라'라고 말합니다. 이른바 '공-맹의 도孔孟之道'에 따라 사대부들이 나라를 세우고, 문관이 다스린다는 뜻입니다. 이는 조선이 '문치文治의 나라'라는 말이기도 합니다. 우리의 선인들은 이 점을 커다란 긍지로 삼아 왔습니다.

조선조의 역사를 생각할 때마다 나는 종종 이런 생각에 잠깁니다. 예로부터 무관이란 대개 거칠고 사나운 것이 통례인데 어떻게 그 연약한 붓 한 자루 가지고 그들 무신武臣을 꼼짝 못 하게 500여 년이나 다스려 왔을까 하는 것입니다. 한 왕조가 500년이 넘도록 존속할 수 있었다면 거기에는 반드시 이를 가능케 한 그 나름의 강력한 힘이 존재했다고 보아야 하겠기 때문입니다. 조선왕조가 500여 년을 지속한 사실은 세계사에서도 아주 드문 예에 속합니다.

그렇다면 그 '힘'이란 대체 무엇이겠습니까? 나는 그것을 도덕적 정당성과 논리적 합리성이라고 규정해 봅니다. 바로 조선의 문민통치가 그것입니다. '선비가 다스린다'는 문민통치란 군사적-물리적 힘에 대립하는 도의·문화의 힘—곧 도덕적 정당성과 논리적 합리성을 함축하는 개념입니다. 이것이야말로 우리의 장구한 '문민통치'를 가능케 한 힘의 원천이었던 것입니다.

《조선경국전朝鮮經國典》은 14세기 말, 세계사적으로도 그 비교대상을 찾기 어려울 만큼 탁월한 국가경영 철학과 조직원리를 집대성한 강령綱領적 규범집이라 할 수 있습니다. 말하자면 유교이념의 발상지인 중국보다도 더 철저하게 유교국가로 발전해 나아갈 제도적 기틀을 정립하여 놓은 것이 《조선경국전》입니다. 조선이 높은 정신문화 강국임을 말해주는 문헌이 아닐 수 없습니다. 이 점은 일본과 비교해 볼 때 더욱 선명해집니다.

일본인들이 자기 역사에서 가장 긍지로 삼는 시대가 에도(江戶)시대입니다. 도쿠가와 바쿠후—곧 덕천막부德川府幕의 세습권력자 쇼군(將軍)이 무단통치를 하던 이 시기는 우리의 조선조 중후기에 해당합니다. 이때의 조선과 일본은 그 문화적 수준차가 매우 컸습니다.

일본은 소위 사무라이(さむらい)라고 불리는 무사武士들이 지배하는 군사통치사회였습니다. 그 시대 일반 평민에게 있어서 사무라이들은 그야말로 공포 그 자체였습니다. 그들은 길을 가다가 사소한 시비에도 칼을 빼드는 잔혹한 사람들로 묘사됩니다. 그런데도 일본에서는 이들의 가계 혈족을 시조쿠—곧 사족士族이라고 높여 부릅니다.

이와는 대조적으로 조선은 임금도 마음대로 할 수 있는 일이 거의 없을 만큼 엄격한 법치국가-법치사회였습니다. 비록 임금에게는 '권도權道'라는 것이 있었으나, 아주 특별한 경우가 아니고는 절대 삼가도록 제약을 두었습니다. 그러니 일반 사대부의 경우야 더 말할 나위가 없었습니다. 아무리 대단한 권세가도 인명人命에 관한 한 사노비私奴婢라도 함부로 다루지 못하게 법으로 엄금하였고, 반드시 관에 발고發告하여 처리하도록 되어 있었습니다.

한마디로 조선은 법과 제도로 움직이는 나라였습니다. 이 점에 있어서 일본과 조선은 문화적으로 크게 다른 나라-다른 사회였습니다. 그즈음 일본인들이 그토록 조선의 문화를 선망한 데는 다 그만한 까닭이 있었습니다. 이 점은 '조선통신사朝鮮通信使' 관련기록에서 분명하게 드러납니다.

그렇다면 역사적으로 융성했던 여러 나라들이 창업은 패도覇道로 했으되 수성守成은 반드시 문치로 한 까닭이 무엇이겠습니까?

나는 유능한 군인일수록 정치를 해선 안 된다고 생각하는 사람입니다.

그들은 병서兵書에 능통한 사람들입니다. 병법兵法은 전쟁에서 이기는 법을 가르치는 것이지 나라를 다스리는 법을 가르치는 것이 아닙니다. 군軍의 모든 관심과 주안主眼은 어디까지나 당장 눈앞의 적을 어떻게 제압-격퇴할 것인가에 있습니다.

그래서 병법에서는 병불염사兵不厭詐—'승리를 위하여는 어떤 속임수도 마다하지 않는다'고 했습니다. 또 '성동격서聲東擊西'와 같은 허허실실虛虛實實 전법을 전술로 구사합니다. '동쪽을 치는 척 요란하게 소리를 내다가 정작 치는 곳은 서쪽'이란 뜻입니다. 이기기 위해서는 얼마든지 상대를 속일 수 있고 또 속여야 한다고 가르칩니다. 정직하고 고지식해서는 결코 이길 수 없기 때문입니다.

이렇듯 싸워서 이기든, 싸우지 않고 이기든, 이기기만을 능사로 삼아야 하는 무인들이 정치를 하면 어떻게 되겠습니까? 나라를 옳게 다스리려면 넓고 멀리 보는 안목이 있어야 합니다. 《논어》에서는 '민불신民不信이면 불립不立'이라고 했습니다. '백성에게 믿음을 잃으면 나라가 존립할 수 없다'는 말입니다.

오래전 일이지만 하나의 예를 들어보겠습니다. 5·16 군사정변 때, 군인들은 소위 '혁명주체'로서 〈국가재건최고회의〉를 구성하고 계엄통치를 폈습니다. 정부의 장관직을 군인들이 독차지하고 군대식으로 통치를 시작했습니다. 격동기에 물가가 요동치고 민생이 불안해지는 것은 흔히 있는 일입니다.

이에 군사정부는 공공요금을 절대로 올리지 않겠다고 하였고 관련 부처 장관들이 공동명의로 신문에 발표까지 했습니다. 그러자 물가가 주춤하면서 사태가 진정되어 갔으나 겨우 며칠 뒤 연말연휴를 기해 정부는 기습적으로 일제히 공공요금을 인상했습니다. 매점매석買占賣惜 행위를 사전 봉쇄하기 위해서라는 것이 그 이유였습니다.

나는 군사작전을 연상케 하는 이 같은 정책집행을 목격하면서 군사통치의 한계를 직감했습니다. 군사정부로서는 작전에 성공했다고 할지 모르겠으나 국민들은 정부를 더욱 불신하게 되었습니다.

거듭 강조하거니와 정직과 신뢰로써 앞을 멀리 내다보고 나라를 다스려 나가는 것이 문민통치의 본질입니다. 당장 눈앞의 이익을 얻기 위해 군사작전을 하듯 국민을 속이는 방식은 '도덕적 정당성-논리적 합리성'과는 거리가 먼 것입니다. 조선의 문민통치가 바로 이점을 교훈으로 일깨워 주고 있습니다.

그러나 다른 한편 과유불급過猶不及이라고, 문민통치가 지나쳐서 문약

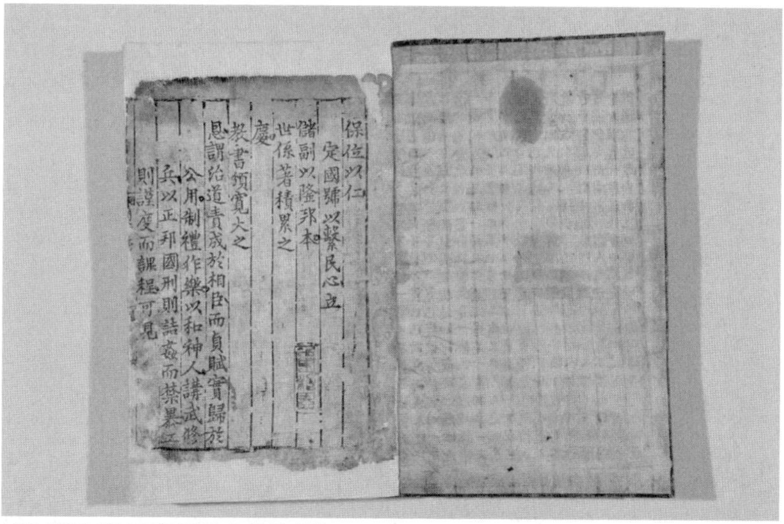

보물 제1924호 조선경국전 © 문화재청

文弱에 빠진 폐해가 바로 1910년 경술국치라는 엄연한 사실 또한 우리는 명심해야만 하겠습니다.

2) 우리에게만 서책반출을 금禁한 중국

일찍이 대학시절 나는 운정 김춘동云丁 金春東 선생께 연암 박지원(燕巖 朴趾源, 1737~1805)의 《열하일기熱河日記》를 수강한 적이 있습니다.

이때, 〈도강록渡江錄〉편을 읽어나가면서 우리 민족의 생존 비결이랄까, 우리 문화의 '숨은 힘'에 대해 평생 잊지 못할 기억으로 남아 있는 것이 하나 있습니다.

《열하일기》는 아는 바와 같이 연암 박지원이 1780년 정조 4년에 청나라 건륭제乾隆帝의 칠순 축하연 사절단의 일원으로 베이징과 열하(지금의

承德)를 다녀오면서 견문한 사행使行 기록입니다. 역사적으로 중국을 오가던 우리의 사신 일행은 명목상으로는 사대외교나 조공朝貢을 목적으로 한 것으로 보이지만 실질적으로는 무역을 했다고 보는 게 옳습니다.

〈도강록〉에는 귀국 무렵 마지막으로 금수禁輸품을 가려내기 위해 일행의 짐을 점검하는 장면이 나옵니다. 청나라 세관에서 금수품이 적발되면 매우 엄한 처벌을 받기 때문입니다. 금수품에는 서책이 포함되어 있었습니다.

나는 추사 김정희秋史 金正喜가 제주도 유배생활 중 역관으로 있던 제자가 사다 주는 청나라 서책을 많이 읽었다는 사실을 알고 있었습니다. 그런데 서책이 금수품이라니 선뜻 납득이 가지 않았습니다. 운정 선생님께 여쭈었더니 옛날 송宋나라 때부터 중국은 우리나라에 대해서만은 서책 반출을 엄하게 금했는데 이 조치를 내린 사람이 바로 소동파蘇東坡였다는 것입니다.

동파 소식(蘇試, 1036~1101)은 '당송팔대가唐宋八大家'의 한 사람으로 그 문장이 아름답기로 유명합니다. 미문美文의 모델이라 할 그의 산문시 〈적벽부赤壁賦〉 상하上下편은 조선의 식자라면 누구나 줄줄 외울 만큼 널리 알려진 글입니다. 중국 저장성(浙江省) 항저우(杭州)의 시후(西湖) 서쪽 제방은 소동파가 쌓았다고 해서 지금도 '소제蘇堤'라고 부르는 산책로까지 있을 정도입니다. 이처럼 이름 높은 문장가가 우리에게는 매우 탐탁치 않은 인물이었습니다.

소동파의 굴곡 많은 관직생활 중 최고위직에 오른 것은 예부상서禮部尙書입니다. 조선조의 예조판서에 해당합니다. 이 시절, 소동파는 변방국의 사신들을 많이 접견했습니다. 그는 다른 나라 사신들은 돌아갈 때 으

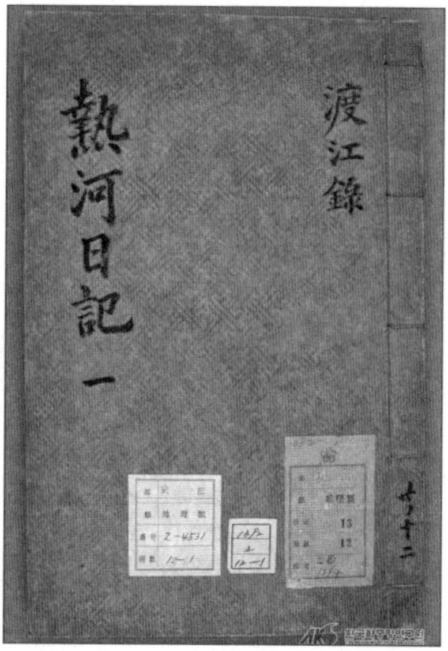

《열하일기》 박지원(1731~1805)의 여행기
© 한국학중앙연구원

레 금은보화를 비롯해 주로 중국의 진귀한 명품들을 사가는데 유독 고려국 사신들만은 책을 많이 사간다는 사실을 알게 되었습니다. 그 머나먼 사행 길에 귀중품 대신 부피가 크고 무거운 책들을 잔뜩 사가는 것을 보고는 고려국에 대해서만은 책을 가져가지 못하도록 특별조치를 내렸습니다.

그의 이 금수조치는 우리 민족에 대한 두려움의 한 발로로서 이 조치가 그 후 장장長長 20세기 초까지 불문율로 지켜져 왔다고 합니다.

이는 소동파가 우리의 문화와 지적 역량을 무서울 정도로 속속들이 간파하고 있었음을 말해주는 것이라고 하겠습니다. 그렇다고 우리 사신들이 책을 아예 들여오지 못한 것은 아닙니다. 그때마다 사안별로 기발한 방법들을 써서 많은 양의 서책을 중국으로부터 사들여왔습니다.

그 전형적인 방법이 중국의 밀무역 상인들에게 비밀리에 어음을 끊어

주고 운송을 맡기는 것이었습니다. 밀무역상은 어느 시대-어느 나라에나 있게 마련입니다. 그들이 압록강 건너 의주까지만 서책을 가져오면 의주 부윤이 현장에 가서 품목을 확인하고 어음을 현금으로 바꿔주는 방식이었습니다. 그러니 혹시 검문에 걸리더라도 책임은 중국상인들에게 돌아가 우리가 손해 볼 일은 없었습니다.

당대 중국 최고 지성 소동파조차 두려워했던 우리 선인들의 그 강렬한 지적 욕구와 뛰어난 자기계발 능력에 거듭 머리를 숙이게 됩니다.

3. 쇄국과 무능이 나라를 망쳤는가?

1) 대원군 재평가

'조선 통신사'에 관한 일본 측 기록은 당시 조선의 문화가 일본을 압도하고 있음을 여실히 보여줍니다. 그럼에도 우리의 적잖은 지식인들이 여태껏 자기 역사를 비하-부정하는 패배주의적 자학사관自虐史觀에서 헤어나지 못하고 있음은 참으로 개탄할 일입니다. 이는 일제 식민사관이 심어놓은 뿌리 깊은 해독害毒의 결과입니다.

조선조는 우리 선인들이 단지 무능해서 망한 것이 아닙니다. 한반도의 지정학적 조건이 무엇보다 큰 요인으로 작용했기 때문입니다. 또 이와 같은 운명이 우리만의 비운도 아니었습니다. 앞서 지적한 바 있듯 이것은 18세기 이래, 이른바 서세동점西勢東漸이라는 문명사적 '쓰나미津波'에 떠밀려 수많은 국가에게 닥친 불가항력적인 운명의 소산이기도 합니다.

그러므로 조선왕조의 멸망이 홍선대원군興宣大院君 이하응(李昰應 1820~1898)의 시대착오적인 쇄국정책과 고종高宗 황제의 무능 때문이라고만 보는 것은 정확하지도 않거니와 올바른 역사인식이라고도 할 수 없습니다.

왜냐하면 일제가 우리 역사의 사실관계까지도 의도적으로 철저하게 왜곡함으로써 우리의 주체적 사안史眼마저 흐려놓았기 때문입니다. 구체적인 사례를 들어 보겠습니다.

흔히 쇄국정책-천주교 박해-경복궁 중건을 대원군의 대표적인 3대大 실정失政으로 꼽습니다. 먼저 쇄국정책에 관하여 우리는 그동안 대원군이 서양을 모르고 국제정세에 어두워서 '쇄국'을 고집한 나머지 나라를 결정적으로 기울게 만든 인물로 비판해 왔습니다. 그러나 나는 대원군의 쇄국과 척화斥和는 외세의 개항공세에 대응할 힘을 기를 때까지 시기를 늦추려는 일종의 '속도조절책'이었다고 봅니다.

비유하자면 오늘날도 우루과이 라운드나 FTA 협상 등 대외개방 이슈가 떠오를 때마다 농민과 시민단체들이 강력하게 저항하는 이치와 같다고 할 것입니다. 그들은 개방이 대세임을 몰라서 무작정 반대를 하는 것이 아닙니다. 가급적 협상타결의 시기를 늦추어 개방의 충격을 완화-흡수하고 대응력을 기를 시간을 벌자는 데 속뜻이 있는 것 아니었겠습니까? 대원군의 쇄국정책도 바로 이 같은 고육책으로 보아야 하겠습니다. 그리고 이것은 나만의 생각이 아닙니다.

구한말 영국의 《데일리 메일(Daily Mail)》지 극동특파원으로 러·일 전쟁 취재차 우리나라에 들어와 국내외 정세를 살펴보고 《한국의 비극—The Tragedy of Korea》(1908)이라는 저서를 남긴 F.A. 매켄지(Mc-Kenzie)도 비슷한 견해를 밝힌 바 있습니다. 그는 그때 동아시아에서 가장 주목해야 할 정치가로 청국의 이홍장(李鴻章 : 1823~1901)과 일본의 이토 히로부미(伊藤博文 : 1841~1909) 그리고 조선의 홍선대원군을 꼽았습니다. 특히 그는 대원군을 누구보다도 서양의 속내를 꿰뚫어보고 있는 매우 걸출한 인물로 평가

흥선대원군(1820~1898)

하면서 동양에서 그 막강한 서양의 군사력을 세 번씩(셔먼호 사건, 병인-신미양요 등)이나 격퇴시킨 인물은 오직 대원군뿐이라고 지적하기도 했습니다.

또한 대원군이 천주교 탄압에 본격적으로 나선 것은, 고종 5년(1868)에 있었던 부친 남연군(南延君·李球)의 묘 도굴사건이 결정적인 계기가 되었습니다. 이 충격적인 사건은 19세기 중후반 한반도 개항 과정에서 조선을 지나치게 얕잡아본 서구세력이 힘을 앞세워 선교활동과 통상교섭을 강요하다가 촉발된 사변입니다.

더구나 이미 알려진 대로 조선의 실질적 집권자인 대원군의 아버지 남연군의 묘가 서양인들(1868.4. 독일인 '오페르트사건' 미국인 젠킨스와 프랑스신부 페롱 등이 공모)에 의해 파묘破墓당했고, 이를 방조한 자가 조선의 천주교도이며, 도굴목적이 통상협상과 신유사옥辛酉邪獄에 따른 포교금단布敎禁斷의 빗장을 풀기 위한 것이었다는 사실 등은 그때 조선의 조야朝野를 극도로 자극하기에 충분했던 것입니다.

남의 나라 국왕의 조부 묘를 파헤쳐 그 유골을 탈취하겠다는 것은 발상부터가 천인공노天人共怒할 만행이 아닐 수 없습니다. 게다가 그 길잡이가 바로 조선 사람이요 특히 천주교 신자였으니 이에 대한 응징을 어찌 지나치다고만 하겠습니까?

경복궁 중건에 대해서도 여기서 그 의미를 구구하게 논할 생각은 없습니다만, 오랫동안 신권臣權에 눌려 왔던 왕권과 추락한 국가 위신의 확립을 위해 그 당시로서는 정궁正宮—경복궁을 복원하는 것이 가장 절실했습니다.

그동안 임진왜란 때 소실된 정궁인 경복궁을 270여 년간이나 중건하지 않고 방치한 것은 적손嫡孫이 아닌 사람이 보위에 올랐을 때 정궁에 들어가 살면 제 명命에 못 죽는다는 속설 때문이었다고 합니다. 공교롭게도 14대 선조대왕서부터 25대 철종대왕까지 열두 분의 임금이 모두 적손이 아니었습니다.

따라서 흥선대원군은 그동안 왕권의 정통성이 부족했기 때문에 신권에게 휘둘려왔다고 생각했을 겁니다. 그런데 대원군이 누구입니까? 남연군의 아들입니다. 남연군은 비록 보위에 오르진 못했으나 바로 사도세자의 손자인 데다가 인조대왕의 넷째아들인 인평대군麟坪大君의 6세손으로 입적한 당당한 적손입니다. 따라서 자기 아들 고종은 정통성 있는 제왕으로서 정궁을 짓고 들어가야 한다고 판단한 것입니다.

따라서 이것은 우리의 현대사 과정에서 민주화 욕구와 같은 맥락이라 하겠습니다. 대원군은 조선후기 안동安東 김문金門 일가의 세도정치와 그들의 부패상을 누구보다 잘 알고 있었고 여러 차례에 걸친 생명의 위협을 기략機略으로 모면해 온 풍운의 인물이었습니다. 그럼에도 대원군은 집권하고 나서 정적 안동 김 씨 일문을 보복-제거하기보다 경복궁 중건의 책임을 그들에게 맡겨 부정하게 축재한 재산을 몽땅 거기에 쓰도록 했던 것입니다.

물론 공사가 진행되면서 재원 충당을 위해 발행한 당백전當百錢이 통화 증발을 불러 물가 앙등을 유발하고 공공연하게 매관매직賣官賣職을 하는 사태까지 벌어지는 등 부작용이 속출하여 백성들로부터 크게 원망을 산 것은 사실입니다.

그러나 경복궁의 중건은 무엇보다 대원군이 세도정치를 종식시키고 국가의 존엄과 왕권의 정통성 확립을 상징하는 정치적 의미가 큰 것이었습니다. 따라서 경복궁 중건에 따른 부작용이 컸다고 해서 그 긍정적인 측면까지도 폄훼貶毁되어서는 안 될 것입니다.

2) 고종은 무능한 임금이었나?

고종황제 또한 우유부단하고 무능한 군주로 매도되어 왔습니다. 나는 이 평가 또한 일제가 지어내고 유포한 악평에 불과하다고 봅니다.

고종은 열강이 저마다 노골적으로 침략의 야욕을 드러내던 시기에 국호를 대한제국으로 바꾸고, 이 나라가 자주독립국임을 선포함은 물론 이를 지켜내기 위해 끝까지 고군분투한 임금(帝王)이었습니다.

일본의 조선병탄이 본격화되는 〈을사〉〈정미〉 늑약勒約 당시 고종황제는 갖은 핍박 속에서도 끝내 이 망국문서에 서명하지 않았습니다. 오히려 헤이그에서 열린 만국평화회의에 이상설李相卨 이준李儁 이위종李瑋鍾

등을 밀사로 보내 일제의 조선병탄 야욕을 국제사회에 공론화시켰는가 하면, 일제의 늑약에 무너져 내리는 나라를 구하고자 이용익李容翊 등을 프랑스와 러시아에 밀파하여 구국운동을 펼치게 하는 등 끝까지 국권을 지키려다가 강제 퇴위당하고 의문사(일제에 의한 독살)로 통분의 한 생을 마치게 됩니다.

고종이 얼마나 훌륭한 임금이었는가 하는 것이 오늘에 와서 조금씩 입증되어 재평가되고 있음은 여간 다행한 일이 아닙니다. 그 한 예로 아관파천俄館播遷만 해도 그렇습니다. 지금까지도 이 사건을 단순히 황제 고종이 신변의 위협을 느낀 나머지 한밤중에 러시아 공관으로 도피한 것으로만 알고 있는 사람이 많습니다.

그러나 실상 이것은 고종이 자기 한 목숨 부지하기 위해서가 아닌, 세계를 향해 우리의 강인한 자주의지를 드러내고자 일본 관헌의 삼엄한 경계를 따돌리고 감행한 필사의 탈출, 바로 그것이었습니다.

파천길의 황제일행은 가마 두 채가 전부였고 따라오는 호위는 한 명도 없었습니다. 죽음을 각오하지 아니하고서는 결코 할 수 없는 일입니다. 따라서 고종은 망해가는 나라의 나약한 군주가 아니라, 나라를 지키기 위해 온몸을 내던진 의연한 군왕이었습니다.

익히 아는 바와 같이 고종은 1919년 기미년 3·1운동 그 해에 승하하셨는데 이는 우당 이회영 선생과도 관련이 있습니다. 선생의 며느님이 고종의 생질녀로서 인척이 되기 때문입니다. 따라서 우당은 고종의 신임이 두터워, 그 심중을 누구보다 잘 헤아릴 수 있었기에 고종황제의 망명계획을 직접 짜게 되었던 것입니다.

우당 선생은 고종의 망명지를 베이징으로 잡고 그곳에 거처까지 마련

대한제국 고종(1852~1919)

했습니다. 일제가 강제로 폐위시킨 우리의 황제를 다시 옹립하여 베이징에 망명정부를 세우고 이곳을 무대로 일제의 대한제국 강탈과 우리 민족에게 행한 비인도적-반인륜적 만행을 세계만방에 폭로하는 등 국권회복을 위해 일대 외교전을 펼치려 했던 것입니다. 그런데 이 계획이 일제가 심어놓은 궁중 밀정에게 새어 나가 결국 고종은 일본인에 의해 독살당하고 말았습니다.

진상이 다 규명되지 않아 아직은 비화나 설로 취급되는 경향이 있지만, 객관적인 사실로 인정된 많은 자료들이 우당선생기념관에 보관되어 있습니다. 단순한 뒷이야기가 아니라, 머지않아 정설로 당당하게 햇빛을 볼 날이 오리라고 믿습니다.

그런데 일본 사람들은 조선이 일제 식민지가 된 것이 마치 우리 왕실의 무능-부패, 그리고 사대부들의 부도덕과 못된 행악 탓이지, 자기네의 침략 때문이 아니라고 주장합니다. 이것이 이른바 식민사관입니다. 일제는 조선의 식민지 지배를 정당화하기 위해, 대한제국을 강탈하기 전부터 우리 국민들이 조선왕조 전체를 철저히 부정적으로 보게 만들었습니다. 물론 우리의 황실이나 왕조정치의 모든 것을 긍정적으로 볼 수만은 없겠지만, 누가 뭐라 해도 한 왕조가 519년을 지속했다는 사실은 높이 평가되어야 할 일이며 고종황제 또한 훌륭한 분이었습니다.

결론적으로 조선조는 우리가 스스로 그 존립을 부정하여 무너뜨린 왕조가 아닙니다. 조선왕조를 부끄러워하도록 만든 것은 일제의 악랄한 조작의 소산입니다. 우리는 조선왕조 500년이 세계사에 내세울 만한 '문민통치'로서 법치法治와 덕치德治를 아우르고 예치禮治의 전통을 세운 자랑스러운 역사임을 잊어서는 안 되겠습니다.

제8장

우리와 일본인, 어떻게 다른가

1. 일본인이 본 조선 사람

1) 〈동화정책〉—300년은 걸린다

2) 조선 지식인의 용일론用日論

3) 조선민족의 '사대사상'

4) 순역順逆이 무상한 민족

2. 한국과 일본의 인성人性 비교

1) 일본의 본보기

2) 두 가지 일화

3) 넉넉함과 모자람

4) 남의 불행을 대하는 시각

1. 일본인이 본 조선 사람

일제강점기에 조선총독부 고위촉탁으로 있으면서 한국 지식인 규찰에 비상한 재능을 발휘한 아이바 기요시(相場淸)란 자가 있습니다. 그가 얼마나 귀신같았는가 하면, 기미년 3·1운동 당시 〈독립선언서〉를 최린이 썼다는 종로경찰서의 〈혐의자 진술 보고서〉를 받아 보고는 대뜸 최남선을 잡아오라고 호통을 쳤다는 일화가 있습니다. 그는 조선인의 문체만 보고도 필자를 알아낼 만큼 한국과 한국지식인에 정통한 정보전문가였습니다. 내가 소장하고 있는 그의 극비보고서에 한국인의 기질과 당시 한국인의 속마음을 무섭게 꿰뚫어 본 대목이 나옵니다. 아래에 그 요점을 소개하겠습니다.

〈極秘〉《朝鮮民族思想に就て》 昭和 17年 10月(1942)

1) 〈동화정책〉—300년은 걸린다

아이바는 먼저 황국신민화 정책에 조선민족이 다 같이 감사-감격하고 있다는 일본 위정자들의 상투적 찬사를 늘어놓고는 다음과 같이 보고서를 이어가고 있습니다.

그렇다고 할지라도 대저 한 민족이 다른 민족과 완전히 일체를 형성하려면 적어도 300년의 세월이 소요된다(풍속-습관-언어를 완전히 귀일시키고 언문 출판물, 라디오의 조선말 방송도 필요로 하지 않을 시기까지 기다리지 않으면 안 됨).

또한 정치적으로나 사회적 혹은 문화적으로 모든 것이 일본민족과 동일한 수준에 달하여 적어도 가고시마(鹿兒島)현縣 이슈우인(伊集院) 촌村과 같은 정도가 되려면 300년의 시일 정도는 흘러야 될 것이므로 도저히 짧은 시일 내에 조선민족으로 하여금 우리 고유민족이 공통적으로 지니고 있는 황국신민적 사상을 가질 수 있도록 바라는 것은 곤란하다고 단언하지 않을 수 없다.

이렇듯 아이바는 솔직하게 자기의 소견을 털어놓고 있습니다.

아이바가 여기서 언급하고 있는 가고시마 현내 이슈우인 촌이란 임진왜란 때 왜군에 잡혀 온 심당길沈當吉-박평의朴平意 등 8인의 도공陶工이 정착한 마을입니다.

구한말과 일제 강점기에 독립협회와 대한자강회大韓自會疆-YMCA 등을 결성, 교육-계몽사업에 힘쓴 바 있는 윤치호(尹致昊 : 1865~1945) 선생의 〈윤치호 일기〉(1886년 5월 28일자)를 보면, 자기가 이곳 이슈우인 마을을 찾았을 때, 300여 년의 세월이 흐르는 동안 그 후손들은 제법 번성하여 1,000여 호에 이르고, 모두 '시조쿠(士族)'로 불리며 자못 존경을 받고 있었다고 합니다. 촌민의 풍속도 일본 고유의 언어-풍속과는 사뭇 다른 바 있었으며, 여자들은 미인이 많고 남자들은 호용好勇하다고 쓰고 있습니다.

특히 심당길의 후손들은 일본 도자기의 상징인 사쓰마야키(薩摩燒)를

윤치호(1865~1945)

가업家業으로 이어오며 오늘날까지도 일본의 도예계陶藝界를 이끄는 종가로 명성을 떨치면서 한국 성姓씨와 이름을 고집하여 '세습명世襲名'인 심수관沈壽官을 14대째 이어오고 있습니다.

이렇게 볼 때 300년이라는 긴 세월도 한韓민족의 강인한 혈맥을 결코 지울 수 없었으니 이 끈질긴 생명력과 자존심이 어디에서 비롯된 것이겠습니까? 그 힘이야말로 우리 민족문화의 우월성에서 나온 것이라고 나는 생각합니다.

2) 조선 지식인의 용일론用日論

아이바가 특히 괘씸하게 느낀 대상은 조선의 지식계급이었습니다. 개중에는 아주 '기괴한 자'마저 있다고 했습니다. 무엇보다 놀라운 것은 이

맹랑한 자들이 일본민족을 공경하거나 전혀 두려워하지 않으며, 일본인에게 지도를 받으려는 마음을 품기는커녕 아무 거리낌 없이 '일본민족은 이미 발전의 막바지에 이르러 이제는 내리막길에 서 있다'고 공언한다는 것입니다. 그러고는 앞으로 다가올 동아시아 민족의 지도자는 일본족도 아니고 중국의 한漢족도 아니며 마땅히 조선민족이 될 것이라고 주장한다는 것입니다.

더구나 아이바의 다음과 같은 일절은 육당 최남선 선생의 생각을 그대로 옮긴 것이라고 할 정도로 그때 우리 지식인들이 품고 있던 이른바 〈용일론用論日〉의 골자를 정확하게 짚어내고 있습니다.

> 그렇기 때문에 조선민족이 오늘날 서둘러야 할 일은 일본민족이 아직 크게 몰락하기 전에 가능한 한 일본의 문화, 기술, 부력富力을 착취함에 있어서 황국신민을 가장하고 단순 천박한 일본민족의 환심을 사면서 미구에 다가올 시대에 대처할 조선민족의 부강한 터전으로 만들어 두지 않으면 안 된다.

그러면 조선의 지식계급이 예언하는 '조선민족 부상浮上'과 '일본민족 몰락'의 논거는 무엇인가? 그는 조선 지식계급의 다음과 같은 주장을 열거하고 있습니다.

우선 '조선민족 부상'의 필연성에 대해서, 일본인을 능가하는 조선 학도들의 우수한 두뇌, 1937년 지나사변에서 조선인 병사가 보여준 일본인 병사를 앞서는 군공軍功, 학도나 노동계급의 사사건건 대항적이고 비협조적인 태도로서 반증되는 민족의식과 민족적 각성의 고조, 스포츠에서 발휘되는 일본은 물론 세계적으로도 뒤지지 않는 조선인의 우수한 체력과 정신력, 일본보다 높은 인구 증가율, 노동인력의 우수한 체력, 일본인을 능가하는 경제능력 향상, 국가적 배경 없이 국외로 진출(만주-시베리아-미주 등)하여 개인의 독자적 능력만으로 정착에 성공한 사례 등을 그 전조前兆로 꼽고 있습니다.

다음으로 '일본민족 몰락'의 필연성에 대해서는 첫째로 일본인 민족정신의 전반적 쇠락을 지적하면서 근래 강화일로에 있는 경신敬神-존황尊皇 운동이 이를 반증하며, 둘째로 잇따른 전역戰役에 따른 심각한 물자난과 과도한 전체주의적 선전의 반작용으로 매점-매석 등 광범한 이기利己 성향의 대두-확산, 그리고 셋째로 일본인의 전통적 긍지라는 멸사봉공-인보隣保협조-자기희생정신의 현저한 감퇴 등이 그 전주前奏라는 것입니다.

특히 조선 지식인들의 총체적 일본인 비판을 아이바는 다음과 같이 정리하고 있습니다. 즉 일본인은 도량이 좁고, 생각이 짧고(短慮) 천박하며 조포粗暴-조야粗野하여 도무지 예절을 모르고, 매사 독선적이어서 상대의 입장을 전혀 배려할 줄 모르고, 오로지 자기 기준으로 상대를 지배하려 들기 때문에 어디를 가나 배척-경원시당하며, 북방-남방 어느 곳을 가더라도 그 한서寒暑에 적응치 못할 허약체질을 타고난 데다가, 잔재주는 있으되 도모하는 바의 계획성, 원대성, 지속성이 결여된 섬나라 근성을 결코 벗어나지 못하니 대륙경영은 물론 타민족을 영도할 자질이 전혀 없는 열등족속이라고 경멸하고 있음을 일일이 예거例擧하고 있는 것입니다.

더욱 재미있는 것은, 조선의 부박浮薄한 유한계급이 펼치는 퇴폐적 향락풍조에 대한 분석입니다. 그는 경성(京城 : 서울) 화류계의 4할은 조선의 유산계급이 차지하고 있고, 그들의 태반은 자기네들 기생놀이로도 부족하여 비싼 일본기생까지 데리고 논다고 조소-비난하면서도 그 성격이 단순한 허영적 향락이 아니라 하나의 일본인 정복욕의 우회적인 표현임을 주목할 필요가 있다고 강조하는 대목입니다.

또한 귀금속 장신구를 비롯하여 소위 '하쿠라이(舶來)'라는 고급 외래품을 찾는 고객들도 대부분이 돈 많은 조선 사람들인데, 그것이 사치-낭비적 폐풍임은 차치하고라도 이 또한 일본인에 대한 과시욕 내지는 정복욕을 띤 것임을 간과해서는 안 될 현상이라고 역설하는 점입니다.

결론적으로 아이바는 조선의 지식계급이 일본에 대하여 경외敬畏를 하는 마음은커녕 오히려 반항의 적의를 품고 있으며, 일반 우중愚衆들은 이를 맹종하여 부화뇌동하고 있는 형세라고 진단하고 있습니다.

3) 조선민족의 '사대사상'

아이바는 조선민족의 사대사상을 '선천적'이라고까지 혹평합니다. 대륙과 해양—양대세력의 틈바구니에 끼어 살다 보니 자기보존을 위한 불가피한 선택이 체질화되었다는 논리입니다. 본디부터 조선은 완전한 독립국의 지위를 확보하거나 완전한 속국상태로 전락한 일 없이 장구한 세월동안 반독半獨 반속半屬의 중간상태에서 교묘하게 헤엄쳐 왔다고 주장합니다. 그는 조선조 이래 사대적 행태의 역사적 사례를 다음과 같이 들고 있습니다.

첫째로 조선조의 건국이념인 억불숭유抑佛崇儒의 주된 목표가 불교의 적폐積弊를 척결함에 있었던 것은 틀림없는 사실이지만, 또 다른 진실은 중원을 제패해 온 신흥제국(唐→宋→明)의 지배철학과 그 체제에 아부-순응하기 위한 방편이었다는 주장입니다.

둘째로 청일전쟁(1894~5) 후, 일본의 대두 기운이 뚜렷해지고 청의 간섭이 퇴조하는 내외정세 변동에 따라 민중 사이에 유교배척의 풍조가 성해가는 틈을 비집고 그동안 지하 잠복의 기독교가 지상 노출로 세를 펼치는 정황도 서양세력에 기대려는 사대관념의 전형적인 발로라는 것입니다.

셋째로 러露-불佛-독獨 〈삼국간섭〉(1895)의 결과 일본의 후퇴와 대한제국(1897~1910)의 성립에 따른 친러세력의 대두-집권, 러-일전쟁(1904~5) 뒤 친러파의 몰락과 친일세력의 재기, 일진회一進會로 대표되는 동학잔당들의 친일 행각, 〈헤이그 밀사사건〉(1907) 등도 결국은 외세의존의 사대적 행태라는 것입니다. 특히 거의 무혈로 이루어진 1910년의 '한·일합방韓日合邦'도 따지고 보면 조선민족의 사대-순응적 체질 덕이라고 보고 있습니다.

넷째로 3·1운동으로 표출된 조선민족의 격렬한 항일-독립의지 또한 1차대전 종전終戰처리 용어로서 미국 대통령 윌슨이 제창한 '민족자결'이라는 외래 표어에 도취된 나머지 서구세력의 힘을 빌려 일본의 통치를 벗어나려는 사대적 부화뇌동성의 몸부림에 불과하다는 것입니다. 이 운동 과정에서 나타난 천도교-기독교-불교의 결합도 서양 선교사의 선동이 배후에서 크게 작용한 결과이며, 그 뒤로 공산주의 사상의 출현과 혁명을 동경하는 사조, 그리고 그에 따른 공산혁명 방식의 반일운동 또한 서양 의존적 사대행태라고 주장합니다.

다섯째로 1931년의 〈만주사변〉, 1937년의 〈지나支那사변〉, 그리고 1941년의 신속한 대미-대영 선전포고(태평양전쟁, 1941~5) 등 욱일승천하는 황군의 신속 과감한 개전開戰과 눈부신 전과戰果를 목격하자 조선인의 놀라움과 두려움은 필설로 다 할 수 없을 만큼 극도에 달했다고 합니다. 그리하여 기독교도들까지도 갑자기 구미 선교사들을 배척하고, 일본 기독교와 합류하여 국방헌금은 물론 신사神社참배까지 나서는 등 일본 숭배열이 부쩍 늘고 있으니 이 또한 그 선천적 사대의식의 재빠른 발동이라고 분석하고 있습니다.

4) 순역順逆이 무상한 민족

임오군란(壬午軍亂, 1882) 당시 조선의 요청에 따라 청군淸軍과 함께 서울에 부임한 위안스카이(袁世凱)가 청의 영향력을 확대-강화하기 위해 광분할 때였습니다. 아이바는 이 시절 위안스카이가 그때 외교가의 한 노회한 일본인 삿사고쿠도(佐佐克堂)에게 말했다는 다음과 같은 조선인관朝鮮人觀을 기술하고 있습니다.

조선인은 고양이와 같다. 은혜를 입히면 더욱 기어오르고, 위세를 보이면 겁을 먹지만 복종은 하지 않는다. 고양이란 놈이 주인의 무릎에서 잠을 잘 때는 세상에 이보다 더 순한 놈이 없다. 하지만 일단 식탁의 어육을 보면 잽싸게 달려들어 맹렬한 기세로 빼앗아 달아난다. 조선인이 바로 이와 같다.

위안스카이의 이 같은 악평이 과연 어느만큼 사실과 부합하는지는 확인할 수 없지만, 아이바는 어쨌거나 이 기분 나쁜 험담을 빌려, 순역順逆이 무상하여 변하기 쉽고 도무지 길들여지지 않는 조선 사람의 '반골기질'을 설명하고 있습니다. 특히 그는 지원병제도(주로 학병)에 대한 지식인들의 표면적인 영합이나 적극적인 권유-책동이 일면 사대성향을 띤 것이라 하더라도 그 내심은 충성을 가장하여 일본을 안심시키고 후일에 대비하려는 반역성의 음모라고 단정합니다. 그리하여 '조선인 문제는 영원히 풀리지 않는 중대하고도 용이치 않은 문제'라고 결론을 맺고 있습니다.

우리 민족의 강점과 약점을 이렇듯 얄밉다 못해 전율하리만큼 예리하게 꿰뚫어보고 있던 아이바의 이 〈보고서〉를 통해 우리는 일제가 속으로 얼마나 조선과 조선 사람을 두려워했는가를 새삼 확인하게 됩니다.

결론적으로 그는 일제 끝무렵에 조선 사람들이 일본에 협력한 이유가 오히려 일본에 대한 경멸로부터 비롯된 것이라는 판단을 하고 있었습니다. 그렇다면 조선인의 일제 협력은 실제로는 민족의 새로운 미래를 준비하기 위한 심사원려深思遠慮의 또 다른 표현이라 하지 않을 수 없습니다.

앞에서 나는 일제강점기를 살았던 선인들에 대한 우리의 시각과 기본인식이 달라져야 하고 친일행위에 대한 비판도 그 접근부터 신중해야 할 필요가 있다고 주장한 바 있습니다. 그 즈음 저명인사 중에는 와신상담臥薪嘗膽―민족의 먼 앞날을 내다보며 다가올 새 국가건설과 발전의 초석을 놓기 위한 고육지계苦肉之計로서 친일을 가장한 경우가 많이 있었기 때문입니다.

2. 한국과 일본의 인성人性 비교

1) 일본의 본보기

일본의 규슈(九州) 남단에 있는 가고시마 현縣 일대가 예전에는 사쓰마(薩摩) 번藩의 근거지였습니다. 일본 근대화의 주역으로서 이른바 '메이지 유신(明治維新)의 3걸'로 꼽히는 세 사람 가운데 사이고 다카모리(西鄉隆盛)와 오쿠보 도시미치(大久保利通)가 바로 이곳 출신입니다. 나머지 한 사람은 이웃 혼슈(本州)의 조슈(長州) 번 출신 기토 다카요시(木戶孝允)를 말합니다.

사이고 다카모리는 이른바 〈정한론征韓論〉을 부르짖은 장본인입니다. 그의 정한론은 우리에게는 임진왜란壬辰倭亂의 원흉 도요토미 히데요시(豊臣秀吉)의 '정명가도(征明假道 : 명나라를 치려하니 길을 빌려라)'를 연상케 합니다. 일본의 근대화과정을 보면, 사이고와 오쿠보, 이 두 사람은 서로 합심협력하여 일본이 근대국가로 출발하는 데 크게 공헌한 것으로 높이 평가되고 있습니다. 같은 고향의 선-후배인 이들은 조슈 번의 기토(木戶)를 비롯한 젊은 개혁론자들과 연합전선을 형성해서 도쿠가와 막부(德川幕府)를 무너뜨리고 왕정복고王政復古를 실현하여 일본을 입헌군주제 근대국가로 거듭나게 한 주역들이기 때문입니다.

사이고와 오쿠보가 왕정복고를 성공시키기까지는 일심동체라 할 만큼 뜻이 잘 맞았습니다. 그런데 대업에 성공한 다음이 문제였습니다. 정한론을 제기한 사이고는 통치체제가 바뀐 데 따른 무사계급의 대량실업문제를 가장 심각한 정치-사회적 불안요인으로 꼽았습니다. 그리하여 그는 하루아침에 실업으로 내몰릴 수많은 무사들을 모아서 조선정벌에 나서게 하는 것이 이들의 불만을 일거에 해소시키는 최상의 해결책이라고 주장했습니다.

그러나 오쿠보의 생각은 달랐습니다. '……무슨 소리냐? 지금 서양 선진국들의 위협이 날로 노골화하여 일본의 목을 조르고 있지 않은가! 신생 왕정의 권력기반도 불안정한 상태요 새로운 국가건설 과제들이 산적해 있는데 내실을 다지면서 개혁을 추진하는 일이 급선무이지 밖으로 시선을 돌려 전쟁을 일으킬 여력이 어디 있느냐……'고 거세게 반발하고 나선 것입니다.

근대화 추진을 둘러싼 이들의 노선대립은 그때 일본의 신세대에게 크나큰 영향을 미쳤습니다. 이들 유신의 주역들이 '혁명 1세대'라면 그들에 의해 새롭게 길러진 청년들이 뒷날 근대 일본의 '관료 1세대'를 형성하게 됩니다. 그즈음 두 사람의 비중을 보면, 처음에는 선배인 사이고가 주도적이었고, 오쿠보는 상대적으로 밀렸습니다. 그러나 새 국가건설 방법론에 있어서 오쿠보 노선이 현실에 부합됨으로써 점차 우위를 점하게 되었습니다. 이 노선투쟁에서 패한 사이고는 낙향하여 향리에 사학私學을 세우고 사족士族의 자제들을 모아 후진 양성에 힘쓰게 됩니다.

그러나 사이고의 예견대로 봉건적 특권을 상실한 무사들의 봉기가 그의 제자들을 중심으로 터지고 말았습니다. 이것이 일본근대사에 〈세이

난西南 전쟁〉이라고 불리는 대정부 반란사건입니다. 이 내전에서 반란군의 최고지도자가 된 사이고는 오쿠보의 토벌군에 패하여 결국 할복자살로 생을 마칩니다. 한때는 형제나 다름없는 동지였지만 시국관과 정치적 입장이 다르다 보니 생사를 건 결판을 내지 않을 수 없게 된 것입니다.

하지만 후세 일본 사람들은 사이고를 '난세의 영웅'으로, 오쿠보를 '치세治世의 능신能臣'으로 받들고 있습니다. 끝내 대결로 치달았지만 두 사람은 역할분담을 잘했고 두 사람 다 영웅이라는 논리입니다.

우리에게도 이 같은 논리가 아쉽습니다. 지금 우리 사회는 소위 근대화 세력과 민주화 세력이 서로 대립-갈등을 일으켜 온 나라가 혼란상태에 빠져들고 있습니다. 이웃나라 일본은 1세기도 훨씬 전에 격렬한 노선대립으로 피를 흘렸지만 후세들은 '역할분담론'으로 이를 극복함으로써 양쪽 모두 승자로 자리매김하였습니다. 이를테면 '윈-윈 Win-Win'의 지혜를 발휘하였으니 우리에게 좋은 본보기가 아닐까 합니다.

2) 두 가지 일화

일본 낭인浪人의 제 자식 '배 가르기'

우리와 일본 사람들은 그 감성부터가 매우 다릅니다. 일본말에 폐부를 찌르는 짧고 감계鑑戒가 되는 이야기를 '소돌小咄', 즉 고바나시(こばなし)라고 합니다. 이 고바나시의 전형적인 예화 하나를 들겠습니다. 예전 일본에서 사족士族이라면 무사계급, 곧 사무라이를 말합니다. 이들은 자기가 섬기던 상전이 망하면 떠돌이 신세가 되는 것이 보통입니다. 이런 처

지의 사무라이를 '로닌' 즉 낭인浪人이라고 하는데, 자식 하나를 데리고 몹시 가난하게 살던 한 낭인이 동네 떡집 주인으로부터 참을 수 없는 모욕적인 말을 들었습니다.

비록 살림은 어려웠지만 자식 하나만은 반듯하게 가르치며 산다고 자부하는 터인데, 떡집 주인이 찾아와서는 '당신 아들이 우리 가게에 왔다간 뒤에 떡 한 접시가 없어졌다'면서 당장 떡값을 물어내라는 것이었습니다.

이에 낭인이 '무슨 소리냐? 내가 비록 가난하지만, 내 자식은 사무라이 자식이다. 남의 떡을 훔쳐먹었을 리가 없다……'고 해서 크게 시비가 벌어졌습니다. 떡집 주인이 막무가내로 자기 자식을 도둑으로 몰아세우자 분기탱천한 이 낭인이 마침내 무죄를 증명하기 위해 제 자식의 배를 가르는 끔찍한 지경에까지 이르렀는데, 막상 배를 갈라 보니 떡은 나오지 않았습니다. 사실이 확인되자 낭인은 떡집 주인의 목을 쳐 죽이고 자신도 배를 갈라 자살했다는 소름끼치는 이야기입니다.

일본 사람들은 지금도 이 '고바나시'를 들을 때 매우 통쾌하게 여긴다고 합니다. 우리 한국 사람이 이 이야기를 들으면 어떻게 생각하겠습니까? 모르긴 해도 백이면 백 다 있을 수 없는 끔찍한 이야기에 머리를 절레절레 흔들 것입니다.

윤회尹淮 선생의 '거위 살리기'

일본 낭인의 제 자식 '배 가르기' 이야기를 하고 보니 옛날 우리가 자랄 때 초등학교 교과서에서 배운 〈윤회 선생과 거위〉 이야기가 생각납니다. 본디 생명을 중시하는 우리 민족의 고운 심성을 고스란히 보여주는 일화라 하겠습니다. 너무도 유명해서 누구나 대강은 아는 내용이지만, 여기에 그 줄거리를 소개해서 다시 한 번 그 의미를 되새겨 보고자 합니다.

조선조 세종 때의 대학자요 문장가로 유명한 윤회 선생이 젊었을 적에 나그네가 되어 지방 여행을 하는데 날이 저물어 어느 주막집 추녀 밑에서 하룻밤을 보내게 되었습니다. 그때 마침 주인집 아이가 마당에서 진주알을 가지고 놀다가 그냥 집 안으로 들어가자, 그 집 거위가 그것을 주워 먹는 것을 보았습니다. 얼마 뒤 집 안에서는 진주알이 없어졌다고 소동이 일어났고, 집주인은 나그네를 의심하여 관가에 고발했습니다. 그는 아무 말 않고 관원에게 끌려가면서 거위를 하룻밤만 묶어놔 달라고 했습니다.

이튿날 아침 관에서 문초를 받게 되자 그제서야 윤회 선생은 거위가 묶여 있는 곳에 가서 그 배설물을 살펴보라고 일러주었습니다. 주인이 가서 보니 과연 진주알이 나왔습니다. 머쓱해진 주인이 거위가 진주알을 주워 먹는 것을 보았으면 왜 진작 말을 하지 않았느냐고 하니까 '내가 어제 그 말을 했으면 당신은 급한 마음에 거위를 잡아 확인했을 테니 내가 하룻밤 고생하면 밝혀질 일을 하찮은 짐승이라도 굳이 생목숨을 끊게 할 것까지 있겠느냐'고 하더랍니다. 아무리 시대가 다르고 세태가 바뀌었다고 해도 선인들의 이 같은 인정어린 착한 심성은 본받아야 하지 않겠습니까?

3) 넉넉함과 모자람

태평양전쟁 말기, 다급해진 일제는 국민총동원령을 내려 이 땅에서

일본학생, 조선학생 가릴 것 없이 모두 작업장으로 끌어냈습니다. 그때 보성전문학교(普成專門學校 : 고려대학교 전신) 생도들도 부평에 있는 육군 조병창에 끌려가 노역을 했는데 학생들에게 시킨 일은 주로 선반旋盤작업이었습니다. 일본 말로 소위 센방(せんばん)이라는 이 기계공작은 금속소재를 회전시켜 총구를 깎는 일인데 그때 조병창 총책임자로 있던 일본인 육군 중좌가 밤에 인솔 교수들에게 고생한다고 정종 한 병을 구해와 함께 마시면서 나눈 대화의 한 토막입니다.

> 참으로 이상한 일이다. 같은 수준의 학생들인데 일을 시켜보면 일본 학생들은 거의 예외 없이 표준치보다 작게 깎고, 조선학생들은 그 반대로 조금씩 더 크게 깎는다. 왜 이런 차이가 생기는지 모르겠다……. 총구를 작게 깎으면 총알이 아예 나가지 않으니 쓸모가 없게 된다. 차라리 좀 크게 깎은 것은 오차 때문에 명중률은 다소 떨어지더라도 총알은 제대로 나가지 않는가!

하면서 그 차이가 어디에서 오는 것인지 몹시 궁금해하더라는 것입니다. 이것은 그때 보전학생들의 인솔교수였던 현민 유진오 선생께 직접 들은 이야기입니다.

4) 남의 불행을 대하는 시각

아마 1980년도 끝무렵인가? 내가 미국에 갔다가 귀국길에 일본 도쿄(東京)에 잠시 머물고 있을 때였습니다. 이탈리아 나폴리 근처에서 큰 지진이 일어났습니다. 이때 미국 레이건 대통령이 즉각 500만 달러를 보냈다는 보도가 나왔습니다. 우리나라도 그때 전두환 대통령이 100만 달러를 보냈다고 신문에 났습니다. 그래서 나는 속으로, 미국 같은 세계 제일의 부자나라가 500만 달러를 보냈으면, 우리는 한 20~30만 달러쯤 보내면 족하지, 무슨 100만 달러씩이나…… 하면서 배포도 크다고 생각했습니다.

이튿날 아침에 일어나서 조간신문을 보니 일본 정부는 단돈 1만 달러를 보냈다고 1면에 보도되었습니다. 미국의 500분의 1입니다. 경제대국으로서 '아직도 쩨쩨한 일본'이라는 비난 기사와 함께, 이러니 '경제동물' 소리를 듣는다고 일본정부를 공격하는 논평까지 곁들이고 있었습니다.

남의 불행에 대해서 장난도 아니고 1만 달러가 뭐냐고 의회에서 난리가 난 모양입니다. 이에 대한 후생성 장관의 변명이 아주 재미있었습니다. '의연금이라는 것은 반드시 그 액수의 많고 적음을 따질 일이 아니다. 비록 1만 달러지만 거기에는 1억 2,000만 일본 국민의 정성을 담아서 보냈다. 물론 돈이 없는 것은 아니다. 허나 돈은 있을 때 아껴야 한다. 정부는 바로 이 점을 실천한 것이다. 지금 젊은 세대는 풍요로운 시대에 태어나서 도무지 돈 아까운 줄 모른다. 젊은 세대에게 절약의 귀감을 보이자는 교육적 의미도 포함되어 있다'—대충 이런 뜻으로 질의에 답변하면서 앞으로 의약품을 비롯한 구호물자를 더 보낼 수는 있다고 했습니다. 이에 대한 일본의 JAL 로마 지사장 부인의 코멘트—'창피해서 얼굴을 들고 다닐 수가 없다. 같은 직종인 독일의 루프트한자는 앞으로 1년 동안 이탈리아 노동자들을 무료로 태워주겠다고 나섰다는데, 우리는 정부가 고작 1만 달러라니……' 하는 것이었습니다.

의식 있는 일본의 식자識者들이 한국을 제일 부러워하고 또 두려워하는 게 하나 있다고 합니다. 우리나라의 국민 개병제皆兵制가 바로 그것입니다. 요즘은 양성兩性 평등시대가 되어 일부에서는 여성들도 스스로 병역의무를 지겠다는 소리까지 나오고 있습니다. 또 여성의 군 진출이 괄목할 만큼 늘어나고 있는 것도 현실입니다.

일본 사람들이 우리의 국민 개병제를 부러워하는 것은 군대가 국가관을 확립하고 공동체의식을 북돋아 특히 젊은 세대에게 정신무장을 시키는 데 가장 적합한 교육장이라고 믿기 때문입니다. 갈수록 이기적이 되어가는 일본국민에 대한 우려의 표현일 것입니다.

일본 사람들의 이기적인 성향과 관련해서는 이런 예도 있습니다. 1970년대 초 어느 신문사 외신부의 광경이라고 합니다. 기사 마감시간에 남미에서 항공대참사 특보가 외신을 타고 들어와 담당 기자가 황급히 전화로 현장을 연결해 확인 취재를 하는데 옆에서 외신부장이 우선 탑승자 가운데 일본인이 있느냐고 물어보라는 것이었습니다. 저쪽에서 일본인이 없다는 대답이 들려오자 '그럼 됐다'며 아무 일 없었다는 듯이 기사마감을 지시하더라는 것입니다.

남이야 사고가 나서 몇 백 명이 죽든 말든, 거기에 일본 사람만 없으면 신경 쓸 것 없다는 것이 그들의 생각인 것 같습니다. 이것은 이탈리아 대지진 참사를 놓고 일본정부의 입장을 밝히던 후생성 장관의 논리와도 일맥상통하는 것입니다. 결국 남을 해치기는 해도 남을 도와 이끌어 나갈 너그럽고 넉넉한 마음씨를 일본 사람에게 기대하기는 어렵다는 생각이 듭니다.

따라서 주변 국가들로서는 일본의 우경화를 한시도 경계하지 않을 수 없는 것입니다. 그러니 아시아 국가들이 손을 맞잡고 함께 전진할 수 있는 나라는 우리밖에 없습니다. 경제적으로든 문화적으로든 또 정서적으로든 이웃나라를 괴롭힌 일이 없으니 도덕적으로도 흠 잡힐 데가 없기 때문입니다. 그러니 앞으로 아시아에서 주도적 역할을 할 수 있는 최적의 나라는 바로 우리 대한민국이 아니겠습니까?

제9장

문화대국은 적을 만들지 않는다

1. 사랑의 문화—평화의 문화

2. 베풀기와 갚기

1) 700년 만에 돌아온《명심보감明心寶鑑》

2) 연변延邊—통일의 교두보

3) 중화中華 패권주의

4) 터키에 부끄럽다

5) 베풀기의 두 마음

3. 불화不和에서 협화協和로

4. 정치사관학교 설립의 꿈

1. 사랑의 문화—평화의 문화

2004년 12월, 나는 국회의원회관 강당에서 열린 〈국가발전을 위한 기독인회〉에 초빙되어 '한국교회, 무엇을 해야 하나'라는 주제로 강연을 한 적이 있습니다. 국회의원과 국회직원, 목사님들을 포함하여 500여 청중이 강당을 가득 메웠습니다. 나는 대략 다음과 같은 이야기를 했습니다.

나는 법이나 정치·경제에 대해서는 잘 모르는 인문학도입니다. 하지만 사람이 살아가는 도리에 대해서는 조금 안다고 할 수 있습니다. 또 국학자로서 한국문화와 역사의 맥락에 대해서도 조금은 안다고 할 수 있겠습니다. 우리 대한민국의 건국이념인 주권재민主權在民과 민주공화국이라는 국체는 서구문명의 소산입니다. 동양의 것이 아닙니다.

대한민국의 건국은 그 주체가 주로 민족세력과 신흥기독교세력이라 할 수 있습니다. 건국의 주역이었던 이승만 대통령은 우리 모두가 다 알다시피 독실한 기독교인입니다. 기독교인으로서의 삶을 살면서 민족의 역사적 책무를 깨닫고 실천한 분입니다.

일제강점기 우리 겨레의 큰 스승이었던 고당 조만식古堂 曺晩植 선생 또한 투철한 기독교인이었습니다. 북한이 공산화되는 과정에서 그를 따르는 사람들이 함께 월남할 것을 간청했을 때 고당은 '이 불쌍한 백성들을 두고 가긴 어딜가?'라고 말씀하시며 북한 땅에 그대로 남으셨습니다. 1948년 제헌국회에서 이승만 대통령이 당선 소감을 피력하면서 고당 선생을 성자聖者라고까지 일컬은 이유가 여기에 있습니다. 그때 김일성 집단은 기독교인들은 물론이고 지주들을 비롯한 식자계층이 대거 월남했기에 별다른 저항 없이 북한 전역을 쉽게 장악할 수 있었던 것입니다.

문명사적 관점에서 보면 우리 역사는 불교시대와 유교시대를 거쳐 왔습니다. 19세기 이래 우리 문화가 서구문명의 영향 밑에 들어갔다는 점에서 지금은 기독교시대를 경과하고 있다고 보아도 무방할 것입니다. 이런 점에서 한국기독교인들은 건국의 주체로서 역사적 사명과 도덕적 책무를 깊이 인식해야 한다고 봅니다. 즉 과거 신라의 불교가 세속오계世俗五戒라는 화랑도정신을 창안해 삼국통일을 이루어냈듯이 오늘의 한국기독교는 그리스도의 가르침에 우리 고유의 전통적인 가치를 접목하여 보국안민輔國安民 사상으로 거듭나야 한다는 것이 제 소견입니다.

우리는 서구사상-서양문화의 소산인 자유민주주의와 시장경제체제를 오늘의 생존논리로 받아들이고 있습니다. 그러나 역사적 사실이 증언하고 있듯이 이러한 이념과 체제 속에서 우리가 비록 우등생-모범생이

김구(1876~1949)

되더라도 그것은 생존의 논리, 현상유지의 논리, 위기극복의 논리는 될지언정 지속적인 번영의 논리, 글로벌 리더의 논리로 뛰어오를 수는 없습니다. 이는 삼국시대 이후 고려조와 조선조가 저마다 불교-유교사상의 모범국가가 되었지만 국세國勢는 크게 떨치지 못했던 것이 이를 말해줍니다.

그렇다면 오늘날 우리의 선택은 분명해집니다. 앞으로 우리가 계속 서양의 보편적 가치만을 추종해 나아간다면, 세계 평화와 전 인류의 공생공영을 이끌어 갈 선도적인 역할은 기대할 수 없습니다.

우리가 세계의 중심국가가 되는 길에는 여러 갈래가 있습니다. 경제대국으로 가는 길도 있고, 군사대국의 길을 택할 수도 있습니다. 그러나 이 길은 무척 험난한 길이 될 것이요, 그 길을 가는 동안에 필연적으로 많은 적을 만들게 될 것입니다. 하지만 우리에게는 21세기 〈문화주권시대〉

에 문화대국으로 가는 아주 가까운 길이 있습니다. 이는 우리 민족의 성정과도 맞는 데다가 반만 년 역사 속에 살아 숨쉬는 원자재(전통문화)들을 잘 다듬고 발전시켜 나가기만 하면 됩니다. 더구나 문화대국으로 가는 이 길은 절대로 적을 만들지 않습니다.

> 내가 원하는 우리 민족의 사업은 결코 세계를 무력으로 정복하거나 경제력으로 지배하려는 것이 아니다. 오직 사랑의 문화, 평화의 문화로 우리 스스로 잘살고 인류 전체가 의좋게 즐겁게 살도록 하는 일을 하자는 것이다. 어느 민족도 일찍이 그러한 일을 한 예가 없었으니 그것을 공상이라고 하지 말라. 일찍이 아무도 한 자가 없길래 우리가 하자는 것이다. 이 큰 일은 하늘이 우리를 위하여 남겨 놓으신 것임을 깨달을 때에 우리 민족은 비로소 제 길을 찾고 제 일을 알아본 것이다.

《백범일지》에서 김구 선생이 강조한 말씀입니다.

이제 우리의 진로는 분명합니다. 그것은 도의·문화대국의 건설, 곧 '문화영토'를 확장해 가는 길입니다. 과학-기술-경제-군사 등의 모든 발전도 결국은 문화대국으로 가기 위한 과정입니다. 이는 인류문명사의 당위론적 이상이요 추세일 뿐 아니라 우리 문화의 속성이나 본질과도 일치하기 때문입니다.

그렇다면 오늘날 우리 기독인들의 모습은 어떠해야 하겠습니까? 나는 무엇보다 우리의 시대정신인 조국통일의 역군이 되어주는 것이라고 생각합니다. 그리고 이의 실천과제로는 우선 보다 활발하고 조직적인 지원체제를 갖추어 자유를 찾아오는 탈북 동포들을 돕는 일에 앞장서는 일이고, 다음으로는 기독교정신에 입각하여 우리의 청소년-2세 국민들에게 사랑과 평화의 소중함을 심어주는 데 솔선수범하는 것, 이것이 오늘을 사는 기독인의 사명이 아닌가 합니다.

2. 베풀기와 갚기

1) 700년 만에 돌아온 《명심보감明心寶鑑》

기회 있을 때마다 '바깥 세계의 보편적 가치를 재빨리 받아들여 내 것으로 만드는 능력이야말로 우리 민족의 주특기요 생존비결'이라고 수없이 강조하다 보니 어느새 이 말이 나의 트레이드마크처럼 되어버렸습니다.

우리가 앞으로도 계속 추구해 나아가야 할 길은 신新인본주의에 바탕을 둔 도의·문화대국 건설밖에 없습니다. 곧 국제사회에서 도덕적 우위를 확립하자는 것입니다.

우리는 광복 후 반세기도 안 되는 짧은 기간에 온갖 도전과 시련을 물리치고 공업화-산업화에 성공하여 절대빈곤에서 벗어났을 뿐 아니라, 바야흐로 세계 10대 산업-교역국가 반열에 들어설 정도로 비약적인 경제성장을 이룩했습니다.

그러나 아무리 우리의 경제역량이 세계적인 수준에 올라섰다 하더라도, 우리가 지닌 능력과 처한 상황이 경제대국을 국가전략 목표로 삼기에는 역부족입니다. 더구나 군사대국을 지향하는 것은 현실적으로 과욕이요, 무모한 도전이라 하겠습니다.

무엇보다 주변 강대국들에 비해 우리의 영토-인구-천연자원-군사-외교 등 총체적 역량에 있어서 대소大小와 강약이 부동不同하기 때문입니다. 그럼에도 지난날 우리 할아버지들이 중국이라는 거대한 나라를 상대로 독립-주권을 유지하여 오늘에 이를 수 있었던 저력은 우리 민족 특유의 문화에서 나온 것임을 알아야 합니다.

1955년 10월, 월남공화국 출범으로 한-월 양국 간에 국교가 수립되어 1957년에 응오 딘 지엠(吳廷琰 Ngo Dinh Diem) 대통령이 먼저 우리나라를 방문하였고, 이듬해 11월에는 이승만 대통령이 답방형식으로 당시 사이공(현 호치민시)을 공식 방문하였습니다. 그때 응오 딘 지엠 대통령이 한 권의 책을 내놓았는데 그것이 뜻밖에도 우리의 《명심보감明心寶鑑》이었습니다.

응오 딘 지엠 대통령은 이 책을 이승만 대통령에게 건네면서 '지금으로부터 700여 년 전, 귀국으로부터 이 책이 우리나라에 전해져서, 그동안 국민교양 필독서로 오늘날까지 내려오고 있습니다. 이제 그 감사의 뜻을 담아 다시 이 책을 돌려드립니다.'라는 요지의 인사를 했다고 합니다.

《명심보감》이 어떤 책입니까?

여기에는 유교적 가르침만이 있는 것이 아니라 불교적인 것, 도교적인 내용까지 포함되어 중국에서는 이를 잡박雜駁하다고 별로 높이 평가하지 않으려는 경향이 있습니다. 그러나 우리나라에서는 성현들의 금언金言-명구名句를 집대성한 요결要訣이라는 점에서 '마음을 밝혀주는 보배로운 거울'이라는 책이름 그대로, 인격을 갈고 닦는 수양서로 널리 읽혀 왔습니다.

원저자原著者는 명나라 초기사람 범립본范立本으로 뒤늦게 알려졌고, 그 분량도 매우 방대한 것이었습니다. 우리나라에서는 고려 충렬왕 때 노당 추적露堂 秋適이란 분이 그 핵심만을 간추려 재편수한 것이 몇 개의 판본으로 전해지다가 후대로 내려오면서 여러 사람들에 의해 다시 발췌-정리되어 수정-증보 또는 축약판으로 보급되어 왔습니다. 월남에 전해진 것은 아마도 고려 때 펴낸 초기본이 아닌가 짐작됩니다.

그 평가에는 다소 엇갈림이 있지만, 우리나라에서도 예로부터 《명심보감》 한 권도 못 읽은 무식한 놈'이라는 말이 있을 만큼 필독 교양 교본이었습니다.

월남에 전해진 책은 이 《명심보감》뿐만이 아닙니다. 호치민胡志明은 다산 정약용茶山 丁若鏞 선생의 《목민심서牧民心書》를 잠들기 전에는 머리맡에 두고 일상생활에서는 늘 끼고 다녔다고 합니다. 오로지 백성만을 생각했던 다산의 애민사상을 우러러 본받으려 했다는 뜻입니다. 이는 일찍부터 우리가 문화대국·도의대국·사상대국이 될 수 있는 자산과 능력이 있음을 말해주는 작은 예에 불과하다 하겠습니다.

2) 연변延邊—통일의 교두보

이 지구상 그 어디에서도 우리 한국 사람이 가서 돈을 벌지 못할 곳은 없습니다. 또 그렇게 해 온 지도 꽤 오래되었습니다. 오죽하면 그 억척스럽기가 '열대사막에 가서도 난방기구를 팔고, 한대지방에 가서도 냉장고를 파는 사람들'이라는 평이 났겠습니까?

그러나 아무리 그렇다고 해도 단 한 곳, 우리가 돈을 벌어서는 안 되는 곳이 있습니다. 바로 만주땅 연변延邊입니다.

연변은 중국에서 소수민족으로 분류되는 조선족의 자치주自治州입니다. 인구가 약 200만쯤 된다고 합니다. 적잖은 숫자입니다. 이곳 동포들이 처음부터 그곳이 살기 좋아서 찾아간 것은 아닙니다. 거의가 일제치하 조국에서는 도저히 살 수가 없어 망명하다시피 정든 고향 산천을 등지고 가서 황무지를 개척한 사람들과 그 후손들입니다.

그곳 동포들 중에는 풍찬노숙風餐露宿하던 우리 독립투사들, 쫓겨다니던 우리 독립군에게 밥 한 끼라도 지어주고 따뜻한 잠자리도 내어주며 간난신고艱難辛苦를 함께 나눈 사람들도 있습니다. 우리가 지금 이렇게 독립주권을 되찾고 이만큼 살 만하게 된 데에는 그분들의 음덕도 상당하다고 보아야 합니다. 그런데 오늘의 우리가 그분들의 자손을 상대로 악착같이 돈을 벌겠다고 그들의 마음을 상하게 한다면 이는 사람의 도리가 아닙니다.

내가 마지막으로 그곳에 가본 것이 1993년 무렵이니 최근의 사정은 잘 모르겠으되 그때의 정황을 굳이 말한다면 지금도 낯이 뜨거워 쥐구멍에라도 들어가고 싶은 심정입니다. 그때 한국의 소기업 100여 개가 그곳에 진출해 있었는데 밤이면 우리나라에서는 1950~60년대에나 볼 수 있었던 술집들이 즐비하였고, 또 가라오케다, 노래방이다 해서 홍청망청 여인들과 놀자판이 벌어지고 있었습니다.

낮에는 동포들의 노임을 몇 푼이라도 더 깎겠다고 온갖 야박한 짓을 다하면서, 밤에는 술집에서 100달러짜리를 팁으로 마구 뿌리는 기막힌 작태가 예사로 벌어진다니 어찌 우리 한국에 대한 평판이 좋을 리가 있겠습니까?

한국기업은 모두가 악덕기업이요, 기업인들은 아주 천박하고 무지막지한 사람들이라는 비난이 자자했습니다.

나는 이에 대해 정부요로에 간곡히 건의한 적이 있습니다.

지금 연변에 진출해 있는 우리의 소규모 기업이 100여 개 된다고 하는데 이들을 법적 조치라도 해서 모두 철수시키는 것이 좋겠습니다. 현지에 이미 차려놓은 시설들은 앞으로 벌어서 갚으라고 하고 현지동포들에게 넘겨주면 됩니다.

우리가 이 세상 어디 가서나 돈을 벌어도 좋지만, 연변에서만큼은 돈을 버는 곳이 아니라 써야 하는 곳입니다. 거기에 이미 투자한 돈이라야 미화로 1천만 달러도 안 될 것입니다. 모두 철수시키고 정부가 보상해주는 것도 뜻있는 방법이 될 것이라 생각합니다. 그리고 거기에는 학교나 도서관 기타 예술-문화-공연시설들을 지어주고, 책도 보내주고, 독립유공자를 가려내어 그 자손들에게 훈장도 주고, 표창도 하십시오.

정부가 직접 나서기가 어려우면 민간을 앞세워서라도 꼭 성사시켜 주십시오. 또 그곳 유력 인사들을 불러 그들의 윗대 분들이 조국광복에 끼친 공헌을 우리가 결코 잊지 않고 있음을 알려주고, 조국을 찾는 동포들에게는 편의 제공과 더불어 생활이 곤궁한 사람에겐 경제적 지원도 해주십시오. 그렇게 하면 그들은 마음으로부터 자기의 진정한 조국은 대한민국이라고 생각할 것입니다. '남조선'은 물질적으로만 풍요로운 곳이 아니라, 진실로 동포애가 있고, 도의가 살아 있고, 문화수준이 높고, 정이 넘치는 곳이라고…… 말입니다.

그렇게 되면 이 소문은 그대로 북한으로 흘러 들어가게 되어 있습니다. 북쪽 사람들이 남쪽의 이 같은 사실을 알게 되면 어떻게 되겠습니까! 이보다 더 빠르고 바람직한 통일의 길이 있을까요?

이상이 그때 내가 정부측에 건의한 요지였습니다.

그런데 아무리 연변의 특수성과 중요성을 이야기해도 도무지 메아리가 없었습니다. 이는 역대 정권의 역사의식과 국가철학의 빈곤을 드러낸 것으로밖에는 달리 이해가 안 됩니다. 당장 눈앞에 보이는 실익이 없어서인지 위정자들에게는 한낱 비현실적인 공담空談으로밖에 비치지 않았던 모양입니다.

3) 중화中華 패권주의

이미 알려진 바와 같이, 중국은 1978년에 '공업-농업-국방-과학기술의 4대 현대화'를 위한 개혁-개방의 실용주의노선을 걸어온 이래, 그 광대한 영토와 무진장한 인적-물적 자원을 토대로 경제개발에 크게 성공하였습니다. 그리하여 지금은 경제뿐만 아니라 정치-군사-문화-예술-과학기술 등 모든 분야에 걸쳐 실로 무서운 기세로 발전해가고 있습니다.

따라서 우리로서는 미-일에 편중된 기존의 틀에만 머물 것이 아니라 중국의 팽창에 대비하는 새로운 협력체제 구축에 눈을 돌려야 한다고 생각합니다.

아시아 지도를 펴놓고 한번 큰 눈으로 둘러봅시다. 중앙에 있는 중국을 놓고 보면, 북쪽에는 몽골이 있고 서쪽 끝에는 터키가 있습니다. 터키는 이슬람치고는 상당히 개방된 나라입니다. 술도 먹고 '차도르'도 별로 안 쓰는……. 이슬람 규범으로 보면 매우 파격적입니다. 또 남쪽에는 우리와 같은 한자문화권이었던 베트남이 있고 동쪽에는 우리 대한민국이 있습니다. 공교롭게도 이들 세 나라는 모두 우리에게 각별히 친근감을 가지고 있는 나라들입니다. 따라서 이 같은 형세를 우리가 잘 활용하면 중국을 견제하는 데에도 커다란 시너지 효과를 얻을 수 있지 않겠나 하는 생각이 듭니다.

중국이 천하통일을 하여 그 역량이 하나로 결집되었을 때, 그 여세는 언제나 우리에게 커다란 충격과 재앙으로 다가왔습니다. 한漢-수隋-당唐의 잇따른 고조선→고구려→발해 침공 이래, 중원의 역대 정복 왕조들은 어느 하나 그들의 넘쳐나는 군사력의 예봉을 한반도로 돌리지 않은 적이 없었습니다. 요遼-금金-원元-청淸 등의 고려-조선에 대한 침략과 압박이 그것입니다.

예부터 '중화中華'의 본색이 패권주의였다는 것은 역사가 증명하고 있습니다. 나는 21세기에도 중국의 팽창이 어떤 형태로든 패권주의로 나타나리라는 예감을 떨쳐버릴 수가 없습니다. 〈동북공정東北工程〉에서 이미 보았듯이 엄연한 남의 역사를 빼앗는 일쯤은 예사로 해치울 수 있는 사람들입니다.

최근에도 중국은 모택동의 이른바 〈타천하打天下〉를 계기로 주변 소수민족들을 모조리 흡수해 버리고는 구 소련과 격렬하게 패권을 다투기도 했습니다.

터키나 몽골이 우리와 뿌리가 같은 형제나라라는 것은 그들 스스로

가 인정하고 있습니다. 베트남도 이제는 월남전 파병의 앙금을 털어버리고 우리에게 우호적입니다. 그래서 어느 나라 못지않게 경제협력이 잘 되고 있습니다. 우리는 중국의 패권주의를 극복하기 위해서라도 이들 세 나라와 단순한 친선-우호협력의 수준을 넘어 공고한 동맹관계로 발전시켜 나아갈 필요가 있습니다.

이들 나라 역시 앞으로 손을 잡고 함께 전진할 수 있는 마음 편한 상대는 우리밖에 없을 것입니다.

4) 터키에 부끄럽다

'형제국'이라며 6·25동란 참전

6·25동란이 일어나자 터키가 우리나라에 군대를 보냈습니다. 그것도 보급-병참 등 지원병력이 아닌 전투병력이었습니다. 본디 이슬람교도는 '지하드'—성전聖戰이 아니면 참전을 하지 않는다고 합니다.

한국파병문제를 놓고 논쟁을 하던 과정에서 한국과 터키가 역사적으로 뿌리가 같은 동이족東夷族이라는 사실을 확인했다고 합니다. 한국이 '형제국'이라는 논리가 성립된 것입니다. 수천 년 전의 역사적 사실을 찾아내어 형제국인 한국이 전쟁의 불구덩이 속에서 참화를 겪고 있으니 가서 도와줘야 한다는 결론에 이른 것입니다.

'성전' 결정이 나자, 수많은 젊은이들이 자원입대를 해서 낯선 땅 코리아의 전장을 용감하게 누볐습니다. 참전 초기에는 터키 말밖에 몰라서 영어에 익숙한 다른 유엔군들과 말이 통하지 않아 공동전선을 펴기가 어려웠다고 합니다. 그래서 후방으로 돌리려 하니까, '무슨 소리냐, 우리는 싸우러 왔다'며 전방 배치를 고집했다는 것입니다. 터키군은 용감하게 잘 싸웠고, 때문에 희생자도 많이 났습니다.

1998년 나는 뒤늦게 터키를 방문한 적이 있습니다. 무엇보다 터키 사람들이 우리 한국과 한국 사람들을 굉장히 좋아한다는 사실에 놀랐습니다. 관광길에 6·25 참전기념비를 보니 전사자의 이름과 나이가 적혀 있는데, 거의가 20대 초반이었습니다. 그 꽃다운 나이에 한 번 피어보지도 못하고 이국땅에서 형제국의 불행을 돕는 '성전'이라는 이름 하나로 싸우다 스러져간 젊은 영령들의 희생 앞에서 나는 절로 숙연해졌습니다.

터키족은 오랜 세월 거듭되는 혼혈과정에서 외양은 어느 정도 바뀌었지만 언어학적으로는 우리와 같은 알타이 어순語順을 잃지 않고 있습니다. 유럽에는 동구 헝가리의 마자르족을 위시해 핀란드와 스웨덴 북부에 아직 이런 우랄 알타이어계 종족이 남아 있습니다. 그래서인지 터키 사람들은 한국인을 대단히 친절하게 대합니다.

1998년 이스탄불에서 함께 만찬을 하던 몇몇 터키의 지도층 인사는 6·25 참전을 큰 영광이요, 자랑이라고 하면서도 한편 한국에 대한 서운한 감정을 다음과 같이 솔직하게 털어놓았습니다.

> 한국이 크게 발전해서 잘살게 된 것을 진심으로 축하한다. 하지만 섭섭한 것이 하나 있다. 한국에 새로운 대통령이 취임하면 으레 유럽을 순방하던데, 우리 터키는 한 번도 들러 주지를 않는다. 우리가 잘살지 못해서 그런가? 경제적으로 도와달라는 이야기가 아니다……. 한 번쯤은 터키에 들러 한국동란 참전용사들을 위로-격려해주고 갈 만도 한

데 그게 없어서 늘 아쉽고 섭섭했다…….

이슬람은 한때 기독교와 공존한 적도 있었습니다. 그러나 기독교가 득세하자 가혹하게 배척-유린당했습니다.

동서냉전이 격화되자 서유럽제국은 소련의 군사적 위협에 대항하기 위해서 군사적 집단안전보장체제인 북대서양조약기구(NATO)를 결성했습니다.

터키가 서방세계의 일원이 될 수 있는가는 사실 모호합니다. 국토의 95% 이상이 아시아에 있고, 나머지 극히 일부만이 유럽에 위치해 있기 때문입니다. 그런데도 서구 제국은 자기들이 필요할 때는 터키를 서방세계에 포함시켜, 그리스와 함께 나토회원국으로 가입시켰습니다. 그래서 터키는 자국영토 내에 나토 말고도 미군에게까지 군사기지를 제공하는 등 소련 봉쇄정책에 적극 협력했습니다. 그런데 막상 유럽공동체(EU)를 결성할 때에는 아시아국가라는 이유로 끼워주지를 않았습니다. 따돌림을 당한 것이죠. 인접국인 그리스가 한사코 반대하는 모양인데, 어쨌거나 이율배반이 아닐 수 없습니다.

아쉬웠던 보은報恩의 기회

터키 이야기가 나온 김에 이번에는 2002년 〈한-일 월드컵〉 때로 화제를 돌려보겠습니다. 월드컵 축구에서 한국이 그 험난한 16강의 벽을 넘어 8강 진출을 확정지은 다음, 기적 같은 4강 신화까지 창조할 수 있을지가 온 국민의 관심사가 되어 있을 때였습니다. 마침 〈전경련〉 간부들과의 만찬 자리에서 나는 몇 해 전 이스탄불에서 터키 인사들로부터 들은 말도 있고 해서 그동안 담아두었던 생각을 털어놓았습니다.

'지금 전경련 산하 큰 기업들이 국민으로부터 도덕적으로 비난을 받기 일쑤인데, 단번에 이를 만회할 아이디어를 하나 드릴 테니 부디 귀담아 들어주십시오……' 하고 서두를 꺼낸 다음 이렇게 말했습니다.

> 이번 8강에 오른 터키가 한 번 더 이기고 우리도 4강에 진출하면 3~4위전을 서울에서 하게 됩니다. 그리되면 '전경련'에서 지체 없이 성명을 내십시오. 터키는 반세기 전에 우리나라를 공산화의 위기로부터 구해준 나라이니, 물론 체재비야 FIFA에서 나오겠지만, 터키 선수들과 임원들이 도착해서 떠날 때까지 모든 편의와 부대비용 일체를 〈전경련〉이 우리 국민의 이름으로 부담하겠다고 말입니다. 그러면 아마 터키 국민이 정말로 좋아할 것이고, 우리 국민들까지도 한국이, 특히 우리 기업인들이 큰 도리를 한번 제대로 하는구나 하면서 무척이나 기뻐할 것입니다. 지금 사회 일각에는 덮어놓고 부자는 '악惡'으로 몰려는 그릇된 풍조가 만연하고 있습니다. 이 같은 오해를 일거에 씻어낼 좋은 기회라고 생각하는데 어떻습니까?

그랬더니 '잘 알겠다'는 듯 고개는 끄떡였으나 결국은 건성으로 들어넘긴 모양새가 되고 말았습니다.

5) 베풀기의 두 마음

이제까지 나는 은혜를 입거나 베푸는 문제와 관련된 여러 가지 이야기를 해 왔습니다.

'베푼다'는 것에는 확실히 양면이 있습니다. 한 면으로만 보면 분명 착하고 좋은 모습이지만, 그 반면은 자기 우월감의 또 다른 표현이기도 합니다. 즉 시혜施惠와 수은受恩의 관계에 있어서, 베푸는 쪽의 심상에는 아무리 선의라 해도 적어도 상대방보다는 내가 우월하다는 잠재의식이 깃들기 마련입니다. 반대로 '베풂'을 받는 쪽은 내심 그만큼의 열등의식을 느끼기 십상입니다.

열등의식이란 곧 자존심에 일정한 상처를 입었음을 말하는 것이기도 합니다. 우리는 살아가면서 많은 사람들이 베풂을 받을 때는 감지덕지하다가도 조금이라도 비위에 거슬리면 언제 그랬더냐 싶게 안면을 바꾸는 경우를 가끔 보게 됩니다. 그만큼 사람의 마음이란 변덕스럽다고나 할까요.

어쨌거나 이 같은 심리는 하찮은 일에도 상처를 받기 쉬운 인간의 여린 마음을 말해주는 것이기도 합니다. 심한 경우 이것이 나중에 오히려 보복심리로 표출되는 예를 흔히 보게 되는데 이런 행태를 '배신' 또는 '배은망덕'이라고 하지요.

그래서 일찍부터 우리 동양에서는 베풀 적에 상대방이 입을 수 있는 자존심의 상처와 열등감을 헤아려서 반드시 예禮를 갖추도록 했습니다. 베풀 때는 자신을 낮추고 상대방을 높이며, 아무도 모르게 베풀어야 하는 것입니다. 그렇게 해야 수혜자가 나중에 자신이 잘됐을 적에 기꺼이 보은의 도리를 하게 되는 것입니다.

그런데 근대 이후 서양에서는 이런 미덕을 보기가 어렵습니다. 이 점이 동-서양의 큰 차이라 할 수 있겠는데 그 대표적인 예가 미국의 대외원조 행태라고 하겠습니다. 미국은 부자나라라서 세계 여러 가난한 나라들에게 많은 원조를 해왔습니다. 그러나 그 결과가 어떻습니까? 가는 곳마다 얼마 안 가서 '양키 고 홈' 소리가 들려오곤 합니다.

한때 미국원조의 모범생으로 정평이 나 있던 한국에서조차 반미정서가 이제는 싹튼 정도를 훨씬 넘어서서 상당한 지경에까지 이르렀습니다.(이는 국내 좌파들의 '반미'행태와는 별개) 이것이 모두 미국의 책임이라고 할 수는 없지만 베풀 때의 사려 부족도 한몫을 했을 것이니 미국을 위해서도 안타까운 일이 아닐 수 없습니다.

지난날 남들로부터 베풂을 받는 데에만 익숙했던 우리도 이제부터는 어떻게 보은의 도리를 다하며 또 어떻게 상대의 자존심을 건드리지 않고 베풀 것인가를 진지하게 생각해야 할 때입니다. 수은불망受恩不忘하고(받은 은혜는 평생 잊지 말고) 시은물념施恩勿念하라(베푼 은혜는 갚기를 바라지 말라)라는 금언을 다시금 우리 국민의 보편적 정서로 확산시켜 나가는 캠페인을 벌였으면 합니다.

3. 불화不和에서 협화協和로

우리 현대사에서 산업화 세력이란 5·16정변으로 집권한 군부를 비롯해서 이들과 손잡은 관료-기업인 집단을 말합니다. 이들은 1960년 국민소득 67달러밖에 안 되는 절대빈곤의 시대에 빈손으로 세계사에서 기적이라 할 눈부신 경제발전을 이루어 민족중흥의 새 터전을 마련했습니다.

한편 민주화 세력은 '개발독재'와 권위주의에 맞서 싸운 정치인들과 시민집단을 말합니다. 이들은 자유-민주의 기치를 높이 들고 결사적으로 대항하여 민주화의 새 시대를 열었습니다. 이들 모두 자랑스러운 우리 시대의 영웅들입니다.

우리의 근-현대사를 큰 흐름으로 보면, 우리는 산업화를 이루고 민주화의 벅찬 도정을 단숨에 헤쳐 나와 아득하게만 보이던 국제화-세계화-선진화의 문턱에 올라섰습니다. 이제 우리 앞에는 자유-민주-통일, 평등-평화-번영의 '21세기—코리아 판타지'가 장엄하게 울려 퍼지는 푸른 동산이 기다리고 있습니다.

그런데 마지막 남은 이 고빗길에서 두 세력이 맞부딪쳐 허구헌 날 싸우기에 여념이 없으니 이 나라가 뒷걸음질 치고 있다는 위기감을 좀처럼 지울 수가 없습니다. 실로 답답하고 안타까운 노릇입니다.

되돌아보건대, 두 세력이 국가-사회적 공헌을 서로 인정하고 긍정적으로 받아들이는 토대 위에서 힘을 합친다면, 선진화의 언덕을 넘는 일쯤이야 무엇이 어렵겠습니까?

더구나 국민통합-국론통일의 중심에 서야 할 언론마저 패가 갈려 서로가 편파보도의 날을 세우며 양편의 대립-갈등을 격화-증폭시키고 있으니 참으로 한심하다고 하지 않을 수 없습니다.

거듭 말하거니와 근대사의 측면에서 보면, 이 또한 현명한 역할분담을 한 것으로서 산업화 세력이 이룩한 업적에도 엄청난 의미와 가치가 있는 것이고, 민주화 세력이 벌인 투쟁과 희생 또한 크나큰 의미와 가치가 있는 것입니다. 따라서 이제는 서로가 국가와 사회발전에 대한 업적과 기여를 긍정적으로 인정하고 오로지 국제화→세계화→선진화를 향해 함께 손잡고 나아가야 하겠습니다.

4. 정치사관학교 설립의 꿈

1970년대에 나는 가칭 〈율곡정치사관학교〉라는 이름의 의숙義塾형 국가지도자 양성학원 설립을 구상한 일이 있습니다. 대학에서 학생들을 가르치다 보니 앞으로 직업정치인이 되고자 하는 우수한 인재들이 의외로 많다는 것을 알게 되었습니다.

그런데 이들이 아무리 정치에 큰 뜻을 품고, 자기 꿈을 실현할 자질을 갖춘 인재들이라 해도 학연-지연-혈연 등 유력한 후원자가 없으면, 자력에 의한 정계진출의 길은 원천적으로 막혀 있다는 사실 또한 알게 되었습니다.

그때나 지금이나 현실이 이렇다 보니 과격한 학생운동이나 노동운동의 투쟁경력이 정계입문政界入門의 필수요건처럼 인식되고 있습니다. 게다가 학생-노동-사회운동 경로經路에는 언제나 좌경-친·종북 세력의 접근과 유혹으로 자칫 반국가적 인물로 전락할 위험이 있다는 것도 모두가 잘 알고 있는 사실입니다.

그리하여 이 같은 처지에 있는 젊은 정치지망생들은 기성정당에 뛰어들어 정치인들의 타락한 행태부터 보고 배우기가 십상입니다. '시어머니 흉보면서 닮아간다'는 속담도 있듯이 낡고 부패한 기성정당, 부도덕한 기성정치인들 속에 묻혀 돌아가다 보면 젊은이다운 순수한 패기와 정열은 자기도 모르게 시들게 마련입니다. 고도의 전문지식과 경륜을 쌓아가면서 이상에 불타는 큰 지도자로 성장하기란 그야말로 연목구어緣木求魚가 아닐 수 없습니다. 바로 이런 것이 이 나라의 정치가 후진성을 면치 못하는 근본요인이 아닌가 하는 생각을 해봅니다.

작금의 답답한 정치현실을 보면서 불현듯 40여 년 전에 구상했던 정치사관학교 설립의 꿈이 못내 아쉬운 여운으로 남아 있습니다. 그때 내가 기획했던 〈율곡정치사관학교〉의 설립개요는 대략 다음과 같은 것이었습니다.

먼저 이 학원이 들어설 자리는 '산고수려山高水麗'한 명당이라야 합니다. 이곳에서 소정기간, 청운의 뜻을 품고 자기도야에 매진할 청년 학도들은 전국 각 지역을 인구비례로 안배하여 해마다 백여 명씩 선발해서 단기 3년, 장기 5~6년(석사까지) 과정으로 교육합니다. 이 기간에 문학-역사-정치-외교-군사-경제 등 기본 교과과정 말고도, 동서양의 고전을 섭렵하고, 그 진수를 철저하게 터득케 해서 세계 어디를 가도 최고 엘리트로 존경받을 만한 교양인으로 길러냅니다. 그리고 졸업 후에는 일정기간 연고지에서 보람찬 공공봉사 임무를 수행토록 합니다.

그밖에 개인의 신앙과는 관계없이 4대종교(유-불-기독-이슬람)의 경전을 숙독시켜 인류문명사에 대한 깊은 이해를 쌓게 하고, 특히 외국어는 3개국어 이상을 구사할 수 있도록 강훈련을 시켜 국제무대 어디에 내놓아도 손색이 없는 국제인-세계인으로 만듭니다. 여기에 무슨 악기든 하나둘쯤은 능숙하게 다룰 줄 알고, 호신용 무술까지 연마하여 강인한 체력과 더불어 담대한 의지를 길러줍니다.

특히 학도들은 3년 간 전원 기숙사에서 생활하며 학비는 물론 약간의 용채까지 지급하는 등 일체의 경비는 학교(설립재단)가 부담합니다. 학도의 선발은 고도의 전문성과 덕망을 갖춘 지성인들로 구성되는 운영위원회에서 심의-결정하며 이밖에도 규정에 따라 일부 특별추천, 또는 기여입학을 허용할 수 있습니다.

이렇게 해서 현실정치에 대한 투철한 사명감과 자존의식을 갖추고 애국-애족에 불타는 예비정치인을 매년 100명씩 길러내면 10년 후에는 참신하고도 유능한 정치인재가 무려 천 명에 이릅니다. 이들이 장차 이 나라의 국회의원, 장-차관, 외교관이 되어 국내는 물론 국제무대에서 활동하게 될 날을 한번 그려봅시다. 그들이 여당이면 어떻고 야당이면 어떻습니까? 또 진보면 어떻고 보수면 어떻습니까? 그야말로 솥 안의 팥이 퍼져봤자 솥 안에 있지 어딜 가겠습니까? 한국의 정치인재로 성장한 이들이 세계를 누비고 다니게 되면 우리의 국가위상이 엄청나게 높아지게 될 것은 자명하지 않겠습니까?

그즈음 나는 이런 구상을 가지고 이러저러한 경로를 통해 몇몇 유명 기업인들과 의견을 나누어 보았습니다. 대략 50개 대기업이 10억씩 출자하면 500억 원이 되고 그 정도면 내가 구상하는 정치사관학교 설립이 가능할 것이라는 뜻을 밝혔습니다. 40여 년 전의 이야기이니 지금 화폐가치로 따진다면 그 10배는 족히 넘는 큰 금액이 되겠지요.

그런데 그들 기업인 쪽에서는 출자를 하면 자기들이 당연히 이사진을 구성해서 학교운영에 직접 참여해야 한다고 하기에 그렇게 할 수는 없다고 거절했습니다. 국가 미래와 기업의 안전을 위한 기부투자로 생각하고 자족할 줄로 기대했는데 당장 권한을 행사하겠다고 하니 안타깝지만 도리없이 뜻을 접을 수밖에 없었습니다. 그들이 학교운영에 관여하게 되면 정치사관학교는 마치 부자들과 기업의 앞잡이를 양성해내는 곳이라는 오해와 비난을 받을 것이 뻔하기 때문이었습니다.

투철한 역사의식과 확고한 국가철학을 갖춘 신진기예의 정치인을 양성하는 것이 국가는 물론이고 궁극적으로는 기업과 기업인을 위해서도 유익한 것이 분명한데도 이 간단한 이치를 모르다니…….

그런데 이제 와서 생각하니 참으로 아쉽기도 하고 한편 후회스럽기도 합니다. 만일 그때 정치사관학교를 설립했다면 지금쯤 우리 대한민국은 정치문화뿐만 아니라 모든 분야에서 이미 선진화되었을 텐데 하는 아쉬움과 더불어 내가 그때 기업인들을 좀 더 적극적으로 설득하지 못한 것이 몹시 후회됩니다. 지금이라도 누군가 지난날의 나와 같은 꿈을 가지고 이 과업에 뛰어들면 좋겠다는 생각을 해봅니다.

그 무렵 부영그룹의 이중근李重根 회장으로부터 연구비 협찬을 받아 1년여에 걸쳐 작성해 놓은 상세한 계획서(200여 쪽)가 지금도 내 서재에서 잠자고 있습니다.

제10장
제3의 사상적 대안을 찾아서

1. 인간상실에서 인간회복으로
   1) 사회주의 혁명 10년론
   2) 인간의 얼굴 찾기
   3) 동양회귀론東洋回歸論
   4) '역사의지'와 '인간의지'

2. 한국이 주도하는 '아시아 공동체'
   1) 창조적 〈신新통일론〉
   2) 통일과 세계화는 하나
   3) 통일로 가는 길

3. 중국이라는 나라와 더불어 살기
   1) '이소사대以小事大'의 역逆발상
   2) 〈동북공정東北工程〉 대응은 '쿨—'하게
   3) 연변대학 〈발해사渤海史연구소〉 설립
   4) 중국어사전 편찬과 역사의식

1. 인간상실에서 인간회복으로

1) 사회주의 혁명 10년론

1989년 4월 중순부터 5월초까지 옛 소련을 방문한 적이 있었습니다. 소위 '조선문제' 전문가들의 세미나에 비공식 사절단의 일원으로 초청받아 갔습니다. 주로 정치·경제 분야를 관심사로 한 세미나였기 때문에 문화계 인사는 몇 명 없었고 관심도 적었지만, 나에겐 사회주의 종주국을 둘러볼 수 있는 좋은 기회가 되었습니다. 사할린과 시베리아를 횡단하여 레닌그라드(지금의 상트페테르부르크)와 모스크바에 이르는 약 2주 동안 대도시에서마다 세미나를 개최했습니다.

모든 일정이 거의 끝나갈 무렵인 모스크바 세미나 때였습니다. 곳곳에서 온 한반도문제 전문가라는 사람들이 한 100여 명 모인 자리에서 진행자가 듣기만하고 있는 나에게 소감을 묻기에 다음과 같이 말했습니다.

사회주의-공산주의국가 몇 곳을 방문해 보고 나는 큰 의문을 품게 되었다. 공산주의라는 게 능력껏 일하고 필요에 따라 분배받아, 누구나 공평하게 잘 살자는 게 아닌가? 그런데 사회주의 혁명 70년을 맞는 종주국인 이곳 소련이 가장 못 살고 사회주의 역사가 짧을수록 그나마 좀 나은 생활을 하는 것 같았다. 아침부터 생필품을 얻기 위해 배급소 앞에 100미터, 200미터씩 줄을 서 있는 모습에서 인민생활의 빈곤을 생생하게 실감하였다.

자기네 체제를 잘못된 것이라고 비판하는 말에 기분 좋을 리는 없었을 것입니다. 그런데 제게 소감을 물었던 그 진행자가 재치 있게 둘러대더군요. 김일성대학에 유학한 사람이라 우리말에 능했습니다.

홍 박사님께서 정말 잘 보셨습니다. 그런데 사회주의 역사 70년이라는 것은 산술적으로는 맞지만 실질적으로는 금년이 꼭 10년째입니다. 레닌의 10월혁명 이후 5년간만 진짜 혁명 기간이었고, 그 뒤 스탈린에서부터 흐루쇼프까지의 시절은 모두 혁명이 아닌 반동 기간이었습니다. 지금의 고르바초프가 집권하고 약 5년이야말로 진짜 혁명기간입니다. 따라서 실제로 사회주의 혁명의 역사는 이제 10년인 셈입니다.

사회주의 혁명은 이제 시작이므로 좀 더 지켜봐 달라는 것이었습니다.

그날 밤 호텔방으로 나를 찾이온 그 사람은 천연덕스럽게 이런 우스갯소리도 했습니다.

지금 우리 소련공산당에 입당하려면 원서를 제출하고 반드시 면접시험을 통과해야만 합니다…… 면접시험에는 다음 5개항의 질문을 하게 되어 있는데, 어떤 사람이 입당원서를 내고 면접시험관 앞에 섰다고 합니다.

첫째, 공산주의를 신봉하는가? 예, 물론 신봉합니다.
둘째, 출신성분은? 부르주아입니다.
셋째, 고등교육을 받았는가? 예, 대학을 나왔습니다.
넷째, 육체 노동의 경력이 있는가? 없습니다.
다섯째, 자본주의사회에 거주한 사실이 있는가? 예, 있습니다.

그러자 시험관이 말하기를 당신은 첫 번째 항목 하나만 합격이고 나머지 네 개 항목은 모두 부적격자로서 우리 소련공산당의 당원이 될 수 없다고 판정을 내렸답니다. 불합격 판정을 받고 돌아서 나가는 이에게 시험관 중 한 사람이 '잠깐! 그런데 당신 이름이 뭐냐?'고 하니까 〈카를 마르크스〉라고 하더랍니다.

우리는 폭소를 금치 못했습니다. 공산주의 이론의 창시자인 카를 마르크스가 꼭 이 다섯 개 항목에 해당하기 때문이었습니다. 그즈음 소련 지식인들 사이에서 몰락해가는 사회주의, 공산주의를 풍자한 유머의 하나랍니다. 이때 나는 소련체제가 머지않아 붕괴되겠구나 싶었는데 바로 그 이듬해에 끝장이 나고 말았습니다.

내가 이 같은 짧은 대화를 주고받은 지 불과 1년 뒤 소련-동구사회주의국가가 줄줄이 몰락했습니다. 이를 두고 일부에선 사회주의에 대한 자본주의의 판정승이라며 환호하는 소리도 높았지만 과연 이것을 그렇게

만 볼 수 있겠습니까?

마르크스의 《공산당선언》이 나온 해가 1848년, 《자본론》 초판본이 출간된 것이 1867년입니다. 본디 마르크스의 공산주의 이론은 처음부터 자본주의를 적대시한 것이 아니라 '부익부富益富 빈익빈貧益貧'이라는 자본주의의 한계이자 모순을 극복하기 위한 대안으로 나온 것입니다. 그런데 몇몇 정치모험주의자들이 이를 혁명과 정권 획득의 수단으로 악용하면서부터 적대적 이념으로 변질되었던 것입니다. 《자본론》의 이론 자체가 나빴다기보다는 급진적 모험가들의 혁명지상주의가 나빴고, 그 실패는 인류문명사에 씻을 수 없는 비극을 남기고 말았습니다.

사회주의의 몰락은 마치 자본주의라는 늙은 아비를 두고 사회주의라는 젊은 자식이 먼저 죽은 꼴이 되었다고 하겠습니다. 따라서 자본주의가 판정승했다고 환호할 것이 아니라 인류문명에 대안代案이 없어졌다는 사실에 더욱 주목해야 한다는 것이 내 생각입니다. 이른바 〈대안 상실론〉이 그것인데 어쨌거나 그 여행길에서 〈사회주의 혁명 10년론〉이라는 재미있는 말을 들은 것만도 내게는 긴 여운으로 남는 소득이 있었다고 하겠습니다.

2) 인간의 얼굴 찾기

사회주의가 몰락하고 나서 자본주의도 스스로 한계에 봉착하자 그 대안으로 나온 것이 이른바 '신新자유주의'입니다. 신자유주의 이론을 내가 제대로 분석해 본 것은 아니지만, 거기에는 자유는 충분히 보장되지만 공정성의 문제가 약점으로 제기된다고 하겠습니다. FTA에서 보듯이 신자유주의는 국가간 무역에서 최대한의 자유를 보장한다는 것입니다. 네 나라 내 나라 할 것 없이 자본-금융-상품에 관세를 아주 없애거나 낮게 하여 자유롭게 유통되도록 하자는 것입니다. 그러니 여기에 자유는 있을 지언정 과연 공정성이 있을까요?

많이 가진 자와 적게 가진 자가 같은 룰에 따라 무한경쟁을 하는 것을 어찌 공정한 게임이라고 할 수 있겠습니까? 마치 권투나 레슬링에서 중량급 선수와 경량급 선수를 맞싸우게 하는 것과 다를 것이 없기 때문입니다.

한편 사회주의의 대안으로는 '제3의 길'이라는 것이 제기되었는데 이를 '인간의 얼굴'을 가진 사회주의라고 주장합니다. 그런데 내가 앤서니 기든스(Anthony Giddens, 1938~)의 《제3의 길》과 노엄 촘스키(Noam Chomsky, 1928~)의 《그들에게 국민은 없다》를 읽어본 소감으로는 이 같은 이론적 모자이크가 과연 실패한 사회주의의 대안이 될 수 있을지 의문을 갖게 되었습니다.

20세기 인류문명사는 한마디로 자본주의와 사회주의의 대결—바로 그것이었습니다. 그런데 자본주의의 한계를 극복하겠다던 그 사회주의가 먼저 무너지고 말았습니다. 지금 21세기 인류문명 창조의 주역이라 자처하는 新자유주의나, 기사회생에 몸부림을 치고 있는 사회주의《제3의 길》나 공교롭게도 똑같은 구호를 외치고 있습니다. '인간의 얼굴을 가진 자본주의', '인간의 얼굴을 가진 사회주의'를 건설하겠다는 것이 그것입니다. 여기서 '인간의 얼굴을 가진다' 함은 인간성의 회복을 의미하는 당위론적 선언이기도 합니다.

그리고 '인간의 얼굴'이란 다시 말해 우리 동양전래의 인본주의人本主義

- 즉, 민본주의民本主義로의 회귀를 뜻하는 것이 아니겠습니까?

이렇게 볼 때 서구세계가 만들어낸 자본주의와 사회주의는 결국 동양전래의 인본주의人本主義로 돌아오기 위해 그처럼 멀고도 험한 길을 돌고 돌아서 온 것이 아닌가 하는 생각을 해봅니다. 지난 수세기 동안 인류는, 특히 서구인들은 빈곤으로부터의 해방을 위해 엄청난 노력을 기울여 왔고, 그 결과 인류에게 오늘과 같은 풍요와 복지를 제공한 것이 사실입니다.

하지만 인간의 모든 행위가 대개 그렇듯이, 한 가지 목적에만 지나치게 매달리다 보면 또 다른 면에서 일어나는 부작용을 간과하기 쉽습니다. 지금 인류는 그 부작용이 낳은 상호불신-환경오염-빈부격차-방향 잃은 생명공학-핵 문제 등으로 전전긍긍하고 있습니다.

이와 같은 상황에서 '인간의 얼굴 찾기'라는 명제에 일단 합의가 이루어졌다는 것은 인류의 미래를 위해서 실로 다행이라 하지 않을 수 없습니다.

나는 운명사관이나 순환사관의 신봉자는 아닙니다. 하지만 한계 상황에 봉착한 인류문명의 활로를 동양의 정신문화에서 찾아야 한다는 주장에는 전적으로 동의합니다. 이것은 일찍이 아놀드 J. 토인비(Arnold J. Toynbee, 1889)와 같은 서양의 지성들이 제기한 이래 지금은 거의 상식처럼 되있습니다.

그렇다면 여기에 분명 우리 한국인이 담당해야 할 몫이 있을 것입니다. 그것도 엄청나게 큰 몫이 있다고 나는 확신합니다. 그것이 바로 우리 한국인이 그토록 오래 소중히 간직해 온 효孝사상과 이를 바탕으로 신新인본주의를 체계화하는 일입니다. 이것은 유사 이래 처음으로 우리가 주역이 되어 인류문명의 보편주의를 재창조해내는 과업이기에 우리 모두 긍지와 사명감을 가지고 마음을 하나로 모아야 하겠습니다.

3) 동양회귀론東洋回歸論

30여 년 전에 미국 하버드대학의 신학교수이자 철학자로서 《세속도시》(The Secular City : 1965), 《바보祭》(The Feast of Fools : 1971) 등의 저술로 유명한 하비 콕스(Harvey Cox)가 1977년에 출판한 《동양회귀(Turning East)》라는 책을 읽다가 사람의 생각은 동양이나 서양이나 비슷하기 마련인가보다 하고 회심의 미소를 지었던 적이 있습니다. 그가 이 책에서 미국의 젊은이들이 왜 동양회귀를 갈망하는가—그 원인을 세 가지로 아주 간명하게 관찰-분석한 대목이 신기하게도 나의 생각과 꼭 맞아떨어졌기 때문입니다. 콕스는 이 저서에서 다음 세 가지를 지적했습니다.

첫째로 자본주의 체제하에서는 인간이 개인주의-이기주의로 치닫게 되어 결국 스스로 고독의 늪에 빠지고 만다는 것입니다. 그리하여 고독한 인간이 달려가는 종착점은 자살밖에 없다는 결론을 내렸습니다. 이는 내가 우려하는 바와 궤를 같이하는 것입니다. 30년 전에도 나는 우리가 키운 자식들이 이러다가는 자연재해나 질병 또는 교통사고보다 자살에 의한 사망률이 더 높아질 것이라는 예감을 했습니다. 불행히도 나의 이 같은 짐작은 적중하여 우리나라도 벌써부터 20~30대 사망 원인의 첫 번째가 자살이고, 두 번째는 교통사고, 그리고 세 번째가 암癌이라는 통계(2014년)를 접한 일이 있습니다.

둘째로 사람들의 인간적-인격적 만남이 격감되고 있음을 지적하였습니다. 사람과 사람의 만남이 가슴과 가슴으로, 즉 따뜻한 마음으로 주고받는 것이 아니라 오로지 이해타산으로, 곧 비즈니스가 전부이니 순수한 만남을 찾기란 하늘의 별따기라는 것입니다. 이처럼 차고 메마른 인간관계 속에서 사람들은 차츰 지쳐버리고, 공허에 침잠하게 된다는 것입니다.

셋째가 자연과학의 발달로 소위 과학적 합리주의가 매사를 지배하다 보니, 이로 인해 신神의 권위가 떨어지고 부권父權이 설 자리를 잃고 말았다는 것입니다. 게다가 이에 대신하여 정신적으로 위안과 화평을 줄 새로운 귀의처歸依處가 없으니 방황할 수밖에 없다는 것입니다. 그런데 동양을 보니 거기에는 뭔가가 있는 것 같더라는 것입니다. 경로敬老사상도 있고, 효사상도 있는 등 서양에는 없는 정신적 지주가 있다고 생각하기에 이른 것입니다.

콕스가 이렇게 지적했다고 해서 서구문명이 당장 종언을 고할 것처럼 생각할 것은 아닙니다. 분명 아직도 세계는 서구의 산업화-민주화로 비롯된 물질문명과 과학적 합리주의가 지배하고 있습니다. 그럼에도 불구하고 오래전부터 서양 사람들 자신에 의해서 서구문명의 한계가 심각하게 논의되어 온 까닭이 무엇이겠습니까? 그것은 그리스-로마의 전통과 함께 서구문화의 중심축을 이루는 기독교문명이 주변의 이교異教문물과 부단히 마찰을 일으키면서 스스로 자기 한계를 드러냈기 때문일 것입니다. 여기에 굳이 새뮤얼 헌팅턴(Samuel P. Huntington)의 〈문명충돌론〉까지 끌어올 필요는 없을 것입니다.

그래서 나는 현재의 세계적 보편주의가 서양 기독교문명의 일환이라는 것을 인정은 하지만, 그렇다고 미래에까지 그러리라고 보지는 않습니

하비 콕스(1929~)

다. 인류의 보편적 가치는 언제나 시대적 한계를 가지고 명멸해 왔으니 오늘의 기독교 또한 그럴 것이 아닌가 해서입니다. 그러나 동양의 종교는 다릅니다. 역사적으로 보아도 동양의 종교는 여러 이교와 더불어 공생해 왔습니다.

우리의 경우 오랜 진통 끝에 불교를 받아들인 신라가 여기에 다시 신라적인 것을 접목하여 원광법사의 〈세속오계世俗五戒〉 등 호국불교로 발전시켰듯이 오늘의 우리도 서양의 보편주의에 '우리적'인 가치를 접목하여 새로운 사상을 창조해내야 합니다. 동양사상의 공동체의식과 인본주의를 중심축으로 하여, 그 오른쪽에는 자본주의의 효용가치를, 그 왼쪽에는 사회주의의 평등가치를 두 날개로 하여 새로운 이념을 정립해 나아가야 한다는 것입니다. 이것이 내가 기회 있을 때마다 주장하는 新인본주의 개념의 기본입니다.

4) ‘역사의지’와 ‘인간의지’

역사의 수레바퀴는 결코 인간의 의지대로만 굴러가는 것이 아닙니다. 제2차 세계대전의 전승국인 미-영-프-소가 패전한 전범국들을 어떻게 다루었습니까? 전후문제 처리야 마땅히 전승국의 의지로 결정되는 것이니 패전국 독일에 대해서 가혹할 수밖에 없었던 것은 마땅한 일이었습니다.

역사적으로 독일은 부강해지면 전쟁을 일으키곤 했습니다. 그렇게 전과(前科)가 많다보니 다시는 주변국가에게 재앙이 되지 않도록 만들 필요가 절실했던 것입니다. ‘소小독일’도 위험한데 ‘대大독일’은 더욱 두려운 존재라는 것이 그때 전승국들의 기본인식이었습니다. 그래서 ‘대독일’이 되지 못하도록 오스트리아를 떼어내 독립시키고, 나머지는 동-서로 갈라놓고, 한동안은 독자적인 군대조차 갖지 못하게 했으며, ‘제조업이나 해서 먹고살아라’ 하는 것이 전승국들의 속마음이요 의지였습니다.

그런데 결과는 어찌 되었습니까? 지금은 세계 그 어느 나라도 절대로 무시하거나 함부로 대할 수 없는 정치대국-경제대국-군사대국이 되었고, 자력으로 보란 듯 통일까지도 이루지 않았습니까!

일본은 또 어떻습니까? 일본 또한 미국의 핵우산 아래에서 제조업이나 해서 먹고살라는 것이 미국의 본뜻이었습니다. 하지만 일본은 이미 오래전에 경제대국-기술대국이 되었고, 정치대국에 이어 이제는 군사대국에다 유엔 안전보장이사회 상임이사국 자리까지 노리고 있습니다. 어디 그뿐입니까? 최근에는 집단자위권을 빙자한 아베(安倍)류의 군국주의 야욕을 또다시 드러내고 있습니다.

이렇듯 오늘에 와서 보면, 전승국들의 의지대로 된 것은 아무것도 없습니다. 결과만을 놓고 보면, 이게 어디 인간의 의지였느냐 하는 생각이 들지 않을 수 없습니다. 2차대전이 끝나고, 승전국인 미-소는 동서냉전체제를 구축하여 서로 패권을 장악하기 위해 치열한 군비경쟁을 벌였습니다. 냉전기간, 소련은 GDP의 23%를 매년 군사비에 쏟아부었고 미국 역시 7%나 썼습니다. 물론 절대액수에 있어서는 미국의 7%가 소련의 23%보다 훨씬 더 많았을 것입니다. 어쨌거나 미-소는 이 군비경쟁을 우주탐사로까지 끌고 가, 한도 끝도 없이 기氣싸움과 힘겨루기를 마다하지 않았습니다.

70여 년에 걸친 소련의 공산주의 혁명은 한낱 환상의 포로가 되어 세계 공산화를 꿈꾸다 고르바초프 때에 와서 스스로 막을 내린 인류역사 최대의 해프닝이었습니다. 그러나 냉전이 끝나고 유일 초강국이 된 미국 또한 딱하기로 말하면, 구 소련의 처지보다 크게 나을 것이 없다고 하겠습니다. 그 상징적인 예가 초강대국 미국의 자존심을 여지없이 짓밟은 2001년의 〈9·11 테러사건〉입니다.

이처럼 역사란 인간의 의지대로만 되는 것이 아니니 우리도 통일문제에 대해서 지나치게 비관만 할 일은 아니라고 생각합니다. 우리 주변의 강대국들이 아무리 우리의 통일을 가로막는다고 해도 우리의 끈질긴 도전정신이 살아 있는 한, 그리고 우리 국민이 높은 도덕성을 지니고 있는 한 역사의 신神은 반드시 우리 편에 설 것이라고 믿습니다.

광복이 되자, 좌우대립이 격화되어 온 사회가 혼돈에 빠져들면서 우리의 도덕의식도 크게 추락하였고, 게다가 6·25동란과 5·16정변을 거치면서 정치-사회적 갈등이 증폭되었습니다. 그러나 점차 이래서는 안 되겠다는 국민적 자각과 더불어 이제 우리 사회는 급속도로 변해가고 있습니다. 그 누구라도 부정과 비리에 연루되면, 전직이든 현직이든 대통령의 자식도 예외 없이 구속되고 재판을 받은 선례가 이를 웅변으로 말해줍니다.

이와 같은 변화야말로 도덕적 정당성을 확립하고자 하는 우리 모두의 의지가 모아진 '범사회적 각성'의 결과라고 하겠습니다.

어느 시대나 '역사의지'와 '인간의지'가 조화를 이룰 때라야 비로소 인간이 희구하는 가치가 창조되는 것이 아닌가 합니다.

2차대전 후 국토분단의 비극 속에서 사상과 이념의 대립으로 시련을 겪은 나라는 비단 우리 한국만이 아니었습니다. 저 대륙의 중국도, 베트남도, 패전국 독일도 우리와 같은 운명을 겪어야 했습니다. 하지만 이들은 그동안의 시련을 극복하고 이제는 모두 통일을 성취하였습니다. 나는 그들이 통일을 성취한 '힘의 원천'이 대체 무엇이었나를 알아보기 위해 직접 그 세 나라를 찾아가 면밀히 살펴보았습니다. 고심 끝에 얻은 결론은 오직 '도덕성'이었다는 확신을 얻게 되었습니다.

먼저 1945년 2차대전 직후 중국의 예를 들어 보겠습니다. 종전 당시 중국국민당의 장제스蔣介石 총통과 중국공산당의 마오쩌둥毛澤東 주석과의 객관적인 위상의 차이는 그야말로 하늘과 땅만큼이나 컸습니다. 국민당의 국부군은 장 총통의 높은 국제적 위상에다가 미국의 절대적인 지원으로 중重폭격기(B29)를 비롯해서 엄청난 병력과 재력, 화력-월등한 무기-를 보유하고 있었습니다. 이에 비해서 중국 마오毛의 인민해방군은 재력과 화력 장비 면에서 거의 상대가 될 수 없을 만큼 열악했습니다. 낡은 구식 개인화기(소총)조차 다 갖추지 못한 데다가 통일된 군복마저도 지급되지 못한 일종의 산발적인 유격대遊擊隊(게릴라)에 지나지 않았습니다. 그런데도 불과 4년 만에 중국대륙이 마오毛 주석의 공산당 수중으로 넘어가고 말았습니다.

지난 1980년대 중반 내가 중국 내륙지방을 답사하면서 현지인들로부터 직접 들은 바는 대개 이러했습니다. 국·공國共 내전 때 국민당 정부군이 마을에 들어오면 그 마을은 삽시간에 쑥대밭이 되어버린답니다. 부녀자들을 무차별 겁탈하는 것은 말할 것도 없고, 소 돼지 양 등 가축과 귀중품을 마구 약탈해 가니 국민당군이 들어온다고 하면 주민들이 모두 산이나 숲으로 도망을 갔다고 합니다.

반면에 인민해방군이 마을에 들어오면 제일 상급자가 먼저 마을 어른을 찾아뵙고 깍듯이 인사를 한 다음, 이러이러한 사연으로 앞으로 얼마 동안 신세를 지게 되었다는 말과 함께 정중히 양해를 구한다는 것입니다. 그러고는 전체 대원을 시켜 온 마을을 깨끗이 청소하고 궂은일들을 찾아서 봉사를 한답니다. 군기가 엄격하여 부녀자의 겁탈이나 재물의 약탈은 일체 없을 뿐 아니라, 돼지나 양 또는 곡식을 군량으로 가져갈 때는 붉은 용지에 재물의 목록과 함께 시가보다 훨씬 많은 액수를 적어 훗날 정부가 수립되면 보상하겠다는 증서를 써주었다고 합니다. 그러니 어디서나 인민해방군이 들어온다고 하면 주민들은 스스로 나와서 환영했다고 하니 이들의 도덕성과 엄격한 기강이 바로 승리의 원천이었다는 것은 두말할 여지도 없다고 하겠습니다.

베트남의 경우도 중국의 경우와 다르지 않았습니다. 당초에 베트콩 유격대를 결성해서 부패한 월남정부에 저항했던 첸 뉴 탄(월남 통일 무렵 프랑스 파리로 망명, 아직 생존여부는 알 수 없음)의 회고에 의하면 베트콩은 병력이 8만여 명에 불과했다고 합니다. 물론 화력이나 장비나 재력은 열악하기 그지없었고요. 그런데 이들 베트콩을 상대로 수십만 명의 월남 정부군, 한때는 그보다 더 많았던 미군, 1960년대 중후반에 가서는 한국군까지 합쳐 백수십만의 병력이 엄청난 첨단무기의 화력에다가 상상을 초월하는 재력을 투입해 가며 그처럼 장기간 싸웠지만 결국 패배하고 만 것을 어떻게 해석해야 하겠습니까? 북쪽 월맹군이 직접 개입한 것은 내전이 거의 끝나갈 무렵이었습니다.

독일 통일의 경우, 흔히들 서독의 월등한 경제력이 마침내 동독을 흡수통일하였다고 말합니다. 그러나 독일 통일 직후 나는 베를린에 있는 '자유베를린대학'을 방문하여 그곳 여러 교수들과 많은 의견을 나누어 보았습니다. 그 결과 나는 서독의 막강한 경제력보다 더 크게 또 직접 통일에 작용했던 것은 역시 서독 정부와 서독 국민의 도덕성, 즉 성숙한 문화의식이었다고 확신하게 되었습니다.

그것은 무엇보다도 극적으로 통일되는 과정에서 동독공산당의 고위간부, 그리고 상명하복上命下服의 특수조직인 군과 경찰, 특히 비밀경찰이 엄연히 존재했었는데도 단 한 발의 총소리도 없이 거짓말처럼 하루아침에 통일이 되었다는 사실에서 더욱 분명하게 입증된다고 하겠습니다.

만약 동독의 당 간부, 정부요인, 군 장성, 경찰 간부들이 서독에 흡수통일이 되면 자기들은 살아남지 못할 것이라고 생각했다면 쏘다가 죽는 한이 있더라도 발포명령을 내렸을 것 아닙니까? 그런데도 그들은 발포명령을 내리지 않았을 뿐만 아니라, 국외로 탈출, 망명한 사람도 거의 없었습니다. 호네이커 수상 겸 당 제1서기가 비서 한 사람만을 대동하고 모스크바로 망명한 것이 전부였다는 얘기를 들으면서 나는 독일 통일의 원동력 또한 누가 뭐라 해도 '도의와 문화'의 힘이었다는 사실을 절감했습니다.

우리의 통일문제도 같은 맥락에서 접근해야 합니다. 무엇보다 우리가 서둘러 해야 할 것은, 국민 개개인의 도덕성을 함양하는 일입니다. 우리 모두가 북한보다 도덕적 우위에 서서, 진심으로 북한동포를 끌어안을 수 있게 되어야 그들도 우리와 함께 살기를 바라게 될 것이기 때문입니다. 이것이 곧 통일로 가는 왕도王道이자 지름길입니다.

2. 한국이 주도하는 '아시아 공동체'

1) 창조적 〈신新통일론〉

산업혁명 이후 지난 200여 년 동안 세계는 구미 여러 나라가 주도해 왔습니다. 전쟁도 평화도, 생산도 소비도, 건설도, 파괴도 모두가 서양의 힘과 의지에 따라 좌우되었습니다. 동양사회는 수동적으로 끌려만 다녔고, 그저 피해나 덜 보면 다행이라고 여겨온 것이 사실입니다. 그러나 1990년대 들어서자, 냉전이 종식되면서 상황이 크게 달라졌습니다. 이제는 동양과 서양이 서로 손잡고 협력-공존하지 않을 수 없는 시대로 접어든 것입니다.

이렇게 된 데에는 여러 가지 이유가 있겠지만, 무엇보다도 냉전시대를 거치면서 미국이 독점했던 핵무기를 포함한 절대적 군사력이 상대화되었고, 인권의식의 보편화-정보의 대중화-지식의 일반화 등이 가져온 결과가 아닌가 생각합니다. 이제까지의 수직적-종속적이었던 관계가 수평적 공존관계로 새롭게 정립되어 가기에 이르렀기 때문입니다.

일찍이 세계은행은 1995년에 발표한 장기전망에서 2020년에 이르면 국내총생산(GDP) 상위 7개국 중 무려 5개국이 아시아 국가(중국·미국·일본·

인도·한국·인도네시아·독일 순)가 될 것이라고 예측한 바 있습니다. 세계적 투자은행 겸 증권회사인 골드만삭스도 2004년 보고서에서 중국이 2040년 즈음에는 미국을 제치고 세계 최대의 경제대국이 될 것으로 내다보았습니다. 그러나 현실은 벌써(2014년) 미국을 곧 추월할 것이라는 전망이 나오고 있습니다.

그밖에 대부분의 경제전문가들이 2050년경이면 세계경제의 중심축이 구미지역에서 아시아로 이동할 것이라는 공통된 전망을 내놓고 있습니다. 여기에는 경제만이 아니라 문화 분야까지도 포함하고 있습니다. 이는 동-서양이 대등한 협력자이자 동반자일 뿐만 아니라 오히려 동양이 앞장서 서양을 이끌어가는 세계사 진운進運의 선도자로 바뀌어 가고 있음을 말해주는 것이라 하겠습니다.

그렇다면 이제부터 아시아 국가들이 해야 할 일은 무엇이겠습니까? 한마디로 구주歐洲의 EU나 미주美洲의 NAFTA와 같은 '아시아 공동체'를 결성해서 명실상부한 아시아의 시대, 동양이 세계를 이끌어가는 시대를 열어가야 합니다. 그리고 이러한 역사적 대 변혁기를 맞아 우리 대한민국이, 우리들 한국인이 '아시아 공동체' 건설에 그 주역을 담당해야 한다고 나는 생각합니다. 누군가가 이 어려운 역사적 대업을 하필 우리 한국이 주도해야 할 무슨 이유라도 있느냐고 묻는다면, 나는 단연코 '그렇다' 대답하겠습니다. 다음과 같은 이유에서입니다.

이런 일은 기존의 강대국이 주도해서는 성사되기 어렵다고 봅니다. 강대국들은 역사적으로 주변 약소국들을 침략하고 착취하는 죄업을 저질러왔기 때문입니다. 지금도 많은 아시아 국가들이 중국이나 일본의 침략을 겪어온 지난날의 악몽을 쉽게 떨쳐버리지 못하고 있습니다.

따라서 이 과업은 강대국이 아니라 평화애호국가로 정평이 있는 나라가 앞장서야 바람직하고 성사 가능성도 높습니다. 거기에 정치-경제-사회-문화적으로 일정한 수준에 도달한 나라여야 신뢰와 지지를 얻을 수 있습니다. 객관적으로 검증이 된 나라라야 지도력을 발휘할 수 있기 때문입니다.

이렇게 보면, 지금 아시아에서는 단연코 우리 대한민국이 으뜸이라고 나는 확신합니다. 지난날의 '한강의 기적'뿐만 아니라 우리에게는 아시아와 온 세계에 자랑스럽게 내놓을 수 있는 대표브랜드가 있습니다. 우리의 효孝사상-효문화를 응축한 신新인본주의가 바로 그것입니다. 이 신인본주의를 바탕으로 우리는 장차 세계평화와 인류의 공생공영共生共榮을 위한 전 단계로서 '아시아 공동체' 결성에 앞장서야 합니다. 나는 이 같은 문명사의 큰 흐름을 일찍이 '문화영토시대'라고 명명命名한 바 있습니다.

우리가 적극적으로 이 과업의 선두에 나설 때, 과연 어떤 상황이 예상될까요? 아마도 주변 강대국들은 내심 시큰둥해 할 것입니다. '네가 뭔데 날 제치고 감히……', 하는 역겨움 같은 것이 일겠지요. 그렇다고 그들은 이 같은 감정을 겉으로 드러내지는 못할 것입니다. 무엇보다 체면 때문에라도 그럴 것입니다. 그러니 우리가 지레 겁을 먹거나 위축될 필요는 없습니다.

우리와 크기가 비슷한 작은 나라, 약한 나라들부터 차례로 선두해서 호응을 얻어내는 것이 무엇보다 중요합니다. 먼저 그들과 자유무역협정(FTA)과 같은 상호 이익 증대의 길을 트고, 점진적으로 경제협력체제를 긴밀하게 구축해 나가는 것입니다. 가능하다면 우리의 전 국토를 지역별 특성에 맞춰 경제특구로 만들어 프랜차이즈형型 개방을 추진하면 금상첨화가 될 것입니다.

우리가 이렇게 접근할 수 있는 나라는 참으로 많습니다. 대만-베트남-인도네시아-필리핀-말레이시아-태국-라오스-캄보디아-미얀마-싱가포르-네팔 등등이 그들입니다. 또 서쪽 끝으로는 터키, 북쪽으로는 몽골 등이 있습니다. 이들은 우리와 이미 각별한 인연과 우호관계를 맺고 있는 나라들입니다. 이들과 진정으로 이해와 뜻을 함께하며 결속을 다져 나가는 것입니다. 그렇게 되면 반드시 지난날 APEC에 미국과 호주가 뒤질세라 뛰어들었듯이, 또 이를 보고 EU국가들이 ASEM을 서둘러 결성했듯이 중국과 일본도 끝내는 참여하지 않을 수 없게 될 것입니다.

여기서 특히 유념해야 할 것은 아시아의 여러 작은 나라들과 경제 교류를 우선적으로 하되, 이제까지 자국의 이익만을 절대시하던 제국주의적 구태와는 질적으로 다른 방식이어야 한다는 것입니다.

먼저 우리가 스스로를 낮추고 겸허한 자세로 낮은 곳, 작은 것에서부터 시작하여 점진적으로 높고 큰 것으로 다가가 마침내 최종목표를 이루는 방식으로 우리의 전략목표를 설정하는 것이 무엇보다 중요합니다. 그리하여 먼저 아시아의 평화와 번영을 이루고, 이를 토대로 세계평화와 인류복지에 이바지할 '신新인본주의' 즉 '문화영토시대'의 지평을 넓혀 나가야 합니다.

우리가 이렇게 접근해 가노라면 아무리 저돌적인 대결자세로 치닫는 북한일지라도 결국은 남북간 긴장완화-관계개선의 길로 돌아오지 않을 수 없게 될 것입니다.

오늘날 우리에게 이 같은 절묘한 기회와 사명이 주어진 것이 결코 우연이 아닙니다. 이것은 아득한 옛날 단군왕검檀君王儉께서 밝힌 홍익인간

弘益人間과 광명이세光明理世라는 개국이념의 필연적 귀결로서 거역할 수 없는 우리 겨레의 숙명적 소명이라고 나는 생각합니다.

이제 '아시아 공동체' 결성이라는 커다란 과제를 우리 대한민국이 주도해 나가게 되면 그 과정에서 남·북 관계는 큰 변화를 가져오지 않을 수 없게 될 것입니다. 어떤 형태로 변할 것인가는 미지수이지만 무리 없이 교류·협력관계가 크게 증진될 것은 분명합니다. 이것이 지금까지 어느 한 쪽에 의한 통일만을 주장하는 것과 구별되는 나의 〈신新통일론〉입니다.

2) 통일과 세계화는 하나

어느 나라-어느 민족에게나 역사발전에는 나름대로의 과정이 있고, 그 과정마다 전체성원이 마땅히 함께 추구하고 수호해야 할 시대정신 또는 절대명제라는 것이 있습니다.

우리 민족의 경우, 지난날 외세에 시달리던 개화기에는 국권수호가, 일제강점기에는 국권회복이 바로 시대정신이요 절대명제였습니다. 그렇다면 오늘을 사는 우리의 시대정신과 절대명제는 무엇이겠습니까? 그것은 통일민주국가 건설과 세계화를 달성하는 일이라고 하겠습니다.

한반도를 둘러싼 오늘의 정세는 여전히 주변 외세의 이해관계가 첨예하게 얽혀 있습니다. 다시 말해 우리의 통일문제는 대단히 복잡-미묘하여 그것이 주변 4강 모두에게 절대로 위협이 되지 않거나 적어도 손해는 아니라는 확신을 줄 수 있을 때, 비로소 가시권에 들어올 수 있습니다. 그만큼 동아시아뿐만 아니라 세계질서에서 한반도가 갖는 비중과 역할이 크고 중요하다는 의미입니다. 그러므로 통일을 단순히 우리 민족만의 문제로만 한정하여 접근하는 방식은 근시안적 단견이라 하지 않을 수 없습니다. 남과 북이 문을 활짝 열고, 다 같이 세계화-국제화에 동참하는 것만이 통일을 앞당기는 길입니다.

그렇다면 우리에게 '세계화'란 무슨 의미입니까?

세계화라면 오늘날 국제사회를 주도하고 있는 서구의 가치-질서 속으로 우리가 편입되어 들어가는 것으로 생각하기 쉽습니다. 과거 근대화과정이 바로 그런 것이었습니다. 하지만 그러한 서구화를 세계화라고 하던 시대는 이미 지나갔습니다. 우리가 추구해 나갈 세계화는 서구의 보편적 가치를 우리의 가치와 질서 속으로 끌어들여 한국적인 것으로 재창조해 나가는 것이어야 합니다. 그러므로 지금 우리 앞에 가로놓인 급선무는 무엇보다 우리의 가치, 우리의 질서가 무엇인가를 다시 확인-점검하는 일입니다.

이렇게 보면, 다음에 제기되는 문제는 마땅히 우리의 그 가치와 질서가 어떤 것이냐는 것으로 모아집니다. 나는 앞에서도 누누이 강조했듯이 그것을 동양의 정신문화, 그중에서도 특히 우리문화 속에 깊게 뿌리내리고 있는 전통적 효사상을 바탕으로 하는 인본주의를 중심축에 놓고, 그 양 옆에 자본주의의 효용가치와 사회주의의 평등가치를 아우르는 도의문화, 즉 신新인본주의라고 확신합니다.

국제사회를 향해 우리의 신인본주의 이념을 제시하고 글로벌 리더십을 발휘해 나아갈 때 세계화는 자연스럽게 이루어질 것이며 그 과정에서 통일도 성큼 다가올 것이라는 것이 나의 〈통일론〉입니다.

21세기 인류문명을 우리 한국이 이끌고 나가야 한다는 당위성을 전제로 나는 자주 이런 생각에 잠기곤 합니다.

글로벌 리더십이라면 으레 막강한 군사력과 경제력을 위주로 생각하지만 앞으로는 꼭 그렇지만은 않을 것이라는 것이 나의 생각입니다. 어느 나라 어느 민족이든 도덕적 정당성에 입각한 인류 보편적 가치를 제시하고 스스로 실천을 통해 모범을 보일 때 거기서 우러나오는 카리스마야말로 진짜로 위대한 힘이요 강한 리더십이 아닐 수 없을 것입니다.

이미 많은 문명사학자들은 인류문명의 큰 흐름을 다음과 같이 요약-정리하고 있습니다.

사회·경제사적으로는 농경사회에서 산업사회를 거쳐 정보화사회를 지나 현대는 고도의 전문지식 정보사회를 향해 질주하고 있다는 것입니다. 이를 또 다른 지배구조의 측면에서 보면, 군사주권시대에서 경제주권시대를 거쳐 기술주권시대를 지나 바야흐로 문화주권시대가 열려가고 있다고 하겠습니다.

여기서 이런 가상적인 예를 들어 보겠습니다.

지금도 유엔 산하의 난민구호기구에서는 계속 모금활동을 하고 있습니다. 하지만 옛날부터 '인색하지 않은 부자 없다'고 부자 나라일수록 조금이라도 덜 내려고 로비를 하고 엄살을 떤답니다.

이럴 때 우리 대통령께서 다음과 같은 성명을 발표했다고 상상해봅시다.

남을 돕는다는 것은 내가 쓰고 남아서가 아니라 자기 자신에게 가혹하리만큼 인색해야 비로소 남을 도울 수 있는 법입니다. 자기 자신에게 후厚한 사람은 아무리 가진 것이 많아도 결코 남을 돕지 못합니다. 그러니 우리가 조금씩만 더 아껴서 국제난민구호기금의 할당액 전액을 지체하지 말고 즉시 납부할 뿐만 아니라, 경우에 따라서는 몇 %를 더 내도록 하는 것이 좋겠습니다.

그리고 더 내는 이 금액만큼은 우리가 지정하는 국가, 즉 에티오피아와 같은 나라의 굶주린 난민을 돕는데 써 주십시오. 에티오피아는 우리가 공산침략을 받았을 때 멀리 와서 도와준 고마운 친구의 나라입니다. 우리 한국국민에게는 남의 도움을 받으면 반드시 갚아야 하고, 가능하면 되(升)로 받은 것을 말(斗)로 갚으려는 높은 문화적 정서가 있기 때문입니다.

우리 대통령의 이런 성명이 발표되었을 때 세계적 반향은 과연 어떨까요?

이 각박한 세상에서 그야말로 신선한 충격이 아닐 수 없을 것이며 온 세계가 놀라고 특히 강한 나라, 부자 나라들이 스스로 부끄러워지지 않을 수 없을 것입니다. 당장 눈앞에 부과된 금액도 깎거나 하루라도 늦추려고 안달하는 것이 예사인데 반세기도 더 전에 신세진 은혜를 갚겠다는 그 마음과 자세 앞에 감동하지 않을 수 없을 것입니다.

때마침 유엔 사무총장(2014년 기준, 반기문潘基文)도 우리 한국인이니 세계적 호응도는 더욱 클 것입니다. 이렇게 되면 이 지구상의 수많은 제3세계 국가들이 다투어 우리와 교류하고 사귀기를 열망할 것이니 강대국들이라도 우리 대한민국과 우리의 대통령을 어찌 감히 가볍게 여길 수가 있겠습니까? 우리의 국가철학과 이념을 이처럼 도의·문화대국 건설에 두고 나갈 때 글로벌 리더십은 스스로 우리 몫이 될 것입니다.

상황이 이렇게 되면 '아시아 공동체'도 당연히 대한민국이 주도하게 될 것이고 우리의 통일과 세계화도 자연스럽게 이룩될 수 있으리라고 믿습니다.

우리에게 있어 통일과업과 세계화가 둘이면서 하나요, 하나이면서 둘인 까닭이 여기에 있습니다. 세계화의 달성 없이 통일을 생각할 수 없듯이, 통일국가 없는 세계화도 있을 수 없다는 순환논리입니다. 우리가 세계화에 성공하는 것이 곧 통일을 앞당기는 길이요, 또 그것이 동아시아 안정의 관건이며 세계평화에 기여하는 길이기 때문입니다.

100여 년 전 우리 민족의 영웅이요 성자聖者이신 안중근 의사께서 생각했던 동양평화론의 그 원대한 구상이야말로 아시아의 평화와 번영을 통해 세계평화와 인류복지를 이루려는 위대한 선견지명先見之明이었음을 다시금 확인하게 됩니다.

3) 통일로 가는 길

통일민족국가 건설이 세계화-국제화와 더불어 우리 민족 앞에 놓여 있는 가장 절실한 과제라면, 이어서 제기되는 문제는 당연히 이를 어떻게 풀어나갈 것인가 하는 방법론이 될 것입니다. 이에 관해서는 그동안 남북 양측이 '통일의지'를 어떻게 표출해 왔는가를 검토해보는 것이 당연한 수순이라 하겠습니다.

불행하게도 그 첫 번째 시도가 김일성의 '남조선 해방논리'에 입각한 무력남침입니다. 1950년 소련과 중공의 전폭적인 지원을 받아 김일성이 일으킨 6·25동란이 바로 그것입니다. 이로 인해 남-북은 엄청난 참화와 이산의 아픔을 겪었을 뿐 아니라 그 후유증으로 현재까지도 상호 불신과 적대관계가 지속되고 있습니다. 신라의 삼국통일이 외세(당나라)와 결탁한 무력정복이었다고 해서 지금까지도 반민족-반역사적이라고 비난하고 있는 북한이 이 동족상잔의 남침을 과연 언제까지 억설로 일관할지는 두고볼 일입니다.

두 번째는 평화통일로의 노선전환입니다. 북한 김일성의 무력통일 기도가 실패했고 또 현실적으로 불가능하다는 것이 확인되자, 남북은 다 같이 평화통일을 구호로 내세웠습니다. 하지만 이 또한 내면적으로는 열전熱戰 못지않게 치열한 소모전이었습니다. 이념(사상)과 체제의 우열을 다투는 과다경쟁을 벌려 여기에서의 승자가 통일을 주도하게 될 것으로 믿고 돌진해 갔습니다. 결과는 분명 남한의 승리였습니다. 그러나 통일은 다가오지 않고 있습니다.

북한이 아무리 '우리식 사회주의'라는 구호를 내걸고 주체경제를 외쳤어도, 이미 무수한 인민을 굶겨 죽인 데다 지금도 외국의 지원 없이는 먹는 문제조차 해결할 수 없다는 것이 입증되었고, 또한 안팎에서 개혁-개방의 압력이 더해가고 있으니 이제 북한체제는 한계상황에 직면했다고 보아야 할 것입니다.

그러나 상황은 분명 이러한데도 통일의 전망은 여전히 불투명합니다. 오히려 북한의 핵개발-핵실험-핵위협으로 위기상황은 더욱 심화되어가고 있습니다. 이념과 체제경쟁에서 이기는 쪽이 통일을 주도하게 되리라던 기대는 대체 어디로 간 것입니까? 또 그 책임은 누구에게 있을까요?

나는 그 책임의 상당 부분이 우리 국민에게 있다고 생각합니다. 그중에서도 주범은 우리 국민의 도덕적 해이와 타락이라고 믿습니다. 북한

동포들도 남한이 물질적으로 풍요롭게 산다는 것을 잘 알고 있습니다. 동시에 남한이 도덕적으로나 정서면에서 병들어 있다는 것도 알고 있습니다.

이런 상황에서 남한주도로 통일이 된다면 북쪽 당 간부나 군 장성, 고위 관리 등 상층부가 온전히 살아남을 수 있을 거라고 믿을까요? 또한 간부가 아닌 인민 대중들도 남한 사람들과 더불어 사람대접 받으며 살 수 있을 것으로 생각하지 않을 것입니다. 그들이 이 같은 의구심을 갖는 한, 우리가 아무리 체제와 이념 경쟁에서 이기고 물질적 풍요와 복지를 누리고 있다 해도, 평화통일의 그날은 멀어질 수밖에 없습니다.

그러므로 지금 우리에게는 정치력-군사력-경제력 못지않게 더욱 절실한 것이 국민의 도덕성 회복과 윤리관의 확립이며 이것이야말로 민족염원인 통일을 앞당기는 관건이라고 믿습니다.

3. 중국이라는 나라와 더불어 살기

1) '이소사대以小事大'의 역逆발상

1970년대 어느 해인가 나는 미국 앨라배마 주州에서 이런 장면을 목격했습니다. 흑인들이 인종차별에 대한 항의시위를 하고 있었습니다. 조용하고 평화적인 시가행진이었는데, 특히 눈길을 끄는 것은 그들이 모두 양복을 단정히 차려 입고 묵주를 목에 걸고 십자가와 성경을 들고 걷는 것이었습니다. 그러면서 그들은 다음과 같은 구호를 외쳤습니다.

> 우리는 하느님의 아들딸로서 성경의 말씀대로 살아간다. 성경 어디에 인종 차별하라는 말씀이 있으며, 성경 어디에 인권탄압하라는 구절이 있는가?

나는 가로수 밑 벤치에 앉아 한동안 상념에 잠겼습니다. 강자를 상대로 약자가 살아남는 논리가 바로 저런 것이 아닐까! 하는 생각을 하게 되었습니다. 다시 말해서 강자의 논리로 강자의 발목을 잡는 방식이 떠오른 것입니다. 기독교는 본디 지금의 강자인 백인들의 종교인데 그들 입장에서 흑인들에게 그 성경 말씀이 잘못된 것이라고 할 수는 없을 것이기 때문입니다. 그런데 이것이 무슨 새삼스러운 생각이 아니라 반만년 오랜 역사를 통해 생존해 온 우리 조상들의 지혜요, 논리라는 데 곧바로 생각이 미쳤습니다. 중국이라는 거대한 용광로 곁에서 그 독자성과 고유성을 지켜올 수 있었던 우리 선인들의 슬기가 바로 그것이었기 때문입니다.

본디 중국中國이라는 말은 고유명사로서의 국호가 아니라 천하지중심지국天下之中心之國이라는 뜻을 지닌 보통명사였습니다. 천하—즉 세계의 중심이 되는 곳으로서 변방을 모두 거느려서 천하를 이룬다는 의식이 깔려 있는 말입니다. 오늘날의 국가 개념으로 생각하면 헷갈리기 쉽습니다.

오늘의 중화인민공화국은 중국 역사상 가장 큰 영토, 가장 많은 인구, 가장 강대한 군사력과 현대적 경제-과학-기술력을 갖춘 일찍이 볼 수 없었던 대단히 부강한 나라로 부상하였습니다. 중국은 절대 다수의 한족漢族과 55개 소수민족으로 이루어진 나라입니다. 본디는 수백 개의 종족이지만 지금은 모두가 한족에 동화되고 남은 것이 55개 정도입니다. 그래서 스스로를 일러 '56개 다민족사회주의국가'라고 자랑삼아 말합니다. 2013년 말 제6차 인구센서스 결과 중국의 인구는 대략 13억 6,000여 만 명—지구촌 인구의 약 20%로 세계 으뜸입니다.

그러나 실제로는 14~15억 명도 훨씬 넘을 것이라는 게 일반적인 추산입니다. 중국의 인구조사 결과는 조사한 사람 자신들도 믿지 않을 정도입니다. 한족의 경우 자녀를 둘만 낳아도 무거운 벌금을 물리게 되어 있어, 출생신고를 기피한 무적자無籍者가 여간 많은 게 아닙니다. 저 변방 오지奧地 주민의 실태는 아예 조사 자체가 불가능하다고 합니다. 실제로

백두산 천지

가보면 그것을 실감할 수 있습니다. 그들은 지금이 청나라 시대인지 모모택동 시대인지조차 알지 못한 채 살아간다고 합니다.

한족을 뺀 55개 소수민족 속에는 약 200만을 헤아리는 연변延邊의 우리 조선족도 포함됩니다. 이로 볼 때 중국을 그들 자신의 말처럼 여러 민족이 대등하게 함께 사는 다민족국가라고 하기에는 어폐語弊가 있다고 할 것입니다.

여기서 특히 주목되는 것은 이들 소수민족 가운데 중국영토 밖에서 독립주권국가를 이루고 있는 민족은 우리 민족과 몽골족 단 둘뿐입니다.

중국의 역대 왕조들은 역성혁명易姓革命을 통해 자주 교체되었습니다. 우리처럼 하나의 왕조가 500년, 1천 년씩이나 지속한 예는 찾아볼 수 없고 100년 이상 지속된 왕조도 드물어, 한-명-청(漢·明·淸) 말고는 불과 수십

년 정도가 예사였습니다.

이처럼 왕조의 명멸明滅이 무상한 가운데서도 중국역사에는 불변의 통치철학이 있었습니다. 〈공맹지도孔孟之道〉가 바로 그것입니다.

중국 역사상, 누가 천하를 지배하더라도, 그들이 표방하는 이 통치철학에는 변함이 없습니다. 물론 한때 어쩌다 진시황秦始皇과 같은 별종이 나타나 분서갱유焚書坑儒한 경우가 없지는 않았으나, 그것은 어디까지나 일시적 현상일 뿐 곧바로 〈공맹사상〉의 통치철학으로 돌아왔습니다.

우리 선조들은 바로 이 핵심을 꿰뚫어본 것입니다. 그리하여 재빨리 공맹사상을 그들보다도 오히려 더 깊이 연구하고 더 철저하게 실천함으로써 그들에게 책責을 잡히거나 빈틈을 보이지 않았습니다. 침략의 명분을 주지 않았던 것이지요. 말하자면 강자의 논리로써 그 강자를 제어하는 지략을 발휘했던 것입니다. 조선왕조가 삼국시대 이래 천여 년 동안 국교國敎로 받들어오던 불교를 버리고 근세유학인 '주자학朱子學'을 건국이념과 통치철학으로 채택한 것도 바로 그 예例라고 하겠습니다.

주자학의 핵심 가운데 하나가 예禮입니다. 중국에 대한 우리 선인들의 외교적 기본자세는 '작은 나라가 예로써 큰 나라를 섬긴다'는 '이소사대以小事大요'의 표방입니다. 이를 두고 비굴한 사대주의라고 매도하는 것은 진실을 외면하는 것일 뿐 아니라 일제 어용사가들의 식민사관에 동조하는 우愚를 범하는 것입니다.

'사대주의' 문제를 올바로 이해하기 위해서는 무엇보다 그것이 지닌 양면을 동시에 보아야 합니다. 사대라 하면 사람들은 흔히 이소사대以小事大만을 생각할 뿐, 그 상대 개념인 이대사소以大事小는 도외시합니다. 이소사대와 이대사소는 《맹자孟子》에 나오는 말입니다. 이소사대는 '작은 것으로써 큰 것을 섬긴다'는 뜻이요, 이대사소는 '큰 것으로써 작은 것을 섬긴다'는 것으로, 작은 나라와 큰 나라 간에 서로 섬기고 사귀는 공생의 도리가 있음을 일컫는 말입니다. 제齊나라 선왕宣王이 맹자에게 이웃나라와 사귀는 도리를 물었을 때 맹자는 이렇게 말합니다.

> 오직 어진 자만이 능히 큰 것으로써 작은 것을 섬길 수 있으니, 탕왕이 갈왕을 섬기고 문왕이 곤이를 섬겼다. 오직 지혜로운 자만이 능히 작은 것으로써 큰 것을 섬길 수 있으니, 대왕이 훈육을 섬기고 구천이 오를 섬겼다. 큰 것으로써 작은 것을 섬기는 것은 하늘의 뜻을 즐김이요, 작은 것으로써 큰 것을 섬기는 것은 하늘의 뜻을 두려워함이다. 하늘의 뜻을 즐기는 자는 천하를 평안케 거느리고, 하늘의 뜻을 두려워하는 자는 그 나라를 평안케 보존한다.

> 惟仁者爲能以大事小, 是故湯事葛, 文王事昆夷; 惟智者爲能以小事大, 故大王事獯鬻, 句踐事吳. 以大事小者, 樂天者也; 以小事大者, 畏天者也. 樂天者保天下, 畏天者保其國.《孟子》〈梁惠王章句 下〉

예禮의 관점에서 본다면 이소사대와 이대사소는 마땅히 짝을 이루어야 합니다. 우리는 중국에 대하여 작은 나라임을 인정하고 이소사대를 표방하고 나섬으로써 상대방으로 하여금 이대사소, 즉 작은 나라인 우리를 존중하지 않을 수 없도록 제약을 가한 것입니다. 강자인 중국으로서는 맹자 말씀이 잘못된 것이라고 부정할 수는 없겠기 때문입니다. 그렇게 함으로써 전화戰禍를 미연에 막고 국권을 지켜 공생할 수 있었던 것입니다.

이처럼 그 과정이 예禮로써 행해진 것이기 때문에 거기에서 우리 선인들의 떳떳함과 의연함을 엿볼 수 있다고 하겠습니다. 그러므로 이를 비굴했다고 할 것이 아니라 오히려 지혜로웠다고 해야 옳지 않겠습니까?

2) 〈동북공정東北工程〉 대응은 '쿨—'하게

중국이 동북공정이란 이름의 기습적 '역사 날치기' 행각을 벌인 지도 제법 세월이 흘렀습니다. 이 작업은 이미 알려진 바와 같이 우리 민족의 자존과 영광의 상징인 저 고구려가 중국 지방정권의 하나라는 견강부회牽强附會의 논리로 자기네 역사에 편입시키려는 역사침탈 행위입니다. 그러므로 우리 국민이 중국의 동북공정 관련 보도에 비상한 관심을 쏟으며 분노하고 규탄하는 것은 지극히 당연한 민족감정의 발로라 하겠습니다. 문제는 우리의 대응방식입니다.

2007년 1월 중국 창춘長春에서 열린 동계 아시안게임 쇼트트랙에 출전한 우리 여자선수 다섯 명이 시상대에 올라 '백두산은 우리 것'이라고 한 글자씩 적힌 종이 일곱 장을 일제히 펼쳐 들어보인 세리머니가 있었습니다. 이는 중국의 동북공정에 우리 국민이 얼마나 분노하고 있었는가를 보여주는 좋은 사례라 하겠습니다.

그 뒤, 이와 비슷한 사건이 2012년 런던 올림픽 축구경기 때도 있었습니다. 3~4위 결정전에 진출하여 일본을 2대 0으로 꺾고 올림픽 축구 출전사상 첫 동메달을 조국에 안겨준 우리 팀의 미드필더 박종우 선수가 '독도는 우리 땅'이라고 적힌 종이피켓을 들고 내달리는 세리머니를 펼쳐 일본 측으로부터 항의를 부른 사건이 그것입니다.

여기서 내가 지적하고 싶은 것은 해프닝과 같은 이런 돌발적인 행위가 일시적 감정풀이는 될지 몰라도 문제를 풀어나가는 데는 그다지 도움이 되지 않는다는 점을 유념할 필요가 있다는 것입니다.

이런 문제는 되도록 외교적 마찰 없이 조용히 해결해 나가는 것이 최선입니다. 일본의 도발이 끊임없이 이어지는 독도에 대해서도, 우리가 엄연한 고유영토로 점유하고 있는 이상 아주 냉정하게, 요즘 젊은이들이 애용하는 말처럼 '쿨—'하게 대처해야지 섣불리 감정적으로 맞서면 자칫 국제법상 분쟁지역으로 부각되어 역효과를 부를 수도 있기 때문입니다.

마찬가지로 고구려 역사와 백두산 문제 또한 지금은 북한이 그 편면片面이라도 점유하고 있는 실정이므로 외교적 분쟁이 일어나지 않도록 대처하는 것이 오히려 현명한 방법이라고 생각합니다.

오늘의 중화인민공화국은 이른바 '강한성당强漢盛唐'을 꿈꾸며, 어느 새 G-2 반열에 올라서 세계질서의 '양극체제'를 이룬 강대국입니다. 게다가 그 욱일승천하는 발전동력은 세계경제의 침체 속에서도 좀처럼 꺾이지 않고 내수內需진작이라는 자가충전自家充電방식을 통해 지금도 여전히 힘차게 달려가는 형세입니다.

반면에 우리는 어떻습니까? 비록 경제적으로는 어느 정도 실력을 쌓았다고 해도, 남-북의 분단과 대치라는 최악의 조건에는 아직도 변함이 없습니다.

특히 우리의 대중對中 경제의존도는 미국보다도 높아져서 이제는 중국에 등을 돌리고는 발전을 지속하기 어려울 만큼 이미 우리의 최대 교역국이 되었습니다.

〈한중 교역 현황〉

(단위 : 천달러)

연도	수출액	증가율 (전년대비)	수입액	증가율 (전년대비)	무역수지흑자
1992년	2,653,639	164.7	3,724,941	8.3	-1,071,303
2000년	18,454,540	34.9	12,798,728	44.3	5,655,812
2005년	61,914,983	24.4	38,648,243	30.6	23,266,740
2010년	116,837,833	34.8	71,573,603	31.9	45,264,231
2015년	137,123,934	-5.6	90,250,275	0.2	46,873,659
2020년	132,565,445	-2.7	108,884,645	1.5	23,680,800
2021년	162,912,974	22.9	138,628,127	27.3	24,284,847
누적 (92~2021년)	2,284,437,508		1,579,174,173		705,263,335

출처 : 한국무역협회 한국무역통계

위 〈표〉에서 보는 바와 같이, 1992년 한-중 수교 이래 29년간의 교역량은 그 누적액이 2조 2,844억 3천여만 달러에 이르고, 무역수지흑자도 2021년에는 242억 8천여만 달러를 기록하고 있습니다. 같은 해의 대중對中 수출총액은 1,629억 달러를 기록하였고, 수입은 1,386억 달러 남짓이었습니다. 이제 우리에게 있어서 중국은 미-일-EU 그 어느 곳보다 수출의존도가 높은 나라로 자리를 잡아가고 있습니다.

하지만 세상일이란 개인에 있어서나 국가에 있어서나, 뜻하지 않은 순간 위기가 닥치는 법입니다. 성장일변도로 달리던 우리 경제가 한 때 외환위기라는 대환란大換亂을 겪었던 것처럼, 지금 정치-경제-외교-군사 등 모든 분야에서 약진하고 있는 중국도 언젠가는 위기를 맞을 날이 올 것입니다. '물극필반物極必返'—모든 사물은 극에 달하면 반드시 되돌아온다

—이라는 말이 있지 않습니까?

따라서 지금의 상황에서 중국에 대해 감정만을 앞세우는 행위는 현명하지 않을 뿐더러 무모하기까지 하다는 것입니다. 더구나 민감한 정치문제나 영토문제는 될수록 먼 장래를 내다보고 지혜롭고 차분하게 대비하는 자세가 요구된다고 하겠습니다.

3) 연변대학 〈발해사潮海史연구소〉 설립

내가 중국의 조선족 자치주 연변延邊 땅을 처음 밟은 것은 1987년 5월이었습니다. 그 무렵 나는 고려대학교 민족문화연구소(이하 〈민연民硏〉) 소장으로서 《중한대사전中韓大辭典》 편찬 관계로 중국을 자주 오가고 했습니다.

이때는 국교수립 전이었지만 중국의 웬만한 지식인은 〈민연〉과 나에 대해서 대개 알고는 있었습니다. 이는 중국공산당 고위층만이 보는 당보인 《참고소식參考消息》지에 우리 〈민연〉에서 편찬 중인 《중한대사전》에 관한 기사가 제법 크게 실렸기 때문입니다. 그래서인지 내가 연변대학을 방문했을 때, 박문일 교장(총장)과 정판룡 부교장(부총장)을 비롯한 학교 간부들이 마치 지기知己를 만난 듯 극진히 환대하였고, 나는 이들과 많은 대화를 나눌 수 있었습니다.

연변대학은 당초에는 설립인가도 없이 출범한, 말하자면 무인가 대학이었다고 합니다. 무모하지만 대단한 용기였다고 하겠는데, 뒷날 평양을 방문하고 돌아가던 저우언라이(周恩來) 총리가 연변에 들렀을 때 사정을 듣고 몇 해 뒤 추인해 주었다고 합니다.

연변대학교 © Ffggss

연변에 조선족 특유의 문화가 보존되고 거기에 대학까지 설립되어 있다는 사실은 우리로서는 대단히 흐뭇한 일이 아닐 수 없습니다. 박 교장과 정 부교장은 나에게 대학 발전계획을 의욕적으로 설명하면서 조언과 협조를 부탁했습니다.

나는 대학이 백화점식으로 학문의 모든 영역을 다 연구하던 시대는 지나간 지 오래이므로 연변대학만이 할 수 있는 것이 무엇인가를 찾아내어 특화特化하는 전략이 필요함을 강조했습니다.

그날 내가 연변대학만이 할 수 있는 분야로 제안한 것이 바로 발해사渤海史 연구였습니다. 연변대학의 입지가 바로 발해의 고토故土이기 때문입니다. 이 조건을 최대로 활용하여 발해사에 대한 연구를 계속 쌓아가다 보면 틀림없이 이 분야에서는 세계 최고의 대학이 되어 주목을 받게 될 것이라는 것이 그날 내가 권유한 대학 특화전략의 요지였습니다.

그랬더니 1949년과 1980년 두 차례에 걸쳐, 연변대학의 역사학과 발굴팀이 발해 제3대 문왕(文王, 737~793 재위)의 둘째 딸 정혜공주(貞惠公主, 738~777/길림성 돈화시 육정산 소재)와 넷째 딸 정효공주(貞孝公主, 757~792/연변 조선족 자치주 화룡현 용수향 용두산 소재)의 묘를 발굴했는데 막상 매장유물들이 발굴되자 중앙 정부에서 모두 수거해가 그때까지도 보고서 하나 제대로 남기지 못했다는 것입니다.

그래서 나는 먼저 순수 학술적-문화적으로 접근해야 탈이 적을 것이라고 귀띔을 하였습니다. '발해가 고구려의 유민이 세운 나라요, 건국시조가 고구려 장수 대조영大祚榮이라고 하거나, 발해의 국경선이 요하遼河나 산동山東반도 어디까지라는 식의 주장은 지금 당장은 중요한 게 아니며 이는 정치적인 문제로 비화하여 연구 자체를 어렵게 만들 우려가 크다……'는 취지였습니다.

그러므로 가령 발해인의 주거생활이 온돌구조라는 사실, 고분벽화에 나오는 여인들의 의상이 주름치마라는 것, 만족滿族의 의상은 아래위가 붙은 원피스 형인데, 발해인의 의상은 바지-저고리의 투피스 형태라는 점 등 우리 민족과의 일체성을 밝힐 수 있는 자료가 될 만한 것이면 무엇이든 수집해서 하나하나 차근차근 체계적으로 연구해 나가자는 것이었습니다.

다시 말해서 발해인들의 생활문화가 우리와 일치한다는 것을 인내심을 가지고 차분히 검증을 해 나가다 보면, 언젠가는 저들도 꼼짝없이 인정하지 않을 수 없게 될 것이고 뒷날 이를 바탕으로 국경문제에서든 역사문제에서든 우리가 바라는 성과를 거둘 수 있으리라는 것입니다.

나는 이와 같은 구상을 박 교장과 정 부교장에게 설명한 다음 지금 우리 고려대학 민족문화연구소도 재정적으로 어렵긴 하지만 내가 힘껏 지원을 할 테니 귀 대학에 발해사연구소를 설립하고, 학술기관지로 가칭 〈발해사연구〉를 간행해 나가는 것이 어떻겠느냐고 물어보았습니다. 그랬더니 방학봉方學鳳 교수라는 분이 발해사를 열심히 연구하고는 있으나 연구소 설립과 기관지 발간은 학교 재정형편상 엄두를 못 낸다는 것이었습니다. 내가 방 교수를 직접 만나보니 대단히 겸손하고 성실한 학자였습니다.

그래서 우리 〈민연〉에서 앞으로 3년간 매년 5천 달러씩 총 1만 5천 달러를 지원해 줄 테니 우선 방 교수를 중심으로 발해사연구소를 개설하고 학술지 발간에 착수해보라고 했더니 박 교장과 정 부교장은 그 자리에서 흔쾌히 수락했습니다. 또한 이러한 사실을 절대 언론이나 기타 매체에 일체 보도하지 않도록 다짐을 받았습니다. 그즈음 국내에서는 중국과 관련된 일이라면 하찮은 것이라도 과장해서 보도하고 생색을 내는 것이 통례처럼 되어 있던 시절이었기 때문이었습니다.

그때 내가 이처럼 연변대학에 발해사연구소를 설립하도록 권유하고 학술지 《발해사연구》 발간에 재정지원까지 하면서 집착했던 까닭이 무엇이겠습니까?

거듭 말하거니와 우리가 저 거대한 중국을 상대로 공생공영하려면 우선 문화적 접근이 최선이라고 생각했기 때문입니다. 그리고 이런 일은 조용하고 조심스럽게 추진해야 합니다. 특히 오늘의 시점에서 대놓고 중국과 역사분쟁, 영토분쟁을 일으키는 것은 백해무익하다는 생각에서였습니다.

국민의 격앙된 민족감정에 편승하여 중국에 가서 '만주 땅은 우리 땅'이라고 외치는 것은 공연히 중국 사람들의 심사만 덧들이게 할 뿐 국익차원에서는 자칫 더 크고 중요한 것을 잃을 수도 있겠기에 하는 말입니다.

4) 중국어사전 편찬과 역사의식

다소 외람된 얘기지만, 나는 평생을 통해 한두 가지는 국가사회에 기여한 바가 있다고 자부합니다. 그 중에 하나가 1970년대 초에 착수하여 1990년대 중반에 결실을 본 중국어사전의 편찬입니다.

그 당시는 아직 반공反共을 국시國是라고 하던 시절이어서 사회주의 적성국가인 중국대륙과 접촉한다는 것은 엄두도 내지 못할 일이었습니다.

그러나 내 나름의 국가철학과 역사의식으로는 이 기획을 도저히 포기할 수가 없었습니다.

오늘날 모든 나라들은 이념에 매달리던 냉전적 사고에서 벗어나 국가이익을 최대한 확보하여 냉혹한 국제경쟁에서 이겨내는 것을 국가전략의 제1목표로 삼고 있습니다.

따라서 중국이 공산국가이고 6·25동란 때 우리와 대결했던 적성국가라는 이유만으로 언제까지나 등을 돌리겠다면 이보다 더 어리석은 일도 없을 것입니다. 이는 곧 우리 한반도의 지정학적 위치와 역사적 맥락을 도외시한 감정적 증오에 다름 아니기 때문입니다. 상대가 미울수록 그 상대를 정확히 알고 연구하는 일이야말로 최상의 대응전략이라는 것은 예로부터 병가兵家의 상식이기도 합니다.

그즈음(1970년대) 국내에 중어문학과中語文學科가 개설되어 있는 대학은 서울대학교, 고려대학교 그리고 한국외국어대학교의 중국어학과 등 몇 안 되었습니다. 그나마 일부 대학에서는 지원자가 적어 폐과하는 경우까지 있었습니다. 요즘은 인기학과가 되었지만 그때에는 중국어를 배우겠다는 학생들이 별로 없었습니다.

《중국어대사전》을 기획-편찬하고자 한 나의 기본 생각은 이것이 단순한 어학사전의 차원을 넘어 다가올 우리 민족·국가사를 내다본 국가철학과 역사의식에서 비롯되었습니다.

1970년대 끝무렵 주변의 만류에도 불구하고 나는 고려대학교 민족문화연구소에 〈중국어사전 편찬실〉과 〈영토문제 연구실〉을 개설하고, 사전 편찬에 따른 인력구성, 자료수집, 자금조달에 이르기까지 모든 책임을 소장인 내가 지기로 확약했습니다. 대학 안팎의 반대의견이 너무도 거셌기 때문이었습니다. 그 뒤 대·중·소 3종의 중한사전을 완간하기까지 20여 년 동안 내가 겪은 고통과 시련을 어찌 필설로 다 헤아릴 수 있겠습니까?

나는 백방으로 각계 인사들을 찾아다니면서 이 프로젝트를 지원해 달라고 호소했습니다. 그러나 나에게 돌아온 것은 냉소적 무관심뿐이었습니다. 1970년대 우리 사회는 동서냉전체제에 익숙해져 있었기 때문에 감히 중한대사전 편찬과 같은 사업의 의의를 중요하게 여길 만한 안목들이 전혀 없었을 것입니다. 어쩌면 무모하기 짝이 없는 이 프로젝트를 가지고 동분서주하는 나를 사람들은 백일몽을 꾸는 허황된 사람으로만 여겼을 것입니다. 100여명의 편찬 관계자들이 매달려야 했던 연구소의 재정은 밑 빠진 독에 물 붓기였습니다. 당시에는 오늘날과 같이 컴퓨터나 인터넷이 없었던 시대라 모든 것을 수작업으로만 해내려니까 참으로 대장정이 아닐 수 없었습니다.

천신만고로 일단 시동을 걸었지만 재정적 어려움은 날로 더해갔습니다. 그럭저럭 4~5년은 버텨냈습니다만 1982년경에는 거의 한계상황에 이르렀습니다. 중국어대사전 편찬을 완성하는데 잊을 수 없는 숨은 미담을 기록하지 않을 수 없습니다. 1982년 초겨울 중한대사전 편찬 비용을 마련하기 위해서, 나는 우리 연구소에서 펴낸《한국민속대관》전6권을 홍보 판매하고자 내가 박사과정 지도교수를 맡고 있던 손대오 교수를 대동하고 미국 대도시의 교포사회를 순회 방문하였습니다. 그 마지막 순서로 뉴욕을 방문했을 때 손 박사의 소개로 통일교회 문선명 총재의 만찬에 초대를 받게 되었던 것입니다.

그때까지 문 총재와 일면식도 없었던 나로서는 여러모로 긴장되고 조심스러웠지만 내가 중한대사전 프로젝트를 시작하게 된 동기를 말씀드렸을 때 문 선생은 "나는 이미 10여 년 전부터 홍 교수와 같은 뜻을 가진 학자를 찾고 있었는데, 오늘에서야 만났다. 우리와 국경을 마주하고 역사 문화적으로 깊은 관계에 있는 중국인데 우리나라에 중국어 사전이 없다는 것은 나라의 큰 수치"라고 하면서 즉석에서 거금 2억원을 쾌척해 주었습니다.

그 당시 2억원은 요즘의 20억원 이상에 해당되는 정말 거금이었습니다. 그러면서 하는 말씀이 "홍 교수가 그냥 나에게서 이 돈을 지원 받으면 세상에서 별별 소리를 다 할 것이니《한국민속대관》전6권 1천 질을 판매하는 것으로 하자"고 제의했습니다.

도움을 받는 상대방의 처지까지 이처럼 배려해주는 이분의 그 깊고도 넓은 아량에 큰 감명을 받지 않을 수 없었습니다. 이 지원금으로 중한대사전 출판의 재정적 어려움을 일거에 해결하게 된 것입니다.

그때까지 수많은 사람들을 만나면서 이 프로젝트를 설명해도 제대로 들으려고 하지도 않았는데 뜻밖에도 문 총재는 한순간에 이 프로젝트의 문명사적 중요성을 간파하고 거금을 아낌없이 지원한 것입니다. 문 총재의 그 대인적 혜안과 통찰력에 나는 큰 충격을 받으며 세간의 그분에 대한 이해가 크게 잘못되었다는 것을 알게 되었습니다.

그날 저녁, 밤늦도록 문 총재와 말씀을 나누면서 나는 이분의 경륜과 비전, 세계관에 크게 공감하였습니다. '누가 뭐라고 해도 우리 한국에는 희망이 있다. 이런 큰 인물이 나타나서 한국의 얼과 문화로 전 세계를 당당히 이끌어 가고 있지 않은가.' 그 날의 감격과 고마움을 나는 결코 잊을 수가 없습니다.

우여곡절 끝에 1989년 10월에 비로소 우리 손으로 직접 만든 최초의 독창적인 중국어사전《중한사전中韓辭典》이 세상에 그 모습을 드러냈습니다. 이것은 15만 어휘를 수록한 중中사전으로 출간을 하고 중국 베이징의 〈북경대반점北京大飯店〉에서 성대한 출판기념회를 가졌습니다. 이는 협조해 준 중국 측과의 약속을 지키기 위함이었습니다.

그 자리에는 그때 베이징 시 상근부시장인 장바이파(張白發)를 비롯한 중앙당 간부들이 다수 참석해서 축사까지 해주는 것을 보고 참석한 베이징대학 교수들도 놀라움을 금치 못했습니다. 이것은 우리가 새로운 중국과 국교를 정상화하기 3년이나 앞선 때라 매우 이례적이었기 때문입니다. 이어서 1995년에는 당초에 기획했던 규모인 30만 단어의《중한대사전中韓大辭典》이 마침내 완간되었습니다. 실로 기획으로부터 4반세기(25년)에 걸친 대역사大役事였습니다.

《중한대사전》 첫판이 나왔을 때 국내외 학계는 지금까지 나온 세계 어느 중국어사전보다 월등한 수준의 결정판이라는 데 모두 깜짝 놀란 모양이었습니다. 무엇보다도 양적으로 30만 어휘를 집대성한 방대한 규모였고, 질적으로도 이미 나온 사전들의 번안飜案 수준일 것이라 지레 짐작했던 것과 달리 참으로 독창적인 사전이었기 때문입니다.

그때까지 중국어사전의 대명사로 여겨져 온 것이 일본 아이치(愛知)대학의 《중일대사전中日大辭典》과 구마노쇼헤이(能野正平)가 편찬한 《중국어대사전中國語大辭典》 그리고 베이징외국어학원(北京外國語學院)이 출간한 《중영사전中英辭典》 등이었습니다. 이 사전들은 모두 수록 어휘가 불과 15만 단어 정도였는데, 일약 30만 단어를 수록한 그 방대함에 일본과 중국학계에서도 크게 놀랐다고 합니다.

들리는 바로는, 이 사전이 나온 바로 뒤 일본에서도 《중일대사전中日大辭典》 편찬사업이 정부(문부과학성) 지원하에 새로이 시작되었다고 합니다.

《중한대사전》 편찬에는 재정적인 문제 말고도 이런저런 어려움이 많았습니다. 고려대 〈민연〉판 《중한대사전》이 대륙의 간체자簡體字 위주로 편찬된다는 소식이 알려지면서 그때 서울주재 중화민국(臺灣·타이완) 대사관에서 고려대 총장실을 통해 직접 항의 겸 이의를 제기해 왔습니다. 내용인즉, 대만대학과 제휴하여 간체자가 아닌 번체자繁體字로 편찬하면, 해마다 100만 달러씩 3년간 300만 달러를 지원할 용의가 있다는 것이었습니다. 중국과는 국교가 없었고, 타이완/차이나—곧 대만만이 정식 수교국으로서 우리의 우방이던 시대였기에 있을 수 있었던 일입니다. 그러나 내가 중국어사전을 발간하는 목적은 장차 대륙의 비약적 성장을 내다보고 거기에 대비하자는 것이었기 때문에 나로서는 타이완 정부의 요청을 받아들일 수가 없었습니다.

한편 북한의 눈치를 봐야 하는 중국대륙 측의 협력을 얻어내는 일도 여간 어려운 일이 아니었습니다. 발간작업의 막바지 단계인 1987년에 나는 어렵게 중국을 방문하여 베이징대학 측에 《중한대사전》의 교열-감수를 의뢰하였습니다. 이는 이 사전의 권위와 공신력을 높이기 위해서도 반드시 필요했기 때문입니다. 이에 베이징대학 측에서는 협력은 하겠으나 우리가 하와이대학 등 제3국에 위촉하는 형식을 취한 다음 베이징대학 측이 거기에 참여하는 것으로 하되 그것도 자기들의 참여 사실은 공표하지 말아달라는 조건을 제시했습니다.

나는 그런 식의 타협안은 도저히 받아들일 수가 없었습니다. 명분이 뚜렷하다면 진행과정 또한 떳떳해야 한다는 것이 내 변함없는 소신이었기 때문입니다. 어렵고 복잡한 문제를 해결하는 데는 정직한 대응이 최선인 경우가 많습니다. 나는 중국 측 당간부들과의 만찬 자리에서 이렇게 말했습니다.

당신들의 협력이 없어도 우리는 《중한대사전》을 발간할 것입니다. 뱃속의 아이가 달이 차면 나오듯이 우리의 사전은 나의 의지에 의해 반드시 나오게 되어 있습니다. 그런데 이곳 학자들이 교열을 맡아주지 않아 우리가 대만 학자들에게 의뢰한다면 어떤 일이 생기겠습니까? 예를 들어 여러분의 영광스러운 '팔로군八路軍'은 '신사군新四軍'과 더불어 오늘의 '인민해방군'의 모체가 아니라 '공산비적共產匪賊'으로 표기될 것입니다. 그래도 좋다면 나는 대만대학으로 이 사전원고를 가지고 가겠습니다.

그 자리에는 마침 베이징시의 장바이파(張百發) 부시장도 동석해 있었습니다. 그는 홍 박사의 뜻을 잘 알겠다며 자기에게 앞으로 석 달만 시간 여유를 달라고 하는 것이었습니다. 그런 일이 있은 뒤 석 달이 채 지나지 않아 베이징대학에서 교열담당 교수들이 와서 발간작업이 끝날 때까지 수년간이나 우리 〈민연〉에서 상근하게 되는, 그때로서는 희한한 일이 벌어졌습니다.

그밖에도 새로운 어휘수집을 위해 최근 중국에서 발간된 특수어 사전들을 사들여오는 데에도 곡절이 많았습니다. 내가 홍콩과 마카오에서 어렵게 구해 온 사전들이 불온서적으로 분류되어 김포국제공항에서 세관에 의해 압수당하곤 했습니다. 그러면 도리 없이 친지들의 도움을 받아 당시 안기부에 차용증과 각서를 써 내고 다시 빌려오는 형식을 취하는 등 빼앗긴 내 것을 다시 내가 빌려다 봐야 하는 웃지 못할 일도 여러 번 겪었습니다.

또한 한글로 한자음漢字音 색인을 만드는 과정에서, 집필에 참여한 우리 교수들과 교열에 참여한 중국학자들의 극력 반대도 제겐 극복해야 할 과제였습니다. 중국음에는 있는데 우리 음에는 없는 한자 700여 자가 남아 있었습니다. 나는 많은 교수들의 반대를 무릅쓰고 반절反切로 음音을 부여하고 우리 음 색인을 기어이 부록에 첨부했던 기억이 지금도 새롭습니다.[1]

---

1 반절反切이란 한자漢字의 음音을 표시하는 한 방법이다. 반음反音 또는 번절翻切이라고도 한다. 어떤 글자 A의 독음을 표시하기 위하여 A와 성모聲母가 같은 한 글자 B를 취하고, 다시 A와 운모韻母가 같은 또 다른 한 글자 C를 취하여 'A BC 反' 혹은 'A BC 切'과 같이 표시했던 방법을 이른다. 예를 들면 '東 德紅反' 혹은 '東 德紅切'과 같이 동東의 발음을 표시하기 위하여 '덕德'과 '홍紅'을 나란히 써놓고 '덕德'에서 성모〈t〉만을 취하고 '홍紅'에서는 운모〈uŋ〉만을 취하여 그 둘을 합쳐서〈tuŋ〉이 된다는 뜻으로 '절切'을 밑에 붙여 놓은 것이다. 반절 가운데서 '덕德'과 같이 성모를 표시하는 글자를 반절상자反切上字라 하고, '홍紅'과 같이 운모를 표시하는 글자를 반절하자反切下字라 하며, '동東'과 같은 자리에 놓이는 글자를 반절귀자反切歸字라 했다. 〈출처 : 이응백 김원경 김선풍, 《국어국문학자료사전》 한국사전연구사, 1998의 풀이를 네이버 지식백과에서 전재.〉

제11장

한국인의 생활철학

1. 공존의 지혜—우리 민족의 생존비결
2. 좋다면 뭐든지 수용
3. 제사와 추도식

1. 공존의 지혜—우리 민족의 생존비결

일찍이 구한말 육영공원育英公院 영어교사로 와서 고종황제에게 헤이그 밀사파견을 건의하는 등 외교 자문역으로 활약한 바 있는 미국인 선교사 호머 헐버트(Homer B. Hulbert, 1863~1949) 박사의 저서 《대한제국 멸망사》(The Passing of Korea, 1906)에 다음과 같은 이야기가 나옵니다.

……한국인들은 사회적으로는 유교도요, 철학적으로는 불교도이며, 고난에 처했을 때는 영혼숭배자이다. 따라서 어느 한국 사람의 종교가 무엇인지 알려면, 그가 고난에 빠졌을 때 어느 쪽으로 기우는지 살펴보아야 한다. ……한국인의 밑바닥에 깔려 있는 신앙은 원시적인 영혼숭배사상이며 그밖에 모든 문화는 그러한 신앙 위에 기초를 둔 상부구조에 불과하다고 결론을 내리는 것은 바로 그와 같은 이유 때문이다.

위의 인용문에서 헐버트 박사는 영혼숭배(원시종교)라는 종교적-사상적 근거를 기반으로 하여 어떤 외래사상도 배척하지 않고 수용해서 제 것으로 만들어 가는 한국인의 특성을 지적하고 있습니다. 이 대목을 읽으면서 나는 문득 그가 말하는 이 특성으로부터 새로운 21세기에 한국인이 인류 공영에 이바지할 사상적 대안을 창조해낼 수 있겠다는 확신을 갖게 되었습니다.

우선 동북아시아의 역사를 살펴보면, 불과 이삼백 년 전만 해도 이 지역에는 수많은 민족이 존재했었습니다. 하지만 지금은 그 대부분이 소멸하였고 명맥이나마 유지하고 있는 민족의 수는 겨우 손가락으로 꼽을 정도밖에 남지 않았습니다. 오늘날 다민족 사회주의국가라고 하는 중국 내에 55개 소수민족이 있지만 거의 대부분은 이미 중원의 한족漢族에 동화되었고, 남은 일부 민족들도 거의 동화되어 가고 있는 과정에 있습니다.

이에 비하여 한반도의 우리 민족韓民族만은 금세기에 이르러 세계 10대 무역대국으로 급속하게 성장하였고, 남북한 인구 8,000만을 헤아리는 중강中强국으로서 그 자존自存의 터전을 한껏 넓혀나가고 있습니다. 비록 작지만 고유한 영토에 독립주권, 고유한 언어와 문자, 고유한 의·식·주 문화, 그리고 지금은 비록 다문화多文化 사회가 되어가는 추세라고는 하지만, 여전히 단일민족의 혈통을 지켜나가고 있음에는 변함이 없습니다.

이것은 절대로 우연이 아닙니다. 여기에는 뭔가 우리 민족만의 생존비결이 있기 때문입니다.

그렇다면 그 비결이 무엇이겠습니까? 우리 한민족에게 오늘의 생존과 번영을 가능하게 했던 그 힘의 원천이 대체 무엇이었을까요? 경제적인 힘이었겠습니까? 군사적인 힘이었겠습니까? 아니면 우리가 알지 못하는 그 무슨 신비한 힘의 보우保佑가 뒤따르고 있어서입니까?

나는 이 질문에 대한 답을 찾는 것이 곧 한국인의 종교적-사상적 특성을 해명하는 길이며, 새 삶의 지평을 열어나가는 방도가 될 것으로 믿게

헐버트(1863~1949)

되었습니다. 그리고 우리 전통문화야말로 오늘의 우리를 있게 한 원천源泉이요, 그 발현發現이라는 결론에 이르렀습니다.

그렇다면 우리 전통문화의 구체적인 실체는 무엇이겠습니까?

나는 이 물음에 답을 찾고자 일찍이 배낭을 메고 중국 각지를 돌아다녀 보았습니다. 1980년대 중반 즈음 외국인에게는 금지구역이었던 중앙아시아의 우루무치, 티베트의 수도 라사(Lhasa)와 그밖에 투르판, 둔황 등 여러 오지를 답사했습니다.

그 중 특히 티베트(Tibet, 藏族자치구)는 특이한 곳이었습니다. 중국의 변방으로서 1950년대 중국에 편입되기 전까지 자그마치 2,600여 년이나 자주와 독립을 유지해 온 나라입니다. 옛날 당唐나라도 이 티베트를 정복하려고 무던히 애를 썼지만 끝내 뜻을 이루지 못했습니다.

오히려 당 태종은 문선공주를 이 오지의 나라로 시집을 보내어 화친을 맺기까지 했습니다. 나는 이들이 독립을 그처럼 오랫동안 굳게 지킬 수 있었던 요인이 무엇인지 무척이나 궁금했습니다.

그런데 티베트의 수도 라사에 도착하자마자 나의 이 궁금증은 아주 싱겁게 풀렸습니다. 비행기로 갔는데도 해발 4,000미터의 워낙 높은 고지대여서 나 같은 사람은 숨을 쉬고 움직이기조차 힘들 정도였습니다. 하물며 1,300여 년 전에, 대군이 수만 리를 도보로 행군한 끝에 산소가 희박한 고산지대에서 산악전을 펼쳐야 하는 경우라면 싸우기도 전에 제풀에 지쳐 떨어지게 될 것이 자명한 일입니다.

이렇게 볼 때 국토가 천연요새인 티베트의 경우와 강 하나를 국경으로 중국과 마주하고 있는 우리를 비교하는 자체가 당찮은 일이라 할 것입니다. 만주땅은 허허벌판인데다 더구나 압록강과 두만강은 한겨울이면 꽁꽁 얼어붙어 수십-수백만 대군이라도 일거에 걸어서 건너올 수 있습니다.

이처럼 불리한 조건에도 우리 선조들이 그때 천하의 패권국 중국과 이마를 맞대고 누累천 년을 살아오면서도 그들에게 동화되지 않고 민족의 정체성을 온전하게 지켜온 이 엄연한 사실을 어떻게 보아야 하겠습니까? 불사조와 같은 이 강인한 생명력을 무엇으로, 어떻게 설명할까요?

나는 우리의 이 생존비결을 한마디로, '더불어 살아가는 공생공존의 지혜'라고 규정코자 합니다. 물론 우리 겨레는 외부의 강대한 세력이 침략해올 때는 결사 항전하여 끝내 이를 물리쳤지만 또 한편으로는 담대한 기상과 지략으로 화평을 도모하였습니다. 이는 우리의 오랜 역사가 입증하고 있는 엄연한 사실입니다.

2. 좋다면 뭐든지 수용

우선 삼국시대와 고려시대를 보겠습니다. 이 시기 천하의 보편적 가치는 불교사상이었습니다. 그 무렵 세계의 중심이라 할 중국의 역대왕조인 수-당-송-원의 지배 이데올로기도 불교였습니다. 우리의 경우 간혹 왕권 차원에서 정치적으로 일정기간 불교에 탄압을 가한 일은 있었지만, 곧 이 천하의 보편적 가치를 민첩하게 수용하였고, 일반 백성들도 이를 주저 없이 받아들였습니다. 이차돈異次頓의 순교 같은 것도 이미 불교가 그 즈음 신라의 민간사회에 널리 퍼져가고 있었음을 반증하는 사례라 하겠습니다.

이 같은 양상은 조선후기 천주교가 전래하던 시기에도 그대로 나타났습니다. 그때 조선은 로마교황청이 파견한 선교사 없이도 이 새로운 외래종교가 급속도로 전파된 유일한 나라였습니다. 이 땅에 외래종교가 들어올 때마다 늘 그러했듯이 왕권과 기득권 세력의 일부가 반대하였을 뿐, 일반 백성들은 이를 수용하는 데 인색하지 않았습니다.

우리 민족의 이러한 문화적-사상적 특징을 보여주는 다음과 같은 흥미로운 에피소드가 있습니다.

구한말 개화기에 서양 선교사들이 기독교(개신교)를 전도하려고 이 땅에 들어왔습니다. 이들이 포교를 하면서 보니까 마을마다 단골무당이 있고, 박수(남자무당)가 있어서 대부분의 조선인들이 정신적으로 이들에게 의존하고 있다는 사실을 알게 되었습니다. 선교사들이 생각하기를, 일반인들을 한 사람씩 만나 전도하는 것보다는 무당이나 박수들에게 먼저 전도를 하면 많은 사람들이 쉽게 따라올 것이라고 여기게 되었습니다. 그래서 안 믿어도 좋으니 한 번만 와서 들어보라고 이들을 설득하여 어렵사리 장안의 무당과 박수 등 무속인 100여 명을 한자리에 모았습니다. 그러고는 우리말 잘하는 목사와 전도사를 동원하여 기독교의 교리를 설파하였습니다.

그랬더니 그곳에 모인 무속인들이 아주 진지한 태도로 설교를 듣는 것이었습니다. 이들이 열심히 듣는 모습을 보며 주최 측은 당연히 신이 날 수밖에요……. 게다가 설교가 끝나자 이들이 앞다투어 십자가며 성상聖像이며 성경책을 달라는 것이었습니다. 그러니 얼마나 기뻤겠습니까? 그래서 다 되었구나 싶어서, 앞으로 교회에 나올 거냐고 물었습니다. 그러자 이들은 하나같이 고개를 가로젓더랍니다. 그러면 십자가며 성경책은 왜 달라고 하느냐고 물으니까 그 대답이 아주 걸작이었습니다. '오늘 들어보니 그 예수라는 귀신이 대단히 영험한 것 같아서 우리 대감님[巫神] 옆에 함께 놓고 빌어보려고 한다'는 것이었습니다.

구한말의 이 웃지 못할 에피소드가 한국인의 종교관을 함축적으로 잘 보여주고 있다고 하겠습니다. 보통 다른 나라의 예로 보면, 기독교가 들어갈 때는 어김없이 토속신앙과 충돌하여 피를 흘리며 싸워야 했습니다. 그런데 조선에서는 그 서양귀신이 아주 영험하다는데, 싫다고 할 까닭이 무엇이냐면서 즉시 이를 수용하더라는 것입니다.

한국인의 이러한 모습은 지금도 크게 다르지 않습니다. 오늘날 첨단과학을 전공한 핵물리학자들도 자녀들의 혼사가 있으면 부인들이 의례 궁합을 보러 점집을 찾아갑니다. 이왕이면 궁합까지 좋으면 오죽이나 좋겠느냐 하는 생각에서이지요. 이사를 갈 때도 기왕이면 손 없는 날을 가려서 합니다. 그래야 좋다는데 굳이 마다할 게 무엇이냐는 이야기입니다.

남극에 건설된 우리 과학기지에서도, 인공위성을 발사할 때도 돼지머리를 놓고 고사부터 지냅니다. 그래야만 안심이 되고 무사하리라는 위안을 받기 때문입니다.

3. 제사와 추도식

불교는 4세기 끝무렵(고구려 소수림왕 2년 A.D. 372) 한반도에 전래된 이래 14세기 끝무렵(고려 공양왕 4년 A.D. 1392)까지 1,020년 동안 한반도 전역에서 국교처럼 받들어지는 영광을 누렸습니다. 얼마나 장구한 세월입니까? 그럼에도 불구하고 이 땅의 모든 사람들을 불제자로 만들거나 이 땅을 불토국으로 만들지 못했다는 것은, 우리 민족이 불교라는 보편적 가치를 목적으로 받아들이기보다는 생존의 수단으로, 그리고 주변국들과의 공생공영을 위한 매개적 방편으로서 수용했다는 것을 의미합니다.

고려 말, 대륙에서는 원나라가 북쪽으로 쫓겨가고 남쪽에서 일어난 명나라가 들어서게 됩니다. 정치적으로 보자면 왕조교체이지만 사상사적으로 보면 천하가 불교 이데올로기 시대에서 유교 이데올로기 시대로 바뀌는 것을 의미하는 것입니다. 그때 명나라는 근세유학인 성리학을 지배 이데올로기로 삼았습니다. 그러니까 고려 말엽에 한반도 입장에서 보면 바깥세상에 바뀐 보편적 가치를 재빨리 받아들여야 생존할 수 있겠는데, 언제나 그러했듯이 기득권 세력은 변화를 두려워하며 거부하기 마련입니다.

따라서 조선조 건국은 그즈음 변화하는 천하의 보편적 가치를 재빨리 수용했다는 것을 의미합니다. 즉 태조 이성계를 업은 정도전鄭道傳과 권근權近 등 개혁파 학자들은 이 '성리학'을 건국이념이자 통치철학으로 삼아 조선왕조를 세웁니다.

그러나 그 뒤 조선왕조의 성리학 또한 불교가 걸어온 경로와 똑같은 과정을 밟게 됩니다. 앞서 말했듯이 조선왕조는 자그마치 519년 동안이나 존속하였습니다. 그 오랜 세월 동안 조선은 유학의 본산인 중국보다도 더 모범적인 유교국가가 됩니다. 그런데 19세기 끝무렵에 이르자 서세동점의 시대에 들어서면서 기독교 사상과 서양의 과학문명이 밀물처럼 밀려오자 언제 그랬더냐 싶게 성리학을 버리고 또 새로운 종교와 물질문명을 민첩하게 수용합니다.

한 나라의 사상이나 종교가 이렇듯 코페르니쿠스적인 전환을 단숨에 이루어낸 사례는 세계 어디서도 찾아보기 어렵습니다. 이것은 우리 민족이 상황에 따라서 외래종교와 사상을 목적으로가 아니라 생존수단으로 받아들이기 때문입니다.

오늘날 한국을 가리켜 〈종교 백화점〉이라고 할 정도로 다양한 종교가 무리없이 공존하고 있는 것도 같은 맥락이라고 보아야 하겠습니다.

지금 한국에서 기독교가 크게 번성하고 있는 것도 그럴만한 이유가 있다고 봅니다. 동서양을 막론하고 한국처럼 많은 교회와 열광적인 신도를 보유한 나라도 없다고들 합니다. 하지만 기독교 또한 상당부분 우리 고유의 기복祈福신앙으로 변질되어 가는 현상을 발견할 수 있습니다. 교회에 가서도 부자 되게 해달라고, 내 자식 좋은 대학 가게 해달라고, 병나지 않게 해달라고 비는 것이 그것입니다. 결국 부처님에게 비는 거나, 서낭당 앞에서 비는 거나, 십자가 앞에서 비는 거나, 그 밑바탕의 정서는 거의 같다고 보아야 합니다.

일반적으로 기독교를 믿는 사람들은 우상숭배라고 해서 제사를 지내지 않는다고 합니다. 저의 처가도 독실한 기독교 집안인데 장인께서 돌아가신 뒤 매년 기일에 추도식을 행하는 것을 보았습니다. 목사님과 장로님, 그리고 교우들이 함께 모여서 기도를 하고 고인을 추모하는데, 가만히 보니까 외형적인 형식만 바뀌었을 뿐이지 그 심층심리는 제사와 다를 바가 없었습니다.

여러 해 전, 내가 연구차 하와이대학에 머물고 있을 때의 일입니다. 옆방의 백인 교수에게 물었습니다. 당신들은 해마다 부모님 돌아가신 날에 주윗사람 초청해서 추도의식을 갖느냐고 했더니 그런 것은 해본 적이 없다고 하더군요. 더구나 돌아가신 날조차도 잘 모르는 사람도 많다고 합니다. 그러면 추도식을 하는 것은 무엇이냐고 다시 물었더니, 가령 자기 부모가 생전에 자선사업(교회, 양로원, 학교 등 설립·지원 등) 같은 것을 많이 했을 때, 그 지역 사람들이 5년이나 10년 단위로 추도식을 갖는 경우는 있다는 대답이 돌아왔습니다.

이로 미루어 볼 때 우리나라 기독교 신자들이 제사를 모시는 대신에 추도식을 갖는 것이 꼭 서양 기독교 문화에서 전래되었다고 하기는 어렵다는 생각이 들기도 합니다.

제12장
문화영토시대 : 맺음하기

1. 한국문화의 세계화

1) 새로운 영토개념

> 우리의 부력富力은 우리의 생활을 풍족히 할 만하고 우리의 강력强力은 남의 침략을 막을 만하면 족하다. 오직 한없이 가지고 싶은 것은 높은 문화의 힘이다.

김구 선생의 《백범일지》에 나오는 말입니다. 8·15광복을 맞이한 뒤 온 나라가 홍분에 들떠 있을 때 우리 임시정부의 상징이며 애국지사요 겨레의 지도자였던 김구 선생의 자서전 《백범일지》는 그야말로 공전空前의 베스트셀러였습니다. 구구절절 넘치는 소박하고도 절실한 우국-애족사상은 독자를 사로잡기에 충분했습니다. 북한 측의 갑작스런 단전斷電으로 전기사정이 무척이나 좋지 않던 그때, 나는 남폿불 밑에서 밤을 지새우며 그 책을 읽다가 위의 구절에 이르러서 그만 실망스러움을 넘어 허탈하기까지 했던 기억을 잊을 수가 없습니다.

남의 나라 압제에서 벗어난 직후요 억울하고 분하고 기막힌 한이 맺혀 너나없이 원수 갚을 마음만이 충천하던 때라 우리의 힘이 고작 '남의 침략을 막을 만하면 족하다'는 선생의 말씀이 얼마나 섭섭하고 허전하게 느껴졌는지 모릅니다.

그 뒤 내가 이 부정적인 생각을 다시 부정하여 마침내 긍정에 이른 것은 6·25동란을 겪고 난 대학시절이었습니다. 육당 최남선 선생의 《불함문화론不咸文化論》을 읽고 나서 어린 시절의 치기 어린 생각이 부끄러워졌고 백범 선생의 깊고 원대한 사상에 뒤늦게 머리를 숙이게 되었습니다.

1970년대 말 나는 미래지향적인 새로운 영토개념으로 '문화영토文化領土-Cultural Territory'라는 학술용어를 만들어 학계에 내놓았습니다. 이것은 백범과 육당 같은 선인들로부터 물려받은 생각에서 뻗어난 것이었습니다. 우리 인류가 마땅히 지향해야 할 역사창조의 기본 방향은 전쟁으로부터 평화로, 대결로부터 협상으로, 분쟁으로부터 화합으로 가는 길이 되어야 합니다. 국가적-정치적-경제적 개념으로만 국한시켜 생각해 오던 영토의 개념을 이제부터 문화적 개념으로 전환해 나가야 한다는 생각에서 '문화영토론'을 제기했습니다.

'문화영토론'의 현실 인식, 즉 '문화영토시대'의 도래가 요구하는 현실적 배경은 다음의 두 가지로 집약됩니다.

첫째, 세계사의 전개 과정은 인류에게 닥친 대부분의 재앙이 질병이나 자연재해보다는 인간 스스로의 이기적 충동과 동물적인 증오심에 의한 것이 너무 많았음을 보여주고 있습니다. 그래서 인류의 역사를 전쟁문화사戰爭文化史라고까지 말하지 않습니까? 인류사에서 현실적 위기인 전쟁, 어쩌면 온 인류의 파멸을 가져올지도 모를 그 엄청난 재앙을 미리 막기 위해서는 서로의 대립과 갈등의 표상인 지금의 영토의식에서 벗어나야 합니다.

오늘날 이 지구 위에 설정돼 있는 수많은 국경선들은 특정 지역에 대한 배타적 권리행사를 선언하고 있습니다. 그러나 이 같은 배타적 권리행사는 그것이 어떤 명분을 표방하고 있든지 간에 도덕적 존재로서의 인간과는 거리가 먼, 지극히 동물적인 본능에 바탕을 두고 있을 뿐입니다.

일정한 공간을 자신의 생존영역으로 설정하고 이에 대한 독점적 권리를 행사하는 행위는 야생동물의 세계에서도 흔히 볼 수 있는 현상입니다. 더욱 위험한 것은 이러한 독점의식이 인간에게는 점차 애국적 정열의 대상으로서 인위적인 도덕성까지 부여받게 되었다는 점입니다. 때로는 지배자에 대한 충성심으로 이어지기도 하고, 때로는 고대사회 이래의 민족의식과 연결되기도 하면서 자신의 영토에 대한 전투적이고 맹목적인 애착심은 날로 견고하게 성장해 왔습니다.

오늘의 영토가 갖는 이 같은 속성은 근대 이후의 서구 민족주의에 의해 더욱 심화되었습니다. 20세기에 접어들면서 발생한 인류 최대의 재앙이었던 두 차례의 세계대전도 사실은 서구 열강이 추구한 영토 확장욕의 결과였습니다. 각 민족과 국가 간의 만남이 오늘의 정치-법률-경제-군사적 개념의 국경에서 이루어지는 한, 전쟁의 위협은 결코 제거될 수 없을 것입니다.

둘째, 오늘의 인류는 서구의 제국주의적 지배에 의해 심각한 위기를 맞고 있습니다. 서구인들은 서세동점西勢東漸의 시대를 거치면서 비서구 제국에 대해 무력 침략을 통한 경제-정치적인 지배-종속의 구조를 구축하고, 그 위에 문화적 제국주의의 틀을 확립했습니다. 특히 문화적 지배는 그들의 전통적인 서구 중심주의와 이에 호응하는 숭백주의崇白主義의 흐름 속에서 지금까지도 끊임없이 지속되고 있습니다.

문화적 제국주의가 인류문명의 앞날에 끼치는 가장 심각한 해독은 그것이 인류가 선택할 수 있는 여러 종류의 문화적 대안들을 철저히 봉쇄-폐기시키려 한다는 점입니다. 세계 여러 민족들이 저마다 꽃피워 온 문화양식은 결코 인위적으로 서열화序列化될 수 없으며, 또 그렇게 되어서도 안 됩니다. 자기들 문화와 다르다는 이유만으로 다른 문화를 열등시하고, 스스로 문화적 구원자라고 자처하는 것이야말로 가장 반문화적인 행위인 것입니다.

문화제국주의는 인위적이고 독단적으로 선택된 하나의 꽃으로 화단을 통일하려는 의도를 갖습니다. 그리고 이를 실현하려면 다른 화초들을 꽃밭에서 강제로 몰아내야 한다고 믿습니다. 다시 말해서 꽃들이 스스로 공정하게 경쟁할 수 있는 분위기를 처음부터 박탈하는 것입니다. 이에 반해 순수한 문화적 민족주의는 꽃밭의 통일 자체를 인정하지 않습니다. 그들은 화단이 결코 서열화될 수 없는 각양각색의 꽃들로 구성되어야 하고, 그 꽃들은 자신의 모습에 끝까지 충실함으로써 전체적인 조화를 이룬다고 보는 것입니다.

그러나 문화라고 하는 것은 인간이 창조하는 모든 가치 가운데 가장 고귀하고 값진 것이어서 마치 물이 높은 곳에서 낮은 곳으로 흐르듯이 세련된 앞선 문화는 반드시 뒤처진 문화 쪽으로 흘러들어가 조화를 이루게 마련입니다. 이것조차 인위적으로 막아서는 안 됩니다. 물리적인 힘에 의해서가 아니라 문화 자체의 고유한 운동법칙에 의해 자연스럽게 조화되고 절충되어져야 합니다.

앞으로의 세계는 인도주의에 바탕을 둔 학문과 사상과 철학과 종교의 힘으로써 국가 간의 격차를 좁혀가고 인의仁義로써 민족 간의 화합을 도

모해야만 합니다. 그러기 위해서는 선의의 문화경쟁을 해야 합니다. 이것은 인의의 경쟁이요, 사랑의 경쟁입니다. 경쟁을 할수록 인류의 평화와 행복도 그만큼 증진될 것입니다. 이것이 '문화영토론'의 핵심개념입니다.

2) 우리 문화공간의 부침浮沈

우리 민족은 한반도를 포함한 광활한 동아시아를 무대로 활동하면서 독창적인 민족문화를 형성-발전시켜 왔습니다. 아득한 선사시대로부터 현재에 이르기까지 우리 민족이 생활해 온 일체의 문화적-생활사적 공간을 나는 '문화영토'라는 개념으로 지칭하고자 합니다. 그러면 우리 민족의 문화영토가 유구한 역사 속에서 어떠한 위상位相을 차지해 왔는지 살펴보겠습니다.

기록을 통해서 보면, 우리 문화가 거의 일방적으로 흘러들어간 지역은 역시 일본입니다. 우리가 중국문화를 유입-수용한 것보다 훨씬 높은 강도로 일찍부터 우리의 문화영토로 편입되어 왔습니다. 이것은 고대사회의 일본이 그만큼 문화적으로 낙후되었음을 의미하는 것이기도 합니다. 일본 측 기록인 《일본서기日本書紀》에 의하더라도 서기 396년에 고구려-백제-신라인들이 대거 일본으로 이주해 왔다고 되어 있고, 7년 뒤인 403년에는 백제지역에서만 120개 마을주민이 집단으로 건너간 것으로 되어 있습니다.

우리 문화의 중국대륙 진출은 신라가 통일국가를 이룩한 뒤부터 활발하게 진행됩니다. 산둥반도山東半島를 중심으로 중국 동해안(황해) 일대에 신라방新羅坊, 신라소新羅所가 이 시대에 설치되었고, 신라인들의 사찰인 법화원(法花院, 赤山法華院)을 비롯하여 신라원新羅院을 곳곳에 건립할 만큼 중국 진출은 매우 활발했습니다. 이에 대해서는 9세기 초·중반(A.D. 838~847) 9년간 당唐나라에 유학했던 일본인 승려 엔닌(圓仁)의 《입당구법순례행기入唐求法巡禮行記》에 더욱 구체적으로 기록되어 있어 학계를 놀라게 한 바가 있습니다.

삼국시대 훨씬 이전부터 우리 민족이 중국의 동북부지역 일대를 통치-지배하였고 중국문화의 원류가 사실은 동이족東夷族에 있다는, 단재 선생과 육당 선생 같은 사학자들의 주장에 따르면 중국에서의 우리 문화영토는 훨씬 확대될 수 있을 것입니다.

일본과 중국에 비하면 만주지역에 대한 진출은 훨씬 더 자연스럽고 지속적인 형태로 진행되었습니다. 만주는 우리 민족의 본거지로서 고구려 이후에도 발해가 230년 가까이 이 광활한 지역을 통치함으로써 우리 민족문화의 굳건한 토대를 구축했던 것입니다. 그 뒤에도 우리 민족은 황무지와 다를 바 없는 만주(주로 북-서간도) 지역으로 꾸준히 이주해 누대를 살아오면서 지금까지 원형에 가까운 우리의 전통문화를 보존하고 있습니다. 이것은 우리 문화가 그 지역의 문화보다 우월했기에 가능했던 것입니다.

이렇게 본다면, 우리의 문화영토는 10세기 즈음 이미 일본을 비롯한 중국의 동북부까지 광대한 영역으로 확대된 것으로 보입니다. 그리하여 우리의 민족문화는 동북아시아문화권의 중심적 지위를 차지하면서 순조롭게 발전해 왔습니다. 여기서 오해의 소지가 있을까 하여 덧붙이자면, 오늘날 한반도 말고도 다른 지역에 우리의 문화영토가 설정될 수 있는 것처럼 우리 한반도에도 다른 나라의 문화영토가 중첩적으로 설정될 수 있을 것입니다. 오늘의 중국-일본-미국 입장에서 보면 이 땅도 그들의 일부 문화영토로 간주될 수 있을 것이고, 이에 대해서 우리도 마땅히 우리 자신을 개방할 수 있어야 합니다.

서구문명과 본격적으로 접촉하기 시작한 19세기 끝무렵은 우리 문화 역사상 최대의 시련기였고 그 뒤 오늘에 이르는 100여 년간은 우리의 문화영토가 크게 위축된 시기였습니다. 물론 이 같은 현상이 우리에게만 나타난 것은 아닙니다. 피식민지시대를 경험한 제3세계의 여러 나라들 또한 우리와 비슷한 곤경에 처해 있었습니다. 그러나 그들은 해방과 함께 충동적으로 자신의 전통문화에 집착했습니다. '자기부정의 시대'에서 열광적인 '자기긍정의 시대'로 옮겨갔다는 뜻입니다. 하지만 그들은 곧 자기 한계에 봉착해 아직도 정체성의 혼돈에서 헤어나지 못하고 있는 실정입니다.

문화적인 측면에서 보자면, 1945년은 우리에게 결코 밝은 의미만을 주지는 않습니다. 엄격하게 따지자면, 광복이 되고 우리의 문화영토는 오히려 더욱 축소되었다고 말할 수 있습니다. 왜냐하면 남북으로 분단이 된 데다, 소련이 점령했던 북한도 마찬가지였지만 남한의 경우 일본을 대신해서 들어온 미국 또한 문화적 제국주의를 추구해 왔기 때문입니다. 일제의 가열찬 탄압 아래서도 끝까지 버텨온 우리의 전통적 문화유산들조차 걷잡을 수 없이 밀려드는 서구문명 앞에 맥없이 밀려났습니다.

전통문화의 이 같은 시련은 1960년대부터 이른바 경제성장의 시기에 접어들면서 사회의 저변으로까지 확대됩니다. 특히 빈곤의 추방이라는 구호가 배금주의와 물신화物神化의 경향으로 연결되면서 서구 물질문명의 말기적 증상들이 아무런 제약 없이 이식되었고, 이에 따라 우리의 따뜻한 문화적 온기는 싸늘하게 식어갈 수밖에 없었습니다. 그러나 경제성장을 위해서는 전통문화의 훼손도 감수할 수밖에 없다는 논리는 극히 한정된 부분에서만 인정되어야 합니다.

우리 문화현실에 대한 이 같은 각성은 지난 1970년대 끝무렵에 가서야 비로소 본격적으로 대두되기 시작했습니다. 전통문화를 회복하자는 목소리가 여러 계층에서 쏟아져 나왔고 긍정적인 반향을 일으켰습니다. 특히 고무적이었던 것은 그때 오히려 젊은 세대들이 이러한 움직임을 주도했고, 그들이 기성세대가 된 지금 우리는 다시금 문화영토의 확장과 더불어 새로운 한류의 열풍시대를 맞이하고 있는 것입니다.

3) 한류 열풍의 의미

2000년대로 접어들면서 '한류韓流'라는 신조어가 만들어졌습니다. 1990년대 들어서면서부터 중국-대만-필리핀-베트남을 중심으로 한국 배우들과 가수들이 폭발적인 인기를 끌기 시작했습니다. 곧이어 일본에서도 한국 드라마-영화-음악이 인기를 모아갔습니다. 일본에서 가장 인기 있는 여자가수는 '보아'라는 한국인이고, 드라마 〈겨울연가〉의 주인공이었던 남자배우 배용준은 '욘사마'라고 불리며 일본 여인들의 우상으로 떠올랐습니다. 한국에서 제작된 드라마-영화-음악이 동아시아 일대를 휩쓸기 시작한 현상을 일컬어 '한류'라는 신조어로 표현한 것입니다.

한류는 동아시아를 넘어 K-POP으로 이제는 전 세계로 확산되고 있습니다. 한국 영화들이 유럽의 영화제에서 최고 작품상과 감독상을 받는 것도 이제는 드문 일이 아닙니다. 부산에서 열리는 국제영화제에는 전 세계 영화인들이 너도나도 작품을 출품하려고 모여듭니다. 한국의 문화상품이 세계로 진출하고, 세계문화인들이 한국으로 모여들고 있는 것입니다.

일본에서 〈겨울연가〉라는 드라마가 방영되고 불었던 '욘사마' 열풍을 다룬 뉴욕타임스 기사에서는 32세의 한국배우가 한국과 일본 사이에 약 23억 달러(약 2조 3,000억 원)로 추정되는 경제효과를 일으켰다고 썼습니다.

이제는 한국에서 만들어지는 드라마-영화-음악은 국내 시장용이 아닙니다. 이미 온 지구촌의 문화가 되었습니다. 한국문화의 세계화가 현실이 된 것입니다. 어떻게 이런 일이 가능해진 것일까요?

많은 사람들은 한국의 경제력이 문화 상품의 수출이라는 현상을 가져왔다고 설명합니다. 분명히 한국 대기업들이 생산한 상품이 전 세계로 수출되면서 한국에 대한 인지도와 친밀도가 높아진 것은 사실입니다. 세계 어딜 가나 '삼성' 휴대전화기를 만나게 되고, '현대' 자동차를 보게 됩니다. 그러나 그것만으로 한국문화의 성장을 설명할 수는 없을 것입니다.

나는 '한류현상'이 어느 날 갑자기 생겨난 것도 아니고 우연히 이루어진 일도 아니라고 생각합니다. 한류는 우리 민족이 오랫동안 간직해 온 사람 냄새 나는 인본人本사상이 그 바탕에 있기 때문에 가능한 일입니다. 곧 우리 민족의 고유한 정서가 인정人情에 굶주린 현대인의 욕구에 적중했기 때문이라고 생각합니다.

4) 종교를 통해 본 문화대국의 자질

우리 겨레는 국조 단군께서 경천애인敬天愛人, 홍익인간弘益人間, 이화세계理化世界의 이념으로 이 나라를 여신 이래, 반만년 동안 오로지 고도의 정신문화로서 나라와 겨레를 지켜왔습니다. 따라서 우리에게 그 어떤 신상神像이 있다면 오직 민족문화를 두고 따로 있을 수 없습니다.

그러면 우리의 신상이라고 할 그 문화의 실체는 대체 어떤 것이겠습니까? 그것은 다름이 아닌 바깥세상의 보편주의를 재빨리 수용해서 그것과 공생하는 지혜라고 하겠습니다.

아득한 옛날 서양의 존재를 의식할 필요가 없었을 때, 동양천하는 불교사상이 그 보편적 가치였습니다. 우리의 경우 고구려 소수림왕 2년 AD 372년에 불교가 전래된 이래 삼국 전역에서 비교적 골고루 퍼져나갔습니다.

이후 장장 1,020년 동안, 즉 고려 공양왕 4년 AD 1392년까지 불교는 이 땅에서 가히 국교로 받들어지는 영광을 누려 왔습니다. 그러나 이후 14세기 중원에서 원元과 명明이 교체되면서 동양사회의 보편주의가 불교사상에서 유교사상으로 바뀌자 우리 또한 천년 이상을 국교처럼 받들던 불교를 하루아침에 부정하고 새로운 유교 국가로 변신했습니다. 이것이 바로 고려조에서 조선왕조로의 역성혁명으로 나타난 것입니다.

이후 우리는 장장 519년 동안을 모범적인 유교 국가로서 유학의 본고장인 중국이 무색할 정도로 철저한 유교사회를 이루어 왔습니다. 다시 19세기에 접어들어 서세동점西勢東漸의 시대가 열리자 우리는 그처럼 철저히 받들던 그 유교를 또다시 하루아침에 헌신짝처럼 내버렸습니다. 그리고는 기독교 문명과 과학적 합리주의를 바탕으로 한 새로운 서구적 보편주의를 서둘러 수용했습니다.

이런 논리선상에서 볼 때, 오늘날 현대국가로서 우리의 조국 대한민국의 존립근거도, 다름 아닌 바로 서방세계의 보편주의인 기독교, 자유민주주의와 시장경제체제를 수용하여 그들과 함께 공존한데 있다고 하겠습니다. 이처럼 그동안 우리는 외부의 보편주의를 수용해서 거기에 안주하는 것으로서 나라와 겨레를 지켜왔던 것입니다.

하지만 그러한 보편주의에 편입해서 비록 모범생이 된다 하더라도 거기에는 스스로 한계가 있는 것 또한 분명합니다. 이것은 오직 생존의 논리, 현상유지의 논리, 때로는 위기 극복의 논리까지는 될 수 있었지만 지속적 발전, 번영, 창조의 논리로 이어질 수는 없었다는 사실입니다.

이것은 지난 반만년에 걸친 우리의 민족사가, 한번 크게 중원 땅에 떨쳐 보지 못했다는 사실이 이를 여실히 증명합니다. 21세기에 우리가 열어나갈 새로운 민족사의 지평이 겨우 죽지 않고 살아남는 생존의 논리 거기에 머무를 수만은 없지 않겠습니까?

그렇다면 오늘날 세계화, 국제화의 큰 물결 속에서 우리가 나아가야 할 길은 과연 어떤 것이겠습니까? 그것은 분명 군사대국, 경제대국도 아닙니다. 흔히 세계화라면 으레 바깥세상의 보편주의에 우리가 편입해 들어가는 것만을 생각합니다. 하지만 21세기 우리가 추구해야 할 세계화는 우리의 가치, 우리의 질서 속에 세계를 편입시키는 것 또한 분명 세계화의 한 유형이 아닐 수 없습니다.

우리 역사 속에서 한 예를 들어보겠습니다. 지난날 삼국 중 가장 후진국이었던 신라가 어떻게 삼국통일의 주역이 될 수 있었겠습니까? 강대한 대륙국가였던 고구려와 풍요롭고 찬란했던 백제가 당시 보편주의로서의 불교 그것에만 안주하고 있을 때, 신라만은 그 불교사상에다가 우리의 토속적인 현묘지도玄妙之道와 국선國仙, 풍류지도風流之道를 접목시켜 한 단계 높은 사상과 이념으로 승화시키는데 성공했던 것입니다. 바로 그 사상을 대승불교大乘佛敎로, 호국불교護國佛敎로 다시 세속오계世俗五戒로 발전시켜 신라 백성의 정신적 지주가 되게 하였고, 이로써 교육받고 훈련된 청소년들의 역량이 화랑도 정신으로 승화 확산되어 마침내 통일성업을 이룰 수 있었던 것입니다.

제가 보는 바로는 오늘날 이 땅에 기독교 문명이 들어온 지 200여 년, 모든 서방세계가 기독교사상 그것에만 안주하고 있을 때, 이 보편적 가치에 만족하지 않고 여기에 동양의 사상과 한국적 가치를 접목시켜 천도에 입각한 새로운 보편적 사상 가치를 창조해낸 것이 바로 문선명 선생의 통일사상이 아닌가 감히 추론해 봅니다.

21세기 우리 한국이 추구해야 할 가치는 도덕적 정당성 위에 서서 문화대국, 사상대국, 이념대국이 되는 것입니다. 여기에 문선명 선생의 통일사상이 우리 문화와 인류역사에 과연 어떤 역할을 할 것이며, 얼마만한 영향을 발휘할 것인지는 비단 우리만의 문제가 아니고 전 인류의 관심사가 아닐 수 없다고 하겠습니다.

5) 불세출 발레리나 최승희의 탄생

한국 근대의 한류스타라면 단연 최승희 선생을 들 수 있습니다. 최승희(崔承喜, 1911~1967)는 한국 최초로 서구식 현대적 기법의 춤을 창작하고 공연하여 세계인들로부터 '동양의 무희'라는 애칭으로 불릴 만큼 찬사를 받았습니다. 최승희는 숙명여학교를 졸업하고, 일본 현대무용가 이시이바쿠(石井漠)의 무용발표회를 관람한 것을 계기로 그의 제자가 되어 일본에서 사사한 뒤 이시이무용단의 일원으로 공연을 펼쳤습니다. 그 뒤 최승희는 1929년 서울로 돌아와 최승희무용연구소를 설립하고, 잇따라 신작을 발표하였습니다. 이 시기 그는 전통무용을 익혀 자신의 창작무용에 응용했는데, 칼춤과 부채춤, 승무 등을 현대화하는 데 성공해 일약 조선 무용계의 대표적인 스타로 떠오릅니다.

프롤레타리아 문학운동가 안막安漠과 결혼한 뒤 1933년 일본 이시이에게 되돌아가 그의 공연에 주연으로 출연, 호평을 받아 전 일본의 순회공연을 하고 화장품 광고에도 출연합니다. 또 영화 〈반도半島의 무희〉에서 주연을 맡아 일본 열도를 뒤흔드는 큰 인기를 누렸습니다. 일본 공연이 대성황을 이루자 1937년 미국을 거쳐 프랑스·이탈리아 등 유럽을 순회공연했습니다. 1938년 벨기에에서 열린 세계무용경연대회에서는 심사위원으로 위촉될 정도였습니다. 이렇게 최승희는 1936년부터 4년간 세계무대로 진출해 유럽 여러 나라와 미국, 중남미 지역에까지 그 이름을 떨쳤습니다.

그리고 일본에 돌아와 가부키 극장에서 주로 조선무용을 공연하던 중 일본총독부의 강요로 일본군 위문공연을 하고 일본 전통무용을 소재로 삼아야 했습니다. 광복을 맞자 일본군 위문공연이 친일경력으로 평가되어 활동이 여의치 않자 남편 안막을 뒤따라 1947년 월북합니다.

최승희는 북한 무용계를 이끌며 조선춤을 체계화하고 무용극 창작에 힘쓰다가 중국의 세계적 무용가 메이란팡의 초빙으로 북경으로 가서 경극京劇에 자신의 춤을 삽입하여 저우언라이周恩來와 중국민들의 대찬사를 받습니다. 그러나 결국 북한으로 끌려와 1967년 숙청당하고 맙니다. 최승희는 음악과 춤에 대한 천부적 자질과 함께 무대 위에서 관객을 사로잡는 강렬한 눈빛과 몸동작으로 대중의 사랑을 받았던 것입니다.

6) 비디오 아티스트 백남준

'비디오 아티스트'라는 세계적인 퍼포먼스 예술가 백남준 선생도 원조 한류스타의 거장이라 하겠습니다. 백남준(白南準, 1932~2006)은 비디오 아트를 창시하여 20세기 최고의 실험작가 가운데 한 사람으로 꼽힙니다. 백남준은 도쿄대학에서 예술사와 음악사를 공부한 뒤 독일로 가 뮌헨대학에서 음악사 공부를 계속합니다. 그는 1950년대 후반 독일에서 미국 전위작곡가 존 케이지를 만나서 그의 창조적인 작곡과 비정통적인 사고방식에 큰 영향을 받습니다.

백남준은 요제프 보이스와 함께 1960년대 전위미술운동 그룹인 플럭서스(fluxus)의 일원으로 활약합니다. 1963년 독일에서 첫 개인전인 〈음악-전자텔레비전〉 전시회를 열었는데, 이때 그는 12대의 TV 세트를 배치했습니다. 이 전시회는 이후 비디오 아트의 방향을 결정지을 만큼 기념비적인 전시가 되었습니다. 그 뒤 비디오의 폭넓은 표현가능성을 발견하고 순수 전자음악 작곡에서 시각미술로 전향합니다.

뉴욕으로 옮겨간 백남준은 첼로연주자인 샬럿 무어먼과 함께 음악, 퍼포먼스, 비디오를 결합한 작업들을 선보이기 시작했는데, 1967년 발표한 〈오페라 섹스트로닉〉에서는 무어먼이 상의를 드러낸 채 첼로를 연주함으로써 백남준도 함께 경찰에 연행되기도 했습니다. 이 사건은 예술적 검열의 한계를 시험한 것으로 결국 해당 법조항을 개정하게 만들었습니다.

1974년 〈TV 정원〉에서 수많은 모니터를 이용해 비디오 설치라는 개념을 도입한 백남준은 조각과 설치미술의 가능성에 새로운 차원을 더합니다. 1984년에는 세계 최초의 우주 동시중계 쇼 〈굿모닝 미스터 오웰〉

을 기획, 위성텔레비전을 통해 뉴욕과 파리, 베를린, 서울에서 방송되기도 했습니다. 1995년 퍼포먼스 로봇 K-5를 선보이며 위성 프로젝트 분야에서도 활발한 작품활동을 벌였으며, 말년에 제작한 포스트 비디오 작품들에서 레이저를 사용하기도 했습니다. 백남준은 다양한 매체를 통해 예술에 대한 이해영역을 넓혔는데, 이러한 선생의 작품은 20세기 말 미디어문화에 강력한 영향을 미쳤던 것입니다.

오늘의 한류 열풍은 1970년대 윤이상尹伊桑의 음악이 서양인들로부터 받았던 열광을 떠오르게 합니다. 1972년 뮌헨올림픽 전야행사로 윤이상의 가극 〈심청〉이 처음 공연되었을 때 수많은 서양 사람들이 충격에 빠졌고 지금도 윤이상의 음악이 유럽에서 그토록 추앙받고 있는 것도 바로 이러한 한국적 정서와 사람냄새 때문일 것입니다. 그래서 가장 한국적인 것이 가장 세계적이라는 말이 나오는 것 아니겠습니까?

한국인의 정서 밑바닥에 깔려 있는 이러한 사랑과 정, 특히 효孝문화가 자연스럽게 녹아 있는 것이 한국의 문화상품들입니다. 〈겨울연가〉라는 드라마를 보고 특히 일본의 중년 여인들이 그처럼 열광하는 이유는 무엇일까요? 그것은 아마도 일본 배우들이 보여주지 못했던 면모, 즉 한국적인 가족애와 특유의 감성을 보여주고 있기 때문이라고들 합니다.

그러나 나는 이것만이 아니라고 생각합니다. 우리는 역사·문화적으로 여성에 대한 인격적·사회적 예우가 본디부터 각별했습니다. 예를 들면 역사적으로 재산상속을 비롯해서 집안경제의 주도권에다 출가한 뒤에도 고유의 성씨姓氏를 유지하고, '어머니'로서의 권위가 폭넓게 존중되어 왔기에 우리에게는 당연하게 느껴지는 것이지만, 일본 여인들에게는 선망을 넘어서 큰 충격과 감동으로 다가왔기 때문이 아닌가 합니다. 일본 고

전에는 우리의 《춘향전》같이 남녀의 애틋한 사랑을 주제로 한 작품이 없습니다. 이것은 서세동점의 20세기를 지나면서도 우리가 간직해 온 고대 단군왕검 이래 '홍익인간 이화세계'라는 인간 위주의 전통문화 가치가 비로소 빛을 발하기 시작했다는 것을 의미합니다.

7) 세계로 뻗어나가는 새마을운동

우리 겨레에게는 고조선시대부터 '두레'라는 전통문화가 있어왔습니다. 두레는 지역에 따라 구성이나 기능이 조금씩 다르기 때문에 그 명칭도 '농사農社', '농계農契', '농청農廳', '농악農樂', '농기農旗', '목청牧廳', '갹사醵社', '동네논매기', '길쌈', '돌개기음' 등으로 다양합니다. 공동체의 노동조직이기도 하면서 줄다리기·홰싸움·편싸움 등 상무尙武놀이에서도 큰 몫을 했습니다. 즉 협동생활운동이라 할 수 있을 것입니다.

이런 생활전통에 뿌리를 둔 두레 정신이 1960~70년대의 새마을운동과 접목되면서 농촌근대화에서 도시·직장·공장 등으로 확산되어 근면·자조·협동을 생활화하는 의식개혁운동으로 발전했습니다. 새마을운동은 경제적 자립의지와 희망을 국민들에게 심어준 범국민적 근대화운동으로 1970년대 놀라운 경제성장을 가능케 한 원동력이 되었습니다. 박정희라는 지도자의 탁월한 리더십과 우수한 새마을지도자의 양성, 그리고 정부의 적극적인 지원이 시너지효과를 일으키면서 세계가 놀란 근대화와 경제성장을 이룬 것입니다.

1960년대까지만 해도 춘궁기에는 채 여물지도 않은 보리이삭을 끓인 죽으로 연명하는 사람이 부지기수였고, 젊은이들은 일자리가 없어 거리를 배회했습니다. 1970년대 초에 전국 농가는 3만 5,000여 마을에 250만 가구였습니다. 농가의 80%는 초가집이었고, 전기가 들어가는 집은 겨우 20%에 자동차가 드나들 수 있는 마을은 30%에 불과했습니다. 1970년에 가구당 소득이 평균 25만 6,000원에서 1975년에는 87만 3,000원으로, 1978년에는 160만 원으로 8년 사이에 6배 이상 증가했습니다.

이 새마을운동은 지금도 한국의 국가브랜드로서 온 세계에 널리 퍼져나가고 있습니다. 중국, 베트남 등 아시아 국가들은 물론 칠레 같은 농업선진국조차 이를 '박정희식 성장동력'이라며 높이 평가하고 있습니다. 1991년 몽골을 시작으로 최근까지 세계 84개국에서 8만여 명이 새마을운동을 배우기 위해 한국을 찾았으며, 현재 미얀마·캄보디아·네팔 등 아시아 6개국, 콩고민주공화국·우간다·탄자니아 등 아프리카 6개국 총 12개 나라가 한국형 농촌발전모델인 새마을운동을 접목하고 있습니다. 유엔개발계획(UNDP)에서도 농촌개발 및 빈곤퇴치 모범사례로 높이 평가하고 있습니다.

새마을운동은 전혀 제국주의의 혐의가 없는 우리 민족의 자랑스러운 '자주철학'으로 말 그대로 평화주의를 지향하는 우리 민족이 창안해낸 역동적이고 자주적인 삶의 철학, '활생의 철학'이라 하겠습니다.

8) 한국의 노벨평화상을 지향하는 선학평화상

선학평화상은 세계평화통일가정연합 문선명 선생의 사상과 업적을 기리고 그 유지를 선양하기 위해 한학자 총재의 뜻으로 제정되었습니다. 선학평화상은 인권존중, 갈등화합, 생태보전의 세 기치를 추구하며, 관련

평화활동에 힘쓴 개인과 단체를 대상으로 2년마다 주는 상입니다. 2014년 선학평화상위원회가 출범되었습니다. 나는 한학자 총재의 요청으로 초대 선학평화상위원장으로서 2015년 제1회부터 2020년 제4회 시상식까지 참여했습니다.

문선명·한학자 총재는 일찍부터 '모든 인류는 한 가족'이라는 공생共生, 공영共榮, 공의共義의 신념으로 범인류 공동체 건설에 평생을 헌신한 분입니다. 특히 한 총재는 지금도 평화로운 세상을 만들기 위해 왕성한 활동을 전개하고 있습니다.

인류의 평화는 모든 국가가 다 같이 더불어 잘사는 평화공동체를 이룰 때라야 비로소 달성될 수 있습니다. 나는 종교인도, 정치인도 아닌 인문학을 공부하는 서생으로서, 일체의 세속적인 경계와 차별을 초월한 문 선생의 문명사적 통찰력과, 평생 사랑과 평화지향으로 일관한 언행에 존경과 감동을 금치 못 해왔습니다.

문 선생은 전 세계 곳곳에서 국경철폐운동, 기술평준화운동, 종교화합운동을 펼쳐 지구촌 공동 번영의 길을 선구적으로 개척해 왔습니다. 어버이 같은 마음으로 전 인류를 포용하고자 했던 그 큰 사랑의 리더십은 오늘날 한낱 국가 이기주의에 매몰되어 보다 넓고 큰 세계와 미래를 보지 못하는 리더들에게 많은 교훈이 될 것이라고 믿습니다.

설립자는 일생동안 한결같이 평화는 "너와 나의 경계를 허물고 서로가 돕고 사랑할 때라야 비로소 달성될 수 있다"고 강조했습니다. 바야흐로 인류는 갈수록 분열되어가고 있는 상황에서 우리는 서둘러 평화의 문화를 더욱 북돋아 나가야 하겠습니다. 개인과 자기 진영의 이익만이 아닌 인류 미래의 운명을 걸고 새로운 평화의 문화를 만들어나가야 합니다.

이렇게 볼 때, 21세기를 살아가는 우리 또한 보다 나은 인류의 미래를 위해 끝없이 고민하고 실천하는 삶을 살아야 할 것입니다. 이런 성찰과 실천들이 하나둘씩 모일 때 평화 문명을 위한 전 지구적 위대한 서사가 창조될 것입니다.

선학평화상의 1회부터 4회까지 수상자들의 면면을 살펴보겠습니다. 제1회 수상자는 아노테 통 키리바시 대통령과 모다두구 비제이 굽타 박사입니다. 아노테 통 대통령은 국제사회에 기후 위기의 심각성을 공론화하는데 크게 기여했으며, 기후변화로 인한 해수면 상승으로 수몰 위기에 처해 있는 키리바시를 위해 헌신적으로 노력하고 있습니다. 비제이 굽타 박사는 수산 과학자로서 양식 어종을 개량하여 수산물 생산량을 획기적으로 높이며 청색혁명을 선도했습니다.

제2회 수상자는 지노 스트라다 NGO '이머전시'의 창립자와 사키나 야쿠비 아프간학습연구소 설립자입니다. 지노 스트라다 박사는 외과의사로서 25년간 중동과 아프리카 17개국 이상에서 헌신적으로 긴급 의료 구호를 펼치고 있는 인도주의자입니다. 사키나 야쿠비 박사는 1995년 아프간학습연구소를 설립하여 1,300만 명의 난민들에게 교육과 직업훈련을 제공하였습니다.

제3회 수상자는 아킨우미 아데시나 아프리카개발은행 총재와 와리스 디리 여사입니다. 아킨우미 아데시나 박사는 30년간 아프리카에 혁신적인 농업 경제 정책을 도입해 식량안보를 크게 개선했습니다. 와리스 디리 여사는 여성인권운동가로서 야만적인 여성 할례의 철폐 운동을 선도하여 고통받는 전 세계 수억 명 여성들의 인권을 크게 개선해 나갔습니다.

제4회 특별상 수상자는 반기문 전 유엔사무총장입니다. 그리고 본상 수상자는 마키 샬 세네갈 대통령과 무닙 유난 전 루터교세계연맹 의장입니다. 반기문 총장은 기후변화의 심각성을 큰 목소리로 알렸으며, '2015 파리기후협정'을 성공적으로 끌어냈습니다. 또한 세계 모든 국가가 공동으로 추진해 나갈 발전목표(SDGs) 채택으로 인류 공동 번영의 마스터플랜을 제시했으며, 양성평등과 아동 보건 증진을 위한 범세계적 전략을 실행하는 데 공헌했습니다.

마키 살 대통령은 장기독재와 빈곤이 만연한 아프리카 대륙에서 대통령 임기를 단축하고, 투명한 정책으로 경제 부흥을 일궈내 주변국가에 성숙한 민주주의를 확산시키고 있습니다. 유난 주교는 종교 간의 대화와 화해가 인류평화를 위한 근간이라고 믿고, 전 생애를 종교 화합에 헌신한 선구자입니다.

선학평화상은 '인류는 한 가족, 미래를 위한 평화상'이라는 기치 아래 온 인류를 가족처럼 사랑하며 세계평화를 빚어내는 용기 있는 의인義人들을 앞으로 계속 발굴해 나가고 있습니다.

각 분야에서 공헌한 선각자들을 시상하고 선양함으로써 세계는 보다 선한 쪽으로 한 발짝 나아가며, 선한 영향력의 확대로 우리가 사는 세상은 보다 밝고 아름답게 될 것이라 확신합니다.[1]

---

1 2022년 제5회 수상자는 사라 길버트 영국 옥스퍼드대 교수와 세계백신면역연합(Gavi)이다. 2년여간 지속되는 코로나19사태 속에 전 세계의 백신 공급에 앞장선 인물과 단체가 선정됐다. 설립자특별공로상은 훈센 캄보디아 총리가 수상했다.

2. 〈신新인본주의〉 선언

1) 한국인의 '인간 중심사상'

19세기가 저물어가고 20세기로 넘어오는 개항기에 우리 민족은 일제의 침탈로 한때 국맥이 끊기는 절망의 세월을 살았습니다. 그럼에도 불사조와 같은 생명력을 발휘하여 끝내 광복을 쟁취하고, 이어지는 국토의 분단과 동족상잔의 비극을 겪으면서도 공업화-산업화에 성공하여 마침내 세계 10대 무역대국으로 우뚝 섰습니다.

제2차 세계대전이 끝나자 일본과 독일이 패전의 참화를 딛고 다시 크게 일어설 수 있었던 것은 그들에게는 근대교육으로 축적된 국민의 문화 역량과 산업화 현장에서 쌓아올린 풍부한 과학 기술력이 고스란히 남아 있었기 때문입니다. 그러나 우리에게는 그런 기본 바탕이 전혀 없었습니다. 국토마저 반 토막이 난 자원빈국에다가 참혹한 전란으로 경제-사회적 인프라는 고사하고, 가진 것이라고는 식민지배에서 갓 벗어난 빈궁-낙후의 신생약소국이라는 멍에뿐이었습니다.

오늘의 대한민국은 이와 같은 최악의 조건을 극복하고 이룩한 성취이기에 그 값어치는 더욱 크고 보람찬 것입니다. 전 세계가 '한강의 기적'이라며 찬사를 아끼지 않는 것도 마땅합니다.

그렇다면 그 비결은 무엇이겠습니까? 그것을 나는 우리의 주특기, 즉 시대마다 새로운 보편적 가치를 재빨리 받아들이고 활용할 줄 아는 뛰어난 주체적 적응력이라고 말해왔습니다.

그리고 이 주특기의 핵심이 다름 아닌 우리의 토속-원시종교에 있다고 생각합니다. 우리에게는 뿌리 깊은 사람존중 사람중심의 인본사상이 엄존하고 있습니다. '널리 인간을 이롭게 하고 세상을 다스려 일깨운다'는 단군성조聖祖의 홍익인간弘益人間·이화세계理化世界의 '개천開天 이념'이 바로 그것입니다.

근대 이후 인본주의는 동양에서조차 외면당해 왔으나, 우리 민족은 이를 새로운 가치창조의 원자재로 간직해 왔습니다. 우리가 새롭게 창조해야 할 보편적 가치는 예禮를 통해 상호존중-평화추구-공생공영을 실현하는 것입니다. 한마디로 예는 질서의 원리입니다. 다시 말해서 예는 사양하는 마음(辭讓之心), 남을 공경하는 마음(恭敬之心)이니 나를 낮추고 상대를 높이면 상대 또한 자기를 낮추고 나를 높여줄 것이므로 결국 다 같이 존중받게 되는 것입니다.

오늘의 인류는 물질적 풍요는 얻었지만 정작 그보다 더 귀한 사람의 마음, 인간의 얼굴을 잃고 말았습니다. 인간상실-인간소외 속에서 끝없는 고독의 늪으로 빠져들고 있습니다. 그 근본 원인은 말할 것도 없이 인간관계의 단절에서 비롯된 것입니다. 오죽하면 많은 미래학자들이 21세기는 '인간의 얼굴찾기 경연장'이 되어야 할 것이라고 말했겠습니까?

인간은 태어나서 맨 처음 만남이 부모요, 바로 그 부모의 품에 안겨 세상을 바라보며 성장하기 시작합니다. 따라서 인간관계에 있어 부모와 자식 사이가 가장 가까울 수밖에 없으며 일체의 도덕적-윤리적 가치도 바로 여기에서 비롯되는 것입니다. 예를 들면 누구에게나 질투하는 감정이 있기 마련이지만, 부모가 자식에 대해서만은 이것이 없습니다. 나에게 기쁜 일이 있을 때, 나보다 더 기뻐할 사람은 오직 부모가 있을 뿐입니다. 슬픈 일이 있을 때 나보다 더 슬퍼해줄 사람 또한 오직 부모입니다. 이러한 부모자식 간의 극진한 정이 곧 천륜天倫이요 효심孝心의 근원이기에 오늘날 단절된 인간관계를 회복하는 단초端初도 여기서부터 찾아야 합니다.

현대인을 고독의 늪에서 탈출-해방시킬 사상과 철학도 여기서 모색되어야 한다고 믿습니다. 우리가 서둘러 효 사상을 새롭게 정립하고 효 문화를 진작시켜야 하는 까닭이 여기에 있습니다. 옛분들이 효행의 근원이 '예출어정禮出於情'이요, 예는 정에서부터 나오고 '정출어근情出於近'이라, 정은 가까운 데서 나온다고 한 것이 만고에 진리임을 새삼 깨닫게 됩니다.

그리하여 사람중심의 인본사상을 중심축에 놓고 그 양 옆에 자본주의의 효용가치와 사회주의의 평등가치를 아우르는 새로운 보편적 가치를 창조해내야 합니다. 이것이 내가 제기하는 신新인본주의의 기본 틀입니다.

2) 신격화神格化된 '한국 어머니'

한국 사람은 무슨 종교를 믿든 간에 반드시 사람을 그 중심에 두고 있습니다. 불교와 유교를 수용할 때도 그러했고, 근대 기독교를 받아들이는 과정에서도 그러했습니다. 이것은 한국인의 정신세계 저변에 자리잡고 있는 원초적인 영혼숭배, 조상숭배사상에서 나온 것입니다.

그 예를 하나 들어보겠습니다. 우리 한국 사람은 위험에 처했을 때 누구나 '어머니'를 찾습니다. 또 몸이 몹시 아파서 견디기 어려울 때에도 우리는 '아이고 어머니!'라고 외칩니다. 6·25동란 때 군의관으로 참전했던 미국 외과의사가 쓴 수기를 읽은 적이 있습니다. 전쟁터에서 가장 필요한 군의관이 외과와 정신과 의사라고 합니다.

외과의사는 부상자 치료에 필수니까 그렇다 치고, 정신과 의사는 어째서일까요? 적을 죽여야 내가 살 수 있는 극한상황에서 많은 병사들이 정신착란을 일으키기 때문이라고 합니다. 그런데 이상하게도 그때에 한국군에는 정신과 환자들이 거의 없더라는 것입니다. 하도 이상해서 오랫동안 관찰한 결과, 한국인에게는 '어머니'가 절대 신神이기 때문이라는 것을 알게 되었다고 합니다. 야전병원에서 한국 병사들이 숨을 거둘 때도 모두 '어머니!'를 찾더라는 것입니다.

한국인의 인간중심사상과 태도는 비단 이런 경우만이 아닙니다. 서양 사람들은 위험한 상황에 맞닥뜨리면 'Oh my God!'이라고 소리치며 신神을 찾습니다. 그러나 한국인은 부처님을 섬기는 승려라도 얼음판을 건다가도 발밑에서 얼음이 깨지는 소리를 듣는 순간, 부처님을 찾기보다 '아이고 어머니!'라고 한다는 것입니다.

또한 위험에 처했을 때 흔히 영어로는 'HELP ME!', 중국인들은 '쭈이밍(求命)!' 그리고 일본인들은 '다스케테구레(助けてくれ! 도와줘!)'라고 합니다.

그런데 우리는 어떻습니까? 그냥 '사람 살려!'라고 외칩니다. 이렇듯 다른 나라 사람들은 '나'를 '구해 달라'거나 '도와 달라'고 하지만 한국 사람들은 '너'와 '나'의 구분 없이 그냥 '사람' 살리라고 외칩니다. 이런 말들이 한국인의 심층심리를 상징적으로 잘 보여준다고 하겠습니다.

우리 한국인은 나이를 세는 방식 또한 특이합니다. 일상으로 세는 나이와 만滿으로 세는 나이가 다릅니다. 한 살의 차이를 두는데 그 까닭은 어머니 뱃속에 있던 태아시절(10개월)도 독립된 인격체로 존중하기 때문입니다. 이것은 같은 동양문화권에서도 우리만의 독특한 생명 존중-인간중심사상의 발현이라 하겠습니다.

나는 한국인의 이러한 종교-사상-문화적 특성이 오늘의 우리에게는 물론, 앞으로의 온 인류에게도 커다란 전범典範이 되리라고 믿습니다.

앞서도 말했듯이 윤이상尹伊桑 선생이 1972년 뮌헨올림픽 전야제에서 공연한 오페라 〈심청〉은 한국인의 이러한 심성을 설득력 있게 보여준 또 하나의 성공적인 경우라고 하겠습니다.

효녀 〈심청〉 이야기는 한국인이면 누구나 다 알고 있습니다만, 그 가극 마지막 장면은 우리에게도 참으로 감동적입니다. 심청의 지극한 효성으로 아버지가 눈을 뜨게 되는 것—거기까지는 서양인들에게도 기적의 관점에서 어느 정도는 납득이 가는 이야기일 것입니다. 하지만 이 오페라 마지막 장면에서 눈부신 조명에 웅장하게 울려퍼지는 팡파르와 함께 심 봉사가 눈을 뜨는 그 순간, 그 자리에 있는 다른 맹인들까지도 다 함께 눈을 뜨는 놀라운 광경은 서양인들로서는 상상도 못 할 기발한 발상으로 큰 충격이었다고 합니다.

그즈음 서양예술계는 방향도 없고 철학도 없는 실험에 시달려 기진맥진, 활로를 못 찾아 방황하고 있을 때였는데 바로 이 장면을 보고 새로운 출구와 구원의 빛을 찾았다고 합니다. 이것이 내가 말하는 한국적 '신新인본주의'에 담긴 인간의 참 모습이자 인류의 공생공영을 지향하는 원초적인 한국인의 마음, 바로 그것입니다.

3. 인류구원救援의 철학

1) 효孝의 본질

유교문화권에서도 한국문화-한국사상이 가장 인본주의적 성격을 지니게 된 요인은 무엇일까요? 그것을 나는 우리 한국인들이 오래도록 간직해 온 '효孝문화' 때문이라고 생각합니다. 이 효문화야말로 가장 한국적인 모든 것의 원형이자 21세기 세계인들이 다 같이 갈망하게 될 보편적 가치라고 믿습니다. 나는 '효'의 본질을 다음과 같이 조명해 보았습니다.

첫째로, 효는 지극한 인본주의에 바탕을 두고 있습니다. 효심은 자기 생명의 창조자인 부모와 조상을 신으로 받드는 우리 원시종교에서 뿌리를 찾을 수 있습니다. '사람은 누구나 죽어서는 신이 된다' '사람이 곧 신이다'라는 이 생각—그것은 인간 위에 어떠한 권위도 용납하지 않는 '인간본위'의 극치가 아닐 수 없습니다. 국조國祖 단군檀君의 이념이 홍익인간弘益人間이요, 민족종교 동학東學이 인내천人乃天(사람이 곧 하늘)을 표방한 것도 결코 우연이 아닙니다. 인간을 가장 존귀한 존재로 여기는 이 정신은 현대사회의 새로운 중심가치로 떠오를 것입니다. 고도의 기계문명 속에서 인간이 한낱 부속품으로 전락해가는 극도의 인간소외를 겪고 있는 오늘의 인류에게 가장 절실한 과제는 '인간회복'이기 때문입니다.

둘째로, 효는 이타利他주의를 본질로 합니다. 사실 부모도 엄밀하게는 나와 다른 개체입니다. 그럼에도 효는 나보다 부모를 먼저 생각하는 마음, 즉 효심과 그 마음의 실천인 행위 즉 효행을 말하는 것입니다. 내가 먹고 싶은 것을 부모에게 먼저 드려서 부모가 잡수시는 것을 보고 기뻐하는 마음, 내가 누리고 싶은 것을 부모에게 돌려 부모가 기뻐하는 것을 보고 기뻐하는 마음으로 요약할 수 있습니다. 그러므로 효는 그 자체로써 이미 높은 차원으로 승화된 이타주의입니다. 개인주의로만 질주하는 현대문명은 인간에게 극도의 이기심을 심어놓아 세상을 갈등과 투쟁의 장으로 몰아가고 있습니다. 그러므로 이타주의야말로 인본주의와 함께 현대사회에서 절실히 필요로 하는 가치가 아닐 수 없습니다.

셋째로, 효는 인내심을 필수로 합니다. 부모를 섬기고 받드는 과정은 곧 나의 감정과 욕구를 자제해 나가는 과정입니다. 그러므로 효를 실천한다는 것은 인내심을 함양해가는 과정이기도 합니다. 현대문명은 인간에게 참을성을 빼앗아 갔습니다. 편리와 속도와 쾌락만을 추구하는 현대문명은 인간을 지극히 충동적이고 즉흥적인 존재로 변모 시켜 놓았습니다. '신경질이 난다'는 이유만으로 살인도 예사로 저지르는 오늘의 광포한 세태를 극복하기 위해서도 효가 지닌 인내의 가치는 반드시 필요합니다.

넷째로, 효는 절충折衷주의를 필수로 하고 있습니다. 부모를 모시는 사람은 자신의 입장만을 고집할 수 없습니다. 윗세대와의 조화를 이루려면 반드시 절충의 지혜를 발휘해야 합니다. 성심을 다해 부모의 뜻에 따르지만, 맹종과는 달라야 합니다. 부모에게 부당함이 있을 때에는 '체읍이간涕泣而諫', 즉 옷소매를 붙들고 눈물로써 간諫하여 바른 길을 찾아 함께 나가고자 하는 충정을 바탕에 깔고 있는 것입니다.

다섯째로, 효는 화평和平을 이상으로 합니다. 위로 부모를 받들어 모시면서 아래로 자식 손자에 이르기까지 가족 전체를 이끌고 화평한 가정을 꾸려 나가는 것은 인간생활의 원형입니다. 출발은 가족성원 간의 화목이 되겠지만, 이를 확대 재생산시켜 나가면 국가-사회에 대한 공동체의식으로, 더 나아가서는 인류의 공생공영의 정신으로 확산되는 것입니다. 그래서 효를 일러 백 가지 행실의 근원—곧 '백행지원百行之源'이라고 선인들은 가르쳐 왔습니다.

효 속에는 이처럼 인본주의, 이타주의, 절충주의, 인내심, 화평의 정신이 응축되어 있는데 이것은 모두 오늘의 인류가 절실히 갈망하는 최고의 정신적 가치들입니다. 효를 가르친다는 것은 이 모두를 함양시키는 것이요, 효를 실천한다는 것은 이 모두를 한꺼번에 달성하는 것입니다. 가르칠 교 '敎'자가 효도 효孝변에 등그럴 문攵자로 이루어진 까닭도 여기에 있습니다. 자고로 교육의 궁극적 목적은 효로 시작해서 효로 끝나는 것으로 생각해 왔습니다. 다시 말하면 효는 교육의 알파요 오메가입니다.

이러한 효 문화가 우리 민족의 가슴속에 아직 꺼지지 않은 불씨로 남아있다는 사실은 전체 인류를 위해서도 참으로 다행한 일입니다. 우리는 이 효문화를 위기에 처한 현대문명 앞에 한 줄기 희망으로 제시해야 하겠습니다.

2) 현대인의 고독

농경사회에서는 굶주림을 해결하는 것이 가장 큰 일이었습니다. 많은 사람들이 배고파 못 살겠다고 아우성을 치던 시대였습니다. 산업사회가 되면서 대량생산이 가능해지자 굶주림은 면할 수 있게 되었으나 과중한 노동 때문에 이제는 힘들어서 못 살겠다고 아우성치는 시대가 되었습니다. 뒤이은 정보-통신의 발달로 이제는 바빠서 못살겠다고 아우성치는 정보화시대가 되었습니다. 그리고 이어지는 오늘날 고도의 전문지식 정보사회에서는 너 나 없이 '고독'이라는 늪에 빠져 외로워서 못 살겠다고 아우성치는 시대가 되었습니다. 혼자라서 외롭다는 것이 아닙니다. 대중 속에서의 고독입니다. 심지어 한 지붕 아래 가족 간에도 마음의 문을 닫고 살아가니 외롭지 않을 수 없습니다. 오늘날 세계적으로 애완동물, 특히 개(犬)와 더불어 살아가는 사람이 폭발적으로 늘어가는 것도 이 때문이라 하겠습니다. 이처럼 현대인의 행복지수는 급격하게 낮아졌습니다.

지난 세기의 큰 물결이었던 산업화의 결과로 우리 인류는 엄청난 물질적 풍요와 복지, 그리고 온갖 편익을 얻었지만, 다른 한편으로는 더 크고 귀한 것을 잃었습니다. 바로 '인간의 마음'을 잃어버린 것입니다. 근대정신은 과학적 합리주의를 바탕으로 하는 개인을 강조합니다. 그러나 개인적 가치에 대한 지나친 추구는 '이기利己'로 치달을 수밖에 없으며 이는 곧 인간관계의 단절을 가져옵니다. 현대인이 정신적으로 고독의 심연에 빠지는 가장 큰 이유가 여기에 있습니다.

스탠포드대학의 한 보고서는 1950년대 미국 사회에서 'TV가 가정을 해체시켰다'고 했습니다. 과거에는 가장家長이 일을 끝내고 집에 돌아오면

온 가족이 식탁에 둘러앉아 저녁을 먹으면서 대화를 나누었습니다. 그런데 집집마다 TV가 보급되면서 양상은 달라졌습니다. 남편은 스포츠에 몰두하고, 주부는 연속극에 몰두하고, 자식들은 오락프로에 몰두합니다. TV가 가족이 대화할 시간과 공통의 관심사를 빼앗아 갔습니다. 대화가 사라지면서 단란했던 가족관계도 소외를 넘어 해체의 길로 접어든 것입니다.

더구나 1990년대 들어서며 컴퓨터가 급속히 보급되면서 가족 간의 단절은 더욱 심화되었습니다. 인터넷 속에 들어가 모두가 혼자 살아가고 있습니다.

얼마 전에 국제형사재판소 소장으로 재직 중인 송상현宋相現 박사가 전해 준 이야기입니다. 국제형사재판소 판사는 유엔에서 선출하는 각국의 남녀 석학 열여덟 분으로 구성되어 있는데 이들 가운데 정상적으로 가정을 꾸리고 사는 사람은 자기와 일본 사람 둘 뿐이라고 합니다. 이 두 사람 말고는 모두가 독신자이거나 동성애자들로서 일시적 동거자들이 많아 파티에 나올 때마다 자주 파트너가 바뀐다고 합니다. 세계 최고 수준의 석학들의 사생활이 이러하다니 참으로 놀랍기만 합니다.

그렇다면 오늘날 우리 사회는 또 어떻습니까? 우리도 '물신物神' 사상이 지배하는 천민賤民 자본주의사회를 그대로 닮아가고 있습니다. 돈이 곧 신이 되어버렸습니다. 돈 앞에는 부모도 형제도 없는 듯 부모 재산을 하루라도 빨리 빼어내어 진탕만탕 쓰고 싶어 부모 자식 간에 소송까지 벌이는 골육상쟁도 비일비재합니다. 오죽하면 항간에 '자식한테 재산 안 주면 맞아죽고, 반半만 주면 졸리어 죽고, 전부 다 주면 굶어죽는다'는 우스개 아닌 우스갯소리가 생겨났겠습니까?

이렇듯 비정한 부모 자식관계가 지금 우리 사회에도 적지 않은 게 사실입니다. 차라리 가난해서 헐벗고 굶주릴 때는 사람들의 심성이 이렇듯 천박하고 모질지는 않았습니다.

인간의 원초적인 관계—즉 사람이 태어나서 맨 처음 이루어지는 부모와의 만남, 이것은 동서와 고금이 다르지 않습니다. 인간관계는 바로 여기서부터 시작되는 것이니 회복하는 것도 여기서부터 풀어나가야 합니다. 평소 가정에서 제 부모를 생각하는 마음, 즉 효孝의 심성을 일깨워주면 밖에 나가서 타인과의 관계도 원만하게 이어갈 수 있는 것입니다.

그래서 옛 성현께서도 이렇게 말씀하셨습니다.

> 내 부모를 섬기는 마음을 길러서 남의 부모도 존중하게 하고, 내 자식을 사랑하는 마음으로 남의 자식도 사랑하게 하라.
>
> 老吾老 以及人之老 幼吾幼 以及人之幼《孟子》

이것이 바로 효孝의 사회적 기능입니다. 그리고 이 효심이야말로 21세기 인류를 구원할 위대한 사상의 원천이 아닐 수 없습니다.

하지만 그것은 아직 생경한 원자재일 뿐입니다. 이를 갈고 닦고 다듬어서 인류의 보편적 가치로 승화시키는 것은 이제까지 효행을 최고 덕목으로 삼아 온 우리 한국인의 몫입니다.

오랜 전통문화는 지적知的 소유권도 인정받지 못하는 것이 오늘의 현실입니다. 지금 세계화라고 하면 으레 서구의 보편적 가치-질서 속으로 우리가 편입해 들어가는 것으로만 아는 경향이 있습니다. 언제까지 이 같은 고정관념에 사로잡혀 살아갈 것입니까? 지금이야말로 우리의 가치,

우리의 질서 속에 세계를 편입시켜 나간다는 '역逆발상'의 일대 각성이 요구된다고 하겠습니다.

일찍이 서구의 지성들도 간파했듯이, 단절된 인간관계를 회복하고 잃어버린 인간의 마음, 인간의 얼굴을 찾아낼 원동력은 결국 서구 문명이 아닌 동양의 지혜에서 나올 수밖에 없다고 하겠습니다.

3) 국민교육의 근본은 '효孝'

예부터 우리 선인들은 인생의 최종 목표와 보람을 자식 가르치는 일이라고 생각해왔습니다. 그래서 '생자비난生子非難이요 양자난養子難이며 양자비난養子非難이요 교자난教子難이라—자식 낳기가 어려운 것이 아니라 기르기가 어렵고, 또 기르기가 어려운 것이 아니라 가르치기가 더욱 어렵다—'고 해서 교육을 가장 중요하게 여겼고, 그 근본을 '효孝'에다 두어 왔습니다. 그러고 보면 오늘날 우리 국민의 폭발적인 교육열도 어제오늘 생겨난 것이 아님을 알 수 있습니다.

그러니 누가 뭐라 해도 새로운 민족중흥의 재도약 또한 국민교육에서 그 답을 찾을 수밖에 없다는 결론에 이르게 됩니다.

부모자식 사이에 첫 관계는 '내리사랑'입니다만 이것은 뭇 동물에게도 있습니다. 그러나 자식이 부모를 공경하고 받드는 '치사랑' 즉 '효孝'는 사람만이 타고난 천성天性입니다. 영민한 동물들도 훈련시키면 온갖 재주를 다 부리지만 '효도孝道'만은 절대로 안 됩니다. 짐승의 천성에는 '효심孝心'이 없기 때문입니다.

그러나 인간본성 속에 내재하는 '효심'이 행위로 나타나는 것이 '효행孝

行'인데 이것은 시대와 상황에 따라 달라져야 합니다. 그리고 시대마다 상황에 맞게 새로운 '효행'의 전범典範을 창안해내는 것, 이것이 바로 앞으로 우리의 과제가 아닐 수 없습니다.

1970년대 초에, 경북 안동-의성지방에서 채록한 민속자료 하나를 소개하겠습니다.

옛날에 어떤 양반이 여행 중에 상민의 집에 유숙하게 되어, 그 집 제사지내는 것을 보게 되었답니다. 대청마루에 제상祭床을 차려 놓았는데 무슨 음식인지 큰 그릇에 푸짐한 음식을 상 밑에다 놓고 지내더라는 것입니다.

제사가 파한 뒤에 그 까닭을 물었더니 그 상민이 말하기를

> 제 아비가 생전에 개고기를 무척 즐겼는데 돌아가셨다고 입맛이 변했을 리가 있습니까? 하지만 제가 아무리 무식한 상놈이지만 제사음식에 개고기를 올린다는 말은 못 들어서 상 밑에 놓고 지낸 것입니다. 귀신이야 상 위에 있으나 밑에 있으나 찾아 잡수셨을 것 아닙니까?

하더라는 것입니다.

또 하나 같은 시기에, 다른 상민의 집 제사지내는 모습을 보았는데, 온 식구가 초저녁부터 날이 새도록 계속 절만 하더랍니다. 하도 이상해서 그 까닭을 물었더니

> 아! 유식한 양반님들이야 귀신이 언제 왔다가 언제 가는지 알아서 때맞춰 절을 하시겠지만, 저희같이 무식한 놈은 그것을 모르니 밤새도

록 절을 하다보면 그중에 한두 번쯤은 우리 아버지가 받으시지 않았겠습니까?

하더라는 것입니다. 그냥 웃어만 넘길 수 없는 한국인의 토속적 관념의 실체가 번뜩이는 것 같아 섬뜩하기까지 합니다.

지난날 배우지 못한 한국 사람도 이 정도인데 오늘의 젊은이들처럼 많이 배운 사람들에게는 그야말로 무한한 창조력이 융통자재融通自在하고 종횡무진縱橫無盡하게 용솟음칠 것은 의문의 여지가 없지 않겠습니까?

무엇보다 오늘의 '효'는 자기 자신이 성공하는 것입니다. 그래서 부모가 주신 몸을 손상시키지 않는 것이 효의 시작이라 했고, 입신立身하고 도를 행하여行道 이름을 후세에 날려 부모를 드러내는 것이 효의 마지막이라고 했던 것입니다. 나의 성공을 나보다 더 기뻐해줄 사람은 이 세상에 오직 부모밖에 없습니다. 자기가 잘 돼서 부모를 기쁘게 해드리는 것, 이것이 곧 오늘의 '효행'입니다.

이처럼 자기가 성공하는 것이 오늘의 효행임에는 틀림없지만 그것이 효에 대한 인문학적人文學的 소양이 전혀 없이 세속적인 천박한 입신출세여서는 오히려 부모 조상을 욕보이는 불효라는 사실을 명심해야 하겠습니다. 이런 사람치고 옳은 효도하는 사람을 못 보았습니다. 효의 본질은 봉양奉養에 앞서 경敬에 있는 것입니다. 진정으로 부모를 공경하는 마음을 기르면 봉양은 스스로 하고 싶어지게 마련입니다.

입신양명立身揚名만을 강조하다 보니 공경의 마음을 기를 수 있는 행도行道를 소홀히 하는 경향이 있습니다. 입신하고 진리를 찾아 꾸준히 정진하고 이를 생활속에서 실천하면서 양명해야 한다는 것입니다.

요즘은 부모에게 생활비만 넉넉히 드리면 그것으로 효를 다했다고 여기는 사람이 적지 않은 것으로 알고 있습니다만 그것은 큰 착각입니다. 그렇게라도 하지 않는 것보다는 나을는지 모르겠지만 부모의 뜻을 받들고 자주 찾아뵙거나 문안問安드려서—전화 등으로—외롭지 않게 해드리는 것이 진짜 현대인의 효행이라고 하겠습니다.

그동안 우리의 '효'는 불교를 만나 그것으로 살을 더하고, 유교를 만나서는 그것으로 화려한 옷을 입히고, 근대에 이르러서는 기독교로 몸단장과 화장까지 해가면서 절묘하게 변신-적응해오고 있습니다.

21세기를 살아가면서 효를 바탕으로 국민교육을 실시하고 효행의 확산을 통한 새로운 비전과 이념을 수립하여 도의·문화대국 건설의 길을 닦아야 할 것입니다.

오늘날 고독의 늪에 빠져 '외로워서 못 살겠다'고 아우성치는 인류를 구원할 방안은 오직 '효'교육의 강화가 있을 뿐이라는 것을 우리 모두 가슴 깊이 새겨야 하겠습니다.

500여 년 전 사계 김장생(沙溪 金長生, 1548~1631) 선생께서도 '어린 자제들에게 도덕[禮]을 가르치면 나라가 평온해지지만, 법[知識]을 먼저 가르치면 나라가 시끄러워진다'고 했습니다.

20세기 인문학의 최고 석학인 아놀드 조셉 토인비가 말년에 '한국이 장차 인류 문명에 기여할 것이 있다면 그것은 효문화일 것'이라고 한 말이 새삼 시사하는 바가 크다고 하겠습니다.

그러나 지금 우리의 젊은 세대에게서도 옮기기조차 민망한 패륜悖倫 행위가 빈발하는 것은 그동안 기성세대가 가르치지 않았고 또 잘 못 가르친 탓이라고 아니할 수 없습니다. 어려서부터 부모와 어른을 공경하도록 가르치기보다 너만 잘해서 남보다 앞서라고, 일등만 하라고 닦달하여 왔으니 그 결과가 이렇게 나타나는 것 아니겠습니다.

다시금 옛 성인의 말씀이 떠오릅니다.

> 효孝는 덕德의 근본이니 모든 가르침이 이것으로부터—말미암아—생겨나는 것이다.
>
> 孝德之本也 敎之所由生也《孝經》

이제부터라도 잘만 가르치면 오늘의 젊은 세대들이 우리 사회의 주역이 될 21세기 중엽쯤에는 지금의 성장동력에 한층 더 가속이 붙어서 우리의 '민족·국가사'가 유사 이래 처음으로 인류역사 창조의 지류가 아닌 주류로, 수동적 객체가 아닌 능동적 주체로, 따라만 가는 주변부가 아닌 앞장서서 이끌어가는 중심부로 크게 떨치게 될 것을 나는 굳게 믿어 마지않습니다.

지은이 홍일식(洪一植)

1936년 서울 출생. 1955년 양정고등학교 졸업. 1959년 고려대학교 문리과대학 국문학과 졸업. 동대학원 문학 석사·박사. 명예철학박사(연세대학교). 고려대학교 문과대학교수 및 민족문화연구소 소장. 고려대학교 제13대 총장. 북경대학교 초빙교수. 중한대사전 편찬. 독립기념관건립추진위원·기획위원. 전국경제인연합회 자문위원(문화부문). 삼성그룹 자문위원(문화담당). 성곡학술문화재단 이사. 한국외국어대학교재단(학교법인 동원육영회)이사장. 공동체의식개혁 국민운동협의회 회장. 흥사단 민족통일운동본부 공동의장. 사단법인 세계효문화본부 총재. 학교법인 양정의숙 이사장. 우당이회영선생 기념사업회장. 여순순국선열기념재단 이사장. 선학평화상위원회 위원장. 한국인문사회연구원 이사장. 재단법인 문화영토연구원 이사장.

저서

《육당연구》《한국전통문화시론》《한국개화기의 문학사상연구》《한국개화사상사》
《일제하의 문화운동사》《문화영토시대의 민족문화》《21세기와 한국전통문화》
《한국인에게 무엇이 있는가》《문화대국으로 가는 길》 등 다수

상훈

제1회 세종문화상(문화부문) 수상. 대통령포장. 중앙문화대상.
문화훈장보관장. 청조근정훈장 수훈.

홍일식의 대한민국 이야기

인쇄일 2022년 5월 31일
발행일 2022년 6월 7일

저 자 홍일식

발행인 이경현
발행처 (주)천원사
신고번호 | 제302-1961-000002호
주소 | 서울시 용산구 청파로 63길 3(청파동1가)
전화 | 02-701-0110
팩스 | 02-701-1991

정 가 17,000원
ISBN 978-89-7132-852-1 03820

* 청파랑은 ㈜천원사의 임프린트입니다.
* 잘못된 책은 구입하신 서점에서 바꾸어 드립니다.